SCIENCE FICTION

Ein Verzeichnis aller BATTLETECH®-Romane finden Sie am Schluss des Buches.

Loren Coleman

Flammen der Revolte

Vierundfünfzigster Band im
BATTLETECH®-Zyklus

Deutsche Erstausgabe

WILHELM HEYNE VERLAG
MÜNCHEN

HEYNE SCIENCE FICTION & FANTASY
Band 06/6254

Titel der amerikanischen Originalausgabe
FLASHPOINT
Deutsche Übersetzung von
REINHOLD H. MAI

Umwelthinweis:
Dieses Buch wurde auf chlor- und
säurefreiem Papier gedruckt.

Redaktion: Joern Rauser

http://www.heyne.de
Printed in Germany 2002
Umschlagbild: FASA Corporation
Umschlaggestaltung: Nele Schütz Design, München
Technische Betreuung: M. Spinola
Satz: Schaber Satz- und Datentechnik, Wels
Druck und Bindung: Elsnerdruck, Berlin

ISBN 3-453-19681-3

Für Allen und Amy Mattila,
für die vielen Nächte mit Wein,
Film und Gesprächen.

KARTE DER INNEREN SPHÄRE

und die wichtigsten Peripheriestaaten

Stand 3062; [Maßstab: 8 PARSEC],
40 PARSEK = 130,4 LICHTJAHRE;
Maßstab 1 mm = 1 LICHTJAHR;
Karte erstellt von COMSTAR
aus Informationen des COMSTAR-
EXPLORERCORPS und
STERNENBUNDARCHIVS, Terra;
© 3062 COMSTAR EXPLORERCORPS,
ASTROGRAPHISCHE ABTEILUNG

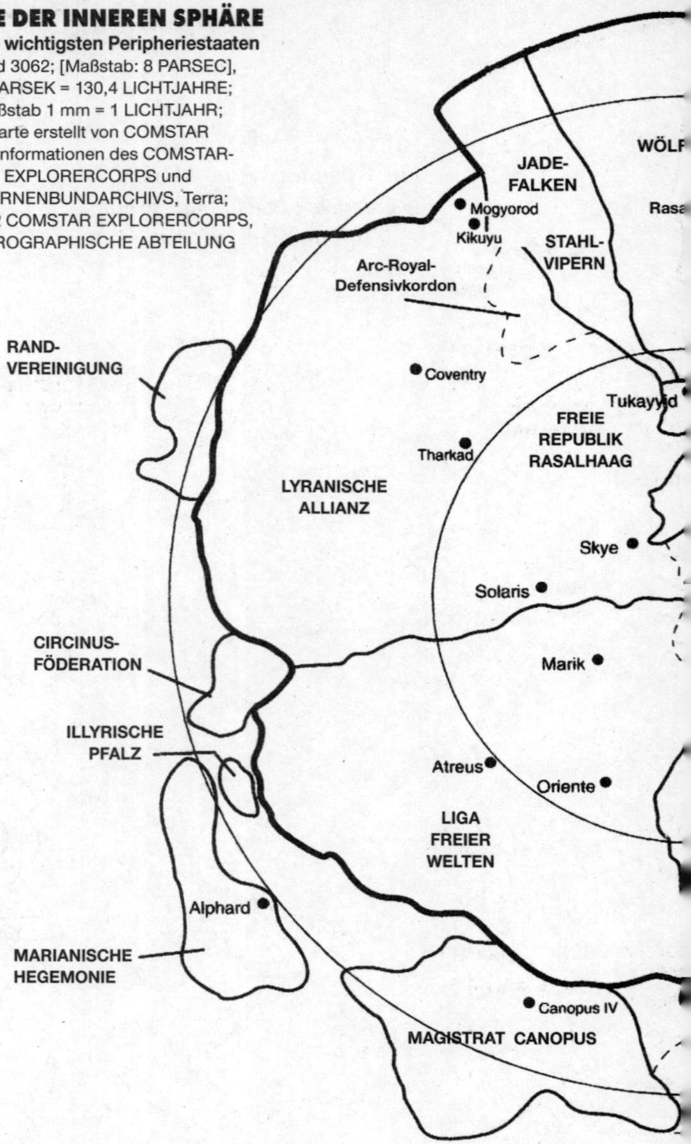

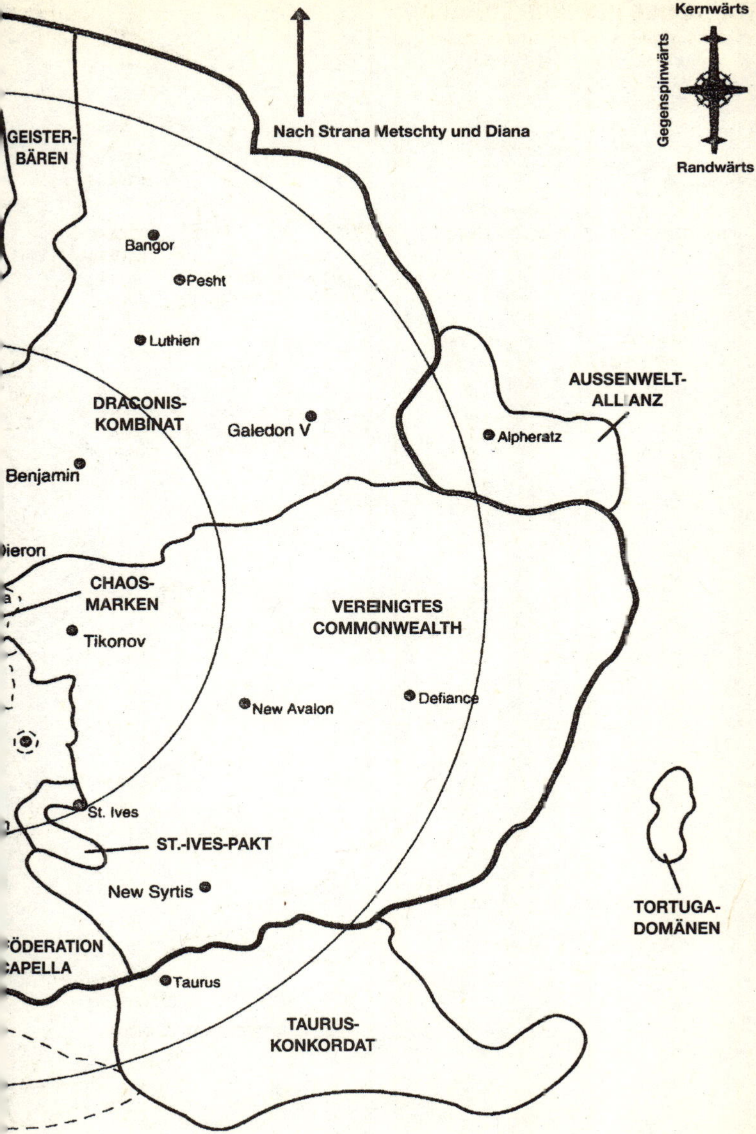
Kernwärts
Gegenspinwärts
Spinwärts
Randwärts
Nach Strana Metschty und Diana
GEISTER-
BÄREN
Bangor
Pesht
Luthien
DRACONIS-
KOMBINAT
Galedon V
Benjamin
AUSSENWELT-
ALLIANZ
Alpheratz
Dieron
CHAOS-
MARKEN
Tikonov
VEREINIGTES
COMMONWEALTH
New Avalon
Defiance
St. Ives
ST.-IVES-PAKT
New Syrtis
TORTUGA-
DOMÄNEN
FÖDERATION
CAPELLA
Taurus
TAURUS-
KONKORDAT

VERMÄCHTNIS
(Zwei Jahre zuvor)

Diana
Kerensky-Sternhaufen, Clan-Raum

28. März 3060

Es war das letzte Hurra der Ulanen. Die Jäger hatten ihre Beute wahrhaftig in die Enge getrieben. Und nun stürzten sich die Parder mit einer Wildheit auf sie, der sie nichts entgegenzusetzen hatten.

Der Morgennebel hatte sich bis zum Mittag nicht aufgelöst, sondern war eher noch dichter geworden. Er füllte die flachen Senken der Dhuansümpfe und wogte über grasbedeckte Bodenwellen, die sich wie Inseln aus seinem grauen Meer erhoben, kaum voneinander zu unterscheiden. Die Nebelschwaden verfälschten das Licht und ließen die MechKrieger immer wieder beim Anblick scheinbarer Angreifer zusammenzucken, die sich dann doch nur als Täuschungen herausstellten. Fast war es, als habe sich Diana selbst auf die Seite der Clanner geschlagen und versuchte, ihnen jeden Vorteil zu bieten, den sie brauchten, um die Invasoren zurückzuschlagen.

Der Nebel wallte um Bäume und Felsen, zog sich in Schwaden zwischen den Metallbeinen der BattleMechs, hing an den Rümpfen wie Schleier aus schmutziger, feuchter Gaze. Major David McCarthy, Kommandeur des 2. Bataillons der 1. Kathil-Ulanen, zwang sich, den Blick vom Panorama-Kanzeldach des *Destruktor* abzuwenden. Meterhoch über dem Boden und im Takt der schweren Schritte der riesigen Kampfmaschine schwankend, hatte der Eindruck, durch den Nebel zu fliegen, etwas zutiefst Hypnotisches. Er riss sich zusammen. Dies war nicht der Augenblick, in Tagträume zu verfallen. Er musste sich auf die Sensordaten konzentrieren, die Ortung und Zielerfassung lieferten. Er streckte sich auf der Pilotenliege, um von tagelangen Kämpfen im Mechcockpit verkrampfte Muskeln zu lockern. Wenn die Nebelparder nur endlich Ruhe gegeben und seiner Einheit erlaubt hätten, sich mit den anderen zurückzuziehen.

David überprüfte auf der Sichtprojektion die Formation der Einheit. Er hatte das Bataillon in eine lockere Keilform gebracht, in der er selbst eine Position in der zweiten Reihe – von der Spitze aus – einnahm. Sie hatten nur noch sechzehn Kampfkolosse, nicht einmal mehr zwei volle Kompanien, der klägliche Rest des ursprünglichen Bataillons, und mit Sicherheit war jeder einzelne Krieger in einer der Maschinen um nichts weniger zerschlagen und erschöpft als er selbst. Der Rest war vom Gegenangriff der Nebelparder getötet oder in die Flucht geschlagen worden.

Er konnte nur hoffen, dass es wenigstens ein Teil geschafft hatte, zurück in die Dhuansümpfe zu gelangen, um zu Lieutenant-General Andrew Redburns Einheit zu stoßen, während David die Clanner mit der Nachhut ablenkte. Es war eine Verantwortung, die bleischwer auf ihm lastete. Selbst der Neurohelm, der auf die gepolsterten Schultern der Kühlweste drückte, schien heute schwerer. Aber er lebte noch – und er konnte noch immer kämpfen. Wie viele seiner Leute konnten das nicht mehr von sich behaupten?

Zu viele.

Sein hundert Tonnen schwerer *Destruktor* war über einen Kopf größer als die meisten Mechs, mit Ausnahme des *Berserker,* der einzigen anderen überschweren Maschine, die dem Bataillon geblieben war. Was als Nächstes geschah, hatte möglicherweise etwas mit diesen zusätzlichen ein, zwei Metern Höhe zu tun, oder mit seiner

Position am vorderen Ende der Einheit, möglicherweise auch nur damit, dass er sich zufällig gerade auf die Sensordaten konzentrierte. Jedenfalls war David der Erste, der den Sichtkontakt mit den Nebelpardern meldete. Die Symbole der Feindmechs strömten auf seine Sichtprojektion, und durch die Farbe wirkten sie am östlichen Bildschirmrand fast wie ein drohendes künstliches Morgenrot.

»Kontakt!«, rief er und steuerte den *Destruktor* im Seitwärtsgang auf die Kuppe eines breiten Hügels. Der vertraute Adrenalinschub schnürte ihm die Kehle zu. »Acht-null bis Eins-null-fünnef«, gab er über das Neurohelmmikro durch.

Drei feindliche OmniMechs tauchten auf einem nahen Hang östlich der Ulanen auf, eine Ansammlung vager Schatten im Nebel. Vier ... fünf, ein ganzer Stern. Dann zwei Sterne. Zehn Clan-OmniMechs, in einer Jagdreihe über die Hügel verteilt. Hauptsächlich schwere und überschwere Maschinen. David schauderte und versuchte es auf die Kühlwirkung der Weste zu schieben. Dann war es jetzt also so weit. Er und seine Leute würden General Redburn mit ihren Leben den Rückzug erkaufen. Er aktivierte die Zielerfassung.

Die riesigen Metallfüße fest in den lehmigen Boden gepflanzt, verwandelte sich der *Destruktor* in eine hoch über der Kuppe aufragende Geschützplattform. David streckte die beiden Gaussgeschützläufe aus, die dem humanoiden Mech als Arme dienten. Das Fadenkreuz wechselte von Rot zu Gold, als es sich über die Computergrafiksilhouette eines *Katamaran* senkte, nur um augenblicklich beiseite geschlagen zu werden, als ein Parderkrieger weiter hinten in der Linie den *Destruktor* aus der Flanke angriff. Energielanzen bohrten sich in das linke Bein des Kampfkolosses, und geschmolzene Panzerung spritzte davon, ergoss sich wie flüssiges Feuer auf den dunklen Boden. David legte die Partikelprojektorkanonen mit auf den Hauptfeuerknopf, bemühte sich um eine neue Zielerfassung und drückte hastig ab. Eine von riesigen Elektromagneten beschleunigte Gausskugel schoss auf den feindlichen Mech zu, zertrümmerte Panzerung zu nutzlosen Splittern. Die PPKs nutzen die Schwachstelle. Ihre künstlichen Blitze peitschten wie die Donnerkeile einer urzeitlichen Gottheit über den *Katamaran*.

Es dauerte nicht lange, bis auch der Rest beider Seiten in den Kampf eingriff – und das Duell steigerte sich schnell zu einem Orkan. Die Luft zwischen den Linien kochte in einem Gewitter vernichtender Energien, Licht- und Teilchenstrahlen schlugen hin und her. Ein tödlicher Kugelhagel hämmerte, Raketen sausten in hohem Bogen über den Nebel, senkten sich ins Ziel, rissen den Boden auf, zertrümmerten Bäume und zerschlugen Panzerung zu Schrott. Ein einfacher Soldat hätte auf diesem höllischen Schlachtfeld nur wenige Sekunden überlebt, außer möglicherweise in der Tiefe des nebelverhangenen Tals zwischen den beiden Mecharmeen.

Aber auch das hätte ihm nicht lange Schutz geboten, denn David befahl seine leichteren Maschinen, einen *Skarabäus* und zwei *Schleicher,* hinunter ins Niemandsland. Ihre Waffen hatten eine geringere Reichweite, und um sie effektiv einsetzen zu können, mussten sie zum Feind aufschließen. Aber sie waren nur von leichter Panzerung geschützt, die gegen das Feuer der Clanner keine Chance hatte. Ihre Schnelligkeit bot einen gewissen Ausgleich, aber gegen die überlegenen Feuerleitsysteme der Parder war das kaum der Rede wert.

»Schweres Feuer von rechts«, meldete Captain Kennedy, Davids einzige überlebende Kompanieführerin. Trotz der schlechten Nachrichten klang ihre Stimme gefasst. *»Gladiator, Thor, Kampfdämon«,* zählte sie die gefährlicheren Mechs auf, die ihr gegenüberstanden.

Brevet-Captain Polsan hatte sich weniger gut im Griff.

»Gladiator, Eisvogel, Masakari, Daishi!«, rief er. Allesamt überschwere OmniMechs. »Wir brauchen sofort Hilfe, oder wir sind verloren!«

Kaum ausgesprochen, traf schon ein Bombardement aus rubin- und smaragdfarbenem Laserfeuer Lieutenant Dennings *Skarabäus*. Die Energiebolzen aus gebündeltem Licht senkten sich in die Panzerung, schnitten durch geschmolzene Einschüsse und bohrten sich in die keilförmige Brustpartie des Dreißigtonners. Goldenes Feuer blühte unter den tiefen Rissen in der Metallhaut des Mechs auf. Die aus der Magnetflasche befreite Fusionsreaktion verzehrte den kleinen, in der Bewegung stockenden Mech innerhalb von Sekunden.

Fluchtklappen flogen vom Kopf der Maschine davon, die Pilotenliege stieg auf einer silbernen Feuerzunge, die sie einholte und umschloss, bevor der Fallschirm sich öffnen und Denning in Sicherheit tragen konnte, in den düsteren Himmel. Schleudersitz und Pilot vergingen in einem kurzen, lautlosen Lichtblitz, der für einen Moment das ganze Schlachtfeld erhellte. Niemand hörte einen Schrei nach Rettung oder Gnade.

»Blake!«, stieß Polsan aus.

David McCarthy biss sich auf die Unterlippe, um einen ähnlichen Ausruf zu unterdrücken, der seine Leute nur demoralisiert hätte. Sie waren hier, um den Kameraden die Chance zum Rückzug zu verschaffen. Manche Piloten seiner Einheit würden es nicht überleben.

Mit langsamen, gezielten Schritten bewegte er den *Destruktor* vor, ohne den *Katamaran* zur Ruhe kommen zu lassen. Rechts neben ihm folgte die graue Silhouette des Axt schwingenden *Berserker* seinem Vorbild. David nickte stumm zu Kennedy hinüber. Ihre beiden überschweren Kampfkolosse konnten den Clan-Maschinen besser standhalten als irgendein anderer Mech des 2. Bataillons. *Sekunden*, entschied er, und löste die nächste Salve aus. Es konnte ihnen kostbare Sekunden verschaffen.

Hitze schlug mit jedem neuen Waffeneinsatz durch das Cockpit des *Destruktor,* als der Fusionsreaktor tief unter dem Kanzelboden zu Höchstleistungen getrieben wurde. Die durch die Abschirmung aufsteigende Abwärme gab McCarthy das Gefühl, bei lebendigem Leibe gesotten zu werden. Schweiß strömte ihm übers Gesicht und brannte in den Augen. Die Kühlweste hielt seine Körpertemperatur niedrig genug, um – gerade eben – einen Hitzschlag zu vermeiden, während die Hochleistungswärmetauscher sich abmühten, die Temperaturen unter Kontrolle zu bringen. Aber ewig konnte das nicht gut gehen. Er riskierte eine Notabschaltung.

Zur Hölle mit der Abwärme, dachte er und legte auch die mittelschweren Laser auf den Hauptfeuerknopf. Er knallte die Hand auf den Vetoschalter, als beim nächsten Schusswechsel die Warnsirene gellend aufheulte.

Der Clan-*Katamaran* hielt sich gar nicht gut. Die Maschine war ein gefährlicher schwerer Omni mit einer Bewaffnung, die besser zu einem überschweren Kampfkoloss gepasst hätte, und David hatte sie sich als erstes Ziel ausgewählt, weil sie gegenüber schwerem Geschütz wie dem Gaussgeschütz des *Destruktor* verwundbar war. Sie humpelte über die Hügelkuppe und bemühte sich, die aufgerissene rechte Rumpfseite aus Davids Schussfeld zu halten. Zwei Gausskugeln hämmerten in ihr linkes Bein und zerschmetterten den Endostahlknochen des Oberschenkels, noch während zwei der Laser des *Destruktor* dünne, saphirblaue Finger durch die zertrümmerte Rumpfpanzerung stießen. Die strahlenden Energiekrallen rissen das Raketenlager auf und brachten Treibsätze und Sprengköpfe der Geschosse zur Detonation.

Aus der Balance gerissen, stürzte der *Katamaran* zu Boden. Noch im Fallen riss die Munitionsexplosion den Torso vollends auf. Ein Arm wurde durch die tobenden Energien vom Rumpf gerissen und wirbelte davon, schlug in einen *Thor* und zertrümmerte dessen Autokanone. Rasiermesserscharfes Schrapnell prasselte über einen nahen *Geier* und übersäte bis dahin makellose Panzerung mit Scharten und Kratern.

Einen Finger über dem Hauptfeuerknopf, zwang David sich abzuwarten. Der Verlust des *Katamaran* würde die Clanner nicht aufhalten. Das wusste er. Das war kein unbedeutender Konflikt, der schnell beigelegt war. Die Ulanen waren hier, um bei der restlosen Auslöschung des Nebelpardermilitärs zu helfen, als Heimzahlung für das Jahrzehnt gnadenloser Vernichtung, mit dem der Clan die Innere Sphäre überzogen hatte. Die Parder kämpften ums Überleben, mit einer blinden Wut, der die Ulanen nichts entgegenzusetzen hatten. David dachte gar nicht daran, es ihnen leichter zu machen. Er wollte dem Mech eine Chance zur Abkühlung geben.

Aber die Nebelparder gönnten ihm diese Zeit nicht. Durch den Nebel sah er ihre Linien auf der fernen Hügelkette in Bewegung geraten, als mehrere OmniMechs sich in die flache Senke des Niemandslandes stürzten. Laserfeuer zuckte durch die dicke Suppe, die das Tal bedeckte, und David wusste: Seine leichten Mechs waren verloren. Er spürte, wie sich sein Magen verkrampfte.

»Da kommen sie.« Captain Kennedy klang, als kündige sie den Besuch unerwünschter Nachbarn an, und keine tödliche Militärmaschine.

Eine Flutwelle aus greller Lichtenergie schlug den *Destruktor* nach hinten auf die Fersen, als ein den Pardervorstoß anführender *Masakari* alle vier Energiewerfer auf David abfeuerte. Alarme gellten ihre Warnungen durch die Kanzel, als rettungslos zertrümmerte und zerschmolzene Panzerung zu Boden fiel. Die Sicherheitsgurte hielten ihn auf der Pilotenliege und ermöglichten ihm, mit Knüppeln und Pedalen zu kämpfen, um die hundert Tonnen Lebendgewicht seines Mechs senkrecht zu halten. Der Neurohelm speiste Davids natürlichen

Gleichgewichtssinn in die Steuerung des Kreiselstabilisators und unterstützte den verzweifelten Kampf gegen die Schwerkraft. Immer wieder neue Schläge ließen den Metallriesen schwanken, während er sich abmühte, die Stellung zu halten. Sein Finger krümmte sich um den Abzug. Wieder …

und wieder …

und wieder …

SCHWELENDER KONFLIKT

1

Landungsschiff *Korpsbruder*, in tiefer Umlaufbahn um Kathil
Mark Capella, Vereinigtes Commonwealth

8. Oktober 3062

David McCarthy schob die Fußspitzen unter den niedrigen Sims, der sich um das Beobachtungsdeck des Landungsschiffes zog, um zu verhindern, dass er in der Schwerelosigkeit davonschwebte. Genau das war gerade einem Infanteriesergeant passiert, der zehn Zentimeter über dem Boden und knapp außer Reichweite der Schottwand hängen geblieben war. Dann hatte er sich in der Luft überschlagen, während er mit wedelnden Armen verzweifelt nach einem Halt suchte. Dabei hatte er eine Schimpfkanonade abgelassen, bei der frische Rekruten vermutlich das große Zittern bekommen hätten. Die Schiffsbesatzung hatte er damit nur amüsiert, bis sich schließlich ein Crewmitglied erbarmte und ihn auf den Boden zog. Seitdem blieb der Sergeant ständig in der Nähe der Haltestangen und Fußbügel, und die Knöchel unter der ledrigen Haut standen weiß hervor. So klammerte er sich fest. Anscheinend genügte eine Uniformbrust voller Feldzugsbänder nicht, die Füße auf dem Deck zu halten.

David hatte sich schneller als der raumunerfahrene Sergeant an die Schwerelosigkeit gewöhnt, aber Dank der Beteiligung an Einsatzgruppe Schlange besaß er auch weit mehr Raumerfahrung als die meisten MechKrieger. Die Einsatzgruppe hatte zehn lange Monate auf dem heimlichen Flug in den Clan-Raum verbracht, und noch weitere acht beim Rückflug, nachdem es ihr gelungen war, einen Clan auszulöschen und die Invasion endgültig zu beenden. Nach einer derartigen Odyssee waren die letzten drei Monate Raumreise von Tukayyid zurück zu seiner Heimatwelt Kathil in der Mark Capella des Vereinigten Commonwealth nicht weiter bemerkenswert. Der Gedanke an Diana weckte Erinnerungen an die letzte Verzweiflungsschlacht in den Dhuansümpfen, die er aber schnell wieder verdrängte. Es war leichter, sich auf die physischen Begleiterscheinungen der Schwerelosigkeit zu konzentrieren, so unangenehm diese auch waren. Übelkeit war ein ständiger Begleiter, und Magensäure brannte ihm in der Kehle.

Der Flug war weit angenehmer gewesen, solange die *Korpsbruder* eine gleichmäßige Beschleunigung aufrecht erhalten hatte, erst fort von dem Sprungschiff, das sie ins Kathil-System gebracht hatte, dann auf der zweiten Hälfte der Reise beim Abbremsen, als das Landungsschiff der *Leopard*-Klasse sich dem Planeten näherte. Auf den meisten Systemflügen arbeiteten die Triebwerke bis zum Aufsetzen, und außer während der Kurskorrektur auf halber Strecke, bei der die Schubtriebwerke für den Bremsflug in Richtung Zielplanet gedreht wurden, konnten die Passagiere sich einreden, festen Boden unter den Füßen zu haben.

Auf dieser Reise aber musste die *Korpsbruder* an die McKenna-Raumwerften in der Umlaufbahn um Kathil andocken, um Personal an Bord zu nehmen, das routinemäßig zurück in die Bodenanlagen rotiert wurde. Die McKenna-Werften waren möglicherweise die wichtigste Industrie der ganzen Mark Capella, eine der wenigen Raumwerften in der ganzen Inneren Sphäre, die noch über die Möglichkeit verfügten, die kaum verstandene

Technologie des Kearny-Fuchida-Antriebs zu reproduzieren. Diese Interstellartriebwerke waren das Herz aller Sprungschiffe und an Bord der Kriegsschiffe noch kostbarer. Nur mit ihrer Hilfe war die nahezu augenblickliche Transition in entfernte Sonnensysteme und damit die Verbindung zwischen den verschiedenen Sternenreichen möglich.

David wünschte sich nur, die Leute hätten sich etwas mehr beeilt, denn das Landungsschiff hing jetzt schon seit Stunden am Ladedock der Werft, und nur der gelegentliche Korrekturschub einer Manöverdüse lieferte die Andeutung künstlicher Schwerkraft. Die Bewegung in der Schwerelosigkeit war unbeholfen und unkontrolliert. Er hätte sich auf der Koje in seiner Kabine anschnallen können und sich möglicherweise sicherer gefühlt, aber nach ein paar schrecklichen Minuten hatte er nicht mehr ausgehalten. Die Sicherheitsgurte hatten ihn zu sehr an den Gurtharnisch eines BattleMechcockpits erinnert, und genau um das zu vergessen, war er zurück nach Kathil gekommen.

Außerdem wollte er das neueste Kriegsschiff des Vereinigten Commonwealth sehen. Der beeindruckende neue Kreuzer der *Avalon*-Klasse war mit hochmodernen Automatik- und Fernleitkontrollen ausgestattet. Die gesamte Kriegsflotte des Vereinigten Commonwealth bestand aus nicht einmal fünfzehn Schiffen, und eine solche Gelegenheit verpasste man nicht.

Außerdem bot es eine gute Ausrede, die Kabine zu verlassen.

Die *Robert Davion* hing vor einem Sternenhimmel aus tiefem Schwarz, besprenkelt mit brillanten, scharf gezeichneten Lichtpunkten im Raumdock. Ungefiltert von einer planetaren Lufthülle empfand David den Weltraum immer als weit härter, weit grausamer. Speziell platzierte Spiegel fingen das Sonnenlicht auf und badeten selbst die abgewandte Rumpfseite des Schiffes in seinem harten Glanz. Das breite Kriegsschiff war 770 000 Tonnen schwer, und es hieß, in sechs Monaten stünde seine Jungfernfahrt an. Und trotzdem wirkte der Kreuzer aus zwei Kilometern – in Raumfahrtbegriffen allernächste Nähe – trotz des Netzwerks aus Stahlgerüsten, das die achthundert Meter Rumpf bedeckte, klein und zerbrechlich. Nachdem er andere Kriegsschiffe aus noch weit größerer Nähe gesehen hatte, entschied David, dass sie ihm aus der Distanz weit lieber waren. So wirkten sie beruhigend …

»Unbeeindruckend«, murmelte er bei sich. Ja, das war das Wort.

»Das ist ja wohl ein Witz.«

Er drehte sich um, als er die raue Stimme hörte. Das Kriegsschiff hatte ihn so in seinen Bann geschlagen, dass er gar nicht bemerkt hatte, wie jemand neben ihn getreten war. Der Mann starrte fasziniert durch die dicke Ferritglasplatte, die das Beobachtungsdeck vom Vakuum abschirmte, auf das ferne Schiff. Er war klein und stämmig gebaut und trug die Uniform eines Flottenoffiziers der Lyranischen Allianz. Das feurig rote Haar und das spitz vorstehende Kinn ließen auf ein hitziges Gemüt schließen.

»Ein unglaubliches Teil«, stellte der Mann fest. »Eine echte Jagdhündin, das.«

Auch ohne den schwarzen ›Raumfahrerstreifen‹ am Außensaum der Uniformhose hätte David ihn als Raumflottenmann erkannt. Es war unübersehbar, so locker, wie er sich hielt, darin, wie er sich nur mit den Fingerspitzen an der Haltestange festhielt, und wie nahe er das Gesicht an das Glas drückte. Die zehn Zentimeter Panzerglas waren stabiler als die gepanzerten Schottwände des Landungsschiffes, aber nur jemand, für den die Raumfahrt etwas Alltägliches war, konnte sich in solcher Nähe zum lebensfeindlichen Vakuum so wohl fühlen.

»Aus der Entfernung, meinte ich«, stellte David gleichmütig fest, und hoffte, eine Auseinandersetzung mit einem vorgesetzten Offizier vermeiden zu können. Die T-förmig angeordneten Metallrauten am Kragen des Raumfahrers wiesen ihn als Kommodoreleutnant aus, das Flottenäquivalent eines Generalleutnants.

»Aus der Entfernung ist sie am gefährlichsten, *Hauptmann.*« Der Raumfahrer betonte den Rangunterschied zwischen ihnen, als ob ihm das den Sieg garantieren würde. »Aus nur zwei Klicks Entfernung könnte die *Robert Davion* uns mit ihren Lasern in Atome zerblasen. Aus zweihundert Kilometern könnten die SR-10-Raketenlafetten der *Korpsbruder* das Genick brechen, bevor wir wüssten, was uns getroffen hat.«

Mit kaum mehr als einer leichten Bewegung der Hand, mit der er sich am Geländer festhielt, drehte der Mann sich jetzt schließlich zu David um. Er musterte seine Uniform mit geübtem Blick und erkannte ohne Zweifel die Unterschiede, die ihn als MechKrieger und Soldat des Vereinigten Commonwealth kennzeichneten. Er lächelte dünn. »Aus der Umlaufbahn könnte sie ein Mechregiment auslöschen, ohne warm zu werden. Beeindruckend.«

Unpersönlich, übersetzte David. Ein Kriegsschiff konnte weder Boden erobern, noch eine Stadt verteidigen, nur alles um sie herum in Schutt und Asche legen. Trotz all ihres technologischen Fortschritts und der gewaltigen Feuerkraft konnte die *Robert Davion* nicht auf einem Planeten aufsetzen, den Feind stellen und die zivilen Sektoren mit minimaler Verwüstung befreien. BattleMechs konnten das. David selbst hatte es schon getan.

Aber der Kommodoreleutnant war nicht wirklich an einer Diskussion interessiert. David hatte keine Ahnung, womit er sich seinen Zorn zugezogen hatte. Der Mann legte es offensichtlich auf Streit an. David zog einen Fuß aus der Halterung und packte mit der Rechten das Geländer, um sich zu ihm umdrehen zu können. Seine Ohren brannten unter der Zurechtweisung. »Sie haben Recht, Sir.«

Die Augen des Kommodoreleutnants hielten Davids Blick. Sie starrten zu ihm hoch, fahlgrün, umgeben vom leuchtendsten Weiß, dass er je gesehen hatte, blinzelten kaum. Das waren Augen, die es gewohnt waren, hinaus in die Weiten des Alls zu blicken, und David fühlte sich wie ein winziger Lichtpunkt zwischen Tausenden von anderen ... bis der Blick des Lyraners auf Davids Feldzugsbänder fiel. Sie fokussierten wie ein Laser und fixierten das schwarz-grau-schwarze Band am Ende einer sehr kurzen Zeile. Der Flottenoffizier trug selbst einen ›Salat‹ an bunten Bändern auf der Uniformbrust, aber dieses Band konnte er nie erwerben.

»Schlange?« Die Stimme des Kommodoreleutnants war rasiermesserscharf, zu gleichen Teilen neidisch und anklagend. »Sie haben auf Diana gekämpft?«

»Ja, Sir. Hauptmann David McCarthy, ehemals 1. Kathil-Ulanen.«

Misstrauen durchzuckte die fahlgrünen Augen des Raumfahrers. »Ich dachte, die überlebenden Ulanen stellen ein neues Regiment in den Sternenbund-Verteidigungsstreitkräften.«

David nickte. Die Ulanen waren ein berühmtes Regiment ... gewesen ..., eine der Eliteeinheiten des Vereinigten Commonwealth. Es überraschte ihn nicht, dass der Flottenoffizier die Nachricht gehört hatte und sich auch noch daran erinnerte. »Ich habe mich gegen einen Beitritt in die Nachfolgereinheit entschieden«, erklärte er. »Ich kehre nach Kathil zu einem Posten bei der Mark-Capella-Miliz zurück.«

»Hmmm.« Das klang nach einem bevorstehenden Urteil.

Allmählich verstand David, was ihm solche Feindseligkeit eingetragen hatte. Er stammte von Kathil und damit aus den alten Vereinigten Sonnen, während der Raumfahrer offensichtlich Lyraner war. Bis vor kurzem waren beide Staaten im Vereinigten Commonwealth verbunden gewesen und gemeinsam von Archon-Prinz Victor Steiner-Davion regiert worden. Vor fünf Jahren aber hatte dessen Schwester Katherine die lyranische Hälfte des Reiches unter ihrer Herrschaft abgetrennt, als Lyranische Allianz für unabhängig erklärt und sich zum Archon ausgerufen. Dann hatte Katherine auch Victors Thron in der crucischen Hälfte des Vereinigten Commonwealth gestohlen, während er mit den ihm loyalen Streitkräften auf Diana und Strana Metschty gegen die Clans gekämpft hatte. Diese Ungerechtigkeit hatte im ganzen Commonwealth für Unruhe gesorgt und selbst in der Lyranischen Allianz Probleme bereitet. Es war noch keine zwei Monate her, dass es auf Solaris VII zu blutigen Aufständen gekommen war, als sich die Kämpfe in den Arenen der Spielwelt auf die Straßen verlagert hatten. Derzeit hielt nur lyranische Militärmacht die Rebellion im Zaum.

Momentan war das Vereinigte Commonwealth eine tiefer gespaltene Nation denn je. Die Hälfte seiner Einwohner hatten der Archon-Prinzessin die Treue geschworen, die andere Hälfte hoffte noch immer auf die Rückkehr Victors, der kürzlich zum neuen Präzentor Martialum ComStars und Oberkommandierenden der Sternenbund-Verteidigungsstreitkräfte ernannt worden war, um seinen rechtmäßigen Thron zu beanspruchen.

Katherines Verhalten hätte fast ausgereicht, David mit Victor ins Exil zu treiben und ihn eine Position im neuen SBVS-Regiment der überlebenden Ulanen annehmen zu lassen. Aber Prinz Victor selbst hatte seine Krieger gebeten, heimzukehren – hoffentlich in einen friedlichen Dienst, und Davids Erinnerungen an Kathil setzten ihm sehr zu. Achtzig Prozent Verluste in den Regimentern der Einsatzgruppe Schlange. Davids Einheit zerschlagen, er selbst einer der wenigen Überlebenden. Die Kathil-Ulanen aufgelöst. Angesichts der zunehmenden Unruhe auf vielen Welten des Commonwealths war es ihm vernünftiger erschienen, zur Miliz seiner Heimatwelt zu gehen.

»Kommodoreleutnant Jonathan Kerr«, stellte sein Gegenüber sich endlich vor, und hatte offenbar beschlossen, dass ein Einsatzgruppe-Schlange-Abzeichen zumindest minimale Anerkennung erforderte. Kerr reichte ihm jedoch nicht die Hand, und in der informellen Umgebung des Beobachtungsdecks war David nicht gezwungen zu salutieren. Der Flottenoffizier drehte das Kinn zum Ferritglas und dem Kriegsschiff dahinter. »Sie gehört mir.«

Und du kannst sie geschenkt haben, entschied David und drehte sich ebenfalls wieder zu der transparenten Schottwand um. Er hatte kein Interesse an einem Streit mit dem lyranischen Offizier, ganz gleich, wie sehr der ältere Mann es darauf anlegte. Die Feindseligkeit Kerrs hatte ihn überrascht. Er hatte keine Ahnung gehabt, wie dicht unter der Oberfläche des VerCom die Spannungen zwischen Victor und Katherine brodelten. Er starrte hinaus in die Dunkelheit, und seine Gedanken waren nicht weniger düster. Ein *Oktopus*-Schlepper war an die Vorderseite des Raumdocks geflogen und hatte sich an eine der beweglichen Fabriken gehängt, die im Gerüstnetz steckten. Die von der *Robert Davion* weit überragte Kugelhülle des Landungsschiffes rückte die Größenverhältnisse zurecht, und David staunte über die Gewaltigkeit der Konstruktion.

»Erzählen Sie mir, wie es war«, unterbrach Kerr die minutenlange Stille, und David zuckte unwillkürlich zusammen. »Die Kämpfe auf Diana.« Die Aufforderung hatte das Gewicht eines direkten Befehls. Ohne Zweifel war das Absicht.

Und plötzlich war David zurück im harten, glitzernden Licht, die dunkle Ebene erhellt von den Feuern jenes letzten Gefechts, bevor die Ulanen sich in die Dhuansümpfe zurückzogen … bevor er seine Leute den wilden ClanKriegern geopfert hatte, um die anderen zu retten. Die zertrümmerten Wracks der BattleMechs, die den Boden wie gigantische Leichen bedeckten, verdammt, zu verrotten, wo sie gefallen waren. Der trügerische Boden, als der *Destruktor* über abgetrennte Mechgliedmaßen stampfte … das heftige Beben der Kanzel … Raketenwarnungen, Stilllegungswarnungen, und die ganze Zeit über der unaufhaltsame, gnadenlose Vormarsch der Nebelparder-OmniMechs …

Er presste die Augen zusammen und vertrieb die Geister, zumindest für eine Weile. »Hart«, antwortete er. Er würde nie erklären können, wie es wirklich gewesen war, schon gar nicht einem Flottenoffizier. »Teuer. Aber wir haben gewonnen.«

Für die meisten Einwohner der Inneren Sphäre war das genug. Sie wollten nicht wirklich wissen, was der Sieg an Menschen und Material gekostet hatte. Das Einzige, was zählte, war der Sieg der Freien Inneren Sphäre. Sie hatten das Nebelparder-Militär auf Diana zerschlagen und waren weiter nach Strana Metschty gezogen, wo Prinz Victor der Clan-Invasion ein Ende bereitet hatte. Und jetzt lebte Victor Steiner-Davion im Exil, von seiner verräterischen Schwester entmachtet, und die Ulanen gab es nicht mehr.

Kerr schien mit dieser einfachen Antwort nicht zufrieden. Anscheinend verdächtigte er den Crucier, ihm etwas zu verheimlichen. Was auch immer dieser Mann dem Vereinigten Commonwealth vorwarf, es war tief empfunden. David entschied, das Thema zu wechseln. »Sie werden …«

Drei schnarrende Warntöne hallten aus den Lautsprechern der *Korpsbruder*, unterbrachen David und lenkten Kerr ab: Die Ankündigung der zurückkehrenden

Schwerkraft, sobald das Landungsschiff die Triebwerke wieder aktivierte. Das Deck vibrierte unter der freiwerdenden Energie, und alle Anwesenden sanken unter halber Terranormschwerkraft zurück auf den Boden. Genug, um Davids Übelkeit zu vertreiben und ihm endlich zu erlauben, den beißenden Geschmack in der Kehle hinunterzuschlucken. Das Landungsschiff schob sich über die Raumwerft. Das Kriegsschiff und die Metallgerüste des Raumdocks sanken unter den Rand der Glaswand davon. Jenseits des gigantischen Gerüsts sah David jetzt einige der Sturmschiffe, die das fast fertig gestellte Kriegsschiff bewachten.

»Sie werden Kapitän der *Robert Davion* sein?«, fragte er Kerr, nachdem der Alarm dem leisen Wummern der Fusionstriebwerke gewichen war. Er verstand genug von den Gebräuchen der Raumflotte, um zu wissen, dass der Titel ›Kapitän‹ für jeden Offizier eine Ehrung war.

Kerr starrte ihn weiter hasserfüllt an. »Nein. Erster Offizier.« Er beugte sich vor, um einen letzten Blick auf den Kreuzer zu werfen, bevor er völlig außer Sicht war. »Aber ich kenne jeden Zentimeter, jedes System an Bord. Eines Tages wird sie mir gehören.« Er grinste, doch es lag kein Humor darin. »Eines Tages, wenn Sie sich freuen können, ein paar hundert Tonnen Kampfmaschinen zu befehligen, werde ich die *Robert Davion* haben.«

Der Mann seufzte, ein Moment unerwarteter Frustration, dessen er sich vermutlich nicht bewusst war. Ganz sicher hätte er sich nicht wissentlich eine solche Blöße vor jemandem gegeben, den er auf der anderen Seite eines sich ausweitenden Konflikts sah. »Zwei Monate. Zwei Monate noch bis zum Stapellauf und meinem Dienstantritt.« Er trommelte ungeduldig mit den Fingern auf das Geländer und starrte ins All, als wollte er die Position der Sterne lesen. »In Ordnung, wir sind am Dock vorbei. Jetzt können wir nach Kathil wenden.«

David versuchte, sich in Gedanken die Positionen der

Korpsbruder, der *Robert Davion* und des Planeten vorzustellen und das dreidimensionale Modell aufzubauen, das Kerr instinktiv erfasste. Irgendetwas entging ihm. »Kathil liegt hinter dem Landungsschiff, oder?« Er bemerkte Kerrs verärgerten Blick, ließ sich davon aber nicht abschrecken. »Ich versuche nur, mir darüber klar zu werden, warum wir über das Kriegsschiffsdock fliegen müssen.«

Das Lächeln des Raumoffiziers hatte etwas Verächtliches. »Versuchen Sie mal, zwischen irgendeinem Dock oder Orbitalmodul der McKenna-Werften und Kathil hindurchzufliegen, und lange genug zu überleben, um es zu bedauern.«

Nach acht Jahren Militär galt Davids erster Gedanke Patrouillen. Die *Robert Davion* wurde mit Sicherheit von einigen Sturmschiffen und einem Kontingent Luft/Raumjägern bewacht. Immerhin stellte jedes einzelne der kostbaren Kriegsschiffe einen beachtlichen Teil des Militärhaushalts dar. Aber Fabriken? Warum sollte das Militär die *Korpsbruder* abschießen, nur weil sie zwischen einer Fabrik und der Planetenoberfläche …

Eine Geschichtslektion schob sich in sein Bewusstsein. »Die Mikrowellenverbindungen.«

Kerr nickte knapp. »Kathil hat eine der engsten Anflugschneisen aller Welten der Inneren Sphäre. Soweit ich weiß, wird nur der Anflug auf Outreach noch restriktiver gehandhabt.«

David hätte sich an die Mikrowellengeneratoren auf der Planetenoberfläche erinnern müssen. Immerhin spielten sie eine wichtige Rolle in der Einheitsgeschichte der Ulanen. Mehrere über die Oberfläche verteilte Thermalgeneratorenwerke versorgten die Fabriken und Werftanlagen über eng gebündelte Mikrowellenverbindungen mit Strom. Die meisten Orbitalanlagen befanden sich auf stationären Umlaufbahnen und erhielten ihre Energie von einer bestimmten Station. Andere, wie die Werft, die am

LaGrange-Punkt zwischen Kathil und seinem kleinen Mond hing, mussten regelmäßig von einer Verbindung zur anderen wechseln.

»Die Stromwerke hatte ich vergessen«, gab er zu und fühlte sich noch dümmer bei dem Gedanken, von einem lyranischen Flottenoffizier über seine eigene Heimatwelt informiert zu werden.

Kerr nutzte den Vorteil und schlug einen belehrenden, beinahe gönnerhaften Ton an. »3029 hat die Konföderation Capella versucht, einen Teil von ihnen zu zerstören. Liao schickte gegen Ende des 4. Nachfolgekriegs die Todeskommandos und Tau-Ceti-Ranger los. Einer der Mikrowellenstrahler wurde umgelenkt. Brannte eine komplette Kompanie aus der Luft. Keine Überlebenden.«

David nickte und antwortete ohne nachzudenken. »Das war Morgan Hasek-Davion. Er gründete die Ulanen aus Redburns Kompanie Delta, Veteranen der 5. Füsiliere und der örtlichen Miliz. Wir haben die aufgehalten, die es bis zum Boden geschafft haben.«

Er hatte das *wir* auf die Ulanen bezogen, das Regiment, in dem er acht Jahre gedient hatte. Aber wieder klang es, als wollte er den Lyraner übertrumpfen. Und die Erwähnung Morgan Hasek-Davions war auch nicht gerade hilfreich. Hasek-Davion war auf dem Flug der Einsatzgruppe Schlange in den Clan-Raum ermordet worden, was ihn über seine Position als Held des 4. Nachfolgekrieges und Marshal of the Armies des Vereinigten Commonwealth hinaus zum Märtyrer gemacht hatte. Es war kein Geheimnis, dass seine Familie auf Victors Seite stand.

Als Erbherzöge der Mark hatten die Haseks einiges Gewicht. George Hasek, Morgans Sohn und der derzeitige Feldmarschall der Mark Capella, war ein lautstarker Gegner Katherine Steiner-Davions. David hätte Kerr kaum deutlicher an ihre Differenzen erinnern können.

Es war kaum ein Zweifel möglich, dass die Gedanken des Kommodoreleutnants sich in genau diesen Bahnen bewegten. Sein Blick bohrte sich wie mit Lasern in Davids Augen, und einige Pulsschläge lang sagte er kein Wort. Wie er als Nächstes hätte reagieren können, war schwer vorherzusagen. David sollte es nie herausfinden, denn jetzt schwenkte die *Korpsbruder* ein, und Kathil tauchte an Steuerbord auf. Das bot dem Flottenoffizier die Gelegenheit, den jüngeren MechKrieger zu ignorieren.

David drehte sich ebenfalls wieder der Ferritglaswand und dem ersten Blick auf den Planeten zu. Er war ebenso froh über die Ablenkung. Blaue Meere umrahmten gelbgrüne Kontinente. Deren verwaschene Farbe war das Ergebnis cholorophylarmer Vegetation, die an das helle Licht der F-Klasse-Sonne des Systems angepasst war. Murans von Gebirgen überzogene Landschaft breitete sich unter ihnen aus, und am östlichen Horizont war der Inselkontinent Thespia gerade auszumachen. Wie üblich stapelten sich die Wolken an Murans Westküste und überschütteten sie mit Regen, während die trockene Einöde des Landesinnern sich dürr und trostlos bis an die gemäßigte Ostküste erstreckte.

Ja, diese Welt kannte David. Kathil. Seine Heimat.

Und wenn man vor der Vergangenheit davonläuft, gibt es kein besseres Ziel als die Heimat.

2

Stützpunkt der MCM Kathil, Radcliffe, Kathil
Kathil-PDZ, Mark Capella, Vereinigtes Commonwealth

13. Oktober 3062

Davids *Destruktor* stand vornan im Mechhangar der Kathil-Miliz. Breitbeinig ragte er an der Spitze einer in Paradeformation aufgebauten Kompanie von zwölf BattleMechs auf, dreireihig und vier Zeilen tief. Als einzige überschwere Maschine der Einheit war er fast einen Meter größer als der nächsthöchste Mech und volle zwei Meter größer als der fünfunddreißig Tonnen schwere *Garm,* der die nächste Lanze anführte. Die breiten Schultern des *Destruktor* stellten alle anderen Maschinen bis auf den *Bushwacker,* der unmittelbar hinter ihm stand, in den Schatten.

David stand auf dem Hangarboden, kam mit dem Kopf kaum über den Knöchel der Kampfmaschine, und starrte zu dem Kampfkoloss hinauf. Starrte zu ihm hinauf und schüttelte sich, als ihm ein heftiger Schauder den Rücken entlanglief.

Niemand bemerkte es. Zwei AsTechs waren auf einer Hebebühne damit beschäftigt, den Mech neu zu lackieren, dunkelgrün mit roten Akzenten. Sie trugen Atemmasken, bei der Arbeit mit Mechlacken eine notwendige Schutzmaßnahme. Der schwere Lösungsmitteldunst hatte David bereits acht, zehn Schritte zurückgetrieben, brannte ihm in der Nase und drohte ihn selbst in der gut gelüfteten Hangarumgebung zu überwältigen. Ein dritter AsTech war gerade damit fertig, das Motto der Mark-Capella-Miliz, ›Duty, Honor, Loyalty‹ auf dem Spruchband des Einheitswappens anzubringen, das auf der linken Brustpartie des *Destruktor* prangte, einer Fackel vor rotem Schild.

Pflicht, Ehre, Loyalität. Das ging in Ordnung. Solange

nur niemand Tapferkeit forderte. Die hatte er auf Diana verloren, zusammen mit den meisten seiner Leute. Wenn er nur das unangenehme Gefühl hätte loswerden können, dass der *Destruktor* schon bald würde ausrücken müssen.

»Eine beeindruckende Maschine, Sir.«

David drehte sich um. Die rauchige Altstimme gehörte einer Offizierin mit den Schulterklappen eines First Lieutenant. Ihr honigblondes Haar war zu einem strengen Knoten nach hinten gebunden, der das herzförmige Gesicht und die sanften, schokoladenbraunen Augen nur noch betonte. Sie sprach wie eine Veteranin, aber am Fehlen von Feldzugsbändern an ihrer Uniform sah David, dass sie seit höchstens zwei Jahren beim Militär war. Er fragte sich, ob sie zu seiner Einheit gehörte.

Sowohl der First Lieutenant wie auch ihr Begleiter, ein Corporal, richteten sich zu einer Art Hab-Acht-Stellung auf und salutierten. David erwiderte den Gruß, woraufhin sich der Corporal auf der Stelle wieder entspannte.

»Lieutenant Tara Michaels, Corporal Richard Smith«, sagte sie. David erkannte die Namen. Beide waren MechKrieger der 2. Kompanie, seiner neuen Einheit. Er hatte die Namen auf der Aufstellungsliste gelesen, die er in der Verwaltung erhalten hatte. Tara Michaels reichte ihm die Hand und runzelte leicht die Stirn, als David sie nicht sofort ergriff. »Der Alte hat uns geschickt, Sie zu holen, Captain. Einer der Techs hat uns den Weg gezeigt.«

Der Alte? Captain? »Und der Alte wäre …?«, fragte er trocken. First Lieutenant Michaels zeigte eine für jemanden von ihrer geringen Erfahrung durchaus unangebrachte Einstellung. Langsam wurde ihm klar, welche Probleme ihn in seiner neuen Position erwarteten.

»Major General Donald Sampreis. Der LC, das wäre Lieutenant Colonel Damien Zibler, unser Bataillonschef, ist auch bei ihm.«

David ließ sich seine Überraschung nicht anmerken.

»Major General« war eine alte Rangbezeichnung der Vereinigten Sonnen für den VerCom-Rang des Generalhauptmanns. Schon zum zweiten Mal hatte Michaels das alte System benutzt. Er fragte sich, ob das eine persönliche Entscheidung oder die offizielle Handhabung dieser Einheit war.

Er warf dem *Destruktor* einen letzten Blick zu, dann deutete er mit einer Kopfbewegung zu den riesigen Hangartoren und hinaus auf den Paradeplatz der Kathil-Miliz. »Dann wollen wir die Herren nicht warten lassen.«

Corporal Smith trottete ein paar Schritte hinter David und Tara, als sie sich auf den Weg machten. Sie nickte den Techs, an denen sie vorbeikamen, gnädig zu, und genoss ganz offensichtlich ihren Status als MechKriegerin und Offizierin. »Es heißt, Sie haben mit den Ulanen auf Diana gekämpft«, stellte sie mit einem schrägen Blick auf sein Feldzugsband fest. »Als Major.«

»Stimmt.«

»War es so hart, wie man hört?«

Einen Moment lang antwortete er nicht. »Ja«, sagte er schließlich. Offensichtlich wollte sie ihn von seinen Erlebnissen erzählen hören, aber die Erwähnung Dianas weckte bei ihm immer noch zu viele schmerzhafte Erinnerungen, um näher darauf einzugehen.

Der frische Wind des Spätfrühlings war sehr erfrischend, als sie nach draußen kamen, erst recht nach den Farbdämpfen im Hangar. Er spuckte trocken aus, um den öligen Lackgeschmack loszuwerden, der sich ihm über die Mundinnenseite gelegt hatte, und genoss das Sonnenlicht nach Monaten künstlicher Raumschiffsumgebung.

Tara wies zu einem in der Nähe stehenden offenen Geländewagen hin, und sie stiegen ein. Sie fuhr, während Smith sich auf dem Rücksitz lümmelte.

Niemand sprach, und das Schweigen dehnte sich so

lang, dass David entschied, Tara besser keine Gelegenheit zu geben, Diana erneut anzusprechen.

»Sagt er überhaupt mal etwas?«, fragte er laut genug, dass Smith ihn hörte.

»Nur, wenn ich Ärger bekommen will«, antwortete Smith mit leicht unbestimmtem Ton. »Außerdem höre ich lieber dem Lieutenant zu.«

David drehte sich ein wenig zu ihm um. »Sind Sie deswegen nur ein Corporal? Weil Sie Ärger bekommen haben?« Seit einigen Jahren schon waren MechKrieger im Vereinigten Commonwealth zwar nicht mehr automatisch Offiziere, aber der normale Mindestrang war zumindest Sergeant.

»Nein«, erwiderte Smith und unterdrückte ein Grinsen. »Aber geholfen hat es auch nicht.«

»Corporal Smith und Barnes sind unsere Landeier. Sie sind über das Rekrutenprogramm in Thespia zur Einheit gekommen«, erklärte Tara. »Momentan sind sie in der Bewährungsphase. Wir erwarten, dass sie bei der nächsten Jahresbeurteilung problemlos befördert werden.«

David ließ sich die Implikationen dieser Antwort durch den Kopf gehen, verzichtete aber für den Augenblick auf eine Entgegnung. Wieder dehnte sich die Stille, unterbrochen nur vom Brausen des Fahrtwinds. Der Stützpunkt war riesig und beherbergte zusätzlich zu den Unterkünften für die Hälfte des eintausend Mann starken Infanterieregiments mehrere Hundert Mechs und Panzerfahrzeuge.

Radcliffe war ursprünglich die Hauptmilizbasis an der Ostküste des Kontinents gewesen, aber während Davids Abwesenheit waren neuere Anlagen in der planetaren Hauptstadt District City eröffnet worden. Zu seiner Überraschung hatte er erfahren, dass diese Basis derzeit von einer anderen Einheit benutzt wurde.

Der Verkehr an Fußgängern und Fahrzeugen hatte zugenommen. David spürte auch eine größere Anspannung, als er sie üblicherweise auf einer Militärbasis in Friedenszeiten erwartet hätte. Irgendetwas schien schwer und drückend über den umhereilenden Menschen zu lasten.

»Ich hatte gehofft, heute Morgen mit meinem Stabsfeldwebel zu sprechen. Irgendeine Ahnung, wo sie stecken könnte?«, fragte er über die Schulter. Wie in jeder Armee existierte sicher auch bei der Militia die übliche Gemeinschaft der Mannschaftsgrade, und Smith konnte als Corporal die Frage vermutlich leichter beantworten als First Lieutenant Michaels.

Trotzdem war sie es, die auf seine Frage einging, während sie um die Ecke einer Lagerhalle in eine Gasse zwischen langen Zeilen mit Verwaltungsgebäuden bogen. »Sergeant-Major Black befindet sich in den Sims. Als Sie nicht beim Appell waren, hat sie eine Übung angesetzt.«

Falls Tara damit gehofft hatte, Smiths Antwort abzublocken, scheiterte sie. »Yeah«, ließ sich der Corporal vom Rücksitz vernehmen. »Sie hat erklärt, es wird mal wieder Zeit, Patschenkos Panthern eine Abreibung zu verpassen. Taras Terror war letzte Woche dran.«

Michaels lief krebsrot an und wich Davids Blicken aus. Sie brachte den Wagen zu einem jähen, ruckartigen Halt und deutete auf ein paar nahe Gebäude. »Sie finden die hohen Herrschaften da drüben, Captain. Können wir sonst noch was für Sie tun?«

David nickte knapp. »Suchen Sie Hauptfeldwebel Black und teilen Sie ihr mit, die Übung sei ausgesetzt. Ich möchte die ganze Kompanie in zwei Stunden im Mechhangar sehen.« Dann unterbrach er sich. Der Mechhangar war momentan der letzte Ort, an dem er sein wollte. »Nein, warten Sie. Es gibt bestimmt einen besseren Ort für eine Vorstellung. Sie kennen sich hier auf der Basis aus, Lieutenant. Suchen Sie uns einen Raum und schicken Sie Corporal Smith mich holen, wenn es soweit ist.« Er drehte sich um. »Sie können doch fahren?«

Smith setzte zu einer Entgegnung an, dann zögerte er und zuckte die Achseln. »Yeah, ich kann fahren.«

Als er aus dem Wagen stieg, ging David in Gedanken durch, worauf er sich mit der Kathil-Version der Mark-Capella-Miliz eingelassen hatte: Mangelnde Disziplin. Übertriebenes Selbstvertrauen. Vertraulichkeiten Vorgesetzten gegenüber, und das von den untersten Rängen hoch bis mindestens zu First Lieutenant Michaels. Bei Smith war es beinahe schon Insubordination, aber er war sich nicht sicher, ob der Mann bewusst aufmüpfig war oder es nur nie besser gelernt hatte. Ganz abgesehen von einem Stabsfeldwebel, die sich einen Konkurrenzkampf mit seinen Lanzenführern erlaubte, die sich beide aufspielten und sich hochtrabende Lanzenbezeichnungen ausgedacht hatten.

Diese Gedanken beschäftigten ihn auf dem ganzen Weg durch den Eingang der Befehlszentrale und zwei Vorzimmer bis schließlich ins Büro von Generalhauptmann Sampreis. Der ›Alte‹ begrüßte David an der Tür und führte ihn persönlich in das nach Zigarrenqualm und Papier riechende Büro. David kam kurz der Gedanke, dass diese Mischung typisch für die Büroatmosphäre von Regimentskommandeuren in der ganzen Inneren Sphäre war. Unter der Decke hing der dünne Nebel einer erst vor kurzem gelöschten Zigarre.

Sampreis wirkte jung für seinen Rang. David schätzte ihn auf Anfang Vierzig. Natürlich mochte die große Holographie auf dem Schreibtisch, die Sampreis beim Händedruck mit Field Marshal George Hasek zeigte, dem Herzog und militärischen Kommandeur der Mark Capella, etwas damit zutun haben. Um genau zu sein, bemerkte David noch mindestens drei andere Bilder an den Wänden, die seinen Kommandeur mit hochgestellten Freunden zeigten. Eines davon, mit Morgan Hasek-Davion, verursachte einen Kloß in Davids Hals.

»Ich bin mit seinem Sohn befreundet«, erklärte Sampreis, der Davids Blick folgte. David schloss daraus, dass der General ohne Zweifel dem politischen Lager Victor Davions zuzuordnen war. George Hasek gehörte zu den lautstärksten Unterstützern des ehemaligen Archon-Prinzen des Vereinigten Commonwealth.

Sampreis schlug den Umhang der Ausgehuniform zurück und trat hinter den nierenförmigen Schreibtisch. »Wir haben alle zu Morgan aufgesehen. Ein tragischer Verlust.«

David wartete auf die unvermeidlichen Fragen zu Einsatzgruppe Schlange, aber diesmal blieben sie aus. Die Überraschung darüber hielt während der Vorstellung seines unmittelbaren Vorgesetzten, Lieutenant Colonel Damien Zibler, an, und es dauerte einen Moment, bis ihm bewusst wurde, dass Zibler Sampreis mit dem alten AVS-Rang ansprach, als er sich bedankte. Er setzte sich neben Zibler.

Der Mann hätte einem Werbeplakat entsprungen sein können. Ein Meter achtzig, muskulös gebaut, mit rotblondem Haar, funkelnden blauen Augen und einer stolzen Nase. Sein Händedruck war fest. Er trug die Ausgehuniform des Davion-Teils des Vereinigten Commonwealth, allerdings ohne Umhang, so wie David.

»Willkommen daheim«, begrüßte Zibler ihn, als sie sich setzten. »Captain McCarthy stammt von Kathil«, erklärte er dem General. »Wir sind uns vor Jahren einmal begegnet, als er noch bei den Ulanen diente.«

Sampreis schürzte die Lippen. »Hier aus dieser Gegend?«

»Weiter landeinwärts«, antwortete David und verbrachte die nächsten Minuten damit, Fragen über Hintergrund und Abstammung zu beantworten. Sampreis wirkte ehrlich interessiert, aber ohne Zweifel hatten Familienbindungen bei seinem Aufstieg die Karriereleiter empor eine wichtige Rolle gespielt.

»Die meisten leben in der Nähe von Vorhaven«, erklärte er. »Etwa ein Dutzend haben es nach meiner Ankunft zu einer kleinen Familienfeier nach District City geschafft. Kaum lange genug, um auf dem Laufenden zu sein, aber es hat meinem Eintreffen einen Hauch von Rückkehr in die Heimat verliehen.« Er pausierte. Es gab eine Grenze zwischen höflicher Konversation und dem Langweilen eines Vorgesetzten.

»Ich muss mich für meine Verspätung entschuldigen, Sir«, bot er Sampreis die Gelegenheit, das Thema zu wechseln. »Ich habe erst heute Morgen erfahren, dass ich mich hier in Radcliffe melden muss, statt auf der District-City-Basis.«

Sampreis warf Zibler einen schnellen Blick zu. »Ah ja, nun, das ist ein prekäres Thema. Wir haben Befehl, District City zu besetzen. Field Marshal Hasek hat die MCM Kathil letzten Monat offiziell aktiviert und die 8. Regimentskampfgruppe aufgefordert, die Garnison des Planeten an uns zu übergeben. Anschließend sollte die 8. V-C nach Lee umziehen, aber ungeachtet aller Bemühungen Duke VanLees', sie loszuwerden, weigert sich die 8. abzuziehen.«

David runzelte die Stirn. »Und das lässt Koster VanLees sich gefallen? Ich habe den Herzog durchsetzungsfähiger in Erinnerung.« Dann fiel ihm ein, dass Herzog Koster inzwischen über siebzig sein musste.

»Nicht der Vater«, korrigierte Sampreis. »Der Sohn. Duke Petyr VanLees. Er hat die Durchsetzungsfähigkeit seines Vaters geerbt, aber die 8. hat ein Regiment Mechs und acht Regimenter Hilfstruppen als Argumente für ihre Position.«

»Warum sind sie so entschlossen hierzubleiben?«, fragte David ehrlich verwirrt. Es stimmte zwar, dass die Raumwerften Kathil zu einer wichtigen Industriewelt machten, aber Lee lag nahe genug an der Grenze zur Konföderation Capella, um dort stationierten Einheiten reichlich Einsatzmöglichkeiten zu versprechen. Die RKG lief keine Gefahr, durch die Verlegung an Prestige zu verlieren.

»Die 8. Vereinigte Commonwealth wurde letztes Jahr von Katherine Steiner-Davion als Garnison eingesetzt«, erklärte Zibler und verzichtete sichtlich bewusst auf ihren Titel einer Archon-Prinzessin. Auch die Weigerung, ihre Namensänderung zu Katrina hinzunehmen, die für reichlich lyranische Zustimmung gesorgt hatte, entsprach der allgemeinen Tendenz in den Vereinigten Sonnen. »Kathil ist eine wichtige Welt, aber es besteht keine ernsthafte Gefahr eines Angriffs aus der Konföderation Capella. In Wahrheit ist die 8. hier, um Katherine die Kontrolle über die Raumwerften zu garantieren, und vor allem über die Kriegsflotte. Generalhauptmann Weintraub, der Kommandeur der 8. RKG, hat erklärt, seine Befehle kommen direkt von Katherine Steiner-Davion, und bis sie persönlich etwas anderes anordnet, weigert er sich, Kathil ›unerprobten Verteidigern‹ zu überlassen.«

»Das wären dann wohl wir.« Offenbar war die Lage auf seiner Heimatwelt weit angespannter, als David vermutet hatte. Allmählich verstand er Kommodoreleutnant Kerrs Feindseligkeit an Bord des Landungsschiffes, ebenso wie die leitende Position eines lyranischen Offiziers auf einem VerCom-Kreuzer. Falls sich die politische Lage tatsächlich derart zugespitzt hatte, dass eine Regimentskampfgruppe den Befehl eines Feldmarschalls verweigerte, stand ein offener Ausbruch von Feindseligkeiten zwischen den Anhängern Victors und Katherines unmittelbar bevor … genau wie auf Solaris VII.

»Zugegeben, Weintraub hat nicht Unrecht.« Sampreis schien in der Lage, beide Seiten eines Streits zu sehen, wenn nicht noch mehr, ein weiterer Hinweis auf eine mehr politische als militärische Laufbahn. Unglücklicherweise hatten Politiker in Davids Erfahrung mehr Geschick darin, Konflikte anzuzetteln, als sie zu verhindern. Und Kathil benötigte jetzt kühle Köpfe.

»Wir haben noch immer Probleme mit der Aktivierung der MCM auf Kathil«, fuhr Sampreis fort, »aber ich hoffe, mit einem starken Offizierskorps können wir das meistern. In der Zwischenzeit müssen wir auf George Haseks Fähigkeit vertrauen, die 8. RKG von Kathil abzuziehen. Wir werden das Kind schon schaukeln, Captain.«

»Ja, Sir.« David hörte die Verabschiedung in der Stimme des Regimentschefs. »Dann werde ich mir, mit Ihrer Erlaubnis, jetzt einmal meine neue Einheit ansehen.«

Sampreis nickte. »Wegtreten.«

Zibler reichte ihm wieder die Hand, gleichzeitig mit David, der sie ebenfalls ausstreckte. Als sie sich die Hände schüttelten, trafen sich ihre Blicke, und etwas in den Augen seines Gegenübers ließ ihn auf dem Flur vor Sampreis' Empfangszimmer warten. Er trank einen Schluck warmes Wasser aus einem nahen Spender, las sich den am Schwarzen Brett angeschlagenen Tagesbefehl durch und richtete die Uniform in der Reflexion einer Vitrine, unter deren Glasdeckel das Modell eines Landungsschiffs der *Union*-Klasse stand.

Seine graublauen Augen wirkten im geisterhaften Spiegelbild der Glasscheibe düster. Leblos. Weiter hinten im Glas, gefangen irgendwo zwischen der Reflexion und der Vergangenheit, rannte ein einsamer *Skarabäus* über nebelverhangenes Gelände, und seine mittelschweren Zwillingslaser schleuderten rubinrote Lichtpfeile in eine unsichtbare Feindlinie. Die Leuchtröhren der Korridordecke verwandelten sich in bunte Laserbahnen, die sich aus mehreren Richtungen auf den unglückseligen Mech stürzten und ihn zerfetzten.

Eine Stimme flüsterte in seinen Gedanken: *Da kommen sie.*

»Danke, dass Sie gewartet haben.« Ziblers Stimme holte David zurück in die Gegenwart. Der Lieutenant Colonel legte ihm in einer kameradschaftlichen Geste die Hand auf die Schulter. Es passte zu ihm.

»Schön, Sie wiederzusehen, Sir«, stellte David ehrlich fest. Er hatte es immer bedauert, Zibler nicht näher kennen gelernt zu haben, als sie einander vor Jahren zum ersten Mal begegnet waren. Möglicherweise würden sie jetzt Gelegenheit haben, das nachzuholen.

»Ich würde mich später gerne ausführlicher mit Ihnen unterhalten, aber ich dachte mir, wir wechseln jetzt schon einmal ein, zwei Worte ...?« Seine Stimme verklang.

David nickte. »Natürlich.«

»Normalerweise frage ich meine Offiziere nicht nach den Gründen für die Entscheidung, unter meinen Befehl zu treten, aber in Ihrem Fall sieht die Sache etwas anders aus.« Zibler senkte die Stimme. »Zum Beispiel frage ich mich, wie ein Held der Einsatzgruppe Schlange es schafft, auf dem Weg zum nächsten Einsatz degradiert zu werden?«

David bewegte bei der Bezeichnung ›Held‹ unbehaglich die Schultern. »Von meiner Einheit ist nicht viel übrig geblieben«, stellte er fest, »und unser neuer Marshal of the Armies entschied, die Ulanen aufzulösen.« Es kostete ihn Mühe, sich die Verbitterung nicht anmerken zu lassen, als er den neuen Marshal der VCS, Nondi Steiner, erwähnte. Sie war eine hundertprozentige Lyranerin, die ohne Zweifel in jedem Fall die Interessen der Allianz höher bewerten würde als die des Vereinigten Commonwealth.

»Als ich mich dagegen entschied, dem Rest des Regiments in die Sternenbund-Verteidigungsstreitkräfte zu folgen, wurde ich ehrenhaft aus dem Dienst entlassen. Die einzige Möglichkeit, mein Offizierspatent zu reaktivieren, bestand darin, aus dem Ruhestand in den aktiven Dienst zurückzukehren. Die offene Stelle in der MCM Kathil war für einen Hauptmann vorgesehen – und mein Rang wurde entsprechend reduziert.«

»Falls es Ihnen bisher entgangen sein sollte, Captain McCarthy, werden Sie noch feststellen, dass viele Regimenter, darunter auch dieses, wieder das alte Rangsystem der AVS benutzen. Ein stiller Protest gegen lyranische Bevormundung.« Ziblers Stimme enthielt keine Bitterkeit. Es war eine gelassene Tatsachenfeststellung. »Das Ganze war also ein bürokratisches Versehen?«

David schüttelte den Kopf. »Nein, es war Absicht. Einige Veteranen sind auf diese Weise degradiert worden, und wir haben Gerüchte über andere gehört, die nach der Reaktivierung auf Posten an der Peripherie oder in anderen Risikogebieten abgeschoben wurden. Es gab beträchtlichen Druck, im Ruhestand zu bleiben.«

»Katherine macht sich um die Anhänger ihres Bruders in den Streitkräften Sorgen. Zu Recht.« Ziblers Stimme wurde ärgerlicher, was vermutlich mit Katherines Verrat an ihrem Bruder zu tun hatte. »General Sampreis vertraut George Hasek zu sehr. Der Field Marshal ist ein guter Mann und steht loyal zur Mark Capella, aber er ist nicht hier. Er weiß nicht, wie schlimm es hier werden könnte. Falls Sie Bilder von den Aufständen auf Solaris VII gesehen haben ...«

David nickte. »Die letzten Nachrichten sprechen von einer Spaltung der Arenaställe in nationalistische Lager«, erwiderte er. »Hauptsächlich Steiner und Davion.« Die Namen der historischen Herrscherfamilien des Lyranischen Commonwealth, wiedergeboren als Lyranische Allianz, respektive der Vereinigten Sonnen, offiziell noch Vereinigtes Commonwealth. »Die Bilder erzählen den Rest. Mechs, die statt in den Arenen auf offener Straße gegeneinander kämpfen. Zur Zeit gelingt es wohl, die Spielwelt unter Kriegsrecht im Griff zu behalten, aber nur gerade so eben.«

»Dann verstehen Sie, was ich meine, wenn ich sage, ich sehe dasselbe hier voraus«, stellte Zibler ernst fest. »Es wird Ärger geben.«

David kannte das Gefühl nur zu gut. Seit der Begegnung mit Kommodoreleutnant Kerr ließ es ihn nicht mehr los. Bei der Vorstellung, auf seiner Heimatwelt könnte ein ähnliches Gemetzel ausbrechen wie auf Solaris VII, das unter Umständen sogar seine Familie traf, schauderte er innerlich. Doch es fiel ihm schwer zu entscheiden, wie viel davon natürlicher Instinkt eines Soldaten war, und wie viel ein Überrest der Erfahrungen auf Diana.

»Wie schlimm steht es?«, fragte er, und wusste, Zibler würde ihm nichts ersparen.

»Weintraub lässt Sachen vom Stapel, die glauben Sie mir nicht.« Ziblers blaue Augen funkelten wütend. »Es scheint ihn nicht zu kümmern, dass Field Marshal Hasek das unbestreitbare Recht hat, die in der Mark stationierten Truppen zu verlegen, wie es ihm beliebt. Um genau zu sein, er bezeichnet Field Marshal Hasek und Duke VanLees offen als Verräter, die versuchen, die rechtmäßige Regierung zu unterminieren und alles an Victor auszuliefern.«

»So viel dazu, dass wir das Kind schon schaukeln«, kommentierte David, in dessen Magengrube sich ein hohles Gefühl ausbreitete. »Gibt es noch irgendeine Hoffnung auf Aufschub?«

Zibler lächelte grimmig. »Aber sicher. Allerdings nur, wenn Katherine Steiner-Davion George Haseks Autorität anerkennt und die 8. RKG anweist, nach Lee umzuziehen, wie der Field Marshal es ihr befohlen hat.«

Daran hätte David gerne glauben mögen, wenn er es denn gekonnt hätte.

Soweit er es beurteilen konnte, ergab es strategisch durchaus einen Sinn, die 8. V-C nach Lee zu verlegen, ganz sicher angesichts einer vom militaristischen Xin-Sheng-Fieber ergriffenen Konföderation Capella. Falls das Säbelrasseln außer Kontrolle geriet, konnte es gut sein, dass die Kämpfe im St. Ives-Pakt auf das Vereinigte Commonwealth übergriffen, und in diesem Fall benötigte Lee den Schutz der 8. RKG. Als er neben Zibler aus dem Gebäude in Kathils helles Tageslicht trat, schien der Sonnenschein einiges an Wärme eingebüßt zu haben, und was noch kurz zuvor eine erfrischende Brise gewesen war, ließ ihn jetzt frösteln. »Fassen Sie das nicht falsch auf, Sir, aber ... sind wir bereit zum Kampf?«

Falls die Frage Zibler schockierte, war es ihm nicht anzumerken. David fragte sich, wie lange sein Kommandeur und andere sich diese Frage bereits selbst stellten. Wie lange war es schon her, seit sie die düsteren Gewitterwolken bemerkt hatten, die kurz hinter dem Horizont dräuten? Seit Katherine vor zwei Jahren Victors Thron gestohlen hatte? Möglicherweise. Seit den Gewaltausbrüchen auf Solaris VII? Das war wahrscheinlicher.

»Ehrlich?«, fragte Zibler zurück. »Nein. Ich hoffe immer noch, dass es nicht so weit kommt. Marshal Hasek könnte immer noch eine Lösung auf diplomatischem Weg finden. Oder er könnte den Verlegungsbefehl an die 8. RKG zurückziehen.«

»Klein beigeben?« Danach, was David von Morgan Hasek-Davion gesehen hatte, dem Gründer der Ulanen, hielt er das für mehr als unwahrscheinlich. Zumindest, falls George Hasek seinem Vater ähnlich war.

»Einen Kompromiss schließen«, korrigierte der Lieutenant Colonel. »Durch die Werften ist das Kathil-System mindestens so wichtig wie jedes andere der Mark, vielleicht noch wichtiger. Das bietet den Adligen Spielraum. Und es würde uns die Zeit verschaffen, die Miliz in Schuss zu bringen.«

David fuhr sich mit den Fingern durch das kurz geschorene dunkle Haar. »Momentan wäre ich schon froh, wenn ich sie halbwegs zurechtstutzen könnte.«

»Sie haben Ihre Leute getroffen?«

»Ein paar von ihnen, und das war genug, um mir klar zu machen, wie viel Arbeit mir bevorsteht.«

Zibler wirkte wie jemand, der nach einer Möglichkeit suchte, eine unangenehme Wahrheit möglichst angenehm zu verpacken, während sie weiter den Weg hinabschlenderten. »Ich kann nicht behaupten, dass Sie damit

Unrecht hätten«, gestand er schließlich ein. »Vom kleinsten Rekruten aufwärts fehlt der MCM eine Identität, zumindest als Einheit. Diejenigen, die glauben, eine zu haben, unterliegen dem Irrtum, wir wären die Erben der Traditionen und des Rufs der Ulanen, und für so unerfahrene Soldaten ist das eine gefährliche Illusion. Sie könnten sich nur zu leicht übernehmen, und so etwas kostet Leben.« Er verzog das Gesicht. »Leider muss ich sagen, dass Ihre Kompanie da besonders gefährdet ist, erst recht angesichts Ihrer Verbindung zu den Ulanen.«

»Falls ich ihr das austreiben kann, werde ich es tun«, antwortete David. »Ich hoffe, es gelingt mir, sie Dank meiner Vergangenheit positiv zu beeinflussen.«

»Schaden kann es nicht«, stimmte Zibler ihm zu. »Normalerweise respektieren Soldaten das Wort eines Veteranen … besonders das eines Kriegshelden.« Er bemerkte Davids säuerliche Miene. »Es stimmt, und das wissen Sie auch. Sie werden für eine Weile eine Art örtliche Berühmtheit sein. Erst recht nach dem Empfang.«

Davids Kopf zuckte herum. »Nach welchem Empfang?«

Zibler lächelte – und diesmal mit dem Versprechen einer in seinen Augen sicherlich erfreulichen Neuigkeit. »Die Nachricht ist vor Ihnen hier eingetroffen. Andrew Redburn hat Sie für die Nachhutaktion auf Diana für die Sternenbund-Tapferkeitsmedaille vorgeschlagen, und Erster Lord Theodore Kurita hat sie Ihnen verliehen. Es wird vermutlich in Ihre Dienstakte eingetragen, aber da Sie nicht mehr bei den SBVS sind, gibt es keine automatische Beförderung. Doch der Orden gehört Ihnen.«

Ihm. Gekauft mit dem Leben und der Gesundheit seiner Soldaten. Denning, Whidbey. Kennedy. Verdammt, es waren zu viele! »Können wir das verschieben?«, fragte er und bemühte sich, locker zu klingen. »Damit ich ein wenig Zeit bekomme, sie zu stauchen, bevor wir die Fahnen und Banner rausholen und ihnen erzählen, wie süß und ehrenvoll unsere Arbeit ist?«

Zibler musterte ihn mit schmalem Blick, dann nickte er. »Wenn Sie das so möchten, natürlich. Sampreis wird es nicht gefallen, er freut sich schon darauf, ein großes Zeremoniell aus der Verleihung zu machen. Aber ich kann Ihnen vermutlich etwas Zeit verschaffen.«

David atmete laut aus, und seine Erleichterung war mit Händen zu greifen. »Das weiß ich zu schätzen.«

»Ich weiß.« Zibler blieb stehen und schaute David in die Augen. »Ich habe die Gefechts-ROM-Bilder gesehen, die freigegeben wurden. Eine Schlacht pro Sitzung. Aber ich habe immer noch keine Vorstellung davon, wie es gewesen sein muss, den ganzen Feldzug auf Diana mitzumachen.«

Zum ersten Mal war David versucht, mit jemandem darüber zu reden, der nicht dabei gewesen war. Vielleicht lag es an dem Respekt und der Achtung, die er für Zibler empfand, oder weil der nicht versucht hatte, ihn auszufragen. Das hatte Sampreis natürlich auch nicht getan, aber der Major General interessierte sich vermutlich einfach nicht dafür. »Fragen Sie mich bei Gelegenheit danach«, sagte er zögernd. »Aber nicht jetzt. Heute möchte ich meine Leute kennen lernen. Aber ... später.«

»Mal sehen. Viel Glück mit der neuen Einheit, David.«

David nickte abwesend und ging gedankenverloren weiter. Er erinnerte sich an die Schreie, die Explosionen, die Flammen und die Gluthitze des Cockpits. Die Fragen über Diana waren immer die gleichen. Wie war es? Wie schlimm war es?

Schlimm genug, dass David davon überzeugt war, er hätte auf Diana nicht überleben dürfen. Schlimm genug, dass er jeden Morgen mit dem Gefühl bevorstehenden Unheils erwachte, als bliebe ihm die Gefahr, der er um Haaresbreite entkommen war, auf den Fersen.

Schlimm genug, dass David sich nicht sicher war, ob er jemals wieder einen BattleMech würde in den Kampf führen können.

3

Hall of Nobles, District City, Kathil
Kathil-PDZ, Mark Capella, Vereinigtes Commonwealth

20. Oktober 3062

Die Hall of Nobles in District City war Kathils beeindruckendstes Bauwerk und das Juwel der planetaren Hauptstadt. Weder beim Entwurf noch beim Bau war an irgendeiner Stelle gespart worden, als hätte irgendein längst vergessener Herzog ohnehin schon von den Raumdocks und Werftanlagen in der Umlaufbahn um den Planeten beeindruckte Besucher noch zusätzlich in Staunen versetzen wollen. Hohe Bögen streckten selbst die einfachsten Korridore in titanische Proportionen, hoch und weit genug selbst für einen überschweren BattleMech. Marmorsäulen stützten Simse aus dickem, poliertem Hartholz über sämtlichen Türen, und hoch an den Wänden ragten Balkone hervor.

Kommandant Eván Greene vermutete stark, dass selbst die Besenschränke des Hausmeisters eine mit Blattgold verzierte Kuppeldecke aufwiesen.

Greene gehörte zum Gefolge Generalhauptmann Weintraubs, zusammen mit den beiden anderen Mechbataillonsführern der 8. RKG. Mit ein Meter achtzig, wovon ein Großteil Bein war, erwies sich Eván als ebenso groß wie sein Kommandeur und hatte keine Mühe, mit dessen raumgreifenden Schritten mitzuhalten. Die vier anderen Offiziere mussten schneller gehen, um nicht zurückzufallen. Eván verspürte ein amüsiertes Bedauern für den kleinen Adjutanten, Duke VanLees' Mann, der beinahe rennen musste, um ihnen den Weg zu zeigen.

Es war sein erster Besuch im Adelspalast des Planeten, wenn auch nicht das erste Gefecht zwischen Weintraub und VanLees, dem er beiwohnte. Es hatte in der vergangenen Woche schon zwei andere Treffen zwischen dem Generalhauptmann und dem Herzog gegeben, beide von spektakulärer Erfolglosigkeit. Was stand ihnen wohl diesmal bevor? Selbstmorddrohungen? Nicht allzu subtile Ermutigungen – Bestechung, um es deutlich auszudrücken –, die den Generalhauptmann dazu bringen sollten, George Haseks Anordnungen zu folgen und Kathil zu verlassen? Gebrüll?

Zumindest hatte die Kathiler Miliz sich bis jetzt aus dem Konflikt herausgehalten. Vermutlich war ihren Kommandeuren klar, dass ihre Soldaten zu unerfahren und zu wenig kampferprobt waren, um in einer militärischen Konfrontation viel wert zu sein. Soweit es die Miliz betraf, war jeder weitere Tag, um den sich die Lösung der Pattsituation verzögerte, ein zusätzlicher Tag Trainingszeit, eine Tatsache, die Generalhauptmann Weintraub hoffentlich bewusst war.

Eván strich sich das zurückweichende graumelierte Haar aus der Stirn, eine eher neue Angewohnheit. Er tröstete sich mit der Tatsache, dass sein Schnurrbart noch tiefschwarz war und half, die scharfen Gesichtszüge aufzulockern. Er zupfte sorgfältig die goldenen Kordeln an der rechten Schulter der Uniformjacke zurecht und strich das Nagelring-Akademietuch glatt, das er um die schlanke Taille trug, und dessen Enden auf den linken Oberschenkel herabhingen. Aber mit jedem Schritt wehte die blaue Schärpe erneut auf und machte seine Anstrengung zunichte. Er verzichtete auf einen zweiten Versuch, dann bemerkte er, wie die anderen Bataillonskommandeure noch nervöser als er an der Uniform zupften. Anscheinend hatte die Hall of Nobles diese Wirkung auf Besucher.

Aber nicht auf Eván. Die anderen MechKrieger mochte der kostspielige Prunk des Bauwerks einschüchtern, aber er war schon lange davon überzeugt, in eine Umgebung wie diese zu gehören. Es war sein Recht. Nicht, dass er für sich hätte in Anspruch nehmen können, auf der sozialen Leiter auf einer Stufe mit einem Adligen zu stehen, nicht einmal mit dem einfachsten Baron. Noch nicht. Aber dies hier war ein Monument für Snobs, für Ehrgeizlinge.

Und Ehrgeiz hatte Eván für zwei. Deshalb drängte er sich in so viele Treffen wie möglich, auf der Suche nach der seltenen Gelegenheit aufzufallen, bemerkt zu werden. Er hatte nicht vor, ewig ein MechKrieger zu bleiben. Er wartete ungeduldig auf die nächste Beförderung. Was ihm fehlte, war eine große Geste, ein heldenhafter Schlag in der Schlacht, der ihm die Anerkennung sicherte, nach der er verlangte.

Nach den Exzessen der Eingangshalle war ihr Ziel eine Überraschung. Eván schob sich als Dritter hinter Generalhauptmann Weintraub und Lieutenant General Karen Fallon durch die Tür, vor den beiden anderen Bataillonskomandeuren und sogar vor Lieutenant General Detton, der die drei Panzerregimenter der 8. befehligte.

Das Zimmer, das sie betraten, wirkte nachgerade spartanisch, zumindest gemessen am Standard der Hall of Nobles. Die Wände waren von keinerlei prunkvollen Gemälden verziert, und keine Polstersessel nahmen den Innenraum in Beschlag. Flankiert von zwei Beratern saß Duke Petyr VanLees bereits an einem halbrunden Tisch am gegenüberliegenden Ende des Raums. Die Adligen erwarteten die Offiziersgruppe wie ein zur Urteilsverkündung versammeltes Tribunal. VanLees hatte sich sichtlich Mühe gemacht, die beabsichtigte psychologische Wirkung zu erzielen: Der Generalhauptmann sollte wie ein Verbrecher erscheinen, der zur Aburteilung schritt.

Höchstwahrscheinlich war auch genau das zu erwarten.

»Generalhauptmann Weintraub«, begrüßte der Herzog sie kalt. Er stand weder auf, noch unternahm er irgendeinen anderen Versuch, höflich zu erscheinen. Er hatte für diese Begegnung eine paramilitärische Uniform gewählt, einschließlich eines violetten Umhangs. »Möchten Sie und Ihre Offiziere sich setzen?«

»Sehr freundlich von Ihnen, Herzog VanLees.« Weintraubs Ton war ebenso frostig. »Doch ich bezweifle, dass wir lange genug bleiben werden, um es uns bequem zu machen.«

Petyr VanLees lächelte und zeigte strahlend weiße Zähne, die vor der olivbraunen Haut noch heller wirkten. Er strich sich mit einer Hand über den gerade gestutzten Kinnbart. »Dasselbe denke ich schon seit Wochen, Generalhauptmann. Und trotzdem steht die 8. noch immer auf Kathil, wider aller anders lautenden Befehle. Wenn Sie schon darauf bestehen zu bleiben, dann nehmen Sie bitte Platz.«

Eván erkannte sofort, warum der Generalhauptmann sich nicht setzen wollte. Falls die RKG-Offiziere versuchten, sich in die Biegung des halbrunden Tisches zu quetschen, waren sie gezwungen, dicht an dicht zu sitzen, und würden einander nicht ansehen können, ohne sich auf den geradlehnigen Stühlen zu verrenken. Stehen zu bleiben gestand den recht bequem sitzenden Adligen jedoch einen taktischen Vorteil zu.

Karen Fallon löste das Problem, indem sie vortrat und drei Stühle vom Tisch zurückzog und in Richtung des Herzogs drehte. Die drei Generäle setzten sich, und die drei Bataillonsführer, unter ihnen Eván, stellten sich zu einem beeindruckenden Hintergrund formiert hinter ihnen auf.

Während Petyr VanLees seine Begleiter kurz vorstellte, ohne Zweifel in dem Versuch, ihnen nach dem Affront durch Fallon, deren Stuhlaufstellung die beiden niedrigeren Adligen schlichtweg ignorierte, eine gewisse Autorität wiederzugeben, analysierte Eván mit schnellem Blick das Zimmer. Es war ein kalter Raum, mit Marmorboden und leeren Wänden aus dunkel gebeiztem Hartholz, die Stimmen mit hartem Echo zurückwarfen. Die einzigen Fenster waren schmal und zu hoch in der Wand, um hinauszusehen. Summende Leuchtstoffröhren spendeten kaltes Licht. An diesem Ort war wenig Kompromissbereitschaft zu spüren. Es war eine strenge Umgebung für die Besprechung nüchterner Tatsachen.

Herzog VanLees hatte nicht einmal einen Sekretär dabei. Was in Zimmern wie diesem vor sich ging, erschien in keinen Unterlagen. Und auch die Haltung der Adligen bot keinen Raum für Kompromisse. Sie lehnten sich kampfbereit vor.

Eván machte sich auf Gebrüll gefasst.

»Ich spreche nicht nur für meine Person«, kam der Duke ohne Umschweife zum Punkt, und seine Stimme nahm eine herablassende Note an, die von langjähriger Übung bei Hofe zeugte, »sondern auch für den Herzog von New Syrtis und Fürsten der Mark Capella, Field Marshal George Hasek. Wir sind betrübt über die Weigerung der 8. Regimentskampfgruppe des Vereinigten Commonwealth, die uns zugestellten rechtmäßigen und korrekten Befehle anzuerkennen, die Ihre Verlegung zum Planeten Lee anordnen.« Die formelle Wortwahl erschien in dieser Umgebung fehl am Platze. Eván war sicher, dass es Absicht war.

Weintraub verschränkte nur die muskulösen Arme vor der breiten Brust und wiederholte dieselbe Erklärung, die er bereits vor einem Monat abgegeben hatte. »Kathil ist eine wichtige Welt«, sagte er. »Ich kann sie nicht guten Gewissens der Obhut einer unerprobten Miliz überlassen.«

Die Adlige rechts von VanLees legte ein paar Papiere zu einem flachen Stapel zusammen, auf den sie einen Compblock stellte, und schob sie in Weintraubs Richtung. »Ich habe hier Berichte über die Materialbeschaffenheit und Leistungseinschätzungen der Mark Capella

Miliz Kathil. Diese Berichte sind von Duke Hasek als korrekt anerkannt …«

»Der Generalhauptmann kennt die Berichte«, stellte Karen Fallon fest.

»… und bestätigen die Bereitschaft der Miliz für alle Situationen unterhalb einer planetaren Invasion«, fuhr die Gräfin fort, ohne sich um die Unterbrechung zu kümmern. »Besitzt der Generalhauptmann militärische Informationen, die eine derartige Bedrohung gegeben erscheinen ließen?«

Eván zwang sich zu einem kurzen, bellenden Lachen, das die Blicke aller drei Adligen auf ihn lenkte. Sein Mund war staubtrocken, aber er zwang sich zu sprechen. »Wie könnte Generalhauptmann Weintraub das beantworten, wenn Ihr eigener Markfürst es nicht für notwendig gehalten hat, Sie von einer solchen Möglichkeit in Kenntnis zu setzen?«, fragte er mit Nachdruck.

Es war ein kalkuliertes Risiko, sich so in die Besprechung einzumischen, aber er wusste: Eine Antwort aus den unteren Rängen war die beste Möglichkeit, das Argument der Adligen zu entkräften. Die beiden anderen Kommandanten wirkten von seinem Vorpreschen peinlich berührt, doch Karen Fallon warf ihm einen kurzen Blick über die Schulter zu, in dem sich Interesse mit beginnender Bewunderung mischte. Anerkennung. Der erste Schritt zur Delegation zusätzlicher Verantwortung und weiter zur Beförderung. Eván hatte die Situation genau richtig gemeistert, hatte die Existenz von Informationen weder eingestanden noch bestritten, sondern stattdessen die Logik der Frage in Zweifel gestellt.

Duke VanLees übernahm die Argumentation, nachdem dieser erste Vorstoß abgeschmettert war. »Wie dem auch sei, es bleibt eine Tatsache, dass die MCM Kathil über ein komplettes Mechkontingent und vier Hilfsregimenter verfügt, mehr als ausreichend zum Schutz des Planeten. Sie werden abziehen.«

»Meine Katzbalger verfügen über acht Regimenter.« Weintraubs Stimme war leise und drohend, als er den Spitznamen der 8. RKG benutzte. Es war kein Zweifel möglich, dass er den Namen und die damit verbundene Anspielung auf einen undisziplinierten Nahkampf sehr bewusst einsetzte. »Drei Panzer und fünf Infanterie, alle mit mehr Erfahrung als Ihre Miliz. Die sagen, wir bleiben.«

VanLees Ton fiel in einem Sekundenbruchteil von eisig zum Kältegrad des leeren Weltraums. »War das eine Drohung, Generalhauptmann?«

Eván hielt den Atem an. Möglicherweise war der Generalhauptmann diesmal zu weit gegangen. Die Erklärung, Befehle nur von der Archon-Prinzessin anzunehmen, ließ sich, wenn auch mühsam, verteidigen. Anzudeuten, die 8. könnte gegen eine planetare Regierung der eigenen Nation Gewalt anwenden, war ein Schritt, zu dem weder der Herzog noch der Generalhauptmann bereit waren. Noch nicht.

Glücklicherweise verstand Weintraub es, einem drohenden Treffer auszuweichen. »Ganz und gar nicht, Duke VanLees«, log er, und alle im Raum wussten es. »Nur ein Vergleich.«

Der Baron zur Linken VanLees' beugte sich mit Händen, die sich auf dem dunklen Holz des Tisches ausbreiteten, ins Gespräch. »Zusätzlich steht noch der 2. NAIW-Ausbildungskader auf Kathil.«

»Kinder«, spottete der Generalhauptmann, sich seiner Stärke sicher. »Auch wenn sie zumindest beanspruchen können, eine anständige Akademie zu besuchen.«

»Der 2. ist der beste Ausbildungskader des Commonwealth«, protestierte der Baron. »Eine wertvolle Verstärkung ...«

Der Generalhauptmann zog stirnrunzelnd die buschigen schwarzen Augenbrauen zusammen, als er den Mann unterbrach. Er bot das Lehrbuchbild sturer Entschlossenheit. »Ich wurde von der Archon-Prinzessin persönlich nach Kathil beordert«, polterte er. »Dieser Befehl wurde bis jetzt nicht zu meiner Zufriedenheit widerrufen.«

Der Herzog betrachtete den Generalhauptmann abschätzig. »Und können Sie mir diese Befehlskette aufzeichnen, die vier Ihrer vorgesetzten Offiziere und mindestens drei Adlige mit dem souveränen Recht überspringt, Sie in Friedenszeiten von ihren Welten zu verweisen? Das würde ich liebend gerne sehen, Mitchell, und mir diese direkte Autorisation von Katherine Steiner-Davion zu Ihnen persönlich von der Militärverwaltung bestätigen lassen.«

»Ich bin hier, um die Interessen der Prinzessin auf Kathil zu verteidigen«, gab Weintraub zurück. »Ich wurde nicht von George Hasek hierher beordert, und ich werde ihm – oder Ihnen, *Petyr* – nicht gestatten, mich gegen den Wunsch der Prinzessin von hier zu verlegen. Oder erkennt George Hasek Katrina Steiner-Davion nicht länger als seine Archon-Prinzessin an?«

»Sie eingebildeter, schwachsinniger Amarissohn!«, brüllte VanLees, und lehnte sich zitternd vor Wut über den Tisch. »Kein wahrer Adliger der Vereinigten Sonnen könnte jemals …« Die Hand der Countess auf seinem Arm hinderte ihn daran, weiterzusprechen, und der Duke starrte sein Gegenüber stumm an.

Kein wahrer Adliger der Vereinigten Sonnen könnte jemals so tief sinken, Katrina seine Prinzessin zu nennen? Ohne Zweifel hatte VanLees genau das sagen wollen. Immerhin hatte Katrina Victor Steiner-Davions Regentin, beider Schwester Yvonne, abgesetzt und den Thron übernommen. Und sie bevorzugte ohne Zweifel die Lyranische Allianz über Systeme der Vereinigten Sonnen wie Kathil. Eván kümmerte es nicht, welches Mitglied der Familie auf New Avalon auf dem Thron saß. Aber für einen eingefleischten Davionisten, jemanden, der die Vereinigung zwischen Vereinigten Sonnen und Lyranischem Commonwealth innerlich nie vollzogen hatte, erschien sie ohne Zweifel als widerwärtige Usurpatorin.

Eván lächelte dünn. *Beinahe, VanLees. Beinahe.*

Der Herzog bebte vor unterdrückter Wut. Sein Gesicht lief noch dunkler an und seine Augen waren scharf wie Laser. Aber als er weitersprach, hatte seine Stimme die kultivierte Gelassenheit zurückerlangt. »Ich werde dieses Gespräch nicht vergessen, Generalhauptmann. Und ich bin nicht gewillt, weiterhin unbotmäßige Truppen in meiner Hauptstadt zu dulden.«

Weintraub breitete die Arme aus und schüttelte den Kopf, als hätten die Worte des Herzogs ihn verwirrt. Aber seine Antwort zeigte, dass er genau verstanden hatte. »Ich will nicht unhöflich sein, Duke VanLees, aber was bleibt Ihnen übrig?«

Falls es eine eindeutigere Kriegserklärung zwischen diesen beiden Männern hätte geben können, fiel sie Eván nicht ein. Der Duke hatte einen Fehler begangen, indem er sich auf Weintraubs Stufe herabgelassen hatte. Der Generalhauptmann hatte die geballte Kraft der 8. RKG im Rücken, und zudem eine lebenslange Erfahrung mit Aufspielerei, Drohungen und Kraftproben.

Aber welchen psychologischen Sieg er auch immer für sich hatte verbuchen können, im Grunde hatte das Treffen nichts erbracht. Beide Seiten hatten in den vergangenen Wochen schon zahllose Male dieselben Argumente vorgebracht. Trotz allem Protz der Hall of Nobles und der hochmütigen Sitzarrangements des planetaren Herzogs hatte auch diese Konfrontation nicht mehr ergeben als irgendeine vorhergehende. Sie standen einander in einer Pattsituation gegenüber.

Petyr VanLees stand auf und zog einen dünnen Umschlag aus einem nahen Aktenstapel. Er klopfte sich damit auf die offene Handfläche, als würde er die Bedeutung des Dokuments abwägen. Der Ausdruck auf seinem Gesicht behagte Evän ganz und gar nicht. Der Herzog hatte offenbar noch ein As im Ärmel.

»Soweit ich mich erinnere, Generalhauptmann, war ihr Hauptargument immer der Mangel an erfahrenen Truppen auf Kathil.« Der Tonfall des Dukes klang verdächtig sanft. Evän runzelte misstrauisch die Stirn, und wahrscheinlich ging es Weintraub ebenso. »Aber vermutlich sind Sie nicht über die Beziehungen meiner Familie zu den 1. Capella-Dragonern informiert.«

Das stimmte ganz sicher nicht. Es war allgemein bekannt, dass die 1. Capella-Dragoner ursprünglich Lehnstruppen des Duke of Kathil gewesen waren. Herzog Michael Hasek-Davion jedoch hatte sie schon vor Jahrzehnten an die Armee der Vereinigten Sonnen verkauft. Herzog Michaels Rivalität mit den Davions hatte ihm chronischen Geldmangel beschert und so gezwungen, die Einheit aufzugeben. Die Dragoner waren als harte Brocken mit unverbrüchlicher Loyalität zur Mark Capella bekannt.

»Ihr Vater hat sie verkauft, als George Haseks verräterischer Großvater versuchte, Hanse Davion den Thron zu stehlen«, stellte der Generalhauptmann fest.

Diesmal prallte die Beleidigung ab wie Pistolenfeuer von einer Mechpanzerung von Petyr VanLees. »Hier«, er hob den Umschlag, »ist ein schriftlicher Befehl von Field Marshal Hasek, Ihre Truppen nach Lee in Marsch zu setzen. Es ist die letzte höfliche Aufforderung, die Sie zu erwarten haben.« Er warf den Umschlag vor Weintraub auf den Tisch. Der Generalhauptmann hob ihn auf, als er langsam aufstand.

»Neben diesem Befehl«, fuhr VanLess fort, »werden Sie darin auch eine offizielle Benachrichtigung darüber vorfinden, dass die 1. Capella-Dragoner zur Verstärkung der Garnisonskräfte nach Kathil unterwegs sind. Ich habe das Regiment unserer Familie vom Field Marshal zurückgefordert, Generalhauptmann.« Der Mund des Herzogs war ein schmaler, harter Strich auf der aggressiven Seite eines Lächelns.

»In wenigen Wochen werden die Capella-Dragoner heimkehren. Und dann werden wir ja sehen, ob Sie diese Welt verlassen oder nicht.«

4

Stützpunkt der MCM Kathil, Radcliffe, Kathil
Kathil-PDZ, Mark Capella, Vereinigtes Commonwealth

24. Oktober 3062

»Sie wird Ihnen Schwierigkeiten machen«, prophezeite Damien Zibler.

David nickte und rieb sich das glattrasierte Kinn. Dabei strich er über die dünne Verhärtung von Narbengewebe knapp unter der Kinnlinie ... ein weiteres Souvenir von Diana. Gewöhnlich vergaß er es und dachte nur beim Rasieren daran. Der fünf Zentimeter lange Schnitt hatte die Halsschlagader knapp verfehlt, aber auch so reichlich geblutet. Er erinnerte sich daran, wie seine Kehle von warmem Blut überströmt gewesen war, und an die ersten Sekunden reiner Panik.

»Sergeant-Major Black hat mir die letzten anderthalb Wochen kaum etwas anderes als Schwierigkeiten gemacht«, stellte er fest. »Warum sollte es heute anders sein?«

»Lassen Sie ihr Zeit. Sie gehört zu unseren Besten. Unglücklicherweise weiß sie das. Sie wird sich nur schwer überzeugen lassen, aber früher oder später schwenkt sie ein. Sie brauchen nur Geduld.«

Die beiden Männer standen auf dem Korridor der Hauptübungsanlage der Radcliffebasis, einem großen Fenster genau gegenüber, das den Blick in den Bereitschaftsraum freigab, in dem sich Davids Kompanie aufhielt. Die Hälfte der MechKrieger ignorierte sie, während die andere Hälfte es vortäuschte. David verschränkte die Arme, lehnte sich an die Wand und schützte dasselbe plakative Desinteresse vor. Wie er bemerkte, verlor der Fliesenboden bereits den täglichen Kampf mit den Spuren schwarzer Militärstiefel.

»Sie lassen sich alle schwer überzeugen«, erklärte er.

»Außer Tara. Lieutenant Michaels. Sie strengt sich an, meine Maßnahmen zu verstehen. Und meine Gründe dafür. Die anderen halten nicht viel von den neuen Regeln.« Er warf seinem Vorgesetzten einen fragenden Blick zu. »Mache ich ihnen zu viel Druck?«

Zibler lächelte warm. »Es sind MechKrieger, David. Wenn sie keinen Druck aushalten, haben sie den falschen Beruf.« Sein leichter Tonfall verdüsterte sich merklich. »Ich habe allerdings zwei Versetzungsgesuche erhalten.«

»Black«, riet David, obwohl er überrascht feststellte, dass der Gedanke ihn schmerzte. Trotz ihrer ruppigen Haltung ihm gegenüber hielt er große Stücke auf Amanda. »Und Smith.« Der eigenwillige Corporal stöhnte mehr als alle anderen unter Davids strenger Führung. Naja, vielleicht nicht mehr, aber lauter.

»Ehrlich gesagt, nein.« Zibler zog den linken Jackenärmel gerade und gab vor, die Manschette zu studieren. »Aber wenn Sie es wissen wollen …« Er machte eine Pause, um David Gelegenheit zur Antwort zu geben.

»Nein, besser nicht.« Bei den Ulanen hatten die Männer einander ihr Leben anvertraut. Das Mindeste, was er hier tun konnte, war, seiner Kompanie die Ausbildung zuzutrauen. »Wie sind Sie mit den beiden verblieben?«

»Gar nicht. Ich dachte mir, ich erwähne es zumindest erst einmal Ihnen gegenüber und sehe, wie Sie es handhaben möchten.«

David runzelte die Stirn und überlegte. Hätte er gewusst, um wen es ging, hätte er eine Antwort finden können. Doch er hatte nicht die Zeit, elf verletzte Egos zu bemuttern. »Lassen Sie sie eine Weile auflaufen«, sagte er schließlich. »Sobald die Ersten sich an die strengere Disziplin gewöhnen, sollten die meisten Probleme verschwinden. Wenn ich die Zügel wieder lockerer lasse, schätze ich, werden wir eine Einheit haben, auf die wir stolz sein können, und eine mit mehr Versetzungsgesuchen in die andere Richtung, als wir bearbeiten können.«

Zibler nickte beifällig. »Genauso sehe ich das auch. Und ich habe vor, ein paar Ihrer neuen Regeln in meinen anderen Kompanien einzuführen. Das sollte Ihren Leuten helfen, sich daran zu gewöhnen.« Er lächelte dünn. »Aber Sie wissen wirklich, wie man Leuten zusetzt, so wie Sie ihnen das Selbstbewusstsein abknöpfen. Das ist beinahe Ausbildertaktik. Sie haben Erfahrung im Umgang mit Rekruten?«

»Gelegentlich musste ich ein oder zwei zurechtstutzen. Sie wissen selbst, wie es läuft, Sir. Ersatzleute, um Lücken in der Aufstellung der Ulanen zu stopfen. Aber nie so wie hier, nie so viele auf einmal.« Elf Personen. Kaum ein Vergleich zu dem Team, das er bei den Ulanen geerbt und dann mehrere Jahre angeführt hatte … das Team, das auf Diana massakriert worden war.

»Aber diese neuen Rekruten, die haben Sie genauso hart rangenommen?«

»Nein.«

Zibler drehte sich um. »Warum dann hier, bei denen?«

Weil er in letzter Zeit an nichts anderes mehr denken konnte als an das Gefühl der drohenden Gefahr, die mit Riesenschritten näher kam. Aber das konnte er seinem Vorgesetzten nicht sagen. Nicht einmal einem Vorgesetzten, den er als Freund betrachtete. »Ich weiß einfach nicht, wie viel Zeit wir noch haben«, erklärte er stattdessen. »Dieses Patt mit der 8. kann nicht ewig so weitergehen. In einem Monat kommen die Dragoner, und das dürfte helfen, die Lage zu klären, aber wir können uns nicht ausschließlich auf sie verlassen. Wir müssen unsere Truppen so schnell wie möglich einsatzbereit bekommen, für den Fall …« Davids Stimme verklang. »Einfach für den Fall«, stellte er leise fest.

»Wie lange denken Sie das schon? Seit der letzten Weigerung der 8. abzuziehen?«

David zögerte. Doch er vertraute Zibler, und das half. Irgendetwas an dem Mann erinnerte David an Morgan

Hasek-Davion, eine Standhaftigkeit, die sofort inspirierte. »Seit Diana«, antwortete er schließlich.

Zibler musterte David einen Moment lang mit den hellen blauen Augen, aber seine Miene war unergründlich. »Möglicherweise muss ich auf Ihr Angebot zurückkommen, mir von Ihrer Zeit bei Einsatzgruppe Schlange zu erzählen. Aber erst nächste Woche, wenn Sie von Ihrem Familientreffen zurück sind, und nach der Ordensverleihung. Dann haben wir Zeit genug.« Er schaute sich zu den Kriegern um, die im Bereitschaftsraum auf David warteten. »Na los. Machen Sie eine Kompanie aus ihnen.«

David nickte, und schöpfte Mut aus der Kraft seines Gegenübers, als er sich auf den Weg zur Tür machte. »Aber sie wird mir Schwierigkeiten bereiten«, verabschiedete er sich und richtete seine Gedanken wieder auf Sergeant-Major Black.

»Unter Garantie«, versprach der Lieutenant Colonel.

* * *

Der Bereitschaftsraum brummte vor Gesprächen und der Nervosität vor der Schlacht. Es stand natürlich keine echte Schlacht bevor, nur ein Simulatorgefecht, aber es genügte trotzdem, die Kompanie in Erregung zu versetzen, besonders, weil ihr Captain sie beobachten würde.

Sergeant-Major Amanda Black war keineswegs gefeit gegen diese Erregung, aber momentan war sie mehr an Captain McCarthy interessiert, dessen Korridorgespräch mit Zibler beendet schien. Er näherte sich der Zimmertür.

Sie gab vor, fasziniert zu sein, hörte aber in Wahrheit nur mit halbem Ohr hin, während Lieutenant Dylan Patschenko ihr die neuesten Nachrichten von der capellanischen Invasion des nahen St. Ives-Paktes erzählte. Patschenko hatte sich zum örtlichen Experten für capellanische Fragen gemausert. Viel gab es allerdings nicht zu erzählen. Die Capellaner waren dabei, den Pakt zu unterwerfen, und Kathil lag zu weit von der Grenze entfernt, als dass es nötig gewesen wäre, sich große Sorgen um ein mögliches Übergreifen der Kämpfe zu machen.

Insgeheim studierte Amanda David McCarthy, den sie immer noch nicht einordnen konnte.

Ihr neuer Kommandeur hatte seinen Posten angetreten und die Einheit zerschlagen, in deren Aufbau sie und die beiden Lieutenants so viel Arbeit gesteckt hatten. Strikte Beachtung der Rangbezeichnungen, eine Regel, von der anscheinend nur er selbst ausgenommen war. Keine Lanzenbeinamen. Er setzte Corporal Smith gehörig zu, auch wenn das Richard natürlich wenig ausmachte. Und der Trainingsplan …

McCarthy hatte sie beinahe völlig aus dem Plan verbannt, nachdem sie vorher an fast jeder Simulatorübung teilgenommen hatte. Sie hatte ihre Position als beste MechKriegerin wegen eines Offiziers verloren, der seine Stelle nur der Tatsache verdankte, dass er in der Einsatzgruppe Schlange gekämpft hatte. Und er redete nicht einmal über Diana! Na schön, aber sie wollte verdammt sein, wenn sie es ihm unter diesen Umständen leicht machte. Amanda dachte nicht daran, sich einem Mann unterzuordnen, der mit der Kompanie noch kein einziges Mal eine Simübung absolviert hatte. Oder dieser ihn anhimmelnden Tara Michaels.

Sie war sich bewusst, dass das nicht wirklich gerecht war. Tara himmelte ihren neuen Kommandeur nicht an, und McCarthy hatte ganz sicher kein Interesse an dem Lieutenant gezeigt. Hatte er eine Braut in der Heimat? McCarthy stammte von Kathil, also lag das durchaus im Bereich des Möglichen. Vielleicht versuchte er, eine Beziehung wieder aufleben zu lassen, die er vor acht Jahren abgebrochen hatte. Ohne Zweifel eine Zivilistin.

Der Raum wurde still, als der Captain eintrat und sich

auf einen Stuhl im vorderen Teil des Zimmers setzte. Amanda warf einen schnellen Blick zum Fenster und vergewisserte sich, dass Lieutenant Colonel Zibler fort war.

Als sie sich wieder umdrehte, räusperte McCarthy sich. »In Ordnung. Ich schätze, Sie haben inzwischen alle die Nachricht vom Angriff der Rächer Alshains der VSDK auf Clan Geisterbär gehört. Ich kann das bestätigen, weiß aber auch nicht mehr, als gestern schon im *Kathil Korroborator* stand.«

Ja, ja, ja. Natürlich hatte Amanda davon gehört. Drei Regimenter der draconischen Armee hatten rebelliert und in einem Versuch, ihre alte Heimatwelt Alshain zu befreien, die Geisterbären überfallen. »Etwas weit weg, meinen Sie nicht, Captain?«, fragte sie. »Wir sind hier in der Mark Capella, nicht Draconis.« Dieser Konflikt interessierte sie noch weniger als der Xin-Sheng-Konflikt.

»Wohl wahr«, kommentierte McCarthy neutral. »Hat davon abgesehen noch jemand irgendwelche Beschwerden, die er heute Morgen loswerden möchte?«

Er wirkte ziemlich überrascht, als sich niemand meldete, nicht einmal Corporal Smith. Das Auftauchen des LC hatte einige von ihnen eingeschüchtert. Allerdings nicht Amanda. Sie sparte sich ihre Energie für Gefechte auf, bei denen sie eine Chance hatte. Wie das heutige Simulatorgefecht, wenn alles gut ging. Sie strich sich die braunen Locken von den Schläfen und stellte sich den Druck des Neurohelms auf der Stirn vor.

»Nicht? Okay, dann kommen wir zum Geschäftlichen. Mister Patschenko, ich habe Ihren *Garm* mit Lieutenant Colonel Ziblers 3. Kompanie getauscht.«

In Patschenkos normalerweise unbeteiligten braunen Augen zuckte Verärgerung auf. Er war stolz auf den *Garm* gewesen, einen auf New Syrtis gebauten Mech. »Der *Garm* war brandneu«, protestierte er, und schickte mit spürbarer Verspätung ein ›Sir‹ hinterher. Dann fing er sich wieder und nahm steif Haltung an. »Darf ich nach dem Grund dafür fragen, Captain?«, erkundigte er sich mit leiser, wenn auch nicht sonderlich respektvoller Stimme.

»Ja, Dylan, Sie dürfen mir Fragen stellen, wenn wir uns in einer Trainingssituation befinden, oder mit Erlaubnis in der Freizeit«, erwiderte McCarthy. »Die Antwort ist, dass mir der *Garm* nicht behagte. Ich finde, er passte nicht ins Profil Ihrer Stadtscoutlanze.«

Amanda runzelte die Stirn. »Es ist ein Fünfunddreißigtonner, Sir«, warf sie ein. Patschenko nickte enthusiastisch. Die Miliz-Regeln schrieben nur vor, dass Scoutlanzen eine Durchschnittstonnage von fünfunddreißig Tonnen nicht überschritten.

McCarthy zuckte leicht die Schultern, eine Geste, mit der er diese Tatsache zugleich bestätigte und verwarf. »Lieutenant Michaels, ich hatte Ihnen den Auftrag gegeben, Mister Patschenkos Lanze zu analysieren. Sagen Sie ihm, was Sie mir gesagt haben.« Er schaute zu Dylan hinüber. »Und machen Sie sich keine Sorgen, Mister. Sie bekommen Ihre Chance, Michaels' Lanze zu bewerten.«

Tara Michaels hatte einen eifrigen Eindruck gemacht – bis sie hörte, dass Patschenko sich würde revanchieren können. Das kostete ihr strahlendes Lächeln einige Watt. »Der *Garm* war der einzige munitionsabhängige Mech in Mister Patschenkos Lanze«, stellte sie tapfer fest. »Außerdem war er im Vergleich mit den beiden *Brandstiftern* fünfzehn Prozent langsamer und fast dreißig Prozent schwächer gepanzert.«

»Danke, Tara.« McCarthy nahm den Faden auf. »Darüber hinaus war eine Ihrer beiden Waffen kaum für Gefechte im Nahbereich geeignet, wie sie es in einer Stadtumgebung wahrscheinlich sind. Und er besaß keine nennenswerten Kundschafterfähigkeiten, was Sie zwang, sich zu stark auf die beiden *Brandstifter* zu stützen. Für Unterstützungsfeuer haben Sie bereits Sergeant

Moriads *Wolfshund.* Sie will ich weiter vorne sehen, und mit ausreichender Geschwindigkeit, um jedes andere Mitglied der Lanze zu verstärken, sollte es in Schwierigkeiten geraten. Ich habe mich mit der örtlichen General-Motors-Fabrik in Verbindung gesetzt und einen *Schleicher* für Sie besorgt. Er dürfte sich weit besser für Ihre Zwecke eignen. Sie werden heute im Simulator anfangen, mit der Maschine zu trainieren.«

So formuliert ergab der Tausch für Amanda durchaus einen Sinn, und sie sah, dass die Argumentation Dylan überzeugt hatte. Aber gleichzeitig erkannte sie den Wert, einem MechKrieger den Mech zu lassen, den er wollte. Sie würde sich ihren *Bushwacker* ganz sicher nicht so leicht nehmen lassen wie Dylan den *Garm* aufgegeben hatte. »Trainieren Sie heute mit uns, Sir?« Die Frage war schärfer, als Amanda beabsichtigt hatte. Sie klang beinahe wie eine Herausforderung.

»Ich hatte es nicht vor, *Sergeant*«, antwortete McCarthy und betonte bewusst die verkürzte Rangbezeichnung.

Und damit lieferte er Amanda einen Einblick in die Beweggründe für zumindest eine seiner Regeln. Indem er strikte Verwendung der Rangbezeichnungen verlangte, wenn die Mitglieder der Kompanie sich aufeinander bezogen, konnte er sie als Belohnung oder Tadel benutzen, ohne großes Aufhebens zu machen: Vornamen als Ausdruck guter Arbeit, verkürzter Rang als Zeichen für Missfallen.

Nicht, dass ihr Verständnis der Situation geholfen hätte, die aufsteigende Verärgerung zu beschwichtigen. Falls der Captain nicht in den Simulator stieg, war recht wahrscheinlich, dass er es ihr ebenfalls nicht gestattete. Und selbst wenn er sie in eine der Simulatorkapseln ließ, hielt er sie oft genug an der kurzen Leine und hinderte sie daran, zu zeigen, was sie konnte. Wovor hatte er Angst?

Die Erkenntnis traf Amanda hart, fast wie ein Fausthieb. Auf dieselbe Weise, wie sie auf dem Schlachtfeld feindliche Schwachstellen erkannte und ausnutzte, wusste sie plötzlich, dass Captain McCarthy sich Sorgen um seine Leistung machte. Er war ein Veteran der Einsatzgruppe Schlange, aber was wussten sie wirklich über seine Gefechtslaufbahn? In der Messe ging das Gerücht, McCarthy habe irgendeinen Orden erhalten, doch falls dem so war, warum gab es keine offizielle Verlautbarung darüber? Warum sollte ein Krieger seine Auszeichnungen verstecken? Er hatte etwas zu verbergen. Und sie wusste, wie sie herausfinden konnte, was das war.

»Ihre Kompanie würde Sie wirklich gerne in Aktion sehen, Sir«, stellte sie unschuldig fest. Ihr Blick glitt über ein paar der näheren Soldaten, erntete ein Kopfnicken ihrer Kameraden und ein »Und ob« von Smith.

»Wie lange waren Sie nicht mehr im Simulator, Captain? Sie wissen bestimmt, dass die Trainingsvorschriften der Miliz mindestens eine Gefechtssimulation alle drei Monate verlangen.« Als ranghöchster Unteroffizier hatte Amanda die Aufsicht über die Trainingspläne, für Mannschaften *und* Offiziere. Wenn es nicht anders ging, würde sie ihn in den Simulator zwingen.

McCarthy leistete Widerstand. »Ich bin sicher, Lieutenant Colonel Zibler ist bereit, mir eine Ausnahme zu gestatten, sollte ich diese Richtlinien verletzen.«

Amanda schützte Enttäuschung vor und zuckte die Achseln, während sie den Stuhl nach hinten kippte. »Das glaube ich auch, Sir, aber ich bin mir ebenso sicher, dass wir alle gerne die Gelegenheit hätten, Ihre Technik im Feld zu sehen.« Sie ließ den Stuhl mit einem Knall wieder nach vorne fallen und setzte sich auf, wie von einem plötzlichen Einfall gepackt. »Doch falls wir auf das Privileg verzichten müssen, mit Ihnen einen Simulatoreinsatz zu absolvieren, darf ich dann empfehlen, dass wir einen Teil der heutigen Trainingsperiode darauf verwenden, etwas über Ihren letzten Militäreinsatz zu erfahren? Das war auf Diana, nicht wahr?«

Der entgeisterte und beinahe gehetzte Blick in den Augen des Captains bestätigte ihr, dass diese Salve getroffen hatte. Er stieß scharf den Atem aus und schüttelte den Kopf, ohne dabei jedoch den Blickkontakt mit Amanda zu brechen. »Also das ist nötig, ja?«, fragte er leise.

»Das ist nur meine Empfehlung, Sir«, antwortete sie nüchtern. »Wir sind versessen darauf, etwas darüber zu hören, wie Sie mit Ihrem *Destruktor* kämpfen. Noch lieber würden wir es sehen. Vielleicht gegen einen von uns?«

»Vielleicht gegen ihren *Bushwacker?*«, fragte er trocken, und die graublauen Augen glänzten kalt. »Nicht gerade eine faire Paarung.«

Sieg! Amanda lächelte und rieb sich schnell die Hände, um die nervöse Energie abzuleiten, die sie jäh und ungebremst durchzuckte. »Ich bin gerne bereit, Ihnen einen Vorteil zu überlassen, Captain.«

Abrupt stand McCarthy auf, kehrte der versammelten Kompanie den Rücken zu und trat ans Fenster. Mehrere lange Minuten schaute er auf den leeren Gang hinaus, als könne er dort etwas sehen, was allen anderen verborgen blieb. Schließlich drehte er sich um. In seinen Augen brannte eine Entschlossenheit, die sie plötzlich daran zweifeln ließ, ob es klug gewesen war, ihn in die Enge zu treiben. Diese Augen hatten schon zu viel gesehen.

»Na schön, Amanda«, erklärte er tonlos. »Bringen wir es hinter uns.«

5

Stützpunkt der MCM Kathil, Radcliffe, Kathil
Kathil-PDZ, Mark Capella, Vereinigtes Commonwealth

24. Oktober 3062

Die Erinnerung an Diana verfolgte David McCarthy auf dem ganzen Weg in die Simulatorhalle. Kalter Schweiß trat ihm auf die Stirn und durchnässte die Achselhöhlen der Uniform. Der Rest der Kompanie folgte ihnen, als Amanda und er mit gleichmäßigem Schritt vorangingen. Zwölf MechKrieger. Damals waren es sechzehn gewesen.

Als Erstes hatte er Denning verloren. Der *Skarabäus* des Lieutenants war über das ganze Schlachtfeld verstreut worden, und die brennende Pilotenliege ging auf einem der fernen, nebelverhangenen Hügel verloren. Die restlichen leichten Mechs wurden von den vorrückenden Clannern zerstreut. David schwenkte sie nach links, in dem Versuch, sie in den Rücken der Nebelparderlinie zu bringen. Als Nächstes waren Myer und Riccols gefallen, auf dem Hang eines von den Ulanen gehaltenen Kamms. Dann opferte Whidbey den *Nachtschatten,* um Brevet-Captain Polsan beim Abschuss eines *Gladiator* zu helfen.

Der feuchte Boden brannte an mehreren Stellen, in Sekundenschnelle getrocknet und in Brand gesteckt von den gewaltigen Energien verfehlter Schüsse. Durch den Qualm und die verbliebenen Nebelstreifen wuchtete der fünfundneunzig Tonnen schwere *Gladiator* in schnellem Trab auf die Ulanen zu. Durch Einsatz des MASC-Systems ›überlud‹ der Clan-OmniMech seine künstliche Myomermuskulatur und preschte mit beeindruckenden fünfundachtzig Stundenkilometern vorwärts. Die Impulslaser des *Nachtschatten* schleuderten einen Schwarm smaragdgrüner Lichtdolche in Kopf- und Brustpartie des schwereren Mechs, bevor er vom Gaussgeschütz und den beiden schweren Lasern des Omnis regelrecht in Stücke gerissen wurde. Polsans *Caesar* stoppte nur gerade lange genug, um den abgerissenen rechten Arm des *Nachtschatten* vom Boden zu heben, den mit dem an das rechte Handgelenk geschweißten Titanbeil. Er schwenkte ihn wie eine Keule, während er weiter und mit erheblicher Wirkung die eigenen Gaussgeschosse einsetzte. Auf jeden Einschlag ließ er einen höllischen Feuerstrom aus Partikelblitzen und der gebündelten Schneidkraft der Lichtwerfer folgen.

Für David grenzte es an poetische Gerechtigkeit, als Polsan den Kopf des *Gladiator* mit dem Arm des *Nachtschatten* einschlug und den MechKrieger im Innern zerquetschte. Doch an dieser Schlacht war nicht viel Poetisches. Gerechtigkeit allein musste genügen.

Eine neue Hitzewelle schlug mit beinahe körperlicher Gewalt durch das Cockpit des *Destruktor,* trieb David die Luft aus den Lungen und ersetzte sie durch glühende Kohlen. Er rang nach Atem und schüttelte den Kopf, um den brennenden Schweiß aus den Augen zu bekommen. Die Tropfen prasselten gegen die Innenseite des Neurohelmvisiers. Durch die Schlieren sah er einen *Masakari* anrücken und versuchte, ihn gegen den Widerstand der von der enormen Innentemperatur des Mechs beeinträchtigen Zielerfassung anzuvisieren.

Der tödlich effektive OmniMech feuerte zwei von einem überlegenen Clan-Feuerleitcomputer gesteuerte schwere Laser ab – die Energielanzen schälten die Panzerung von Davids linkem Mechbein. Eine Autokanonensalve hämmerte auf das Fusionsreaktorherz der Kampfmaschine ein und zog die Einschlagsspur hoch zur linken Schulter, während fünfzehn Langstreckenraketen sich auf korkenzieherähnlich gewundenen Rauchspuren auf den rechten Mecharm und Kopf stürzten. Der Einschlag der Raketen schleuderte David hart in die

Gurte. Die Riemen schnitten ihm tief in die Schultern. Schmerz schoss ihm durchs Kinn und er fühlte die verzweifelte Wärme frischen Blutes auf dem Hals.

Eine Rakete war seitlich ins Kanzeldach des Mechs eingeschlagen, das einwärts explodierte und ihm rasiermesserscharfe Splitter auf den rechten Arm und Brustkorb regnen ließ. Ein Splitter war nach oben unter den Helm abgeprallt und hatte sich ihm ins Kinn gebohrt.

David wischte das Blut ab und brachte beide Hände zurück an die Kontrollen, um den *Masakari* mit ins Grab zu nehmen. Er hatte akzeptiert, dass sein Bataillon und er bereits tot waren, und das schien geradezu eine Befreiung.

Er stieß die Feuerknöpfe durch und zog mit den PPKs tiefe Schmelzspuren in die rechte Rumpfseite des Pardermechs. Die Ränder der Spuren glühten erst orangerot, dann, als sie schnell abkühlten, kirschrot. Das reichte nicht, seinen Gegner zu bezwingen. Er schaltete auf die Gaussgeschütze um, war besorgt wegen der zur Neige gehenden Munition, konnte es sich aber in dieser Situation nicht leisten, wählerisch zu sein. Eine Kugel prallte vom linken Arm des Omnis ab und nahm Panzersplitter mit. Die andere bohrte sich tief in die rechte Hüfte, nutzte vorhandene Schäden aus und senkte sich tief ins Gelenk.

Beim nächsten Schritt stolperte der *Masakari,* durch den Verlust an Panzerung und das blockierte Hüftgelenk aus dem Gleichgewicht geworfen, und schlug unbeholfen zu Boden. Die Läufe der schweren Laser gruben sich in das weiche Erdreich und zogen die Kampfmaschine seitwärts. Doch ein *Schwarzfalke* schob sich augenblicklich schützend vor den gestürzten Kameraden und schirmte ihn ab, bis der *Masakari* sich wieder aufgerichtet hatte. Es verschaffte David Zeit, mehr aber nicht.

Es verschaffte ihm Zeit.

David zitterte fast vor aufgestauter Energie, als Amanda und er den Nebenraum der Simulatorhalle betraten, und die bevorstehende Aufgabe vertrieb die Gedanken an Diana in die Tiefen seines Gedächtnisses. Er hatte schon im Bereitschaftsraum erkannt, dass er bestenfalls auf einen Aufschub hätte hoffen können, selbst wenn er der geschickten Falle entkommen wäre, die Amanda Black ihm gestellt hatte. Hätte sie den Streit heute verloren, hätte sie ihn morgen in einer neuen Offensive wieder aufgenommen. Das war eine Hartnäckigkeit, die David widerwillig bewundern musste, und irgendwann würde sie dies zu einer guten Kommandeurin machen … falls sie es nicht zu weit trieb.

Besser, er brachte es hinter sich. Früher oder später würde er sich seinen Dämonen stellen müssen.

Der Dämon für heute war eine breite, auf die Schmalseite gestellte Metallmuschel, die Oberseite hochgeklappt, im Innern der Nachbau eines Mechcockpits. Das Innenleben des Simulators kombinierte die allgemeinen Gegebenheiten der meisten Pilotenkanzeln und die spezifischen Details keiner einzelnen. Pilotenliege, Steuer- und Geschwindigkeitshebel, Pedale – alles, was man brauchte, um die humanoiden Kampfkolosse zu steuern. Der Nebenraum enthielt nur zwei Simulatoren. Für ein Duell war es nicht notwendig, den großen Simulatorkomplex mit Beschlag zu belegen. Er hielt nur für einen Augenblick an, um Patschenko und Michaels mitzuteilen, welche Simulation sie fahren würden, welche Mechs sie benutzten, und wie die Resultate bewertet werden sollten, dann näherte er sich mit misstrauischem Blick dem Einstieg der Simulatorkapsel. Sein Magen schien ihn nicht ins Innere begleiten zu wollen. Aber das war kein echter Mech, kein echter Kampf. Nur eine Simulation. In eine einfachere Version dieser Kapseln war er als junger Bursche geradezu gehüpft. Damals war es ein Spiel gewesen!

Wahr genug, aber nicht überzeugend genug. David blieb knapp vor der offenen Kapseltür stehen und verlagerte das Gewicht von einem Fuß auf den anderen, bis er bemerkte, wie Sergeant-Major Black ihn von ihrer Position unter der Tür der anderen Kapsel mit schrägem Blick beobachtete. Er riss sich zusammen, duckte sich unter der Tür hindurch und kletterte auf die Pilotenliege.

Und die Tür glitt lautlos motorisiert herab und schloss ihn in der Dunkelheit ein.

* * *

Während sie in der Dunkelheit noch darauf wartete, dass die Bildschirme aufleuchteten, schnallte sich Amanda Black schon an. Sie spannte die Gurte an Schultern und Hüften und schob die Metallenden in den zentralen Schnellverschluss. Dann löste sie die mechanischen Halterungen und justierte die Liege für ihre Körpergröße und Reichweite. Der Neurohelm saß locker. Eine Nummer zu groß für sie, aber für eine Simulation gut genug. Sie hatte gerade den Kinngurt festgezogen, als die Schirme zum Leben erwachten und sie im gelben Licht der Warnlämpchen und dem Widerschein der Taktikanzeige badeten.

Die Kapseln waren nicht die beste Ausführung, eine, die im korrekten Schrittrhythmus der ausgewählten Maschine schwankte und zur Simulation von Stürzen um bis zu neunzig Grad kippen konnte. Die waren ein unglaubliches Erlebnis, aber diese hier kamen nur einen Schritt dahinter. Die Schüttelliege simulierte unmittelbar die Erschütterungen von Schäden durch Beben und Schläge, und durch Luftschlitze über den Schultern drang heiße Luft entsprechend der simulierten Betriebstemperatur. Videoschirme ersetzten die Panzerglasplatten des Kanzeldachs, und ein Hauptcomputer, der Sichtschirm und Hilfsbildschirme, Sensoren und sonstige

Anzeigen kontrollierte, vervollständigte die Illusion eines Mechs im Kampfeinsatz.

Der Anblick auf dem Schirm überraschte sie nicht, nachdem der Captain zuvor den Einsatz im Straßenkampf erwähnt hatte. Immerhin war McCarthys Kompanie offiziell eine Stadtkampfeinheit. Dunkelgraue Gebäude flankierten eine breite Straße, und das Cockpit des fünfundfünzig Tonnen schweren *Bushwacker* lag auf einer Höhe mit den Fenstern der zweiten Etage. Ein paar Fahrzeuge fuhren entlang vorprogrammierter Strecken und rudimentär ausmodellierte Fußgänger bewegten sich zufällig über den Bürgersteig, als wäre das plötzliche Auftauchen eines computergenerierten Mechs kein Grund zur Beunruhigung. Das würde sich bald ändern.

Sie beschleunigte auf Gehgeschwindigkeit und machte sich auf die Jagd.

Ihre erste Warnung, wo McCarthy steckte, lieferte die Magnetortung, die eine große, sich bewegende Metallmasse meldete. Das war immer ein eindeutiges Signal. Wäre der *Destruktor* an einer Stelle stehen geblieben, hätte der Computer ihn nicht von einem Gebäude mit Stahlgerüst unterscheiden können. McCarthy hätte den überschweren Mech im Innern eines Gebäudes parken und ihr auflauern können. Ihrer Meinung nach war dies die beste Methode, einen Mech dieser Gewichtsklasse im Stadtkampf einzusetzen.

Aber anscheinend legte McCarthy es nicht auf einen Hinterhalt an. Er wollte eine Rechnung begleichen. Amanda hatte nichts dagegen. Sie hatte seit Ewigkeiten keine echte Herausforderung mehr erlebt.

Und genau die lieferte ihr der Captain. Die immer wieder abbrechenden Ortungen machten es ihr unmöglich, auch nur die einfachste Zielerfassung herzustellen. McCarthy blieb ständig am äußersten Rand der Ortungsanzeige und zog sie tiefer in die Stadt. Die unsichere Ortung nagte an ihrer Zuversicht. McCarthy bewegte sich mit einer Schnelligkeit, die fast an ihre herankam. Wann immer sie ihn ins Visier nahm, verschwand er um die nächste Ecke. Die Füße des *Bushwacker* rutschten an jeder Ecke wieder weg und hatten Mühe, auf dem glatten Straßenbelag Halt zu finden, als sie immer schneller um die Ecken hetzte, um ihren Gegner endlich zu stellen.

In der Hoffnung, ihn aufhalten zu können, schleuderte Amanda ein paar Salven Donner-LSR auf wichtige Kreuzungen. Die von den Raketen ausgestreuten Minenfelder deckten große Bereiche ab und behinderten alle Mechs und sonstigen größeren Fahrzeuge. Wie zur Unterstreichung dieser Tatsache rollte ein ziviler Lastwagen auf eine der Kreuzungen und explodierte in eine primitive graphische Darstellung eines brennenden Wracks hinein. Nur einer der Gründe dafür, dass der Einsatz von Donnermunition in Stadtkämpfen verpönt war.

Aber das hier war kein echtes Schlachtfeld ... eine Annahme, die ihr Kommandeur beinahe augenblicklich widerlegte.

Warnsensoren forderten gellend Aufmerksamkeit, als McCarthy über das Dach eines nahen Gebäudes segelte, Flammenzungen lodernden Plasmas aus den Sprungdüsen auf dem Rücken des Mechs hinter sich herziehend. Amanda las die Identifikation des Mechs ab – den Bruchteil einer Sekunde vor dem bestätigenden Anblick auf dem Sichtschirm auf der Sichtprojektion. Ein *Schleicher!* McCarthy kämpfte nicht in seinem *Destruktor,* sondern hatte einen mittelschweren Mech gewählt, der ihm einen Beweglichkeitsvorsprung verschaffte. Sie hatte kaum Zeit, sich darüber klar zu werden. Ein schwerer Schlag folgte unmittelbar auf die Warnsirenen der Raketenortung, und der fünfundvierzig Tonnen schwere *Schleicher* hämmerte aus dem Flug mit Kurzstreckenraketen auf sie ein. Der Hagel von KSR schlug Krater und

Schrammen in die Panzerung auf der ganzen rechten Seite ihres Mechs.

Der leichtere Kampfkoloss landete auf einem hohen Gebäude rechts hinter Amanda. Seine Laser feuerten saphirblaue Strahlbahnen in Arm und Bein des *Bushwacker.* Der Sergeant-Major drehte den Torso der Kampfmaschine so weit es nur ging, und schaffte es gerade eben, die LSR-Lafette im linken Arm ins Spiel zu bringen. Falls McCarthy glaubte, sie hätte nur Donnermunition geladen, erwartete ihn eine Überraschung. Amanda hatte ihren *Bushwacker* umgebaut, und im Austausch für zwei zusätzliche Tonnen Munition im linken Torso auf die Maschinengewehre verzichtet. Die Salve erwischte den *Schleicher* und vergalt die Schäden, die sie hatte einstecken müssen, zumindest andeutungsweise.

Aber so leicht, wie er aufgetaucht war, löste der *Schleicher* die Sprungdüsen wieder aus und sprang über die Kreuzung, auf der Amanda stand. Sie versuchte, den breiteren, gedrungenen *Bushwacker* zu drehen, schaffte es aber nicht ganz, bevor eine neue Raketen- und Lasersalve in seinen Rücken einschlug und sie nach vorne in die Gurte warf. Amanda biss frustriert die Zähne zusammen, während sie mit geübtem Blick die Vektorgraphikdarstellung der Schadensanzeige begutachtete. Die dünnere Rückenpanzerung hatte gehalten und ernsten Schaden verhindert, aber lange konnte das nicht mehr gut gehen. Das schützende Ferrofibrit war nahezu weggesprengt.

Falls McCarthy auf den Dächern blieb, würde früher oder später eines der Häuser unter dem Gewicht einstürzen und den *Schleicher* auf die Straße befördern. Aber konnte sie so lange durchhalten? Und wollte sie ihren Sieg wirklich davon abhängig machen? Momentan beherrschte er das Geschehen.

Amanda war zu erfahren, um auf eine Verlierersituation zu bestehen. Sie beschleunigte den *Bushwacker* zum

Galopp auf ein nahes Gebäude zu. Der Sergeant-Major schob den rechten Mecharm vor und stieß den Autokanonenlauf in die Mauer, um eine Bresche aufzureißen, durch die sie den breitschultrigen Kampfkoloss zwängte. Die Simulation war nicht detailliert genug, Backsteine und Träger um sie herum herabstürzen zu lassen. Stattdessen brach die Wand in große mehrkantige Brocken zusammen, die sich schnell auflösten.

»Erste Runde an Sie, Captain«, brüllte Amanda, als ihr Mech sich auf der anderen Seite des Hauses zurück ins Freie kämpfte und durch Hügel von Schutt watete.

Amanda wusste, dass er sie bei dieser Lautstärke in der anderen Simulatorkapsel hören konnte, und hoffte, sportiv zu klingen, so, als hätte sie die erste Begegnung großzügig hingenommen. Aber sie hörte die Schärfe in ihrer Stimme und wusste, sie würde auch den anderen nicht entgehen. Amanda Black war wütend und alle wussten es. McCarthy hatte sie mit dem *Schleicher* überrumpelt. Dazu würde sie ihm keine Gelegenheit mehr bieten.

Sie bewegte sich auf der neuen Straße rückwärts davon und hielt das Fadenkreuz auf die Kreuzung. Sie wartete darauf, dass der Captain sie verfolgte, während sie in Gedanken ihre beiden Maschinen verglich. Ein gleichwertiger Kampf. Doch es wirkte natürlich besser, dass McCarthy die fünfundvierzig Tonnen Vorteil aufgegeben hatte, die ihm der *Destruktor* geliefert hätte.

Wie sie erwartet hatte, kam der *Schleicher* endlich herunter auf den Boden und rannte über die Kreuzung, die sie im Visier behalten hatte. Er blieb zu einem Feuerwechsel kurz stehen. Laser zuckten über Brustpartie und linkes Bein des *Bushwacker*, eine weitere LSR-Salve verschandelte seine obere Rumpfhälfte mit pockennarbigen Kratern. Ein Geschoss schlug hallend in den vorragenden Kopf der Maschine, und der Schüttelsitz peitschte zur Seite. Ein stechender Schmerz zuckte durch Amandas Nacken.

Sie legte sich in die Bewegung, entschlossen, den Schaden mit Zinsen zurückzuzahlen. Ein smaragdgrüner Strahl aus gebündelter Lichtenergie schoss aus dem schweren Torsolaser, erwischte den *Schleicher* in der linken Seite und befreite ihn von der Hälfte der Schutzpanzerung. Als es ihr nicht gelang, den Gegner mit der Autokanone sicher zu erfassen, drehte sie den Mech zur gegenüberliegenden Seite der Kreuzung und gab einen langen Feuerstoß brachialer Kaliber-80mm-Granaten ab, als der *Schleicher* wieder beschleunigte. Das großkalibrige Sperrfeuer erwischte McCarthys Kampfkoloss am linken Knöchel und sprengte weitere Panzerung ab, bevor der Mech um die Ecke des nächsten Bauwerks verschwand. Sie zog das Geschützfeuer hinter ihm her und die Granaten fraßen sich tief in das Haus, bevor sie den Feuerknopf losließ.

Zurückweichen, Zuschlagen, Vorrücken und Umgehen, das waren die Schritte des Tanzes, den sie sich in den Straßen der Konstruktstadt lieferten, während sie in unregelmäßigen Abständen Geschützfeuer tauschten. Amanda platzierte Donnermunition, wann immer sie ein paar Sekunden Zeit zur Planung hatte, und rammte sich den Weg durch eines der Häuser frei, sobald McCarthy den *Schleicher* in die Lüfte erhob, um in ihre Flanke zu gelangen. Die Fahrzeuge und simulierten Zivilisten reagierten noch immer nicht auf den Kampf der Titanen, obwohl gelegentlich ein paar simulierte Stadtbewohner unter den Schritten des *Bushwacker* verschwanden und Amanda immer wieder einmal dem Wrack eines Lasters oder Personenwagens begegnete, der in eines der Minenfelder geraten war. *Blöder Computer.*

Durch das Verminen der Hauptkreuzungen zwang sie McCarthy, Seitenstraßen und Dächer zu benutzen. Diesmal sprang der *Schleicher* aus einer schmalen Gasse, in die der erheblich breiter gebaute *Bushwacker* niemals gepasst hätte, und trat geradewegs in dessen Schatten.

Auf so kurze Distanz waren Amandas Langstreckenraketen so gut wie wertlos, und nur der schwere Laser und der Donner der Autokanone antwortete seiner Breitseite. Mehrere der Kurzstreckenraketen des Captains nutzten Löcher in der Panzerung aus, um tief ins Innere des *Bushwacker* einzudringen. Die Wucht der Explosionen verbog das Gehäuse des riesigen Kreiselstabilisators und riss die Eindämmung auf, die half, die Abwärme des Fusionsreaktors unter Kontrolle zu halten.

Geschmolzene, gelborange glühende Panzerklumpen hinter sich zurücklassend, duckte sich der *Schleicher* um den *Bushwacker* und in eine andere Gasse, während Amandas Maschine wie betrunken schwankte, während sie mit der Schwerkraft um die Herrschaft über den Mech kämpfte. Diesmal gewann sie noch, und die Signale des Neurohelms konnten den Gyroskopschaden ausgleichen.

Aber der Kampf hinterließ zunehmend Spuren. Amanda war schweißgebadet, denn aus den Luftschlitzen schlug heiße Luft in ihren Nacken, um den Schaden an der Reaktorabschirmung zu simulieren. Die Hitze verwandelte die enge Simulatorkapsel im Handumdrehen in eine Sauna. Die glutheiße Luft verkürzte jeden Atemzug zu einem Nach-Luft-Schnappen. Im Nacken schmerzten die gezerrten Muskeln. Jeder Schritt, den der *Bushwacker* mit beschädigtem Gyroskop ausführte, ließ die Schüttelliege ausschlagen und sandte neue Schmerzpfeile ihr Rückgrat hinauf. Sie humpelte auf die nächste Kreuzung, kämpfte dem Mech eine Rechtsdrehung ab, um die Richtung im Schussfeld zu halten, in die der *Schleicher* verschwunden war.

McCarthy tauchte am Rand des Sichtschirms auf, kam um eine entfernte Ecke und beschleunigte auf volle Geschwindigkeit. Ein halbes Dutzend Schritte später zeichnete ein leuchtendes Halo die Silhouette des *Schleicher* nach, als die Sprungdüsen wieder Plasma aus dem Fusionsreaktor abwärts durch die Brennkammern lenkten. Der 45-t-Kampfkoloss sprang auf sie zu, flog zwanzig Meter über der Straße entlang. Laser feuerten tödlich buntes Licht, Raketen zuckten in flachem Bogen aus den Rohren. Amanda zog einen langen, beruhigenden Atemzug beißender Luft in die Lunge und ignorierte die stählernen Fesseln um den Brustkorb. Sie lehnte sich über den Steuerknüppel, während sie das Fadenkreuz über die Straße und aufwärts zog. Jetzt ging es um alles. Sie wusste: Keine der beiden Maschinen konnte viel länger durchhalten. Jetzt würde einer von ihnen ins Gras beißen!

Die mittelschweren Laser des *Schleicher* schlugen tiefe Löcher in den linken Mecharm des *Bushwacker,* durchbohrten die Raketenlafette und zerstörten sie. Raketeneinschläge prasselten auf den zerbeulten Mechrumpf, schlugen neue Breschen und schüttelten ihn durch, aber nicht heftig genug, um ihr Antwortfeuer abzulenken. Autokanone und Lichtwerfer zeichneten eine Spur der Vernichtung von den Gebäuden der anderen Straßenseite aus in die Luft und durch die Flugbahn McCarthys. Der Photonenstrahl traf zuerst, zerkochte die letzten Reste von Kompositpanzerung auf dem rechten Bein der Maschine. Ein Strom von Granaten aus abgereichertem Uran donnerte hinterdrein, nutzte den Schaden aus, hämmerte auf den Titanstahl-Oberschenkelknochen, bis das Metallskelett nachgab und das Bein verdreht hinter dem springenden Mech zu Boden fiel. Die verkrüppelte Kampfmaschine stürzte ab.

Aber nicht früh genug.

Der in einem unter MechKriegern Todessprung genannten Manöver mit Kurs auf den *Bushwacker* anfliegende *Schleicher* traf sein Ziel ungesteuert, dadurch aber keineswegs mit weniger Wucht. Der ihm verbliebene Fuß bohrte sich in die linke Schulter des *Bushwacker* und rammte das Bein aufwärts in den eigenen Torso – vorher aber zertrümmerte er die linke Rumpfseite von Amandas Maschine. Das Munitionsmagazin in der linken Torsoseite des mittelschweren Mechs wurde eingedrückt, zerquetschte die gelagerten Raketen, brachte Brennstoffzellen und Gefechtsköpfe zum Zerplatzen. Ein Funke entzündete den freigewordenen Brennstoff, und das daraus resultierende Feuer löste die Gefechtsköpfe aus. Es kam zu einer Kaskade von Detonationen, die beide Maschinen zerfetzte.

In der Simulation schlug kein betäubender Rückkopplungsschock durch den Neurohelm und raubte dem MechKrieger die Sinne. Kein Feuerball loderte durchs Cockpit, um den Piloten zu versengen oder lebendig zu rösten. Amandas Sichtschirm zeigte ein Chaos aus Feuer und polygonalen Trümmern …

Und dann – nichts. Dunkelheit, Wärme und Feuchtigkeit des schweißgetränkten Overalls, der Geruch von Schweiß und körperlicher Anstrengung. Ein Lichtstreifen erschien in Bodennähe und wurde schnell breiter, als die Kapseltür sich unter dem Geräusch vereinzelten höflichen Beifalls hob. Der Rest der Kompanie hatte den Kampf auf den Monitoren der Halle verfolgt und gratulierte beiden MechKriegern zu einem beeindruckenden Kampf. Nur die Lieutenants Michaels und Patschenko hielten sich zurück, während Amanda und Captain McCarthy die Gurte lösten.

McCarthy war triefnass. Das dunkle Haar klebte ihm am Kopf. Schweiß strömte ihm die Stirn hinab und zog breite Spuren übers Gesicht. Amanda konnte sich denken, warum. Durch die ständigen Sprünge hatte der *Schleicher* von Anfang an eine gefährliche Hitze entwickelt. Doch der schnelle Blick der Erleichterung, den er dem Simulator über die Schulter zuwarf, deutete an, dass unter Umständen mehr dahintersteckte als nur die Abwärme. Wie auch immer sein Problem aussah, McCarthy hatte bewiesen, dass er mit einem Mech umgehen konnte. Sie war mit einem Unentschieden gegen ihn zufrieden … jedenfalls für heute.

»Guter Kampf, Captain.« Amanda reichte McCarthy die Hand, und er nahm sie an.

In den graublauen Augen jedoch lag keine Freundlichkeit. »Ein ausgewogener Kampf, ja. Aber Sie waren da drinnen ein wenig außer Kontrolle, nicht wahr, Sergeant-Major?«

»Sir?« In Amanda stieg Trotz auf.

McCarthy nickte Tara Michaels zu. Der junge Leutnant verlagerte nervös das Gewicht, als sie ihren Bericht ablieferte. »Geschätzter Sachschaden über fünfzehn Millionen C-Noten. Geschätzte Kosten in Zivilistenleben, zwohundertfünfundachtzig.«

Amanda setzte zu einer Entgegnung an, wurde aber von der abwehrend erhobenen Hand des Captains aufgehalten. »Moment. Dylan?«

»Ihr geschätzter Sachschaden liegt unter einer halben Million C-Noten, Captain.« Patschenko schaute Amanda unsicher an. Möglicherweise erinnerte er sich daran, wie oft ihre Truppe seine Lanze in der Simulation dezimiert hatte. »Tote: fünf. Vier davon als Resultat der Explosion Ihrer beiden Mechs am Ende des Duells. Der andere war ein Fehlschuss, der einen Fußgänger getroffen hat.«

»Verdammt«, fluchte McCarthy. Er schien von den Verlusten ehrlich betroffen. »In Ordnung, alle Mann in die Hauptsimulatorhalle. Lieutenant Michaels, teilen Sie die Leute ein und fahren Sie eine Standard-Stadtverteidigung. Sergeant Black«, fügte er hinzu, als die anderen den Raum langsam verließen, »Sie bleiben bitte hier.«

Sie wartete, bis sie allein waren, unsicher, wie sie auf die implizite Zurechtweisung reagieren sollte. Das konnte nicht sein Ernst sein. Amanda schüttelte verärgert den Kopf. Er blickte ernst genug. »Es war eine Simulation.«

»Simulation«, wiederholte McCarthy, und ließ eine Definition des Begriffes folgen. »Ein Prozess mit dem

Ziel, eine reale Gefechtssituation zu demonstrieren, nachzubilden oder anderweitig zu emulieren. Ihre brutale Gefechtstaktik ... Wenn ich einen Soldaten unter meinem Befehl dabei erwischen würde, absichtlich derartigen Schaden in einer realen Stadt anzurichten, käme er vor ein Kriegsgericht, Sergeant.« Seine Stimme sank beinahe zu einem Flüstern. »Selbst auf Diana, Amanda, haben wir den zivilen Sektoren eine derartige Verwüstung erspart.«

Mit Ohren, die von der Zurechtweisung glühten, nahm Amanda Haltung an. Schlimmer als jede Gardinenpredigt war die Tatsache, dass aller Wahrscheinlichkeit nach die ganze Kompanie die geschätzten Verlustzahlen debattierte. Das verwandelte ihr Unentschieden in eine Niederlage, und Niederlagen waren ihr ein Greuel. »Ich werde Simulationen in Zukunft sicher ernster nehmen, Captain. Ich nahm – irrtümlich – an, unser Duell sei ein reiner Fähigkeitstest.« Sie stockte. »Erlaubnis, frei zu sprechen, Sir?«

Als er nickte, wählte Amanda ihre Worte sorgfältig aus. »Sie hätten mir das auch privat sagen können oder zumindest nur in Anwesenheit der anderen Offiziere.«

»Vielleicht hatten die anderen diese Lektion ebenso nötig.« McCarthys Miene verhärtete sich. »Missfällt es Ihnen, Objekt einer meiner Lektionen zu sein?«

»Ich finde, es untergräbt meine Autorität. Deshalb, ja. Die meisten der anderen könnten es weit schlimmer treffen, als meinem Vorbild nachzueifern. Ohne eingebildet klingen zu wollen, Captain, und Sie selbst ausgenommen, bin ich der beste MechKrieger, den Sie haben.«

McCarthys Ausdruck wurde sanfter, drückte aber eher Mitleid als echtes Verständnis aus. Als er antwortete, klang er enttäuscht. »Und wie kommen Sie darauf, Amanda, das sei genug?«

6

Vorhaven, Kathil
Kathil-PDZ, Mark Capella, Vereinigtes Commonwealth

2. November 3062

Das McCarthy-Haus war ein weiträumiges, dreistöckiges Gebäude mit über fünfhundert Quadratmetern Grundfläche, auf die sich mehrere Salons, eine Bibliothek, eine Bankettküche und sechs große Schlafzimmer verteilten, die im Augenblick als Gästezimmer dienten. Eine überdachte Veranda zog sich um drei Seiten des Hauses und bot einen Blick hinaus über die zig Hektar Ackerland, die Davids Eltern besaßen und bestellten. AgroMechs und konventionelle Agrarfahrzeuge arbeiteten auf fernen Feldern, kamen aber nie nahe genug, um den dritten Tag seiner Heimkehr zu stören. Trotz der enormen Größe schien das Haus beinahe heimelig, voller spielender Kinder und erfüllt von den Düften des bevorstehenden Sonntagsmahls, die einem das Wasser im Munde zusammenlaufen ließen.

Davids Ankunft zwei Tage zuvor nach fast drei Wochen beinharten Trainings mit seiner Kompanie hatte mehr Verwandte angelockt, als er für möglich gehalten hätte. Die Feier hatte den Ballsaal in einem der besten Hotels Vorhavens gefüllt. Sie hatte im Anschluss an die Halloweenfeiern der Kinder begonnen und bis zum frühen Morgen gedauert. Ein völlig entgeisterter David hatte genug Willkommensumarmung, Händeschüttelei und gute Wünsche für Jahre über sich ergehen lassen und jeden Augenblick genossen. Fast jeden. Es gab die erwarteten Fragen nach Diana, umso drängender jetzt, nachdem Lieutenant General Sampreis die Meldung von seiner Auszeichnung an die Presse gegeben hatte. Die Sternenbund-Tapferkeitsmedaille war eine beeindruckende Leistung für ›einen von uns‹, eine Bezeichnung, der David sich selbst nach einer Abwesenheit von mehr als acht Jahren nicht entziehen konnte. Die Verleihung sollte in neun Tagen stattfinden, und er konnte es abwarten.

Über mehrere Stunden wurde er gefeiert, aber schließlich legte sich die Faszination doch, und er wechselte zur Früchtebowle, um wieder einen klaren Kopf zu bekommen. Es dauerte nicht lange, und die Trinksprüche galten den Ulanen, dem Angedenken Morgan Hasek-Davions und Morgans Sohn, Field Marshal George Hasek, und schließlich Prinz Victor Steiner-Davion. Viele davon wurden in einem nachdrücklich trotzigen Ton ausgebracht, der einen Widerspruch geradezu herausforderte. War das eine Suche nach Streit, fragte David sich, oder nur eine Bestätigung der eigenen Loyalitäten?

Auf ganz Kathil, und, wie man hörte, in der ganzen Mark Capella war die Stimmung ähnlich. Die Leute schwenkten alte Fahnen der Vereinigten Sonnen und riefen offen nach Victors Rückkehr aus dem Exil. Ob es ihm gefiel oder nicht, und in Anbetracht seiner deutschsprachigen Erziehung auf dem Tharkad entbehrte es nicht einer gewissen Ironie, aber Victor war der Champion Haus Davions – der Vereinigten Sonnen. Es war nicht anders zu erwarten gewesen, nachdem Katherine Steiner-Davion sich so nachdrücklich mit ihrem Steiner-Erbe und den Lyranern identifiziert hatte. David machte es Sorgen, wie deutlich die Kampflinien gezogen waren. Die Haseks standen eindeutig im Lager Victors. Falls es zu einem Kampf kam, konnte kein Zweifel daran bestehen, wen sie unterstützen würden. Aber Katherine hatte ebenfalls ihre Anhänger. Die Weigerung der 8. RKG, George Haseks Befehlen zu gehorchen, war dafür Beweis genug.

Diese Gedanken hatten ihn in den folgenden Tag begleitet, als die Feiern sich auf die nächste Familie reduziert hatten: Geschwister, ein paar enge Vettern und

Nichten und ihre Kinder. Sie waren zum Landsitz seiner Eltern gefahren, die sich über jede Minute mit ihrem lange abwesenden Sohn freuten. Besonders sein Vater, der ihn unablässig nach Berichten über Prinz Victor und die Sternenbund-Verteidigungsstreitkräfte aushorchte.

»Du hast doch sicher etwas über die Pläne des Prinzen gehört«, stellte Jason McCarthy gerade eben wieder fest, als er David auf der Veranda des Hauses gestellt hatte. »Er kann nicht ernsthaft vorhaben, Katherine auf dem Thron zu lassen.« Der ältere Mann war für sein Alter noch fit. Man sah ihm die lebenslange Arbeit auf dem großen und profitablen Landgut an. Ein dichter Kranz aus eisengrauem Haar lag um eine gebräunte Glatze, die sturmblauen Augen waren von derselben Leuchtkraft wie die seines Sohnes. Seine Hände waren groß, wie geschaffen für die wuchtigen Steuerelemente eines AgroMechs, und sie klammerten sich um das Geländer, als wünschten sie sich eine militärischere Betätigung.

»Victor Steiner-Davion hat den Posten als Präzentor Martialum ComStars akzeptiert, er befehligt die SBVS«, erinnerte David seinen Vater und nahm einen Schluck aus seiner Tasse mit starkem, einheimischem Kaffee. »Er kann diese Position nicht dazu ausnutzen, seine privaten Ziele zu verfolgen.«

»Das hat seine Schwester nicht gestört«, knurrte der ältere McCarthy und steckte nur unwesentlich zurück. »Du hast nicht die Hälfte von dem mitbekommen, was wir gehört haben, Sohn – erst recht, wenn du dich auf das InterstellarNews-Netz verlässt oder sogar die Federated News. Ich habe noch nie eine derartig massive Steiner-Propaganda gesehen, nicht einmal bei der Hochzeit Hanse Davions mit Melissa Steiner. Der *Korrobator* tut, was er kann, aber da draußen scheint man den lokalen Mediennetzen regelrecht Material vorzuenthalten. Und trotzdem bekommt man Dinge mit.«

»Zum Beispiel?«, fragte David, respektvoll wie immer.

Jason McCarthy ließ sich von niemandem für dumm verkaufen, und hier ging es um Informationen, die David kaum aus militärischen Quellen erhalten haben konnte. Innerhalb einer Einheit hatte Klatsch zwar ein robustes Eigenleben, aber die Gerüchteküche des Militärs reichte selten über das eigene System hinaus.

»Nun, die Explosion auf Solaris VII ließ sich schwer verschweigen, aber das ist ja ohnehin eine lyranische Welt«, antwortete Jason düster. »Von New Aragon, wo Demonstranten als Subversive bezeichnet und in ›Untersuchungshaft‹ genommen wurden, haben wir Schlimmeres gehört. Und dann ist da natürlich noch Kentares IV. Plötzlich war eine Nachrichtensperre in Kraft, aber ein paar Händlerbesatzungen haben erzählt, dass Katherines Anhänger den Planeten mit BattleMechtruppen unter Kontrolle halten. Die Festung des planetaren Dukes – Sharpe heißt er, glaube ich – soll geschleift worden sein, und seine Familie sich in Gefangenschaft befinden … oder schlimmer.«

»Ich habe gehört, dass Mechs dort eine ganze Stadt geschleift haben sollen.« Pauline, eine der vier Schwestern Davids, kam herüber und bekam die Erwähnung von Kentares IV mit. »Fünftausend Tote oder Verletzte.«

Der Gedanke an BattleMechs, die in einer Stadt wüteten, erinnerte David an Amanda Blacks Simgefecht in der vergangenen Woche. Es brauchte nicht viel, damit ein MechKrieger sich für unangreifbar hielt und die Feuerkraft, über die er herrschte, gedankenlos einsetzte. Selbst bei vorsichtigem Einsatz konnten die Folgen einer Schlacht brutal sein. Das hatte David auf Diana gesehen. Und jetzt schien diese Brutalität das Vereinigte Commonwealth erreicht zu haben. Als er auf die im warmen Sonnenlicht leuchtenden Felder hinausschaute, fiel es ihm schwer zu glauben, BattleMechs könnten sie verwüsten, aber er konnte das unangenehme Gefühl in der Magengrube nicht verdrängen, dass genau das im

Bereich des Möglichen lag. Das Patt mit der 8. V-C konnte nicht ewig so weitergehen, erst recht nicht, seit die Dragoner unterwegs waren, um die Miliz zu verstärken. Sie würden abwarten müssen, ob Generalhauptmann Weintraub nachgab und seine Truppen nach Lee verlegte, oder ob er es auf eine bewaffnete Auseinandersetzung ankommen ließ. Abwarten, und sich in der Zwischenzeit auf einen Kampf vorbereiten.

»Ich halte Katherine für zu clever für etwas derart Drastisches«, stellte David fest. Pauline arbeitete in Vorhaven als Versicherungskauffrau. Ihre große Neuigkeit stammte vermutlich aus Gerüchten und der Regenbogenpresse. »Schon gar auf Kentares. Eine Neuauflage des Kentares-Massakers würde Reaktionen von mehr als einer Seite herausfordern.« Er wandte sich Unterstützung suchend an seinen Vater, aber der ältere McCarthy zögerte.

»Ich bin mir nicht so sicher. Katherine wüsste es sicher besser, da stimme ich mit dir überein. Aber das heißt noch nicht, dass die Leute, die sie vor Ort eingesetzt hat, Vernunftargumenten zugänglich sind. Sieh dir Kathil an. Unsere neue Archon-Prinzessin hat weder George Hasek noch Duke VanLees direkt herausgefordert. Aber trotzdem haben wir die 8. RKG als ihre Babysitter hier stehen, oder?«

Es war schwer, etwas dagegen zu sagen, vor allem in Anbetracht der Tatsache, dass die Achte noch immer die Hauptmilitärbasis des Planeten besetzt hielt, während die Kathil-Miliz mit den älteren Unterkünften in Radcliffe Vorlieb nehmen musste.

»Der alte Koster VanLees hätte General Weintraub zum Teufel gejagt«, erklärte Pauline in einem nostalgischen Ton, wie ihn David als Kind manchmal in den Stimmen der Eltern gehört hatte. Er hatte es das ›Gute-Alte-Zeiten-Syndrom‹ genannt.

»Da wäre ich mir nicht so sicher«, widersprach er.

»Herzog Koster war auch nicht so unabhängig, wie wir uns gerne einreden. Er hat seine Capella-Dragoner an Haus Davion verkauft, um nicht in den Streit zwischen Hanse Davion und Michael Hasek hineingezogen zu werden.« Und jetzt kehrten die Dragoner zurück. Was sagte das über Duke Petyr und seine Absichten? Würde er seine Welt und deren Menschen in eine Auseinandersetzung werfen, der sein Vater aus dem Weg gegangen wäre?

Pauline wischte den Einwand ihres Bruders mit einer Handbewegung beiseite. Davids Status als Kriegsheld hatte ihren Respekt vor ihm nicht merklich erhöht. »Das lag daran, dass Michael Hasek falsch lag, David. Außerdem habe ich gehört, Duke VanLees hat die Dragoner von Duke Hasek zurückgekauft. Hältst du das für ein Zeichen, dass Duke Petyr sich endlich durchsetzt, oder unterstreicht George Hasek vielleicht seine Autorität in der Mark Capella?«

»Könnte sein«, gestand David ein. »Falls es stimmt.«

»*Falls* es stimmt?«, hakte seine Schwester nach.

David zuckte die Achseln, und die darauffolgende Pause dauerte lange genug, um seine Schwester aufgeben und sich auf die Suche nach ihren vier Kindern machen zu lassen. Pauline war noch nie sonderlich geduldig gewesen.

Jason McCarthy dagegen war aus härterem Holz geschnitzt. »Stimmt es?«, wiederholte er die Frage.

Seinen Vater konnte er nicht durch einfaches Warten abschütteln. Der Mann war von Natur aus dickköpfig. David nickte, und die beiden schauten eine Weile stumm auf die Felder hinaus und dachten über die Bedeutung dieser Entwicklung nach.

Der Lärm fröhlich spielender Kinder und der halbernste Tadel der Erwachsenen konnten das Gefühl drohenden Unheils kurzzeitig verdrängen. Neffen und Nichten rannten noch immer in Halloweenkostümen umher, nicht bereit, sie nach nur einem Abend aufzugeben. Er bemerkte mehr als einen MechKrieger – die üblichen Repräsentanten von Wolfs Dragonern, den Kell Hounds und der Davion Heavy Guards, aber die meisten trugen zu Ehren ihres plötzlich berühmten Verwandten die Uniform der Ulanen.

David erwiderte den Salut von drei MechKrieger-Kindern, die kurz vor der Veranda stehen blieben, bevor sie von einer fünfjährigen Unsterblichen Kriegerin davongejagt wurden, die mit nichts Gefährlicherem als einem aus der Küche stibitzten Brötchen bewaffnet war. Er würde sich nie daran gewöhnen, wie jung Kinder bereits die Symbole des Krieges übernahmen. Die Soldaten der nächsten Generation. Es dämpfte seine Laune beträchtlich. David nahm der Holovidheldin das Brötchen wieder ab und schickte seine Nichte mit einem freundlichen Klaps auf den Po davon.

Das Brot war noch warm und erinnerte ihn an seine Mutter, die noch immer an der Festmahlzeit des Abends arbeitete. »Was hält Mom von all dem?«, fragte er, riss ein Stück Brot ab und schob es sich in den Mund.

Der ältere McCarthy schüttelte den Kopf. »Sie macht sich Sorgen. Vor allem um Grace.« Davids jüngere Schwester. »Sie benutzt das Magazin, bei dem sie Redakteurin ist, für Angriffe auf Katherine. Aber ich beruhige sie immer, dass alles gut wird. Immerhin ist das hier eine von George Haseks Welten. Wir können uns noch immer auf gewisse Freiheiten verlassen.«

Nur war Field Marshal Hasek nicht hier. Welcher Rechte konnte Kathil sich sicher sein, die Kentares IV nicht theoretisch auch gehabt hatte? Und was hatte es dort genutzt? »Ich werde mit Grace reden müssen«, meinte David. »Jetzt ist nicht der Moment, Aufmerksamkeit zu erregen.«

»Du meinst, wir sind bereit zum Kampf?«

Dieselbe Frage hatte David Damien Zibler gestellt. Er

wünschte sich, Zibler wäre jetzt hier gewesen, um sie für ihn zu beantworten. »Wir gehen immer noch davon aus, dass es sich vermeiden lässt«, antwortete er mit größerer Zuversicht, als er tatsächlich empfand. »Früher oder später müssen die Adligen einen Weg finden, diese Situation aufzulösen. Immerhin sind wir hier in der Mark Capella, nicht in der Konföderation Capella. Habe ich Recht?«

»Die Konföderation hat auch ihre Adligen. Es hat ihr nicht viel genutzt«, erklärte sein Vater düster, bevor er sich vom Verandageländer abstieß und ins Haus hing. David folgte ihm ins Wohnzimmer, wo ein halbes Dutzend Erwachsene ein Holovid anschaute. Die beiden lehnten die Einladung dankend ab, sich dazuzusetzen und eine ältere Episode der Serie *Akte C wie ComStar* zu verfolgen, eine ältere Krimiserie, die wieder populär geworden war, nachdem der reformierte Orden zugegeben hatte, dass ein Teil der paranoiden Vermutungen, auf denen sie basierte, gar nicht so weit hergeholt gewesen waren.

Als sie den Raum verlassen hatten, seufzte sein Vater schwer, und für einen Augenblick sackten die breiten Schultern herab. »Wenn es zum Krieg kommt, David, und es wird dazu kommen, hoffe ich nur, er erwischt euch Offiziere nicht mit dem Kopf im Sand. Das hilft bei manchem Gemüse und den meisten Politikern, aber nicht bei Soldaten.«

David schmunzelte dünn. »So dumm sind wir nicht, Dad. Wenn es zum Krieg kommt, sind wir bereit. Aber wir dürfen die Hoffnung nicht aufgeben. Immer wieder einmal droht Frieden auszubrechen und sich durchzusetzen.«

»Ich kann nur hoffen, du hast Recht. Immerhin ist er jetzt schon seit vierhundert Jahren überfällig.«

Stöhnen und Murren drangen aus dem Wohnzimmer, und einen Moment lang glaubte David, man hätte sie gehört. Dann grinste er, als er hörte, wie sein Bruder Adam sich über eine Programmunterbrechung beschwerte.

Das Grinsen hielt nicht lange, denn plötzlich legte sich eine angsteinjagende Stille über das Wohnzimmer, die nur vom fernen Lärm der spielenden Kinder und dem gedämpften Klang einer Nachrichtensendung gestört wurde.

»David!« Adam hatte eine tiefe Stimme, wie dafür geschaffen, auf dem ganzen Hof gehört zu werden. Im Haus brachte sie die Fenster fast zum Klirren. »David, komm her. Dad!«

Dass er David zuerst gerufen hatte, vor ihrem Vater, bedeutete: Es musste sich um militärische Neuigkeiten handeln. Die Härchen in seinem Nacken stellten sich auf, als David einen Schritt vor Jason McCarthy zurück ins Wohnzimmer trat. Sechs todernste Erwachsene saßen wie gebannt vor dem Empfänger. Er zeigte die kantigen Formen von Clan-OmniMechs, die ein tödliches Laserbombardement austeilten. Die Kamera zoomte zurück, und er sah mindestens zwei Trinärsterne, die auf Verteidiger außerhalb des Bildes feuerten ... ein für David beunruhigend vertrauter Anblick.

Die Stimme des Sprechers übertönte den Lärm der Schlacht und drängte Explosionen und das zischende Krachen einer PPK-Salve in den Hintergrund. »Ich wiederhole, wir haben bestätigte Berichte über eine seit gestern laufende Großoffensive der Geisterbären gegen das Draconis-Kombinat, allem Anschein nach als Vergeltung auf jüngste Angriffe der Rächer Alshains. Zwölf Systeme wurden überfallen, aber Haus Kurita scheint erfolgreich Widerstand zu leisten. Dies ist, soweit es sich derzeit sagen lässt, keine, ich wiederhole: keine neue Clan-Invasion, und weder das Vereinigte Commonwealth noch die Lyranische Allianz scheinen derzeit bedroht. Kein anderer Clan lässt Anzeichen für einen Vorstoß in die Freie Innere Sphäre erkennen. Es wird angenommen, dass Clan Geisterbär mit dieser Aktion vor allem eine Bestrafung und Warnung verfolgt.«

Bestrafung und Warnung. In einem Ausmaß, das Milliarden C-Noten und ungezählte Menschenleben kosten würde.

Die Stimme des Sprechers verklang wieder im Lärm der Schlacht. Der wummernde Donner marschierender Mechs war unter den krachenden Einschlägen der Partikelblitze und dem kehligen Röhren der Autokanonen kaum zu hören. Raketenexplosionen schleuderten Dreckfontänen auf und ließen das Bild zittern. Das waren keine Geschützkamerabilder eines draconischen MechKriegers. Irgendjemand hatte da draußen eine Kameraeinheit vor Ort – hoffentlich ferngesteuert.

David schaute mit ernstem Gesicht zu seinem Vater, und beide dachten an ihr Gespräch nur Minuten zuvor. David schluckte mit plötzlich ausgetrockneter Kehle. Der Klang der Unsterblichen Kriegerin auf der Wiese vor dem Haus, die die älteren, lachenden MechKrieger weiter verfolgte, versetzte ihm einen Stich ins Herz.

Wie üblich hatte sein Vater Recht gehabt. Die Frage war nie, ob es zum Krieg kommen würde.

Sie lautete immer nur: wann.

7

Distriktbasis, District City, Kathil
Kathil-PDZ, Mark Capella, Vereinigtes Commonwealth

11. November 3062

»Ich weiß, einige von Ihnen haben heute Morgen nicht viel Zeit, deshalb werden wir es kurz halten und auf Abschweifungen verzichten«, erklärte Generalhauptmann Weintraub, noch bevor Eván Green seinen Sitzplatz gefunden hatte. Etwas war vorgefallen. Eván spürte es deutlich an der gespannten Atmosphäre. Die Frage war jetzt nur, was und wie konnte er es für sich ausnutzen?

Er beobachtete seinen Vorgesetzten und versuchte, dessen Gedanken zu ergründen. Die Adjutantin des Generalhauptmanns, Lieutenant General Karen Fallon, saß in voller Ausgehuniform neben ihm. Vermutlich würde sie die 8. RKG später am Morgen bei der Radcliffe-Zeremonie vertreten, wenn die Miliz ihrem einheimischen Helden den SBVS-Orden überreichte. Weintraub hatte auf eine Anwesenheit verzichtet. Dass er es vorzog, sich nicht in Reichweite der Miliz zu begeben, sprach über die Beziehungen zwischen den beiden Einheiten Bände.

In den letzten Wochen hatten sich diese Beziehungen rapide verschlechtert, seit Duke VanLees die Ankunft der Capella-Dragoner angekündigt hatte. Die Miliz hielt sich weitgehend bedeckt, aber Greene hatte Gerüchte aufgeschnappt, sie würden sich auf den Kampfeinsatz vorbereiten, und einige RKG-Truppen spekulierten lautstark über die Chancen der Milizionäre gegen die 8. V-C. Manche waren geradezu versessen auf einen Kampf.

Diese Offiziersbesprechung der 8. Regimentskampfgruppe füllte den Hauptbesprechungsraum der Distriktbasis beinahe bis zum Bersten. Am Kopfende des langen Tisches saßen die ranghöchsten Offiziere, gefolgt von den Bataillonsführern und schließlich den Kompaniechefs der Mechtruppen. Die Hilfstruppenkompanien und Mechlanzen wurden von Offizieren repräsentiert, die sich an drei Wänden aufreihten, eine lebende Mauer, die für Eváns zugegebenermaßen voreingenommenen Blick Stärke ausstrahlte. Es war warm und stickig durch die Menge der in den Raum gepferchten Menschen, und die Luft stank nach Rasierwasser und Eau de Cologne. Einer der Hörsäle der Basis hätte eine angenehmere Umgebung geboten, aber auch eine Zurschaustellung purer Solidarität hatte etwas für sich.

Mitchell Weintraub stand am Kopfende des Zimmers, mit dem Rücken zu einer Wand aus dunklem Glas, die breiten Hände im Rücken verschränkt. Die Haltung des Generalhauptmanns war jedoch gespannt, der Rücken kerzengerade, der wuchtige Brustkorb rausgedrückt, die Schultern in klassisch-militärisch windschnittiger Haltung zurückgenommen. Selbst die Bügelfalten seiner Uniform wirkten an diesem Morgen rasiermesserscharf.

Die Gesichtsausdrücke im Rest des Besprechungszimmers deckten das Spektrum von Gleichgültigkeit bis zum habichtsartigen Stolz des Generalhauptmanns ab. Eván hoffte, eine neutrale Miene aufgesetzt zu haben, die seine tatsächliche Besorgnis verbarg. Fallon verriet eine gewisse Nervosität, während ihre leuchtend blauen Augen von einem Offizier zum nächsten glitten, als wolle sie deren Haltung einschätzen und Loyalität abwägen. Das einzige andere Gesicht im Raum, das seine Aufmerksamkeit erregte, gehörte First Lieutenant Xander Barajas, einem seiner eigenen Untergebenen, der ihm gegenüber an der Wand stand und den Generalhauptmann mit einem Ausdruck beobachtete, der an Hunger grenzte.

Xander war ebenso versessen darauf, Karriere zu machen wie Eván, aber ihm fehlte dessen Geduld. Eines Tages würde ihn das zu stehen kommen. Außerdem verriet seine Akte eine Neigung zu brutaler Gewalt im

Kampf, die er beim Einsatz gegen die Marik-Liao-Invasion von '57 bewiesen hatte. Seitdem diente er bei der RKG, deren Garnisonsdienst ihm schwer auf die Nerven ging. Er war wild darauf, einen Gefechtseinsatz zu erhalten. Sein Problem war die Neigung, sich ohne einen Gedanken an die eigene Sicherheit, und häufig genug zum Schaden der eigenen Einheit, auf den Feind zu stürzen.

Natürlich verstand es Eván durchaus, wenn jemand die eigenen Ziele über die Bedürfnisse der Einheit stellte. Im Gegensatz zu Generalhauptmann Weintraub, der Katrina Steiner-Davion treu ergeben war, ging es ihm um den persönlichen Vorteil. Er roch im Widerstand der RKG gegen George Hasek eine Gelegenheit. Falls es ihnen gelang, Kathil für die Archon-Prinzessin zu halten, waren ihre Karrieren gesichert. Doch Eván verspürte keine weitergehende Loyalität den Steiners oder den Davions gegenüber. Hätte er bei den Ulanen gedient, wie der neue Held der Miliz, wäre er vermutlich auf der anderen Seite gelandet, und wahrscheinlich wäre er dort ebenso zufrieden gewesen. Solange er nur Aussicht auf Beförderung hatte, auf schnelle Beförderung.

Fallon nahm Weintraubs Faden auf. »Sie haben alle von der bevorstehenden Ankunft der 1. Capella-Dragoner gehört«, verkündete sie. »Das Regiment wurde offiziell von seinen bisherigen Aufgaben entbunden und ist auf dem Weg nach Kathil. Wir erwarten sein Eintreffen in wenigen Wochen, abhängig von der gewählten Sprungroute und der Verfügbarkeit von Ladestationen. Wir debattieren noch, ob wir ihnen gestatten werden, auf Kathil Posten zu beziehen, aber eine weitere Diskussion darüber muss warten, bis andere Fragen geklärt sind.«

»Wir haben eine Antwort von Prinzessin Katrina erhalten«, informierte Weintraub die Versammlung und löste damit unbehagliches Rutschen und gedämpftes

Murmeln aus. Falls die Prinzessin sie zum Abzug aufforderte, würde das George Haseks Anspruch auf Befehlsgewalt über die 8. RKG bestätigen und dem Ruf der Einheit beträchtlichen Schaden zufügen. Weintraub wartete, bis sich das Murmeln nach wenigen Augenblicken gelegt hatte, dann stellte er fest: »Ich überlasse es Ihnen, sich ein Urteil zu bilden.«

Er trat zur Seite, und in der Glaswand, vor der er gestanden hatte, leuchtete das dreidimensionale Wappen des Vereinigten Commonwealth auf. Das Hologrammbild machte einem Blick in den Thronsaal auf New Avalon Platz. Archon-Prinzessin Katrina Steiner-Davion saß mit der Selbstverständlichkeit der geborenen Herrscherin auf dem riesigen Thron. Trotz ihrer schlanken Figur strahlte sie eine Härte aus, die zugleich königlich und beherrschend war. Alle Anwesenden, selbst Xander und Evân, richteten sich angesichts der Herrscherin gerader auf, als könnten sie fühlen, wie sich der Blick der kühlblauen Augen in sie bohrte.

»Generalhauptmann Weintraub«, ergriff sie das Wort, und in ihrer Stimme lag wenig Entgegenkommen. »Ich habe Ihre wiederholten Bitten um eine Klarstellung erhalten – und bin enttäuscht, dass Sie es für notwendig erachten, Befehle infrage zu stellen. Kathil ist eine Welt von einiger Bedeutung für das Vereinigte Commonwealth, wie aus dem Tumult, den Sie verursacht haben, deutlich genug hervorgehen dürfte. Führen Sie Ihre Befehle aus.« Ein langsames, königliches Nicken, und das Bild löste sich wieder in das VerCom-Wappen der gepanzerten linken Faust vor der Sonnenscheibe auf. Im Besprechungszimmer breitete sich verwirrtes Raunen aus.

War das alles? Evân hatte erheblich mehr erwartet, ganz gleich, ob sie für oder gegen die momentane Vorgehensweise der 8. entschieden hatte. Seine Gedanken rasten, aber dann trat ein Lächeln auf sein Gesicht, als ihm klar wurde, dass die Prinzessin ganz bewusst darauf verzichtet hatte, die Befehle zu spezifizieren.

»Also, Leute, was bedeutet das?«, fragte der Generalhauptmann die Versammlung.

»Wir bleiben«, rief Eván schnell. Seine Antwort löste zustimmendes Nicken der meisten Offiziere und einen langen, bedächtigen Blick Lieutenant General Fallons aus. »Die Prinzessin wusste, was sie tat, als sie ihre Antwort formulierte, Generalhauptmann. Ihre Haltung ist allgemein bekannt, und diese Botschaft überträgt Ihnen die endgültige Entscheidung.«

»Und die endgültige Verantwortung«, bemerkte Lieutenant General Price von der 11. VC Gepanzerten Infanterie. »Kurz gesagt, was immer wir tun, die Prinzessin trägt keine Verantwortung. Vergessen Sie nicht, wie die Blackwind Lanciers zu Beginn des Kriegs der Capellaner gegen den St. Ives-Pakt geopfert wurden. Zerschlagen und aufgelöst, aus der Einheitsaufstellung gestrichen. Falls es Hasek gelingt, uns Kathil abzunehmen, wird die Archon-Prinzessin uns genauso opfern.«

»Ein etwas defätistischer Standpunkt, Charles«, erwiderte Fallon mit einem Hauch von Herablassung. »Sie reden, als wäre Hasek in der überlegenen Position, militärisch oder politisch. Glauben Sie ernsthaft, er könnte die Prinzessin stürzen?«

»Natürlich nicht«, antwortete Price hastig. Niemand war bereit, sich an dieses heiße Eisen zu wagen. Manche hier im Raum bevorzugten Katrina zwar offensichtlich vor ihrem Bruder Victor, aber die Mehrheit stand aus Respekt vor der legalen Befehlsordnung hinter ihr. Sie saß auf dem Thron, also herrschte sie. »Aber es könnte ihm gelingen, uns ins All zu drängen. Es steht außer Frage, dass wir uns gegen die Miliz durchsetzen können. Zum überwiegenden Teil besteht sie aus schlecht ausgebildetem und schlecht ausgerüstetem Pöbel. Doch wenn die Capella-Dragoner erst hier sind …«

Eván sah einige Anwesende nicken. Die 1. Capella-Dragoner waren ohne Frage eine schlagkräftige Streitmacht, und wenn sie Kathil erst erreichten und sich auf die Seite der Miliz schlugen, woran kein Zweifel bestand, hatte die RKG wenig Chancen. Eván konnte nur hoffen, dass Weintraub und Fallon das bei der Planung berücksichtigten.

Doch er war sicher, dass die 8. auf Kathil blieb. Weintraub und Fallon veranstalteten dieses Schauspiel nur, um sich der Loyalität der jüngeren Offiziere zu vergewissern. Das bedeutete: Sie mussten diesen Gedankengang so schnell wie möglich abwürgen, bevor die Besprechung aus dem Ruder lief.

Generalhauptmann Weintraub trat zurück ans Kopfende der Tafel und legte die Hände auf die Rückenlehne seines Sessels. Seine raue Stimme wurde noch schärfer als gewöhnlich. »Machen Sie sich wegen der Dragoner keine Sorgen. Wenn es soweit ist, werden wir auf sie vorbereitet sein«, stellte er entschieden fest. »George Hasek mag glauben, er könne die Befehle der Prinzessin widerrufen, aber ich denke nicht daran, vor einem Verräter in Adelskleidung zu kapitulieren.«

»Was ist mit Herzog VanLees?«, fragte Yoshitomi Tendo, der Kommandeur der RKG-Sprungtruppen und Koordinator der Infanteriemanöver. »Noch versucht er, uns mit diplomatischen Mitteln von Kathil zu vertreiben, aber damit wird sicher Schluss sein, sobald die Dragoner hier sind. Und es ist verdammt unangenehm. Wir mussten wegen Mangel an Munition die Infanterieübungen abbrechen.«

Fallon nickte. »Inzwischen beschränkt es sich nicht mehr nur auf Militärbedarf. Heute haben wir die Nachricht erhalten, dass auf Grund von Lebensmittelknappheit ein Teil unserer Nahrungslieferung an die primären Garnisonstruppen des Planeten, die MCM Kathil, umgeleitet wurde. Von der nächsten Woche an bleiben uns nur noch die Feldrationen. Ich bezweifle, dass VanLees dumm genug für den Versuch ist, uns auszuhungern, aber er wird uns den Aufenthalt unangenehm machen.« Sie lächelte ohne sonderlichen Humor. »Ich rechne mit Stromausfällen in den kommenden Tagen.«

Eván schluckte trocken. Der bloße Gedanke daran, von Feldrationen leben zu müssen, genügte, ihn an den Sägemehlgeschmack der Trockennahrung zu erinnern. Das allein dürfte schon ausreichen, etwaige Victor-Anhänger ins neutrale Lager zu treiben. *Herzlichen Dank, Petyr VanLees.* Und es lieferte eine Öffnung, die Eván Greene auszunutzen gedachte. »Führt Lebensmittelknappheit nicht häufig zu Aufständen?«

»Echte Knappheit?«, fragte Fallon. »Nicht arrangierte wie diese? Natürlich. Aber die Zivilbevölkerung bekommt genug Nahrung.« Ihre blauen Augen funkelten interessiert, als sie erkannte, worauf Eván hinauswollte. »Duke VanLees wird natürlich nie zugeben, dass er nur uns den Proviant vorenthält, deshalb hat er es als allgemeines Problem dargestellt.«

Eván nickte. »Sind wir dann als Garnison von District City nicht verpflichtet, für Ordnung zu sorgen und Unruhen zu verhindern, wie diese unglückselige Lebensmittelknappheit sie auslösen könnte?« Er behandelte die Situation so, als wären die Probleme real. Und das waren sie auch, wenn jemand von ihm erwartete, sich von Feldrationen zu ernähren. »Wo wären derartige Proteste, möglicherweise gewalttätiger Natur, zu erwarten?«

Jetzt hatte er auch Weintraubs Interesse geweckt. »An der Hall of Nobles«, erwiderte der Generalhauptmann langsam. »Und diese speertragenden Mannequins, die sie da als Posten bezeichnen, wären meiner Einschätzung nach völlig wertlos.« Auf seine Züge trat ein Raubtiergrinsen. »Charles, können Sie ein paar Mann zum Schutz des Adels erübrigen?«

Lieutenant General Price zögerte, dachte nach, dann

nickte er. »Nur ein paar Bataillone«, warnte er … über fünfhundert Mann. »Ich werde sie hier in der Distriktbasis aus der Rotation ziehen müssen.«

Mitchell Weintraub winkte ab. »Ich verstärke die Basispatrouillen ab sofort durch Mechs.«

Ein solider Tausch, entschied Eván. Schon ein einziger Mech war Hunderte regulärer Infanteristen wert. VanLees hatte ihnen einen, wenn auch dürftigen, Vorwand geliefert, seinen Regierungssitz zu besetzen, aber mehr brauchten sie nicht. Vielleicht genügte das schon, einen Kompromiss herbeizuführen, hoffentlich vor dem Eintreffen der Dragoner – falls aber nicht, mochte die Tatsache, dass der planetare Herzog sich in der Hand der 8. befand, etwaige Pläne der Capella-Dragoner durchkreuzen, die RKG ins All zu treiben.

First Lieutenant Barajas trat vor und nahm zackig Haltung an. »Erlaubnis, diese Aufgabe zu übernehmen, Generalhauptmann. Ich kann meine Lanze in dreißig Minuten am Zaun haben.«

Dieser verdammte Xander Barajas! Falls der Generalhauptmann zustimmte, konnte Eván damit rechnen, eine ganze Kompanie, wenn nicht sogar das ganze Bataillon an einen Wachdienst zu verlieren, der die Leute hier in der Basis festhielt. Er hätte sie viel lieber zum Adelspalast in Marsch gesetzt.

Aber Barajas hatte weiter gedacht als sein Kommandant. Generalhauptmann Weintraub nickte. »Übernehmen Sie das, Mister. Und arbeiten Sie einen Rotationsplan mit anderen Lanzen für Sechs-Stunden-Schichten an den drei Toren aus.« Er zögerte. »Wenn wir die Lage auf diese Weise ausnutzen, können wir mit einer Reaktion von VanLees rechnen, das steht fest. Aber wahrscheinlich wird er eine Konfrontation hinauszuzögern versuchen, bis die Capella-Dragoner hier sind. Falls nicht …« Er schaute hinüber zu First Lieutenant Barajas. »Für den unwahrscheinlichen Fall, dass Duke VanLees oder die MCM

Kathil vorzeitige Schritte gegen uns unternehmen, ist der Waffeneinsatz genehmigt.«

Eván beglückwünschte seinen Untergebenen innerlich. Der Generalhauptmann hatte Recht, die Basis konnte weit eher mit einer Militäraktion rechnen als die Hall of Nobles. Ihre Truppen dort würden von der fadenscheinigen diplomatischen Fiktion gedeckt sein, dass sie zum ›Schutz‹ der Stadt dort waren. Ein Angriff der MCM dort hätte die öffentliche Meinung gegen sie kehren und die Stellung der 8. auf Kathil stärken können. Ohne Zweifel verließ sich Xander darauf und hoffte, an vorderster Front mitkämpfen zu können. Und jetzt hatte der junge First Lieutenant die Aufmerksamkeit des Generalhauptmanns erregt. Egal, Eván konnte immer noch Lob für die ›Beaufsichtigung‹ seines Juniors einheimsen.

Und zumindest Karen Fallon hatte seinen Beitrag heute nicht vergessen. »Kommandant Greene«, forderte sie ihn auf, »Sie werden mich zum Empfang in Radcliffe begleiten.« Sie schaute zu Weintraub. »Falls die Lage eskaliert, möchte ich da unten ein, zwei Offiziere zur Unterstützung dabei haben.«

»Es wird mir ein Vergnügen sein, Lieutenant General«, antwortete Eván. Das bot ihm eine Gelegenheit, sich bei Fallon weiter beliebt zu machen, und er hatte auch nichts dagegen einzuwenden, den Soldaten kennen zu lernen, den ganz Kathil als Helden feiern wollte.

»In Ordnung«, bestätigte Weintraub. »Volle Ausgehuniform, und meine besten Wünsche an Generalhauptmann Sampreis. Zeigen Sie uns von der besten Seite.« Sein durchdringender Blick wanderte von Eván zurück zu Fallon. »Und wenn das erledigt ist, können Sie Duke VanLees die frohe Kunde überbringen. Treten Sie ihm nicht zu sehr auf die Füße, aber machen Sie den Herrschaften da unten eines klar, Karen: Die 8. RKG ist hier, und sie bleibt hier.«

8

Stützpunkt der MCM Kathil, Radcliffe, Kathil
Kathil-PDZ, Mark Capella, Vereinigtes Commonwealth

11. November 3062

Östlich von Radcliffe stauten sich die Wolken, türmten sich düster auf und versprachen für den frühen Nachmittag ein Gewitter. So spät im Kathiler Frühling konnte man nach den »2-Uhr-Schauern«, die rund neunzig Minuten lang über die Südostküste fegten, bevor sie abzogen und einen angenehmen Abend mit klarem Himmel hinterließen, beinahe die Uhr stellen. Aber für die Vormittagszeremonie war kein Regen zu befürchten. Kathils strahlend gelbe Sonne zog gleichmäßig über einen Himmel wie flüssiger Saphir, und nur ein paar vereinzelte Wolken warfen ab und zu einen Schatten über die auf dem Paradeplatz der Radcliffe-Basis angetretene Miliz.

Vor einigen tausend Soldaten, seiner Familie und mehreren Nachrichtenteams stand David McCarthy in strikter Hab-Acht-Stellung auf der Bühne, während Major General Sampreis ihn mit Lob überschüttete. Tapferkeit vor dem Feind. Führungsqualität unter erschwerten Bedingungen. Haltung und Verhalten noch über die bereits hohen Anforderungen der Einsatzgruppe Schlange hinaus … eine höfliche Manier auszudrücken, dass David nicht die Nerven verloren und seine Leute unnütz verheizt hatte.

Doch vor allem nutzte der Major General jede sich bietende Gelegenheit, der Kathil-Miliz durch David das Erbe der inzwischen aufgelösten Ulanen zuzusprechen. David konnte beinahe hören, wie die Rückgrate der Soldaten sich streckten, als ihr Kommandeur sie aufbaute und ihnen versprach, sie würden Gelegenheit bekommen, »nicht allein Kathil, sondern auch den Thron New

Avalons« zu beschützen. Mit jedem Wort betonte Sampreis die neue Verantwortung der Miliz für ihren Heimatplaneten und zielte einige nicht gerade versteckte Seitenhiebe auf die 8. RKG, die, wie David bereits festgestellt hatte, mit ein paar Offizieren unter den Zuschauern vertreten war. Auch Sampreis' betonte Anspielungen auf Victor Steiner-Davion entgingen der Menge keineswegs, und ein paar der Zuhörer reagierten mit Unbehagen, wenn er in wenig schmeichelhaftem Ton auf die Archon-Prinzessin zu sprechen kam. Doch Sampreis war ebenso Politiker wie Offizier und achtete sorgfältig darauf, nichts zu sagen, was er nicht jederzeit zurücknehmen konnte.

Das war natürlich der wahre Grund für die ganze Zeremonie. Es ging weniger darum, einen einheimischen Helden zu feiern, als vielmehr, aller Welt deutlich zu machen – der 8. RKG, Duke VanLees, George Hasek, selbst der Archon-Prinzessin –, wer auf Kathil die militärische Autorität ausübte. David fühlte sich gar nicht wohl dabei, mit so viel politischer Symbolkraft belastet zu werden, aber Sampreis hatte überdeutlich gemacht, dass seine Geduld mit ihm zu Ende war. Gnädigerweise war die Ansprache fast vorbei.

»Und für die verdienstvolle Tapferkeit, mit der er die Rückendeckung der Ulanen übernahm«, verkündete Major General Sampreis, »und sein Leben und seine Einheit zwischen die Überlebenden des Regiments und die drohende Vernichtung stellte, spricht der Befehlshabende General Victor Steiner-Davion David McCarthy eine ausdrückliche Belobigung für Heldentum und außerordentliche Tapferkeit aus. Möge sie auch der Mark-Capella-Miliz zum Ruhme gereichen.«

Duke Petyr VanLees trat als ranghöchster Adliger Kathils ans Rednerpult, nachdem der Major General es verlassen hatte. Der General hatte ihm als Geste der Unterstützung den letzten Akt der Verleihung überlassen. Ein politisches Gottesgeschenk für den Herzog. Die Lautsprecher trugen seine normalerweise nur halblaute Stimme hinaus zur Menge. »Der Erste Lord Theodore Kurita als gewählter Repräsentant des Sternenbundes, verleiht David McCarthy, Captain der Mark-Capella-Miliz Kathil hiermit die Sternenbund-Tapferkeitsmedaille. Es ist mir eine große Ehre, Captain McCarthy diesen Orden im Namen des Sternenbunds zu überreichen und ihm verbunden damit die persönlichen Glückwünsche Field Marshal George Haseks zu übermitteln. Der Marshal ist mit uns stolz auf einen neuen Helden der Mark. David McCarthy.«

David trat zackig vor und der blaue Umhang der Ausgehuniform blähte sich in einem plötzlichen Windstoß. Der Herzog drehte sich ihm zu, flankiert von Sampreis und Lieutenant Colonel Zibler, in der Hand den Orden, einen Cameron-Stern aus funkelndem Edelmetall auf einem schwarz-silbernen Band. David stellte bei sich fest, wie ähnlich er dem Feldzugsband der Einsatzgruppe Schlange sah. Duke VanLees heftete ihm die Medaille an die Brust und schüttelte ihm stürmisch die Hand. David salutierte vor dem Herzog, dann wandte er sich leicht zur Seite und wiederholte den Gruß vor Sampreis und Zibler, die ihn voller Stolz erwiderten.

Der Herzog leitete einen donnernden Beifall ein, und der Applaus wogte wie ein verfrühtes Nachmittagsgewitter über den Platz. David schluckte vor Emotion. Er hatte der versammelten Einheit etwas zu sagen. Etwas, das ihm schwer fallen würde, gleichzeitig aber eine Erleichterung bedeutete.

Eine erwartungsvolle Stille senkte sich über den Paradeplatz, als er ans Mikrophon trat und mit beiden Händen das Rednerpult packte. »Danke«, sagte er. »Ihre Unterstützung bedeutet mir sehr viel. Das meine ich ernst. Als ich erfuhr, dass mir diese Auszeichnung verliehen wird«, fuhr er fort, »wusste ich nicht, wie ich darauf reagieren sollte. Ich bin mir immer noch nicht ganz sicher, ob ich sie verdiene. Es stimmt, ich habe auf Diana alles gegeben. Aber das gilt ebenso für zahllose andere. Und wie die meisten militärischen Auszeichnungen ist auch diese mit Blut erkauft. Vor und während dieser letzten Nachhutaktion haben meine Einheitskameraden ihr Leben gegeben. Meine Freunde. Meine militärische Familie. Und daher nehme ich diese Auszeichnung in tiefer Dankbarkeit auch in ihrem Namen an: First Lieutenant Dennings, First Lieutenant Ochapkin, Hauptmann Jess, Kommandant Terrace, Marshal Morgan Hasek-Davion. In ihrem Namen und dem all der anderen, die im Verlauf der Aktion fielen.«

Die leichte Brise hatte sich gelegt und war kaum noch kräftig genug, die Hitze zu lindern, die vom Asphalt des Platzes aufstieg. Die Stille zerrte an den Nerven, als Tausende an seinen Lippen hingen. In vorderster Reihe, an einem Ehrenplatz, entdeckte David seine neue Einheit. Die Krieger wirkten sichtlich stolz auf ihren Kommandeur und ihre Verbindung zu ihm. Nun, darauf hatten sie auch alles Recht. Viele von ihnen hatten sich in sehr kurzer Zeit beträchtlich verbessert. Disziplin und Drill zeigten Ergebnisse, und sie machten Anstalten, sich zu einer Einheit zu entwickeln. Zu einer neuen militärischen Familie.

»Es war die Suche nach einem Ersatz für diese Familie, die mich zurück nach Kathil gebracht hat, zum Geburtsort der Ulanen. Es war eine Chance, wieder aufzubauen, was ich verloren hatte, während viele meiner Kameraden sich in dem Versuch, die Ehre und die Traditionen am Leben zu erhalten, die uns einst verbanden, den Sternenbund-Verteidigungsstreitkräften anschlossen. Ich ... sie ... wir alle sind Erben der stolzen Tradition der Ulanen. Mögen wir uns ihrer würdig erweisen. Danke.«

Der Applaus war weder so wild noch so begeistert, wie die Ovationen vor seiner Rede, aber – das hoffte David zumindest – ehrlicher. Seine MechKrieger-Kompanie wirkte nachdenklich. Viele von ihnen wurden sich allmählich bewusst, welche Verantwortung sie jetzt trugen. Nun gab er ihnen etwas zurück, indem er ihren Anspruch auf einen Teil des Ulanenerbes bestätigte. Sergeant-Major Black – und möglicherweise ein paar andere auch – glaubten unter Umständen immer noch, dass es ihnen zustand, aber David wusste, die meisten hatte er mit seinen Worten erreicht. Und er würde nicht aufhören, es bei den anderen weiter zu versuchen. Es war wichtig, dass sie verstanden.

Nur zu bald, befürchtete er, würden sie es sich verdienen müssen.

* * *

Nachdem Major General Sampreis den größten Teil der Einheit entlassen hatte, zogen sich die MechKrieger der Miliz, die Offiziere und ranghöchsten Unteroffiziere der Hilfsregimenter und die Gäste in eine der Hallen des Stützpunkts zurück, wo zur Feier des Tages ein Bankett ausgerichtet worden war. Davids Verwandte bemühten sich, in seiner Nähe zu bleiben und klammerten sich an das einzige vertraute Gesicht in dieser Welt aus Waffen und Uniformen, aber allzu oft nur wurde er erfolgreich aus ihrer Mitte gefischt, um die Glückwünsche und das Lob eines weiteren Kommandeurs oder Adligen entgegenzunehmen.

Seine Kompanie leistete bei dem Versuch, ihn abzuschirmen, etwas bessere Arbeit. Sergeant-Major Black formierte die Mannschaftsgrade zu einer improvisierten Ehrengarde. Sie maßten sich zwar nicht an, Colonels und Generals, Counts und Marquis abzuweisen, aber zumindest regulierten sie den Vorgang und bewahrten David davor, überrannt zu werden. Corporal Smith genoss es möglicherweise zu sehr, hochrangigen Offizieren ein metaphorisches Bein zu stellen, aber heute war David nicht in der Stimmung, ihn zurechtzuweisen.

»Wir möchten Captain McCarthy … Verzeihung!«

»Entschuldigung, Ma'am.« Smith wirkte nicht sonderlich betrübt. Sein ›Entschuldigung‹ klang nachgerade fröhlich.

David versuchte, sich aus einem Plausch mit einem Baron zu lösen. Als er sich umdrehte, sah er, dass der Corporal zwei ihm unbekannte Offiziere in der Uniform der 8. RKG aufgehalten hatte. Der Mann war ein Kommandant, die Frau ein Lieutenant General, und zog den linken Fuß ein wenig nach. David nippte an seinem gewässerten Drink und bereitete sich auf eine unangenehme Begegnung vor.

Dann verschluckte er sich, als Smith mit heuchlerischer Geschmeidigkeit erklärte: »Ich wollte Ihnen nicht auf die Zehen steigen, General Fallon. Sie schmerzen sicher noch von Duke VanLees.«

David stellte hastig das Glas ab und versuchte krampfhaft, einen Hustenanfall zu unterdrücken, als der Cocktail in den falschen Hals lief. Der Corporal beleidigte ein Stabsmitglied der 8. RKG!

Fallons Antwort war kalt genug, Erfrierungen zu verursachen. »Das geht schon in Ordnung, Corporal. Blindlings herumzustampfen ist kein alleiniges Privileg Duke VanLees'.«

»Das freut mich zu hören«, säuselte Smith, als David bereits unterwegs war, um die RKG-Offiziere abzufangen. »Ich möchte auf keinen Fall, dass jemand denkt, ich wollte ihm die Position streitig machen.«

Die Generalin starrte ihn mit vor Wut offenem Mund an, und David musste ein amüsiertes Grinsen unterdrücken. »Lieutenant General Fallon«, begrüßte er die Offizierin hastig und schob sich zwischen sie und Smith, bevor es Schlachtopfer gab. »Es war sehr entgegenkommend von der 8. RKG, Repräsentanten zur Verleihung zu entsenden.«

»Ja.« Fallon schien nicht geneigt, Smith entkommen zu lassen, aber als Sergeant-Major Black neben ihren Untergebenen trat, um ihm Schützenhilfe zu leisten, zuckte sie mit sichtlichem Widerwillen die Achseln. »Ja, nun ja, Generalhauptmann Weintraub wäre gerne selbst gekommen, aber …«

Aber er dachte nicht daran, sich in die Fänge der MCM Kathil zu begeben, die womöglich auf den Gedanken hätte kommen können, ihn in Gewahrsam zu nehmen und ins All zu ›eskortieren‹. David wusste, dass der Gedanke in der letzten Woche mehr als einem Milizionär gekommen war. »Sehr entgegenkommend«, wiederholte er. Amanda sorgte mit einem drohenden Blick dafür, dass Corporal Smith den Mund hielt, und David nahm sich vor, ihr später dafür zu danken.

Eine peinliche Stille breitete sich zwischen den fünf Soldaten aus. Schließlich sagte Fallon: »Meinen Glückwunsch zu Ihrem Orden, Hauptmann McCarthy.« Sie betonte Davids VerCom-Rang. »Jetzt sollte ich aber mit Duke VanLees sprechen.« Sie entfernte sich, musste sich jedoch den Weg um verschiedene Grüppchen von Milizkriegern bahnen, die sie als Mitglied der 8. RKG erkannten und vortäuschten, ihre Versuche vorbeizukommen nicht zu bemerken.

Smith öffnete den Mund zu einer Abschiedsbemerkung, doch David trat ihm dezent auf den Fuß, und Smith klappte den Mund gehorsam wieder zu. Sergeant-Major Black zog ihn zurück auf Distanz. David überlegte wieder einmal, ob es sich lohnte, Smith strenger an die Kandarre zu nehmen, verwarf es aber als sinnlose Mühe. Der Corporal war nicht wirklich aufsässig. Aber er betrachtete das Militär mit einem Blick für Absurditäten und der Neigung, sie anzusprechen. War er der Clown der Kompanie oder ihr Gewissen? Selbst David musste zugeben, dass Richard Smith im vergangenen Monat deutlich zur Moral der Truppe beigetragen hatte, indem er der Kompanie half, sich nicht ganz so bierernst zu nehmen. Er machte sogar Fortschritte dabei, Amanda Blacks elitäres Gehabe zu durchlöchern. Möglicherweise war das ein paar angestoßene Zehen wert.

»Einer Ihrer Männer?« Der Kommandant war Fallon nicht gefolgt und starrte Smith mit einem an Faszination grenzenden Gesichtsausdruck nach. »Er hat keine Angst auszusprechen, was er denkt, oder?«

Auf den ersten Blick hatte David den anderen Offizier für erheblich älter gehalten. Der Ansatz zur Glatze und das grau melierte Haar hatten ihn getäuscht. Ein Blick auf die Feldzugsbänder an der Uniform des Gegenübers zeigte ihm jedoch, dass der Kommandant höchstens zehn Jahre Dienstzeit hinter sich hatte. Er trug das Band nicht, das jeder erhalten hatte, der bis 3052 in der Clan-Invasion gekämpft hatte.

»Nein«, gab David zu. »Und unglücklicherweise ist es mir auch noch nicht gelungen, ihm die nähere Bedeutung von Takt beizubringen.« Er streckte die Hand aus. »Captain David McCarthy.«

Die freundliche Miene des Kommandanten verschwand, als David den AVS-Rang benutzte, und machte frischem Misstrauen in den harten braunen Augen Platz. »Kommandant Eván Greene. Sagen Sie, Captain, ist Ihre ganze Einheit so gleichgültig, was korrektes militärisches Protokoll betrifft?«

David hörte die versteckte Bedeutung in der Frage des anderen Offiziers und wusste, er wurde auf die Probe gestellt. Er wusste allerdings nicht sicher, mit welchem Ziel. »Im Großen und Ganzen«, antwortete er in leichtem Ton. »Wir bereiten uns langsam darauf vor, gegen legitime Befehle zu verstoßen.«

Die scharfen Züge des Kommandanten verdüsterten sich, hellten aber beinahe augenblicklich wieder auf.

David kam zu dem Schluss, dass er es mit einem Mann zu tun hatte, der gewohnt war, zu verbergen, was er dachte. Er strich sich nachdenklich mit den Fingerspitzen über den Schnurrbart. »Entgegen besseren Wissens verspüre ich eine gewisse Sympathie für Sie, Captain McCarthy«, stellte er schließlich fest. Er drehte sich langsam um, um Lieutenant General Fallon zu folgen, und die Art der Bewegung lud David ein, ihn zu begleiten. »Und es lässt sich natürlich nicht bestreiten, dass ich ein gewisses Maß an Neid verspüre. Es war eine beachtliche Gelegenheit, die sich Ihnen auf Diana geboten hat.« Er deutete mit einer Kopfbewegung auf Davids Orden.

Die beleidigende Wortwahl ließ David unwillkürlich die Kiefermuskeln anspannen. »Ich habe nie einen besseren Ort gesehen, gute Männer und Frauen zu verlieren«, antwortete er immer noch mit mildem Ton.

»Das war schade«, bestätigte Greene. »Aber sehen Sie sich an, was Sie geleistet haben. Was Sie gewonnen haben.«

David schüttelte den Kopf. »Der Preis war zu hoch, Kommandant Greene.«

»Eines Tages hoffe ich, das selbst entscheiden zu können.« Greene schaute voraus zu Fallon, die gerade mit Duke VanLees sprach. »Früher oder später vielleicht.«

»Auf Lee?«, fragte David und brachte das Gespräch bewusst auf die Welt, auf die Marshal Hasek die 8. RKG verlegt hatte.

»Vielleicht«, wiederholte Greene. »Vielleicht auch schon eher.«

David warf dem anderen einen scharfen Blick zu, aber die Miene des Kommandanten war nicht zu lesen. Es war unmöglich festzustellen, ob er gemeint hatte, was David vermutete. Trotzdem war er sich ziemlich sicher, gerade einen Rivalen gefunden zu haben.

»*Was?!*«, explodierte der Herzog plötzlich. Sie waren inzwischen dicht genug herangekommen, um den ungläubigen Ausdruck auf Petyr VanLees' Gesicht zu sehen. Seine olivbraune Haut lief um mehrere Schattierungen dunkler an, während er Lieutenant General Karen Fallon anbrüllte.

»Das klingt viel versprechend.« Green verabschiedete sich mit einem Nicken und beschleunigte die Schritte.

David bemerkte die Befriedigung, die kurz durch Lieutenant General Fallons harten Blick zuckte, und erkannte, dass sie den Herzog bewusst reizte. Major General Sampreis hatte sich in Richtung der Konfrontation in Bewegung gesetzt, ebenso wie mehrere hohe Offiziere der Miliz und zwei weitere der 8. Regimentskampfgruppe. In Davids Eingeweiden machte sich ein vertrautes flaues Gefühl breit. Weit und breit waren keine kühlen Köpfe zu finden, und diese Situation hatte das Potential, sich im Handumdrehen ausgesprochen negativ zu entwickeln. Auf der anderen Seite des Saals hatte Damien Zibler sich freigemacht und war auf dem Weg. Aber er würde nicht rechtzeitig eintreffen.

Mit ein paar schnellen Blicken alarmierte er David Smith und Amanda Black und gab ihnen zu verstehen, dass er Rückendeckung brauchte. Er vertraute auf Blacks Disziplin, und ausnahmsweise kam ihm Smiths Gleichgültigkeit irgendwelcher Etikette gegenüber entgegen. Dass der Corporal seinen Spaß haben würde, war in diesem Fall ohne Bedeutung. Die beiden setzten sich in Bewegung, gaben die Warnung weiter und formierten unauffällig einen soliden Kader von Soldaten unweit des schwelenden Konfliktherds.

David traf wenige Schritte hinter Major General Sampreis ein, gerade rechtzeitig, um zu sehen, wie Herzog VanLees sich zu seiner wichtigsten militärischen Stütze umwandte. »Weintraub hat die Besetzung der Hall of Nobles befohlen«, erklärte er ohne Verwendung von Titeln oder irgendeiner anderen Geste des Respekts für den Kommandeur der 8. »Sie werden auf der Stelle etwas dagegen unternehmen!«

Eine neue Woge der Anspannung breitete sich durch den Saal aus, als die Worte des Herzogs die Runde machten. Ein paar auf Fallon gemünzte abfällige Rufe aus dem Hintergrund ließen die Haltung der Miliz ziemlich deutlich werden. Die Offiziere drängten näher. Sie erwarteten sichtlich eine Auseinandersetzung und waren bereit, versessen geradezu, teilzunehmen. All die Anspannung der vergangenen Wochen ballte sich hier und der kleinste Funken konnte eine Katastrophe auslösen.

Karen Fallon war ein Musterbild gespielter Unschuld. »Nahrungsmittelknappheit führt häufig zu Demonstrationen und Aufständen«, stellte sie nüchtern fest. »Generalhauptmann Weintraub handelt nur in Ihrem besten Interesse, Duke VanLees, um die Ordnung aufrecht zu erhalten.«

»Indem er den Adel mit Militäreinheiten bewacht?«

Eván Greene drehte sich zu Fallon um. »Wir hätten natürlich auch die Möglichkeit, District City selbst unter militärische Kontrolle zu stellen, falls der Duke das vorzieht«, erklärte er, vorgeblich für die Ohren seiner Vorgesetzten. »Wir könnten General Weintraub sofort von dieser Haltung in Kenntnis setzen.« Falls er die mörderischen Blicke bemerkte, die ihm einige nahebei stehende Milizionäre zuwarfen, dann ignorierte er sie.

»Sie werden niemanden von irgendetwas in Kenntnis setzen«, versprach VanLees Greene, die Hände in ohnmächtiger Wut zu Fäusten geballt. »So schnell nicht.«

Höchstens die wenigen anwesenden Zivilisten im Saal, die nicht wirklich über die ganze Bandbreite des Konflikts informiert waren, der sich zwischen den beiden Einheiten entwickelt hatte, konnten irgendeinen Zweifel daran hegen, dass Petyr VanLees unmittelbar davor stand, die Festnahme der RKG-Offiziere anzuordnen. David griff hastig ein und ließ Greene die Hand auf die Schulter fallen. »Aber nicht doch. Was Duke VanLees sagen wollte, ist, dass Sie sicher viel zu beschäftigt damit sein werden, die Hall of Nobles zu bewachen.« Er blickte Hilfe suchend zu Major General Sampreis hinüber und bemerkte dadurch den wütenden Blick nicht, mit dem Kommandant Greene darauf reagierte, die Initiative des Gesprächs zu verlieren.

Sampreis, den die Vorstellung einer von Truppen gegeißelten Hall of Nobles nicht ganz so in Rage versetzte wie den Herzog, hatte die Problematik offenbar ziemlich schnell erkannt. Eine Festnahme der Stellvertreterin Weintraubs und der Offiziere in ihrer Begleitung hätte mit an Sicherheit grenzender Wahrscheinlichkeit die bewaffnete Auseinandersetzung zwischen der Miliz und der RKG ausgelöst – eine Lage, die sie immer noch möglichst zu vermeiden hofften. Und es war eindeutig besser, die Taktik der 8. auf den Adelspalast zu beschränken, als eine Ausbreitung über die ganze Hauptstadt zu riskieren. »Natürlich«, bestätigte er. »Und ich werde sofort ein Regiment Infanterie nach D. C. schicken, um Sie zu unterstützen.«

»Vielen Dank, General Sampreis, aber ich bin sicher, die 8. ist vorerst in der Lage, die Situation zu meistern«, wehrte Fallon hastig ab. »Zusätzliche Truppen in die Hauptstadt zu ziehen, würde nur für weitere Schwierigkeiten sorgen.« So dumm, der MCM Kathil die Gelegenheit anzubieten, Einheiten in die unmittelbare Nähe des RKG-Stützpunkts zu verlegen, war sie nicht. Sampreis wog die politische Lage sichtlich ab und entschied sich auch diesmal für einen Kompromiss. »Aber Sie informieren mich, falls es irgendwelche Probleme gibt?«

»Davon können Sie wohl ausgehen, General.« Fallons Antwort war deutlich mehr Drohung als Versprechen. Eine drückende Stille legte sich über den Saal, als beide Seiten auf ein falsches Wort der anderen warteten. Und wenn nicht bald etwas geschah, war das unvermeidlich.

Während die Konfrontation sich entfaltete, hatte David beobachtet, wie Amanda Black die Soldaten organisierte. Mit Flüstersignalen und Handzeichen hatten die Infanteristen sich abgesprochen und waren in Stellung gegangen. Corporal Smith bemerkte seinen fragenden Blick und nickte. Er unterdrückte nur mit Mühe ein Grinsen. Black trat leise hinter David, gefolgt von den Lieutenants Michaels und Patschenko mit einem Zug Soldaten.

»Hervorragend«, stellte er fest und brach die Anspannung. »Da wir uns alle einig sind, sollten wir Lieutenant General Weintraubs Adjutantin und ihre Begleiter nicht länger mit etwas so Unwichtigem wie einem Bankett von der Arbeit abhalten. Sie werden sicher dringend gebraucht, um die Ordnung in der Stadt aufrecht zu erhalten.« Fallon schleuderte David einen mordlüsternen Blick zu, aber Greene bemerkte die in Position gegangenen Infanteristen und betrachtete ihn mit einem Ausdruck widerwilliger Bewunderung.

Endlich hatte auch Zibler das Zentrum des aufziehenden Gewitters erreicht, erkannte Davids Plan und schob sich sofort zwischen Fallon und Duke VanLees. Er nahm den zögernden Herzog zu einem offensichtlich belanglosen Gespräch beiseite. Sampreis hob in einem legeren Gruß die Hand an die Stirn, um sich von Karen Fallon zu verabschieden, und folgte den beiden. Die wartenden Infanteriesergeants und eine Reihe junger Offiziere traten näher – und die Offiziere der 8. RKG erschienen bald darauf isoliert.

Amanda Black trat zackig vor und salutierte. »Wenn Sie mir folgen möchten, Ma'am, Sirs.« Tara Michaels und Dylan Patschenko schoben sich hinter die Gruppe, um ihnen aus dem Saal zu folgen.

Zwei Reihen Milizsoldaten öffneten eine Gasse durch den Saal zum Ausgang. Corporal Smith war am Ende der Gasse damit beschäftigt, die letzten paar Meter Weg freizumachen, dann bat er den RKG-Kader mit einer schwungvollen Geste und einem breiten Grinsen hinaus. Niemand entlang des Wegs sagte ein Wort, alle starrten die Offiziere der 8. nur stumm an.

»Herzlichen Dank für Ihre Anwesenheit, Lieutenant General Fallon«, verabschiedete David sich höflich. Er nickte Greene zu. »Kommandant.«

»Captain«, antwortete Greene. Wie David erwartet hatte, führte er den Rückzug der 8. an und rettete seiner Kommandeurin damit einen Teil ihrer Würde. Hinter der V-C-Delegation schloss sich die Gasse und eine Mauer aus Milizionären machte jeden Gedanken an eine Rückkehr illusorisch.

Zwischen Herzog VanLees, einigen Generälen und ein paar Colonels tobte unterdessen eine heftige Debatte. Niemand unterhalb des Majorrangs war daran beteiligt, bis Lieutenant Colonel Zibler David zu der improvisierten Planungsbesprechung winkte.

»Das ist unerhört!«, stieß VanLees in kaum kontrollierter Empörung aus. »Kathils Hall of Nobles wurde noch nie von Militär besetzt, und ich denke nicht daran, das zu gestatten. Major General Sampreis, ich bestehe darauf, dass Sie auf diese Herausforderung reagieren.«

Für die Politiker war es einfach genug, nach Taten zu rufen. Sie brauchten für die Folgen nicht ihr Leben zu riskieren. David beobachtete Zibler und Sampreis und suchte nach Hinweisen darauf, was sie dachten.

Sampreis runzelte die Stirn. Er schwankte sichtlich. »Was erwarten Sie von mir? Dass ich ein paar Offiziere verhafte? Das würde nur zu Protesten Weintraubs und möglicherweise sogar der Archon-Prinzessin persönlich führen.«

»Nein«, gestand VanLees widerwillig ein. »Vor diesem Problem hat Ihr Mann hier uns bereits gerettet. Aber ich will wissen, ob Sie endlich bereit sind einzugreifen.«

Niemand wollte dem Herzog antworten. Niemand

wollte in Worte fassen, was sie alle dachten. Sobald das einmal geschehen war, gab es keinen Weg zurück. David räusperte sich zögernd und sprach erst, als Sampreis ebenso wie Zibler ihm aufmunternd zunickten. »Wenn Sie gestatten, Sir«, widersprach er. »Das ist nicht die eigentliche Frage.«

Der Herzog verstand möglicherweise nicht allzu viel von militärischer Taktik, aber er litt auch nicht unter Selbstüberschätzung. Er hatte bereits zugegeben, dass David ihn kurz zuvor vor einem Fehler bewahrt hatte. Jetzt strich er sich mit knochigen Fingern durch das straff gekämmte dunkle Haar und fragte nur: »Und wie lautet sie dann, Captain?«

Zibler wusste es. Es war dieselbe Frage, die David ihm bei der Ankunft gestellt hatte. Die Frage, die sie verfolgt hatte, während sie sich bemühten, die MCM Kathil in eine brauchbare Militäreinheit zu verwandeln. »Sind wir bereit zum Kampf?«, erwiderte er schlicht. Nichts anderes spielte eine Rolle, falls sie nicht darauf vorbereitet waren, den Worten Taten folgen zu lassen.

David sah Sampreis' Blick über die Offiziere der Runde schwenken, sah die Männer und Frauen mit Kopfnicken ihre Bereitschaft bekunden. Zibler zögerte und schaute zu David hinüber, der grimmig lächelte und für seine Kompanie nickte. Sie waren bereit. Noch vor zwei Wochen, selbst noch vor einer, hätte seine Antwort nein gelautet. Aber jetzt dachten seine Leute endlich als Einheit, und falls es zur Schlacht kam, waren sie so bereit, wie er sie realistischerweise bekommen konnte. Er wollte nicht kämpfen, aber wenn es sein musste, konnten sie es jetzt.

»Hoffentlich wird es nicht dazu kommen«, fasste Sampreis Davids Gedanken in Worte. »Noch bleiben uns andere Möglichkeiten als der offene bewaffnete Konflikt. Fallon und ein paar niedrige Offiziere in Schutzhaft zu nehmen, hätte vermutlich nicht viel bewirkt, aber falls es uns gelingen sollte, einen ansehnlichen Teil ihres Offizierskaders …«

»Den Kopf vom Körper trennen«, nickte Colonel Dwight Mancuso. »Schnell und schmerzlos.« David schaute zum Infanteriekommandeur der Miliz hinüber. »Ich habe zwei Kompanien Sicherheitsspezialisten, die diese Arbeit übernehmen könnten. Sie brauchen es nur zu sagen.«

»Es wird nicht leicht werden«, kommentierte Zibler und verschränkte die Arme vor der Brust. »Mitchell Weintraub ist kein Dummkopf. Er wird mit einer Antwort rechnen.«

»Also lassen wir ihnen ein paar Tage Zeit, zu entspannen«, erwiderte Sampreis. »Bis zum Wochenende haben ihre Soldaten sich an die neue Routine gewöhnt. Und in der Zwischenzeit treffen wir unsere Vorbereitungen.«

Eine Woche. In einer Woche konnte so viel geschehen. So viel war bereits geschehen, seit David auf Kathil eingetroffen war. Die Ereignisse überschlugen sich. Er fühlte sich von einer tödlichen Strömung mitgerissen, und seine beste Hoffnung bestand darin, sich einen Halt zu suchen und das Beste zu hoffen. Und vielleicht gelang es ihm mit etwas Glück diesmal, den größten Teil seiner Leute durchzubringen. Eine Woche. »Und dann?«, fragte er.

Sampreis schaute sich noch einmal unter den Offizieren um, dann nickte er Duke Petyr VanLees beruhigend zu. »Dann schlagen wir der 8. RKG den Kopf ab.«

9

Distriktbasis, District City, Kathil
Kathil-PDZ, Mark Capella, Vereinigtes Commonwealth

16. November 3062

First Lieutenant Xander Barajas stampfte auf der Patrouille zwischen den fünf Kilometer auseinander liegenden nördlichen und südöstlichen Posten mit gemächlichen fünfunddreißig Stundenkilometern in seinem FKN-8R *Falkner* am Außenzaun der Distriktbasis entlang. Zu beiden Seiten des Zauns verlief ein vierhundert Meter breiter Streifen freies Gelände und trennte das Industriegebiet der planetaren Hauptstadt von den langen, einstöckigen Kasernenbauten der Infanterie im Innern des Stützpunkts. Der fünfundsiebzig Tonnen schwere Mech bewegte sich mit einem wiegenden Schritt, das Ergebnis der schrägen, weit hinter dem Schwerpunkt der Maschine befestigten Beine. Es war eine Konstruktion, die Xander lag, und sie lieferte ihm eine erstaunliche Bewegungsfreiheit, wenn er den Rumpf zur Seite und nach hinten drehte, ein beachtlicher Vorteil, falls es ihm jemals gelang, auf dieser Dreckswelt eine Gelegenheit zum Kämpfen zu bekommen.

Seit fünf Tagen schob er jetzt Wachdienst, und mit jeder Stunde, die verstrich, nahm die Langeweile dramatisch zu. Die Miliz war nur wenige hundert Kilometer entfernt in Radcliffe stationiert, für einen Mech ein paar Stunden Weg. Wo blieb sie?

Fünf Tage schon – und nichts. Keine Reaktion, nicht einmal scharfe Worte von Major General Sampreis über die Besetzung der Hall of Nobles durch die RKG. Und je länger das Schweigen dauerte, desto misstrauischer wurde Xander. Für ihn gab es keinen Zweifel, dass die Miliz irgendetwas im Schilde führte … und wenn es soweit war, würde er darauf vorbereitet sein.

Er wünschte nur, sie beeilten sich ein wenig und tauchten endlich auf.

Rein zur Unterhaltung pflanzte er den breiten linken Metallfuß des *Falkner* fest auf den Boden und drehte die Maschine nach rechts. Er hob die Geschützarme und richtete sie auf Sergeant Cases *Caesar.* Der harte Stoß des Schritts erschütterte die Kanzel, aber nicht schwer genug, um den imaginären Schuss zu verziehen. Der keilförmige, in Tarnschema bemalte Rumpf der Maschine seines Lanzenkameraden lag genau unter dem dunklen Fadenkreuz. Das Einheitsabzeichen der Katzbalger, ein auf einem Breitschwert aufgespießter *Hurone*-BattleMech, lag genau über dem Fusionsreaktor im Innern des *Caesar* und bot eine ideale Zielscheibe. Der First Lieutenant schaltete auf aktive Zielerfassung. Das Fadenkreuz leuchtete auf, und ohne Zweifel gellten einige Alarmglocken in den Ohren seines Kameraden.

Xander lachte leise und rau. »Peng! Du bist tot«, murmelte er, zu leise, um vom Kommsystem aufgefangen zu werden.

»Verdammt, Xander! Lass das«, drang Cases Stimme an sein Ohr. Der Mann klang nicht sonderlich amüsiert.

Die Neurohelme der beiden Piloten erfüllten mehrere Funktionen. Sie halfen nicht nur, die zig Tonnen bewegten Metalls senkrecht zu halten, die eingebauten Kommsysteme gestatteten auch eine direkte Kommunikation. Diesmal redete Xander laut genug, um das sprachgesteuerte Mikrofon zu aktivieren. »Immer schön auf der Hut bleiben, Brian. Wer weiß, eines Tages könnte ich tatsächlich abdrücken.« Xander schaltete die Zielerfassung wieder ab und lachte erneut.

Brian Case lachte nicht. Xander hatte keine Zweifel, dass sein Lanzenkamerad ihm glaubte. Er wusste von den heimlichen Gerüchten, die über ihn kursierten, darüber, was er in der Hitze des Gefechts getan hatte, und auch, dass viele der anderen Krieger sich tief im Innern vor ihm fürchteten. Es gefiel ihm.

Oder vielleicht war Case auch nur von der Ortung abgelenkt worden. »Kontakt«, rief er plötzlich mit vor Anspannung gepresst klingender Stimme. »Drei Neutrale drängen sich am Südwesttor.«

Xanders erfahrener Blick zuckte über die Ortungsanzeigen und hielt an der Sichtprojektion aus Symbolen und kurzen Kennmarken an. Das Tor war als blauer Balken markiert und als Befestigung gekennzeichnet, auch wenn an dem Postenhäuschen in einer Lücke des Maschendrahtzauns nichts sonderlich befestigt war. Ein einzelnes blaues Dreieck repräsentierte das für Problemsituationen an jedem Tor stationierte *Hetzer*-Sturmgeschütz.

Doch es waren die drei sich überlappenden grünen Dreiecke, die Sergeant Case zur Meldung veranlasst hatten. Noch bevor er die Sichtschirmoptik auf Vergrößerung stellte, las Xander die Kennmarken und runzelte die Stirn. Der Augenschein bestätigte, dass es sich um unbewaffnete Militärfahrzeuge handelte: zwei Transporter mit offener Ladefläche und vergrößertem Fahrerhaus und eine Militärlimousine. Keine echte Gefahr, nur handelte es sich nicht um Katzbalger-Symbole, was bedeutete, dass die Fahrzeuge der MCM Kathil gehörten. Hinzu kam die verdächtige Tatsache, dass die Torbesatzung deren Ankunft nicht durchgegeben hatte.

Möglicherweise war es soweit.

»Beschleunigen, Brian«, befahl er.

Er brachte den *Falkner* auf die maximale Gehgeschwindigkeit von siebenundfünfzig Stundenkilometern. Um schneller zu werden, hätte er den Mech rennen lassen müssen, und das hätte die möglichen Angreifer am Tor warnen können. Das Cockpit schwankte und wogte ein paar Sekunden, bevor es sich wieder beruhigte und der vertraute Rhythmus zurückkehrte. Als er sich dem Torposten näherte, breitete sich ein Kribbeln über Xanders Schultern und Nacken aus, und er bekam eine Gänsehaut. Er streckte die Hand aus und schaltete die aktive Zielerfassung wieder ein.

Die Limousine und einer der Lastwagen hatte gerade das Tor passiert, als die BattleMechs in Sicht kamen. Die Limousine fuhr weiter, aber der Laster hielt plötzlich an. Möglicherweise hatte der Fahrer Angst bekommen. Jetzt war Xander sicher, dass etwas nicht stimmte. Die Limousine stoppte unmittelbar danach ebenfalls und schien auf die Transporter zu warten. Aus einem offenen Fenster winkte viel zu freundlich eine Hand.

Xander schaltete auf die Postenfrequenz und setzte die Privatverbindung zu Brian auf ›Mithören‹. »Südwesttor von Streife Alpha.« Der First Lieutenant versuchte, locker zu klingen, aber trotz aller Bemühungen hörte er die Anspannung in seiner Stimme. »Wer sind Ihre neuen Freunde?«

»Kathil-Miliz«, knisterte eine Stimme durch leichte Störungen. Nichts zu Verdächtiges, aber genug, um eine Identifikation des Sprechers unmöglich zu machen … was bedeutete, dass die Antwort gefälscht sein konnte. »Sie haben Anweisungen, auf der Basis lagerndes altes Material runter nach Radcliffe zu schaffen. Wir haben sie gerade durchgewunken, aber wenn es sein muss, können wir sie noch festhalten. Gibt es irgendein Problem, Streife Alpha?«

Inzwischen war Xander nah genug heran, um auch ohne Vergrößerung zu sehen, wie jemand aus dem Torhäuschen kam und der Limousine und dem Transporter mit einer Handbewegung zu verstehen gab, nicht weiterzufahren. Zwei andere Wachen machten sich auf den Weg zum *Hetzer.* Das Sturmgeschütz hatte zwar nicht die einschüchternde Wirkung eines BattleMechs, aber die Kaliber-12mm-Autokanone war schlagkräftig genug, selbst die meisten MechKrieger zögern zu lassen. Die

Granaten aus abgereichertem Uranerz, die sie abfeuerte, konnten innerhalb von Sekunden Mechgliedmaßen abreißen oder eine Torsopanzerung zertrümmern.

Sie waren auf halber Strecke zum Fahrzeug, als Xander den Kurs leicht abänderte und auf gemütliche Gehgeschwindigkeit bremste. Jetzt war er weit genug vom Tor entfernt, dass die Wachen, falls es sich um verkleidete Milizsoldaten handelte, keine Angst haben würden, enttarnt zu werden, aber nahe genug, um sie mit den Geschützen zu erreichen. »Haben Sie First Lieutenant Barajas von ihrer Ankunft informiert?«, fragte er, plötzlich ganz locker und charmant.

»Noch nicht, Alpha. Aber wir werden es sofort nachholen. Danke für die Erinnerung.«

Xander bleckte mit animalischer Befriedigung die Zähne. Jetzt hatten sie sich verraten. Er drehte den *Falkner* nach rechts, senkte das Fadenkreuz auf den vorderen Laster und drückte den Auslöser der Partikelprojektorkanone durch, noch während die Grafik die Farbe wechselte, um die Zielerfassung zu bestätigen.

Grelles Höllenfeuer schlug aus dem Geschützlauf, der als linker Arm des Kampfkolosses diente, ein Tornado aus blau leuchtender Energie, der in die Fahrerkabine des Transporters schlug. Unter der blitzartigen Entladung fielen Metall und Glas zerfetzt und zerschmolzen in sich zusammen. Hartes, bläulich weißes Licht füllte die Kabine, und mindestens sechs Menschen verdampften in der entfesselten Energie. Glas zerplatzte, Türen flogen davon. Dann wurde die Motorhaube von einem wabernden Feuerball in die Höhe geschleudert. Als Nächstes detonierte der Benzintank in einer Explosion, die den Boden erzittern ließ und den Lastwagen auf die Seite schleuderte. Der Posten sprang zurück in die Kabine, in der die reguläre Wachmannschaft der 8. ohne Zweifel bewusstlos oder gefesselt ihres Schicksals harrte, falls sie nicht schon tot war. Die beiden

Männer in der Nähe des *Hetzer* warfen sich zu Boden, als glühende Metalltrümmer über ihren Köpfen die Luft zerschnitten.

»Mein Gott«, hauchte Case, von dem jähen Angriff geschockt, über die Verbindung. Xander verließ sich lieber nicht darauf, dass Brian seinen Part leistete, wendete den *Falkner* mit ein paar kurzen Schritten und breitete die Mecharme aus, um zwei Ziele gleichzeitig abzudecken. Die PPK zielte auf die Limousine, das Gaussgeschütz im rechten Arm der Kampfmaschine deutete in die ungefähre Richtung des *Hetzer* – nahe genug, um irgendwelche Ausfälle in die Richtung des Fahrzeugs zu unterbinden. Niemand, der sich außerhalb eines Mechs aufhielt, konnte jetzt noch etwas unternehmen, ohne damit für weitere Tote zu sorgen.

»Ich möchte, dass alle da draußen sich auf den Boden legen«, erklärte er. Jetzt, da er die Situation unter Kontrolle hatte, sprach er mit täuschend warmer Stimme. »Das Gesicht im Dreck und die Hände im Nacken. Irgendwelche Schwierigkeiten, Fluchtversuche, oder wenn wir auch nur einen Funkspruch an eure Freunde in Radcliffe auffangen, und euer Team in der Limousine leistet den Brathähnchen im Laster Gesellschaft.«

Verspätet ging Cases *Caesar* in Position und richtete ebenfalls die Geschütze auf die Limousine. »Ich will bloß hoffen, du hast keinen Fehler gemacht«, flüsterte der Sergeant mit rauer Stimme. »Wenn du auf unsere eigenen Leute geschossen hast, oder auf Zivilisten …«

Xander hätte über seine Zaghaftigkeit lachen mögen. Der Waffeneinsatz ist genehmigt, hatte der Generalhauptmann gesagt. Es hatte länger gedauert, als er erwartet hatte, aber schließlich hatte die Miliz doch etwas versucht. Duke VanLees und General Sampreis würden noch bereuen, was sie heute getan hatten. Weintraub würde sich einen Versuch des Feindes, seinen Stützpunkt zu unterwandern, nicht ungestraft bieten lassen. Und jetzt war die Miliz der Feind, dachte Xander und bewunderte das brennende Wrack des Transporters auf dem Sichtschirm. Dafür hatte First Lieutenant Barajas gesorgt.

»Peng!«, flüsterte er. »Ihr seid tot.«

WILLENSKAMPF

Dies sind die Zeiten, die eines Menschen Seele prüfen.

– THOMAS PAINE, 1776, *Die amerikanische Krise*

10

Distriktbasis, District City, Kathil
Kathil-PDZ, Mark Capella, Vereinigtes Commonwealth

16. November 3062

Eván zog die Seitenschnalle der gut gepolsterten Kühlweste fest, während er Lieutenant General Fallon aus dem Korridor und durch den weiten Innenraum des Mechhangars begleitete. Die kalte Frühlingsluft bescherte ihm eine Gänsehaut auf den bloßen Armen und Beinen. Die traditionelle MechKriegermontur war nicht für kaltes Wetter gemacht. Aber wenn er erst im Kampf stand und die Temperatur im Innern des BattleMechs in die Höhe schoss, würde er froh sein, nicht mehr Kleidung zu tragen als unbedingt notwendig.

»Der Mann ist außer Kontrolle«, stieß er mit vor Verärgerung scharfer Stimme aus. Er musste deutlich machen, dass er Barajas' Angriff, der noch kaum eine Stunde zurücklag, nicht befohlen hatte. Seitdem herrschte auf der Basis eine Hektik wie in einem geborstenen Ameisenhügel. Es wimmelte von aufgescheuchten RKG-Soldaten, wohin man auch immer blickte. Eván selbst hatte kaum die Zeit gehabt, Gefechtsmontur anzulegen, bevor Fallon ihn zum Mechhangar gezerrt hatte. »Generalhauptmann Weintraub hatte Waffeneinsatz autorisiert, das stimmt, aber keinen übertriebenen Waffeneinsatz. Schon gar nicht gegen die Kathil-Miliz.«

»Es ist ein schmaler Grat«, antwortete Fallon locker, was Eván überraschte. Er hatte keine Verteidigung eines Halb-Psychopathen wie Xander Barajas von ihr erwartet. »Glauben Sie, der Generalhauptmann wäre jetzt bei besserer Laune, wenn die beiden Männer den *Hetzer* erreicht und unsere Mechs zerstört hätten?«

Eván runzelte die Stirn. Es bestand eine Chance, dass der *Hetzer* einen Mech hätte ausschalten können. Es war möglich, wenn auch unwahrscheinlich. Aber beide: Das war schwer zu glauben. »Über hypothetische Situationen lässt sich schwer etwas sagen«, erwiderte er.

Ihre blauen Augen fixierten ihn entschlossen. »Genau darauf will ich hinaus. First Lieutenant Barajas hat gehandelt, wie er es für erforderlich hielt, um seine Einheit zu beschützen und dem Generalhauptmann zu gehorchen.«

Zögernd nickte Eván. Seit Fallon ihn nach der Ordensverleihung an McCarthy unter ihre Fittiche genommen hatte, bemühte er sich, sie zu verstehen. Wie es schien, war sie aggressiver, als er bisher gedacht hatte. »Falls Sie das Generalhauptmann Weintraub sagen könnten, würde es Xanders Handeln erheblich gerechtfertigter erscheinen lassen«, merkte er an.

»Und Ihnen auch eine gern gesehene Rückendeckung liefern«, kommentierte sie trocken und zeigte, dass sie seine wahre Sorge durchschaut hatte. »Keine Bange, Eván. Ihr Mann kann sich auf etwas gefasst machen, aber ich werde darauf achten, dass er keinen ernstlichen Schaden nimmt. Und ich werde jeden Versuch abblocken, die Verantwortung auf Sie abzuwälzen.«

Eván wusste, was die Unterstützung Karen Fallons für seine Karriere bedeuten konnte, und dachte nicht daran, sich undankbar zu zeigen. Anscheinend war

Schweigen in dieser Situation die richtige Reaktion, denn Fallon wirkte erfreut.

Als er schließlich erneut das Wort ergriff, war Eváns Tonfall wieder neutral geworden. »Na schön. Hypothetische Situationen einmal beiseite: Diese Sicherheitseinheit war hier, um unseren Offizierskader in ›Schutzhaft‹ zu nehmen?«

Fallon nickte. »Wäre es ihr gelungen, unser Stabsgebäude zu erreichen, hätte sie Mitchell und mich möglicherweise zusammen mit einer Reihe unserer wichtigsten taktischen Offiziere in einer Frühbesprechung überrascht und uns entführt, bevor jemand Gelegenheit gehabt hätte, Alarm zu schlagen. Lieutenant General Price wäre der höchste Offizier in Freiheit gewesen, und er hätte unsere verschiedenen Truppenkontingente nicht wirkungsvoll koordinieren können.« Sie lächelte dünn. »Ein einfacher Plan, aber wenn er gelungen wäre, hätte uns das höchst effektiv geschwächt.«

»Und unsere Antwort?«

»Der Generalhauptmann will die Aktion als Rechtfertigung benutzen, um die MCM Kathil in kleinere Stadtgarnisonen aufzuteilen. Wenn es uns gelingt, ihre Truppen zu verteilen, macht es das weit schwieriger für sie, sich uns zu widersetzen, und auch, ihre Aktionen mit den Capella-Dragonern zu koordinieren, sobald die hier eintreffen. Wir schicken Mechs und Panzer nach Radcliffe, in der Hoffnung, ihren Stab zu überrumpeln und den Verwaltungskomplex zu besetzen. Wenn wir zuschlagen, muss es jetzt sein.«

»Denn wenn wir es nicht tun, könnte die Miliz Barajas' Angriff publik machen und als Vorwand benutzen, uns mit Gewalt ins All zu scheuchen«, beendete Eván den Gedankengang mit einigem Unbehagen. »Hätte die Miliz die öffentliche Meinung auf ihrer Seite, müssten wir abziehen oder ein Massaker wie auf Kentares IV riskieren. Das würde der Archon-Prinzessin gar nicht gefallen, schätze ich. Sie hat schon so genug Probleme, die Lage ruhig zu halten.«

»Sie haben die Situation erfasst«, bestätigte Fallon wohlwollend. »Wir planen, die Miliz als ungefährliche Kleinsteinheiten über die ganze Welt zu verstreuen. Wenn wir ihre hohen Offiziere in Gewahrsam haben, wird den Soldaten nichts anderes übrig bleiben, als zu gehorchen. Es ist ein guter Plan. Vorausgesetzt, sie sind nicht bereits aufmarschiert, um gegen uns loszuschlagen. Wir müssen diese Lage schnell unter Kontrolle bringen, bevor sie eskaliert.«

Das ist sie schon, war Eváns erster Gedanke. Barajas' impulsive Aktion am Tor hatte eine entscheidende Grenze überschritten: Ein Offizier hatte auf Soldaten gefeuert, die theoretisch auf seiner Seite standen. Es war der erste Schritt auf dem Weg zu einem Wort, an das noch niemand denken wollte, geschweige denn, es laut auszusprechen: Krieg. Aber falls die 8. einen Präventivschlag ausführte und die Miliz in ineffektive Einheiten aufsplitterte, konnten sie verhindern, dass es noch schlimmer wurde, und dabei ihren Anspruch noch verstärken, die einzige Militäreinheit auf Kathil zu sein, die stark genug war, den Planeten gegen einen Angriff zu verteidigen.

Und genau das würden sie tun. Es musste geschehen, bevor in kaum mehr als zwei Wochen die Dragoner eintrafen. Weintraub war der Ansicht, die widerwillige ›Kooperation‹ VanLees' mit der 8. würde sicherstellen, dass die Capella-Dragoner sich auf die richtige Seite des Konflikts stellten oder zumindest neutral blieben. Eván war da alles andere als sicher. Immerhin waren das die 1. Capella-Dragoner, eine Einheit ohne besondere Sympathien für Katrina Steiner-Davion. Und falls sie sich mit der Miliz verbündeten, stand Weintraub vor einem echten Problem.

Sie mussten jetzt zuschlagen. Und wenn er der Wahrheit die Ehre gab, musste Eván zugeben, dass er hoffte, auf David McCarthy zu treffen.

Der Mann war ihm durchaus sympathisch, aber Neid auf McCarthys Leistungen trübte seine Gefühle. Was machte McCarthy bewundernswürdiger als ihn? Nur weil er zufällig im richtigen Moment an der richtigen Stelle gewesen war, war er plötzlich ein Held. Falls Eván die Gelegenheit dazu bekam, würde er sehen, wie viel seinem Rivalen ›Heldentum und außerordentliche Tapferkeit‹ gegen zwei Gaussgeschütze nutzten. Dann würde sich schon zeigen, wer als ›Held von Kathil‹ gefeiert wurde.

Sie hatten Eváns *Cerberus* erreicht, einen überschweren Mech, in den er nachgerade verliebt war. Der nach dem mythologischen Höllenhund am Eingang zur Unterwelt benannte Kampfkoloss hätte weder unter Göttern noch unter Monstern fehl am Platze gewirkt. Die fünfundneunzig Tonnen schwere Maschine stand breitbeinig auf den einzigartigen, an Tatzen erinnernden Füßen. Der tiefe Schwerpunkt verlieh ihr zusätzlich zu der für diese Gewichtsklasse überdurchschnittlichen Geschwindigkeit eine ausgezeichnete Balance. Dem Mech fehlten die modellierten Hände vieler anderer Kampfkolosse, aber an ihrer Stelle verfügte er über zwei der schwersten Waffen, die eine Kampfmaschine ins Feld führen konnte. Eván stand direkt unter dem gesenkten rechten Arm und starrte hinauf in die riesige, dunkle Mündung des Gaussgeschützes. Diese Magnetkanonen konnten auf Überschallgeschwindigkeit beschleunigte Nickeleisenkugeln verschießen. Und Eván verfügte über zwei davon.

Ein Leiterwagen war an den Mech gerollt und führte hinauf zum Cockpit. »Befehle?«, fragte er Fallon und hoffte auf eine Aufgabe, die ihn in die vorderste Front der Offensive stellte, wo er Gelegenheit haben würde, sich auszuzeichnen.

»Sie decken Jim Wendts Einheit den Rücken«, teilte sie

ihm stattdessen mit. »Er ist bereits unterwegs und hofft, die Miliz überraschen und ihre Basis einnehmen zu können, bevor sie von dem verpatzten Angriff auf unser Tor erfahren. Ihre persönliche Mechkompanie war die nächste komplette Einheit, die wir auf die Schnelle zusammenziehen konnten, aber ein ganzes Regiment Panzer macht sich marschbereit, und das Bereitschaftsgeschwader Luft/Raumjäger ist schon in der Luft.« Fallon legte ihm die Hand auf die Schulter, und ihre leuchtend blauen Augen durchbohrten ihn wie Energiegeschütze. »Wir reden hier von Minuten, also setzen Sie sich in Bewegung. In einer Stunde ist das nächste Bataillon startklar und rückt aus. Bald sind wir entweder die unangefochtenen Herren Kathils, oder uns steht ein harter Kampf bevor.«

Eván nickte und lächelte schief. »Ich würde darauf wetten, dass sie uns schon erwarten. Sampreis hätte möglicherweise alles auf den Erfolg der Sicherheitseinheit gesetzt, aber Zibler und McCarthy haben mir nicht nach Leuten ausgesehen, die ein vermeidbares Risiko eingehen.«

»Wahrscheinlich haben Sie Recht«, gab Fallon zu. »Aber das wissen wir nicht sicher, bis der erste Schuss fällt – oder der zweite Schuss, um genau zu sein. Und jetzt sitzen Sie auf und setzen Sie sich in Bewegung.« Sie hob die Hand, um seine nächste Frage abzuwehren. »Und damit es offiziell wird, Generalhauptmann Weintraub hat den sofortigen Waffeneinsatz bei Kontakt mit Streifen der MCM Kathil autorisiert.«

Eván hielt stirnrunzelnd an, einen Fuß auf der Leiter. »Was ist mit dem 2. NAIW-Kader?« Die Ausbildungseinheit der Akademie hatte Truppen in diesem Gebiet. Falls sie sich Sampreis' Milizionären angeschlossen hatte, wollte Eván wissen, wie weit er gehen durfte.

Fallon winkte ab. »Die Kadetten haben bis jetzt keine Stellung bezogen, und es gibt auch keine Anzeichen, dass sie sich gegen uns kehren könnten. Ich erwarte, dass sie sich bei uns einreihen, sobald sie informiert sind.« Das Lächeln auf ihren Lippen verblasste, bevor es die Augen erreichte. »Außerdem befindet sich der größte Teil des Kaders noch immer auf ausgedehnten Manövern an der Westküste. Aber falls Sie da draußen sind und Sie werden Zeuge von feindseligen Handlungen oder finden eindeutige Beweise für eine Zusammenarbeit mit der MCM, dürfen Sie die Autorisation des Generalhauptmanns auf den Kader ausdehnen.«

»Erstatte ich dem Generalhauptmann persönlich Bericht?«

Diesmal schüttelte Fallon den Kopf und quittierte seinen kaum verhohlenen Ehrgeiz mit einem dünnen Lächeln. »Nein, Sie erstatten mir Bericht. Ich erstatte Mitchell Bericht. Das Bett haben Sie sich gemacht, als Sie mir gegen Gräfin Reichart beigesprungen sind.«

»Geht in Ordnung. Es ist immer gut zu wissen, in wessen Bett man liegt.« Er stieg die Leiter hinauf, ohne sich noch einmal umzudrehen, und gab Fallon damit Gelegenheit, den anzüglichen Kommentar zu überhören. Außerdem hatte er schon genug gepunktet. Es war selten genug, dass man als Kommandant in einem Gespräch mit einer Generalin das letzte Wort hatte.

Der Kanzelaufbau des *Cerberus* war eine Spezialkonstruktion. Das Cockpit lag unter dick gepanzerten Schultern und einem Geschützturm, der das Raketenabwehrsystem beherbergte. Durch diesen Schutz gab es keine leicht zugängliche Luke oder ein aufklappbares Dach. Stattdessen fuhr die gesamte Vorderfront der Kanzel hydraulisch vor – wie eine Art Visier. Die Leiter, die Eván hinaufstieg, endete an einer kleinen Plattform nur einen Schritt neben der ausgefahrenen Brücke, die die vorgeschobene Kanzelfront und die ›Kragenlinie‹ der humanoiden Maschine verband.

Er stieg hinauf in die Kanzel und auf die leicht geneigte Pilotenliege. Ein Fünf-Punkt-Gurtharnisch drückte ihn in die Polster, der Schnellverschluss lag in Magenhöhe auf der Kühlweste. Er zog den Neurohelm aus der Halterung über dem Sitz und senkte ihn über den Kopf, bis die Unterkante auf den verstärkten Schulterpolstern der Kühlweste ruhte, bevor er ihn mit dem Kinngurt befestigte. Ein Kabelbündel hing ihm vom Kinnstück des Helms auf den Schoß hinab. Die vier dünneren Leitungen befestigte er an Biosensorpflastern, die er aus einem Staufach unter dem Sitz holte und auf Oberarme und Schenkelinnenseiten klebte. Das dickere, längere Kabel stöpselte er in die Computerkonsole.

Indem er mehrere Schalter umwarf und als Antwort auf verschiedene Warnlämpchen eine Reihe von Kontrolljustierungen vornahm, fuhr Eván den Fusionsreaktor des BattleMechs hoch. Das tiefe Grollen des Reaktors wärmte den *Cerberus* an und ließ die Maschine vor gebremster Energie erbeben. Der Computer erwachte mit phosphoreszierendem grünem Leuchten, überprüfte die verschiedenen Subsysteme und schaltete dann für die letzten Tests den Sprachsynthesizer ein.

»Aktivierungssequenz Fusionsreaktor abgeschlossen«, meldete er. »Alle Systeme bereit. Beginne Sicherheitsüberprüfung.«

Bei zig Millionen C-Noten teuren Kampfmaschinen wie BattleMechs wurde Sicherheit groß geschrieben. Bevor ein MechKrieger die Gelegenheit hatte, einen dieser Stahlgiganten aufs Schlachtfeld zu führen, musste er zwei separate Überprüfungen bestehen. Die Erste war ein einfacher Identitätsnachweis, der Eváns Stimmmuster mit den Daten im Speicher des Bordcomputers verglich.

»Kommandant Eván Greene«, identifizierte er sich. »8. V-C Regimentskampfgruppe, 2. Mechbataillon.«

»Stimmmusterabgleichung erfolgt. Bitte geben Sie nun Ihre persönliche Identifikationssequenz ein.«

Angesichts der Möglichkeit, die Stimmmusterkontrolle mithilfe einer Aufzeichnung zu täuschen, diente die persönliche ID-Sequenz als Schlüssel, den nur der MechKrieger selbst kannte. Sie konnte aus ein paar Worten oder einer beliebig komplexen Serie sinnloser Silben bestehen. Die meisten MechKrieger wählten einen Satz, den sie sich leicht merken konnten, der aber privat genug war, nicht ohne Weiteres erraten zu werden.

»Gelegenheit macht Sieger«, sagte er gelassen.

Eván lächelte, als der Computer die Kontrolle über die Myomermuskulatur freigab und der *Cerberus* sich mit einer leichten Kniebeuge absenkte. Ein weiterer Schalterwurf, und die ausgefahrene Frontseite des Cockpits glitt zurück in Position und schloss die Kanzel luftdicht ab. Er beschleunigte auf langsame Gehgeschwindigkeit und steuerte die fünfundneunzig Tonnen schwere Kampfmaschine mit leichter Hand aus dem Hangar.

Es wurde Zeit, die Gelegenheit beim Schopf zu packen.

11

Howelltal, Daytin, Kathil
Kathil-PDZ, Mark Capella, Vereinigtes Commonwealth

16. November 3062

Auf halber Strecke zwischen Radcliffe und District City knickte der Flusslauf des Howell von der Straße weg und drehte nach Westen. Das silbern schimmernde Flussband glitt landeinwärts zurück und verlief dann mehrere hundert Kilometer nach Süden, bevor es in direkter Linie Richtung Meer abbog. An diesem Teil des Flusses lag der Urlaubsort Daytin. Ausgedehnte Privatgüter beanspruchten das Westufer für sich, während sich am Ostufer Aussichtspunkte und Picknickplätze mit lokalen Geschäften abwechselten. Dichter Wald und lichte Wiesen beherrschten das Flusstal.

Jetzt allerdings zeigte der weiche, gelbgrüne Wiesengrund die Spuren eines Rückzugsgefechts, das den Boden mit schweren Mechschritten und Raketenexplosionen aufgerissen hatte, eine verkohlte Schneise der Verwüstung, die sich bis zum Horizont erstreckte. Laserfehlschüsse hatten mehrere kleine Brände in Hainen mit weißem Ahorn und hellen Ulmen entfacht. Zum Glück war das Holz noch frühlingsgrün, so dass sich die Feuer nur langsam ausbreiteten. Eine uralte Ulme wurde aus dem Boden gerissen, als zwei BattleMechs sich den Weg durch den Wald bahnten und die mächtigen Bäume beiseite stießen, die mehreren hundert Tonnen myomerbewehrten Metalls keinen ernsthaften Widerstand entgegensetzen konnten.

Der erste Mech, ein *Rakshasa,* hob beide Arme und schleuderte zwei Speere aus rubinrotem Licht auf David McCarthys *Destruktor.* David duckte sich zur Seite und die Schaltkreise des Neurohelms übersetzten die Bewegung und brachten den 100-t-Mech mit gesenkten Schultern aus der Schusslinie. Die beiden Laserstrahlen zerschnitten über der linken Mechschulter die Luft, und David hatte einen Augenblick Zeit, sich auf zwei näher rückende schwere *Mantikor*-Panzer zu konzentrieren. Auch wenn Mechs die unbestrittenen Herren des modernen Schlachtfelds waren, machte die Impulslasertechnologie seiner Geschütze und die gute Panzerung einen *Mantikor* auf kurze Distanz nicht minder gefährlich. Die beiden Maschinen in seiner Nähe in Stellung gehen zu lassen, wäre ein schwerer taktischer Fehler gewesen.

Und David konnte sich keine Fehler leisten. Major General Sampreis' Überfall auf die Basis der 8. RKG war bereits ein Fehler zu viel gewesen. Nach der Schwere des Gegenangriffs zu schließen, war die Operation fehlgeschlagen, und jetzt mussten David und seine Soldaten die Folgen tragen. Lieutenant Colonel Zibler hatte die Kompanie ursprünglich auf Streife geschickt, damit sie die zurückkehrende Sicherheitsabteilung begrüßte. Mehr Unterstützung hatte Major General Sampreis nicht gestattet, aus Angst, größere Mechbewegungen könnten District City und die 8. RKG warnen. Aber dann hatte die 8. ihrerseits einen Überraschungsangriff gestartet und ein volles Bataillon von der planetaren Hauptstadt zur Milizbasis in Radcliffe in Marsch gesetzt. Sampreis hatte Davids Leute daraufhin auf Befehl Herzog VanLees' persönlich angewiesen, sich nach Daytin zurückzuziehen und den Gegner dort zu stoppen, während der Rest der MCM mobilisierte.

Er hatte keine Zeit, sich zu fragen, ob die Kämpfe sich weit genug ins Landesinnere ausgebreitet hatten, um seine Familie in Vorhaven zu gefährden. Seine Kompanie leistete nicht, wozu sie eigentlich in der Lage war. Die Leute waren emotional ganz und gar nicht darauf vorbereitet gewesen, gegen eine andere Einheit des Commonwealth kämpfen zu müssen, auch wenn sie um die Gefahr gewusst hatten, dass der Überfall auf die

Distriktbasis schief gehen konnte. Unglücklicherweise schienen die Katzbalger ihre Probleme beim Zielen auf das Sonnenfaustemblem des Vereinigten Commonwealth nicht zu teilen.

David berücksichtigte das bei der Aufstellung seiner Truppen. Er hatte den Fluss an einer ziemlich abseits der Wohngebiete gelegenen Stelle überquert und Patschenkos Lanze am anderen Ufer postiert, während er und Tara Michaels das Ostufer hielten. Die nah gelegenen Güter waren vorgewarnt und mit etwas Glück hatten ihre Bewohner sich inzwischen in Sicherheit gebracht. Das gab seinen Leuten zusätzliche Bewegungsfreiheit bei der Verteidigung des Gebiets.

Aber warum sie die 8. ausgerechnet hier aufhalten sollten, hätte David beim besten Willen nicht beantworten können. In seinen Augen ergab es keinen Sinn, aber er war ja auch kein General – oder Politiker. Davon abgesehen war ihm jeder Befehl, der einen Kampf auch nur um Minuten hinauszuzögern versprach, als Himmelsgeschenk erschienen. Es war hart genug gewesen, mit seiner Kompanie in die Simulatoren zu steigen. Jetzt, da wieder scharf geschossen wurde, waren seine Nerven bis zum Zerreißen gespannt.

Nun schien der Aufschub, auf den er gehofft hatte, die Chance, die Krise mit kühlem Kopf zu entschärfen, illusorisch. Ein Feuersturm hatte Kathil erfasst. Bestenfalls konnte er noch darauf hoffen, sich zurückzuziehen und die Einheit neu zu gruppieren, um dann von hinten wieder vorzurücken, sobald Zibler die beiden anderen Kompanien in die Marschroute der RKG warf. Falls sie schnell genug handelten, ließ sich der eskalierende Konflikt vielleicht beenden, kaum dass er ausgebrochen war.

Nur hatte das Katzbalger-Bataillon zwei Lanzen abgestellt, um Davids Kompanie zu verfolgen und ihren Rückzug zu bremsen. Obwohl sie bereits zwei Maschinen verloren hatten, ließen die RKG-Krieger nicht locker. Sie waren nicht stark genug, um Davids Kompanie zu zerschlagen, aber sie banden seine Leute effektiv im Flusstal, während die Hauptstreitmacht des Bataillons weiter nach Radcliffe vorstieß.

Der vordere *Mantikor* rollte in den Schatten eines weißen Ahorn, und der herumschwenkende Geschützturm schlug eine tiefe Kerbe in den gewaltigen Stamm. David zog das Fadenkreuz über den Panzer, drückte ab und geißelte die Vorderfront des Fahrzeugs mit einer doppelten PPK-Salve. Die bläulich weißen Energieentladungen zuckten knisternd und zischend aus den Geschützläufen und schlugen laut krachend knapp unter dem Geschützturm ein. Sie reichten nicht aus, die Panzerung zu durchschlagen. Seufzend bereitete er die nächste Salve vor, als plötzlich ein saphirblauer Energiestrahl die Bresche vertiefte. Ein Orkan von AK-Granaten hämmerte hinterdrein und füllte den Innenraum des *Mantikor* mit glühendem Metall. Der Geschützturm schwang herum und drehte sich immer weiter, ohne eine lebende Hand an der Steuerung in der Bewegung gefangen.

»Nichts zu danken«, rief Amanda Black über die Kommverbindung und zog den *Bushwacker* rückwärts in die relative Deckung eines kleinen Wäldchens links von David.

Noch weiter hinten pflügten Tara Michaels' *Vollstrecker* und zwei ihrer Lanzenkameraden vor, um einen *Mahlstrom* zu stoppen, der versuchte, in den Rücken der Kompanie zu gelangen. »Wofür?«, fragte sie mit unverwechselbar rauchiger Stimme. »Alles in Ordnung, Sir?«

Soweit das möglich war, entschied David, wenn auf der eigenen Heimatwelt der Krieg tobte. Aber er hatte keine Zeit für Gespräche, auch wenn es Black und ihm gelungen war, den feindlichen Vormarsch einen Augenblick lang aufzuhalten. Der zweite *Mantikor* legte den Rückwärtsgang ein, nicht bereit, den Kameraden in den Tod zu folgen. David zog die Steuerknüppel herum und stellte sich dem *Rakshasa*, der sich gemeinsam mit einem *Nachtschatten* auf ihn stürzte. Der mittelschwere NTS-4S stieg auf lodernden Plasmafontänen in den Himmel, flog auf David zu und hob das am rechten Arm montierte Titanstahlbeil. Blaue Lichtbolzen schossen aus dem schweren Impulslaser und schlugen in Hüfte und linkes Bein des *Destruktor* ein. Eine Raketensalve des *Rakshasa* überholte den *Nachtschatten* und detonierte auf der oberen Torsohälfte der Milizmaschine.

Der überschwere Kampfkoloss wankte unter dem Einschlag, hielt sich aber auf den Beinen. David stabilisierte die Maschine in breitbeiniger Haltung und wich dem drohenden *Nachtschatten* halbwegs aus, um sich auf den schwereren Angreifer zu konzentrieren. Als das Fadenkreuz mit stetigem goldgelbem Leuchten eine sichere Zielerfassung anzeigte, schaltete er alle Waffen auf, ohne sich um den immer noch beträchtlichen Wärmestau des *Destruktor* zu kümmern, in der Hoffnung, den *Rakshasa* mit einer konzentrierten Breitseite schnell erledigen zu können.

Gaussgeschütze schleuderten mit donnerndem Überschallknall zwei massive Kanonenkugeln aus den Rohren, von denen nur ein vager silberner Schemen sichtbar war, bevor sie durch den linken Mecharm des *Rakshasa* schlugen. Partikelprojektorkanonen peitschten künstliche Blitze über die gesamte linke Flanke der Maschine, zersprengten und zerschmolzen schützende Panzerplatten und rissen breite, klaffende Löcher in den Rumpf. Drei mittelschwere Lichtwerfer stießen smaragdgrüne Energiedolche hinterher und bohrten sich in die interne Gerüststruktur des Katzbalger-Mechs.

David konnte nicht erkennen, ob es einer der Partikelblitze oder ein Laser gewesen war, aber seine Salve schlug bis zum linken Raketenmagazin des *Rakshasa* durch. Von der enormen Hitze zur Explosion gebrachte Treibsätze lösten eine Kettenreaktion aus, und die eingelagerten Sprengköpfe flogen in einem ohrenbetäubenden Stakkato in die Luft. Der schwere BattleMech wurde nach hinten auf die entwurzelte Ulme geschleudert, und seine verbliebenen Metallglieder verhedderten sich in Wurzelwerk und Krone. Feuer schlug himmelwärts und verfärbte sich vom Rotorange der explodierenden Munition zum leuchtenden Gold einer Reaktorüberlastung.

Die furchtbare Explosion brachte den Boden zum Erzittern und löste eine Druckwelle aus, die den anfliegenden *Nachtschatten* aus der Bahn warf. Fünfzig Tonnen in humanoide Form gepresstes Metall flogen etwa so elegant, wie man das erwarten konnte, aber selbst außer Kontrolle geraten stellten sie noch eine Gefahr dar. David bewegte den *Destruktor* nach hinten und versuchte, ein paar entscheidende Meter zwischen sich und den außer Balance geratenen Stahlkoloss zu bringen, der mit mehr als fünfzig Stundenkilometern auf ihn zustürzte, wild mit den Armen wedelte und die linke Schulter vorschob, um einen ohne Zweifel vernichtenden Aufprall halbwegs abzufangen. Als die Maschine durch Davids Schusslinie flog, löste er reflexartig eine zweite Breitseite aus, in der Hoffnung, eine Kollision irgendwie vermeiden zu können.

Eine Glutwelle schlug durch das Cockpit, als die Energiebelastung der Geschütze den Fusionsreaktor des *Destruktor* zu Höchstleistungen trieb. David rang keuchend nach Luft, schien glühende Kohlen einzuatmen, und stählte sich für den unvermeidlichen Zusammenstoß. Beide Gausskugeln waren vorbeigegangen und in einen nahen Ahornhain geschlagen, doch erstaunlicherweise hatten die Energiekaskaden aus den Geschützen des überschweren Mechs den *Nachtschatten* in der rechten Seite erwischt. Panzerung floss davon und fiel als glutflüssiger Metallregen zu Boden, eine zusätzliche Verschärfung des Schicksals der unglückseligen Maschine.

Aber niemals genug, um den Schwung des *Nachtschatten* abzufangen.

Der fünfzig Tonnen schwere Kampfkoloss pflügte nur zehn Meter vor dem *Destruktor* in den Boden, grub die Schulter ins Erdreich und überschlug sich. Die Rad schlagende Kampfmaschine krachte mit dem Hüftgelenk auf und zog eine tiefe Furche durch den weichen Uferboden, bevor sie schließlich mit kaum gebremster Wucht gegen das linke Bein von Davids BattleMech rammte. Das Bein wurde gegen das Hüftgelenk nach hinten geschlagen und der *Destruktor* hatte nicht den Hauch einer Chance, das Gleichgewicht zu halten. Er taumelte nach vorne, kippte über den *Nachtschatten* und rollte von ihm ab, bevor er mehrmals vom Boden abprallte. Der Aufschlag warf David wiederholt in die Gurte. Die Riemen gruben sich schmerzhaft in Beine und Schultern. Die Sicht verschwamm ihm vor den Augen und Schmerzen durchzuckten seine Nackenmuskulatur. Dann bohrte sich ein scharfer Schmerz tief in sein Hirn und es wurde dunkel um ihn.

Plötzlich war er wieder auf Diana.

* * *

David fröstelte plötzlich, als er den fünfundachtzig Tonnen schweren *Masakari* hinter dem *Schwarzfalke* wieder auf die Beine kommen sah. Mit der Innentemperatur der Kanzel hatte das nichts zu tun, denn die trieb die Anzeige an den Rand des roten Gefahrenbereichs der Skala. Es musste am Blutverlust liegen. Er war sich nicht sicher, wie schwer er verletzt war. Das Blut spritzte nicht mit der Heftigkeit aus der Halswunde, wie sie bei einer Schlagaderverletzung zu erwarten gewesen wäre, aber doch heftig genug, um ihm ernste Sorgen zu bereiten.

Seine zerschlagene Kompanie bestand nur noch aus sieben Maschinen. Die ClanKrieger waren ausgeruhter, besser bewaffnet und gepanzert, und kämpften mit der Wildheit in die Enge getriebener Raubtiere. Dass die Parder ihrerseits vier Krieger verloren hatten, grenzte an ein Wunder, oder vielleicht war es ein Beweis für die Verzweiflung der Ulanen-Nachhut. Niemand hier erwartete ernsthaft, diese Schlacht zu überleben.

Auch David nicht. Ohne sich um die vernichtende Geschützphalanx aus zwölf mittelschweren Lasern des *Schwarzfalke* zu kümmern, von der er sehr genau wusste, dass eine derartige Breitseite die letzten Reste seiner Schutzpanzerung abschmelzen und seine Maschine in ein wandelndes Skelett zu verwandeln vermochte – falls sie sich danach überhaupt noch bewegen konnte –, schob er sich zur Seite, um den angeschlagenen *Masakari* wieder ins Visier zu bekommen. Ein überschwerer Omni weniger konnte für einen Ulanen auf diesem Schlachtfeld entscheidend sein.

Eine Gausskugel flog weit vorbei, Folge einer von überhitzten Sensoren getäuschten Zielerfassung. Die andere, der letzte Schuss dieses Magazins, knickte den rechten Arm der überschweren Maschine und zertrümmerte eine Partikelkanone. Seine eigenen Teilchenschleudern feuerten in die rechte Flanke des Nebelparders. Eine der beiden Kanonen spie Megajoule an elektrischer Energie in das beschädigte Hüftgelenk und schnitt durch den Titanstahl-Oberschenkelknochen. Das Bombardement kostete den Omni das Gleichgewicht und er brach erneut zusammen. Das zertrümmerte rechte Bein hing nutzlos an ein paar dicken Myomerbündeln. Der Metallfuß beugte sich noch am Knöchel, konnte aber keinen Halt mehr liefern. Der *Masakari* war zwar noch nicht aus dem Gefecht, aber leichte Beute für weitere Attacken.

Allerdings nicht von David. Mit über achtzig Stundenkilometern preschte der *Schwarzfalke* heran und griff den *Destruktor* aus nächster Nähe an. Rubinrote Lanzen aus gebündeltem Licht zuckten aus den Armlasern der Kampfmaschine, peitschten über die breite Brustpartie des Ulanen-Mechs und ließen geschmolzene Panzerung in Sturzbächen davonströmen. Warnsirenen meldeten Schäden an der Internen Struktur, an den Aktivatoren und Myomermuskeln des überschweren Mechs, an einem der mittelschweren Laser, an der Hülle des Fusionsreaktors. Der Verlust von drei Tonnen Durallexpanzerung ließ David wanken. Nur schiere Willenskraft hielt den Mech noch aufrecht.

Aber Willenskraft allein konnte der Wucht nicht standhalten, mit der der *Schwarzfalke* den *Destruktor* frontal rammte. Die Kollision überrumpelte David, der ohnehin schon von dem gnadenlosen Laserbeschuss aus der Balance geworfen worden war. ClanKrieger griffen im Kampf nur in den seltensten Fällen zu Nahkampfattacken. Aber es war eine verzweifelte Situation. David ergab sich dem Zug der Schwerkraft und wusste: Er hatte wenig Chancen, je wieder aufzustehen.

* * *

Harte Schläge von knochenbrecherischer Wucht. Das Zischen kurzgeschlossener Schaltkreise. Der Ozongestank verbrannter Leitungen. Alarme gellten in seinen Ohren, beschwerten sich über die Misshandlung, die der Mech hatte über sich ergehen lassen müssen.

Nicht zu vergessen die Schimpfkanonade.

»Verdammter, archontenhöriger Sohn eines Liao! Kann nicht fliegen … willst es mit der groben Kelle … glaub bloß nicht, du kommst wieder hoch … versuch es!«

Um ihn herum wogte eine Welt aus blitzenden Lichtern und Qualm. David konnte seinen Sergeant-Major nicht sehen, aber er hörte sie laut und deutlich über das Kommsystem. Schwindlig hangelte er sich an ihrer Stimme entlang zurück in eine Art Bewusstsein und stellte fest, dass er in den Sicherheitsgurten über der Steuerkonsole des *Destruktor* hing, der offenbar vornüber gekippt auf dem Boden lag. Der Gestank zerkochter Schaltkreise schlug ihm entgegen, ein beißender Geruch, der sich in die Stirnhöhle grub, als er in der erdrückenden Hitze mühsam nach Atem rang. Zitternde Hände fanden die Steuerknüppel, umklammerten sie mit weiß hervortretenden Fingerknöcheln und richteten den Mech auf die ausgestreckten Arme auf.

»Wisst nicht, wann ihr unerwünscht seid … bildet euch ein, euch gehört der Planet … das Geflügelbeil bei meinen Freunden …«

»Gegner weiter im Anmarsch«, warnte Lieutenant Patschenko und unterbrach Amanda Blacks Tirade. »Pass jemand auf den letzten *Mantikor* auf!«

Einen Augenblick lang glaubte David, als er aus dem Kanzeldach schaute, er wäre noch immer auf Diana, starre zu dem *Schwarzfalke* hoch, dessen Fuß ansetzte, das Cockpit zu zertrümmern und seinem Leben ein Ende zu setzen … und dann die Flutwelle aus Licht und Explosionen, als drei seiner MechKrieger ihr Feuer auf den Clan-OmniMech konzentriert hatten.

Lieutenant Vahn hatte für diese Rettungsaktion bezahlt. Durch das auf den *Schwarzfalke* umgeleitete Geschützfeuer hatte der *Masakari* Gelegenheit gehabt, seinen *Bushwacker* auszuweiden, während David zurück auf die Füße kam. Wäre er schneller gewesen … Aber er hatte es nicht rechtzeitig geschafft. Und das würde er kein zweites Mal zulassen.

Er schüttelte die Trugbilder ab und entdeckte Sergeant-Major Blacks *Bushwacker* und Corporal Smiths umgebauten *Cestus,* die über dem gestürzten *Nachtschatten* standen und aus allen Rohren auf die sich mühsam wieder aufrichtende Maschine feuerten. In einem Beweis für die Robustheit der Konstruktion oder vielleicht auch ihres Piloten, hatte der mittelschwere Katzbalger-Mech sich auf die gestreckten Arme erhoben und versuchte, einen Fuß unter den Torso zu ziehen, um aufzustehen. Dann sprang Dylan Patschenko kurz vor die drei Maschinen, und bevor er aufsetzte, hämmerte der *Schleicher* eine Salve Kurzstreckenraketen in den Rücken des *Nachtschatten.*

Das war zu viel für einen einzelnen BattleMech. Die RKG-Maschine verlor den Halt und stürzte wieder zu Boden, wedelte noch ein paarmal mit den Armen, dann regte sie sich nicht mehr. Als die drei Mechs sich abwandten, erinnerte sie nicht einmal mehr entfernt an einen hochmodernden Kampfkoloss. Die brutale Wucht des Bombardements hatte sie in einen nicht mehr zu identifizierenden Schrotthaufen verwandelt. Blacks *Bushwacker* versetzte dem Mech zum Abschluss noch ein paar harte Tritte, und ihr Gefluche klang endlich ab. Dann drehte sie die Maschine im Hüftgelenk und feuerte auf den abziehenden *Mantikor.* Der Rest von Patschenkos Lanze, der keine Gelegenheit bekommen hatte, sich den *Nachtschatten* vorzunehmen, stürzte sich wie wild auf den schweren Panzer und riss ihn in Stücke.

»Ich bin okay«, teilte David dem Rest der Kompanie über Funk mit. Er zuckte zusammen, als die Anstrengung des Sprechens ihm stechende Kopfschmerzen bescherte. »Jedenfalls lebe ich noch. Aber Danke der Nachfrage.«

Die drei Mechs in seiner Nähe erstarrten in übertriebener Überraschung, als David den Kampfkoloss wieder auf die riesigen Metallfüße brachte. Ein Schultergelenk war beschädigt und eines der Gaussgeschütze wegen geborstener Kondensatoren außer Gefecht. Kein Wunder, dass er sich wie durch die Mangel gedreht fühlte. Eine ungesteuerte Kondensatorentladung hatte in der Regel einen massiven Rückkopplungsschlag durch die Neurohelmschaltkreise zur Folge. Er war überrascht, noch bei Bewusstsein zu sein.

Oder war er es *wieder?* Sergeant Nichols' *Derwisch* lag nicht weit entfernt. Die Panzerplatten über dem Gyroskop waren von einem Hieb eingedrückt, der unter Umständen vom Beil eines *Nachtschatten* stammen konnte. Nichols war nicht einmal in seiner Nähe gewesen. Und ein Blick auf die Sichtprojektion zeigte eine radikale Veränderung in den Positionen seiner Kompanie und des Gegners – einschließlich eines weiteren Verlusts: Sergeant Moriads *Wolfshund.*

»Wie lange war ich weggetreten?«, fragte er.

»Mehrere Minuten, Captain«, antwortete Amanda Black und kam Patschenko einen Sekundenbruchteil zuvor. In ihrer Stimme lag ein Hauch von Erleichterung. »Wir dachten ...« Sie verstummte. Es war nicht nötig auszusprechen, was die Einheit gedacht hatte.

Ein Pulk roter Symbole auf der Sichtprojektion, weiter östlich, als er erwartet hätte, verlockten David zum Optimismus. »Wir haben sie in die Flucht geschlagen?«, fragte er. Dann erkannte er, dass er zu viele Feindsymbole sah.

Mehr als zu Beginn des Gefechts.

»Kann man so nicht sagen«, stellte Lieutenant Patschenko fest. »Tara hat die Reste der 8., gegen die wir gekämpft haben, nach Norden abgedrängt und hält unsere Flanke, aber es ist schon eine neue Kompanie unterwegs. Frisch aus District City.«

Die Funkverbindung raubte der menschlichen Stimme einiges an Gefühlsinhalt. Trotzdem spürte David ein Zögern bei Dylan Patschenko, ahnte, dass der Lieutenant etwas Wichtiges zurückhielt. »Heraus damit, Dylan.«

»Sir«, setzte Patschenko an, dann verstummte er einen Augenblick, bevor er sich wieder sicher genug im Griff hatte, um weiterzusprechen. »Captain, Tara und ich haben eine Warnung über die Befehlsfrequenz aufgefangen. Lieutenant Colonel Zibler ist gefallen, und der Rest des Bataillons bei Radcliffe ist führerlos. Er hat die 8. wohl aufgehalten, dabei aber seinen Reaktor überlastet.«

Damien Zibler war tot, und jetzt musste Sampreis in Radcliffe die Scherben auflesen. Der Verlust schockte David. Er fühlte sich plötzlich kalt und leer. Dass ein solcher Mann unter den Geschützen des Vereinigten Commonwealth zu Tode kommen konnte, war eine doppelte Tragödie. »Irgendeine Nachricht vom Major General?«, presste er heraus.

»Nein, Sir. Aber wir hatten nicht viel Zeit, den Kommverkehr abzuhören.«

Tara Michaels meldete sich unmittelbar nach Patschenkos Antwort. »Sir, ich finde, es wird Zeit uns zu fragen, wie wichtig dieses Gebiet hier tatsächlich ist.«

Das war immer eine schwierige Frage, und unglücklicherweise gab es keine einfache Antwort. Die gab es in der Schlacht nur selten. David schaltete die Luftzufuhr höher, um den Qualm aus dem Cockpit zu entfernen, und machte sich an eine genauere Statusbeurteilung des *Destruktor.*

»Wichtig genug, dass man uns nicht nach Radcliffe zurückbeordert hat«, antwortete er. »Wir werden mit dem, was uns noch bleibt, eine Gefechtslinie am Flussufer aufbauen. Dylan, Sie lösen Tara an der Flanke ab. Inzwischen versuche ich, den Major General zu erreichen und herauszufinden, wie die Planung aussieht. Was immer wir hier draußen verteidigen, wir wollen hoffen, es ist den Preis wert.«

12

Howelltal, Daytin, Kathil
Kathil-PDZ, Mark Capella, Vereinigtes Commonwealth

16. November 3062

Nicht einmal die helle Sonne Kathils konnte mit den Energien wetteifern, die im Flusstal des Howell tobten. Sie verblasste im Vergleich, als juwelenfarbene Lichtbündel sich in gehärtete Panzerplatten senkten und künstliche Blitzschläge hin und her zuckten. Raketen stiegen auf kurzen, grauen Rauchbahnen in den Himmel, bevor sie sich wieder absenkten, um auf feindliche BattleMechs einzuhämmern oder gelegentlich Minenfelder in den Weg eines unglücklichen MechKriegers zu streuen.

Zum Beispiel in den Eván Greenes, aber sein *Cerberus* steckte die Detonationen unter den breiten Mechfüßen ganz gut weg. Die Druckwellen schüttelten ihn zwar durch, aber er verlor nur etwa eine Tonne Panzerung am linken Bein. Die feindlichen Gaussgeschütze waren bedenklicher. Eines hatte bereits eine Nickeleisenkugel in seine rechte Mechschulter versenkt, die das Gelenk blockierte und das Zielen behinderte. Zwei Meter weiter links, und die Kugel hätte den Kopf der Kampfmaschine getroffen und das Cockpit zermalmt.

Eván schaltete auf die mittelschweren Impulslaser und verzichtete auf den Einsatz der eigenen Gaussgeschütze, um auf einen *Brandstifter* zu feuern, der sich zwischen den Bäumen versteckte. Zwei der vier Schüsse trafen und zeichneten schwarze Brandspuren auf die rechte Rumpfseite der Maschine. Dann stürzte sie aus der Deckung und sprintete auf die Sicherheit der MCM-Reihe zu, und die Gaussgeschütze, die er genau für diese Gelegenheit in Reserve gehalten hatte, meldeten sich mit dem typischen elektrischblauen Leuchten und schleuderten zwei Geschosse in den Rücken des Mechs. Eine Kugel war zu tief gezielt, schlug in den Boden und warf eine schaumige Erdfontäne auf. Die andere erwischte den feindlichen Mech am rechten Ellbogen, riss den Mecharm auf halber Höhe ab und kostete die Maschine rund die Hälfte der Feuerkraft.

Der *Brandstifter* sprang zurück zwischen die Bäume. Er verschwand im dichteren Waldbestand und ließ Eván die Gelegenheit, sich wieder um den *Destruktor* zu kümmern, der das Zentrum der feindlichen Gefechtslinie verankerte.

»So, McCarthy«, flüsterte er bei sich. »Was hast du hier draußen vor?«

Fast hätte Eván diesen Kampf ausgelassen, weil er weit stärker daran interessiert gewesen war, Jim Wendts Einheit rechtzeitig zu erreichen, um bei der Einnahme Radcliffes eine Rolle zu spielen. Nur hatte Wendt nach District City gemeldet, dass er Zweifel hatte, ob es gelingen würde, den Milizstützpunkt zu erreichen. Das 2. Mechbataillon der MCM leistete erbitterten Widerstand. Und er hatte zwei schwere Lanzen abstellen müssen, um eine von einem *Destruktor* angeführte Milizkompanie aufzuhalten.

Eván war bereit, darauf zu wetten, dass das McCarthy war. Der *Destruktor* gehörte nicht zu den in der Mark Capella sonderlich verbreiteten Maschinen. Er hatte den Kurs augenblicklich nach Daytin geändert, wo sie eingetroffen waren, als McCarthys Einheit gerade die letzten drei Mechs aus Wendts Lanzen in die Flucht geschlagen hatte.

Er hatte eigentlich erwartet, seine ausgeruhte Kompanie wäre McCarthys bereits angeschlagenen Maschinen deutlich überlegen gewesen, aber zu seiner beträchtlichen Verärgerung hielt die Kampfreihe der Miliz am Howellufer noch immer stand. Hinter ihnen am Westufer bildeten eine Reihe prächtiger Landgüter eine idyllische Szenerie für den verbissenen Kampf. Eván fragte sich schon bald nicht mehr, was McCarthy verteidigte, sondern vielmehr: wen.

Dann erreichte ihn die Nachricht, dass Kommandant Wendt in einem Zweikampf mit dem feindlichen Kommandeur in der Nähe von Radcliffe gefallen war und der Rest der Einheit den Rückzug angetreten hatte. Plötzlich erhielt dieses Gefecht eine gewaltige strategische Bedeutung. Die 8. RKG brauchte einen Sieg. Falls es der Miliz gelang, sie zurück nach D. C. zu drängen, konnte ihr das den Schwung liefern, den sie brauchte, um die Katzbalger aus der Hauptstadt zu werfen und die Distriktbasis zu übernehmen. Jetzt war es an Eván, für diesen Sieg zu sorgen, koste es, was es wolle.

»PirschLanze bereit zum Vorrücken«, meldete First Lieutenant Barajas zum dritten Mal innerhalb von vielleicht zwei Minuten.

»Nein!«, bellte Eván laut ins Mikro. »Sie werden Ihre Stellung halten und die südliche Flanke des Gegners binden.« Barajas war zu versessen darauf, loszumarschieren. Dieses Gefecht würde nach Eváns Vorstellungen verlaufen, nicht nach denen von Barajas.

Eine Raketenwarnung schrillte durch die Kanzel, und der *Cerberus* erzitterte, als das Raketenabwehrsystem oberhalb des Cockpits den anfliegenden Geschossen einen Kugelhagel entgegensandte, um sie vom Himmel zu holen. Er zählte mindestens ein halbes Dutzend Explosionen, und trotzdem regnete noch ein gutes Dutzend Raketen oder mehr auf ihn herab und riss neue Einschlagskrater in die Panzerung auf Brustpartie und Schultern. Er antwortete mit zwei Gausskugeln für den *Rakshasa* der Miliz, der einer der beiden auswich, von der zweiten aber in die rechte Seite getroffen wurde.

Der *Rakshasa* und der *Bushwacker* konzentrierten das Raketenfeuer auf ihn und zwangen Eván, reichlich Munition zu verbrauchen. Falls er das noch lange zuließ, würde er keinerlei Schutz vor den tödlicheren Kurzstreckenraketen mehr haben, wenn es schließlich zur entscheidenden Konfrontation kam. Mit einem schnellen Schlag schaltete er die Rakabwehr aus, um die letzten Munitionreste aufzusparen.

Eine neue Stimme knisterte über die Kommleitung. »BussardSchwarm im Anflug. Fünnef ... vier ...«

Endlich. Eváns Strategie sah vor, McCarthys leichte Scoutlanze vom Fluss abzudrängen und die feindliche Kampfreihe aufzureißen. Die Scoutlanze würde sich am ehesten vertreiben lassen. *Zwo ... Eins ...*

»RudelLanze, JagdLanze, vorrücken!«, befahl er.

Die beiden *Cavalry*-Kampfhubschrauber stießen aus 900 Metern herab und beharkten die Feindformation mit Infernoraketen. Die gelartige Mixtur im Innern der Gefechtsköpfe entzündete sich bei Luftkontakt und formte eine Flammenwand entlang des Flussufers. Wo sie einen Mech traf, trieb sie dessen Betriebstemperatur schlagartig tief in den roten Bereich. Die meisten MechKrieger hatten eine panische Angst vor Infernos. Die Gefahr, im Innern des Cockpits lebendig gebraten zu werden, war beträchtlich. Jetzt konnte Eváns leichte Lanze die McCarthys zurückdrängen, während die überschweren Mechs der 8. die Mitte der MCM-Formation banden. Barajas würde den *Bushwacker* und die übrigen mittelschweren Maschinen am Eingreifen hindern, und die gegnerische Abwehrstellung würde endlich zusammenbrechen.

Es war ein solider Plan – bis zum ersten Kontakt mit der MCM-Kompanie.

Ein *Cestus*, dessen Pilot vom Infernoangriff nicht annähernd so eingeschüchtert war, wie es bei den meisten MechKriegern der Fall gewesen wäre, sprang tatsächlich mit den Sprungdüsen in die Flugbahn der Kampfhubschrauber. Brandgel des Infernobombardements hüllte den *Cestus* in eine höllische Aura ein, als der Mech seine

Kameraden vor den Flugmaschinen abschirmte. Dann flammten die beiden schweren Lichtwerfer in den Armen des Metallriesen auf. Die smaragdgrünen Laserbahnen schlugen in eine der Maschinen ein und trennten den Rotor sauber vom Rumpf des *Cavalry*. Der Helikopter stürzte in einen Ulmenhain und explodierte in einem gigantischen Feuerball, der Eváns Planung in keinster Weise nutzte. Der zweite *Cavalry* brach den Angriff vorzeitig ab und drehte ab, bevor er eine effektive Infernobarriere zwischen dem *Destruktor* und dem *Cerberus* platzieren konnte.

Doch Eváns Mechs waren bereits in Bewegung, und es blieb ihm nichts anderes übrig, als den Durchbruch trotzdem zu versuchen. Er zog das Fadenkreuz auf die breitschultrige Silhouette des *Destruktor,* und als es die Farbe von Rot zu Gold änderte, tauschte er mit McCarthy Geschützsalven aus. Magnetkanonen zertrümmerten kostbare Schutzpanzerung zu nutzlosen Metallsplittern, die in der Nachmittagssonne auf dem Uferboden glitzerten.

Eine der Kanonenkugeln prallte von der rechten Schulter des *Cerberus* ab und zertrümmerte einen der rückwärts gerichteten MG-Türme. Kein schwerer Verlust, aber dann setzte McCarthy mit den Partikelprojektorkanonen nach. Eine der peitschenden Entladungen schnitt tiefer in die beschädigte Schulter und durchtrennte Myomerbündel. Der rechte Arm des überschweren Kampfkolosses fiel kraftlos herab. Das halbierte Eváns effektive Feuerkraft.

Ein potentiell entscheidender Verlust, hätte nicht eine seiner Kugeln den *Destruktor* am linken Bein erwischt und McCarthys Maschine zu Boden geworfen.

»Alle Mann vorwärts!«, bellte er. »Reißt ihre Linien auf und treibt sie zurück.«

Eván malte sich aus, wie sich die Tapferkeitsmedaille an die linke Schulter des *Cerberus* geschweißt ausmachen würde, dort, wo er für jeden abgeschossenen Mech eine Silhouette anbrachte. Bei dem Gedanken wurde ihm warm ums Herz.

Dann ruckte der überschwere Mech nach hinten und wäre fast gestürzt, als ein *Vollstrecker* in Stellung ging, um den am Boden liegenden *Destruktor* zu decken und den *Cerberus* mit einem schweren Laser und einer 80mm-Autokanone frontal zu attackieren.

Und das war nicht der einzige plötzliche Rückschlag. Der *Cestus,* der seinen *Cavalry*-Hubschrauber abgeschossen hatte, sprang erneut, obwohl er noch immer in Flammen gebadet war, und landete zwischen seinen vorrückenden leichten Mechs. Im Innern der Milizmaschine mussten Glutofentemperaturen herrschen, aber trotzdem spießten ihre schweren Laserkanonen einen *Kampffalke* mit smaragdgrünen Energiebahnen auf und schnitten in die Haltestreben des riesigen Kreiselstabilisators, ohne den sich der dreißig Tonnen schwere Kampfkoloss unmöglich aufrecht halten konnte. Der *Kampffalke* strauchelte, blieb aber auf den Beinen, auch wenn er ohne Zweifel angeschlagen war. Möglicherweise hätte er entkommen können, aber dann nahmen zwei *Brandstifter* ihn in die Zange und pumpten ihm fusionsgetriebene Flammenzungen tief ins Rumpfinnere. Das plasmagespeiste Feuer zerschmolz den Rest des Gyroskopgehäuses. Das Kanzeldach der Katzbalger-Maschine flog abgesprengt davon, und die Pilotenliege schoss auf dem eingebauten Treibsatz der Rettungsautomatik davon, um den MechKrieger abseits des Kampfgeschehens in Sicherheit zu bringen.

Warum hatte der *Cestus* nicht das weit kühler arbeitende Gaussgeschütz eingesetzt? Eván hatte sich die Frage kaum gestellt, als der lodernde Kampfkoloss sich umdrehte und mit donnerndem Krachen eine Gausskugel ins rechte Bein des *Cerberus* feuerte. Und der *Destruktor* war zwar am Boden, aber keineswegs außer Gefecht. Er stützte sich mit den Armen ab und schälte mit den beiden Rumpf-PPKs zusätzliche Panzerung ab. Eván schob die Metallbeine des *Cerberus* weiter auseinander, um die Balance zu verbessern. Der Vormarsch war zumindest für den Augenblick gebremst.

»Wir sind durch!«

Xander Barajas' Stimme hallte über die allgemeine Frequenz und lenkte Eván vom Scheitern des Sturmangriffs ab. An der südlichen Flanke hatte Barajas den *Falkner* in die MCM-Reihe getrieben und eine kleine Lücke ausgenutzt, die durch den Positionswechsel des *Vollstrecker* entstanden war. Er kämpfte mit ungehemmter Brutalität, feuerte die Extremreichweiten-PPK aus unmittelbarer Nähe auf die Miliz-Maschinen ab und ließ den künstlichen Blitzschlägen einen Tornado aus mittelschwerem Laserfeuer und Gausssalven folgen. Eine Gausskugel riss einem TG-2 *Totschläger* glatt den Kopf ab und verlängerte die Verlustliste der Miliz um einen weiteren Toten.

Eván hatte fast vergessen, dass er alle Mann nach vorne befohlen hatte, und der First Lieutenant nutzte diesen Befehl bis zur Neige aus. Er stieg über das Wrack des *Totschläger* und schuf Platz für einen Lanzenkameraden, ihm in die Lücke zu folgen. Dann noch einem. Aber die Milizkompanie reagierte auf sein Auftauchen und machte Anstalten, ihn mitsamt seinen Kameraden einzuschließen.

Eván wechselte mit einem schnellen Tastendruck auf die Privatfrequenz zu seinem Lanzenführer. »Xander, machen Sie, dass Sie da raus kommen«, befahl er. »Wir können Sie nicht unterstützen.«

Was immer man Barajas nachsagen konnte – dass er Befehle ignoriert hätte, gehörte nicht dazu. Der *Falkner* stieg sofort auf Flammen superheißen Plasmas empor. Nur zog er sich nicht zurück, wie Eváns Befehl gemeint gewesen war. Stattdessen flog er über den Fluss, setzte auf dem Westufer auf und drehte sich augenblicklich um, um das diesseitige Ufer mit Energiebahnen und Gausskugeln zu bombardieren. Der *Luchs* und die beiden *Paladine,* allesamt sprungfähig, folgten ihm, so dass Barajas' PirschLanze das Westufer des Howell besetzt hielt.

Das Gefecht verlief zwar nicht nach Plan, aber Eván war auch nicht der Typ, aus Prinzipienreiterei einen Erfolg zu ignorieren. »Nach Süden schwenken«, befahl er über die allgemeine Frequenz der Einheit. »Alle Mann nach Süden.« McCarthy war zu beschäftigt damit, seine eigenen Truppen zusammenzuziehen, um eine spontane Gegenoffensive zu organisieren. »Zu PirschLanze über den Fluss setzen. Xander, alle Miliz-Mechs, die über den Howell kommen, gehören Ihnen.«

Und wenn das kein riskanter Befehl war, wusste Eván nicht, wie er hätte aussehen sollen. Barajas von der Leine zu lassen, glich dem Spiel mit einem tollwütigen Hund, aber er dachte nicht daran, diesen unsicheren Brückenkopf aufzugeben. Koste es, was es wolle, hatte er sich vorgenommen. Er würde Lieutenant General Fallon einen Katzbalger-Sieg liefern, selbst wenn er ihn sich mit Xander Barajas teilen musste.

Der *Cerberus* war für einen überschweren Kampfkoloss recht schnell und konnte eine Höchstgeschwindigkeit von über sechzig Stundenkilometern erreichen. Jetzt, da es auf jede Sekunde ankam, half diese Schnelligkeit, den Vorteil der 8. zu sichern, indem er die Lücke zwischen Xanders mittelschwerer und Eváns RudelLanze schloss. Zusammen mit einem *Lichtbringer,* der nächst stärkeren Maschine der Einheit, hielt er die Stellung, als McCarthy versuchte, den *Vollstrecker* und einen *Tomahawk* zum Krisenherd zu ziehen.

Aber selbst mit dem nahen *Cestus* reichte es nicht aus, Eván aufzuhalten, insbesondere, da dessen schwerfällige Bewegungen zeigten, dass die schwere Milizmaschine endlich die Grenze ihrer Temperaturtoleranz überschritten hatte. Die Maschinen seiner RudelLanze formierten sich neu, schwenkten weit um die Mitte der Milizlinie herum und überquerten wie befohlen den Fluss, um das Westufer zu verstärken, sei es mit Sprungdüsen oder indem sie durchs Wasser wateten.

Es war nicht der entscheidende Sieg, den er sich gewünscht hätte, aber Eván blieb die Befriedigung, McCarthys Einheit besiegt zu haben. Und als der Miliz-Captain endlich den Rückzug antrat und an beschädigten Mechs mitnahm, was noch möglich war, erschien auf Eváns Gesicht zum ersten Mal seit Beginn der Schlacht ein echtes Lächeln.

»Sie haben verloren, McCarthy«, sagte er. »Was auch immer Sie hier draußen verteidigt haben, wir werden es finden.« Er schaute seinem Gegner hinterher. »Der Held von Kathil«, murmelte er. Aber diesmal meinte er sich selbst.

13

Stützpunkt der MCM Kathil, Radcliffe, Kathil
Kathil-PDZ, Mark Capella, Vereinigtes Commonwealth

19. November 3062

Frisch befördert und wieder mit den alt vertrauten Rangabzeichen eines Kommandanten des Vereinigten Commonwealth an der Uniformjacke, auch wenn sein Rang innerhalb der MCM die AVS-Bezeichnung Major trug, betrat David McCarthy das Besprechungszimmer trotz seiner Müdigkeit mit zackigem, militärischem Schritt und kerzengerader Haltung. Er wusste, seine Leute waren ebenso müde wie er, erschöpft von drei Tagen sporadischer Kampfeinsätze, und noch immer demoralisiert vom Verlust Lieutenant Colonel Ziblers. Er konnte es ihnen nicht verübeln. Damien Zibler war ein geborener Menschenführer gewesen. Ihn so früh in dieser Auseinandersetzung verloren zu haben, war schwer zu verdauen.

David hatte sich die Gefechts-ROMs schon ein Dutzend Mal angesehen. Damien Zibler hatte seinen *Victor* bis an die Grenzen belastet und im Gefecht mit dem gegnerischen Kommandeur eine unfassbare Hitzeentwicklung riskiert. Wieder und wieder hatte er gefeuert, war immer wieder vorgeprescht, hatte das Feuer von seiner Einheit abgezogen. Das Ganze erinnerte David auf gespenstische Weise an Diana – ein Kampf, in dem niemand Gnade erwartete oder gewährte. Und dann die furchtbare Explosion durch Ziblers Reaktorbruch, ganze zehn Sekunden vor den Luft/Raumangriffen, die den Feind zurückgetrieben hatten.

Er hatte nicht einmal mit Zibler über Diana geredet.

Jetzt erwarteten zwei Kompanien MechKrieger von ihm Anweisungen: Zehn Krieger seiner ursprünglichen Kompanie, und die komplette Kompanie plus zwei Mann, die von Ziblers Einheit noch übrig waren. Mehrere Offiziere der Kompanie waren um einen Rang befördert worden, damit die Lücke geschlossen wurde, die Ziblers Tod geschlagen hatte. Und Zibler war nicht der einzige Ausfall. Der erste Tag der Kämpfe hatte das 2. Bataillon fast ein ganzes Dutzend tote und verwundete MechKrieger gekostet. Ein weiterer war am nächsten Tag in einem Scharmützel dazugekommen, als zwei gebrochene Beine Sergeant Deveroux aus dem Gefecht geworfen hatten.

Zum Glück schien es die 8. seit dieser ersten Konfrontation zufrieden, in District City zu bleiben und ihre Position zu sichern. Nur gelegentliche Erkundungstrupps verließen die Hauptstadt für begrenzte Kampfhandlungen. Davids Kompanie hatte ihnen das unabsichtlich erleichtert, als sie aus Daytin abgezogen war. Er hatte nicht vor, diesen Fehler zu wiederholen.

»In Ordnung«, setzte er an, als er das Kopfende des Raums erreicht und sich hinter dem schmalen Rednerpult aufgebaut hatte. »Fangen wir mit den guten Nachrichten an. Wie ihr vielleicht schon aufgeschnappt habt, hat Major General Sampreis eine Antwort auf seine Bitte um Befehle von Marshal Hasek erhalten. Sie wird im Laufe des Tages über die örtlichen Trividsender gehen und hoffentlich einen Teil des Schadens durch Duke VanLees' Desertion reparieren.«

Lieutenant Eric LaSaber, einer der Offiziere, die er von Zibler geerbt hatte, beugte sich in der ersten Reihe vor. »Bezeichnet er VanLees als Verräter?« Dem Tonfall der Frage nach zu schließen, war sich LaSaber nicht sicher, ob er eine derartige Erklärung für wünschenswert halten sollte.

David verließ das Pult und ging langsam an der Frontseite des Raums auf und ab. »Um das einmal klarzustellen: Wir wissen sehr gut, dass VanLees kein Verräter ist«, stellte er entschieden fest. »Die 8. RKG hält seine Familie als Geiseln, um sein Wohlverhalten zu sichern.«

Und das war eine Situation, die David wie Blei im Magen lag. Erst nachdem sie sich aus dem Gebiet um Daytin zurückgezogen hatten, hatte er erfahren, dass seine Kompanie Herzog Petyr VanLees persönliche Uferresidenz bewacht hatte. Es war eine doppelte Tragödie, sowohl, weil es ihnen nicht gelungen war, das Gut zu beschützen, als auch die bloße Tatsache ihrer Anwesenheit. Wären sie nach dem ersten Scharmützel nach Radcliffe zurückgefallen, hätten sie die 8. RKG nicht geradewegs bis vor VanLees Tür gelockt. Und hätte Damien Zibler bei der Verteidigung Radcliffes Davids Hilfe gehabt, würde er möglicherweise noch leben.

»Duke Petyr hatte keine andere Wahl, als sich auf die Seite der 8. F-C zu stellen und uns zu Rebellen zu erklären. Oder glaubt irgendjemand hier ernsthaft, er würde Katherine Steiner-Davion den Vorzug vor George Hasek geben?« Niemand wirkte auch nur entfernt überzeugt, trotz der Trividsendung zwei Tage zuvor, in der VanLees genau das behauptet hatte. »Gut. Und Field Marshal Hasek glaubt das ebenso wenig. Er entschuldigt VanLees' Stillhalten mit genau der Erklärung, die auch der Wahrheit entspricht … Zwang. Und er ruft die Bevölkerung Kathils auf, die Bemühungen der Miliz zu unterstützen, die Ordnung wiederherzustellen, lädt die 8. RKG ein, nach Lee zu fliegen, bis der ›Zwischenfall‹ hier untersucht ist, und bittet die Archon-Prinzessin, sein Recht, die Katzbalger von Kathil zu verlegen, formell anzuerkennen.«

Tara Michaels pfiff tonlos durch die Zähne. »Das ist eine ganze Menge«, stellte sie fest.

»Wie stehen die Chancen, dass irgendwas davon passiert?«, fragte Corporal Smith, und sein Tonfall machte klar: Seine Stimme gehörte zu der Kategorie ›minimal‹.

»Nun, Kathils Loyalität dürfte sicher sein«, antwortete David. »Nicht einmal VanLees' wiederholte Ansprachen haben uns ernsthaft Unterstützung gekostet. Was den Rest betrifft, das ist bestenfalls Wunschdenken. Wir haben bisher weder aus District City noch von New Avalon irgendetwas zu den anderen Punkten vernommen, und es würde mich sehr überraschen, sollte sich daran etwas ändern. Je länger sie Marshal Hasek ignorieren, umso schwerer machen sie es ihm, den Frieden wiederherzustellen.«

Tara verstand. »Also kapituliert er entweder, und die Archon-Thronräuberin benutzt diesen Zwischenfall, um Haseks Machtbasis zu zerschlagen, oder er treibt den Konflikt auf die Spitze, und Katherine stellt ihn hin als den Verantwortlichen für einen …« Sie stieß einen langen, tiefen Seufzer aus, unfähig es auszusprechen.

»Bürgerkrieg.« Amanda Black verschränkte trotzig die Arme vor der Brust, als sie aussprach, was alle im Raum dachten. »Katherine treibt Hasek in die Enge. Sie will ihn loswerden. Sie weiß, solange er existiert, stellt er eine Gefahr für ihre Herrschaft dar.«

David konnte nicht widersprechen. »Falls wir Kathil nicht zurückerobern und gegen die Angriffe der 8. RKG halten können«, setzte er hinzu. »Wir, Major General Sampreis und der Befehlsstab, glauben, George Hasek könnte in diesem Fall in der Lage sein, die Situation wieder zu entspannen. Aber je länger sich diese Sache hinzieht, desto schlimmer wird es für alle Beteiligten.«

LaSaber nickte. »Irgendeine Chance, dass er uns Unterstützung schickt? Söldner?« Er deutete mit einer Kopfbewegung zu Patschenko. »Dylan und ich haben uns über die Entwicklung im St. Ives-Pakt unterhalten. Herzogin Candace hat Gruppe W und die Arkadier aus dem Kontrakt entlassen. Sie stehen näher an Kathil als …«

»Das haben wir bereits durchgekaut«, unterbrach David. »Die Söldner sind zwar zurückgerufen worden, aber beide befinden sich technisch noch in einem Kontrakt mit der Lyranischen Allianz. Ganz gleich, wo sie politisch stehen, und zumindest Gruppe W hat in der Vergangenheit Respekt für Prinz Victor erkennen lassen, Söldner ihres Rufs halten sich auf Punkt und Komma an ihren Vertrag.« Er bedauerte diese Tatsache, denn eine Beteiligung der Söldner hätte helfen können, die Lage so schnell und schmerzlos wie möglich zu klären. »Bestenfalls können wir darauf hoffen, dass sie einen Zusatzkontrakt zur Unterstützung der Katzbalger ablehnen.« Falls nicht, konnte die Miliz einpacken.

»Gibt es sonst noch jemanden?«, fragte Amanda mit zweifelndem Blick. Irgendetwas beunruhigte sie. »Es muss noch andere Einheiten in der Nähe geben?«

»Marshal Hasek kann sich nicht leisten, Garnisonstruppen aus anderen Systemen abzuziehen. Nicht ohne ähnliche Unruhen anderenorts zu riskieren. Nach den Berichten über neue Aufstände auf Solaris VII und ein paar ›Zwischenfällen‹ auf Welten wie Kentares IV und jetzt Robinson würde ich schätzen: Wir sind auf uns gestellt.«

Die Nachricht hing mehrere Minuten drückend im Raum, während David ans Pult zurückkehrte und sich sammelte.

»Irgendwelche Neuigkeiten über den 2. NAIW-Kader oder die Ankunft der 1. Capella-Dragoner?«, fragte Dylan Patschenko. Mehrere Offiziere nickten zustimmend. »Beides könnte das Machtgleichgewicht deutlich zu unseren Gunsten ändern.«

David schüttelte den Kopf. Sein lautes Ausatmen unterstrich die Frustration, die er fühlte. Major General Sampreis wusste mit Sicherheit mehr über eine oder beide Einheiten, hatte bis jetzt jedoch noch nichts preisgegeben. »Ihr wisst so viel wie ich. Der NAIW-Kader macht sich anscheinend Sorgen um die Folgen einer Entscheidung für die eine oder andere Seite. Die Dragoner stehen auf unserer Seite, wenn sie erst einmal hier sind – aber wann ist das? Wer weiß? Generalhauptmann Weintraub dürfte Pläne schmieden, sie abzufangen. Wir wollen hoffen, Field Marshal Hasek hat das bei seiner Planung berücksichtigt. Das war's für jetzt, bis auf einen Punkt noch: Wir sind heute nicht zum Streifendienst eingeteilt. Heute Nachmittag um Drei findet die Beisetzung von Lieutenant Colonel Zibler statt. Ich hoffe, euch alle dort zu sehen.«

David ging zum Fenster und schaute hinaus, die Hände auf dem Rücken verschränkt, ansonsten aber in lockerer Haltung. Während seine Leute schweigend den Raum verließen, drehte er sich nicht um. Zwei *Centurion*-BattleMechs stampften vorbei, auf dem Weg zum Paradeplatz, der als zusätzlicher Sammelpunkt fungierte. Dann waren die Mechs fort, und er starrte hinaus auf die beinahe leere Straße.

Durch Ziblers Tod in eine Position höherer Verantwortung gedrängt, hatte er der Belastung ziemlich gut standgehalten. Die an ihn gestellten Ansprüche hatten geholfen, die Dämonen Dianas verstummen zu lassen. Es beunruhigte ihn immer noch, einen Mech in die Schlacht zu steuern, das Gefühl drohenden Unheils hing noch immer wie ein tonnenschweres Gewicht über seinem Kopf, aber er kämpfte es jedes Mal nieder, weil es sein musste. Das war Teil der Verantwortung, die er übernommen hatte, nicht erst mit dieser Beförderung zum Major, auch schon mit der Übernahme eines neuen Offizierspostens hier auf Kathil. Vielleicht hätte er sich stattdessen zur Ruhe setzen sollen. David wünschte sich, er hätte mit Zibler reden können.

»Was hättest du getan, Damien?«, flüsterte er.

Er zuckte zusammen, als eine Stimme hinter ihm antwortete. »Was es auch gewesen wäre, ich bezweifle, dass er es mit Selbstgesprächen erreicht hätte, Sir.«

Mit brennenden Ohren drehte David sich zu Amanda Black um. Sein Sergeant-Major war still und stumm an ihrem Platz geblieben, als der Rest der Einheit gegangen war. Sie kaute auf der Unterlippe, schien sich nicht sicher, wie sie weiter vorgehen sollte. Ihr bissiger Kommentar war keine gute Eröffnung gewesen.

»Sie möchten etwas mit mir besprechen, Sergeant-Major?«, fragte er.

Black nickte und sprach langsam, so, als überlege sie sich jedes Wort. »Ich wollte mich für meine Vorstellung in Daytin entschuldigen. Für die letzten Tage, genau genommen. Ich habe darauf gewartet, dass Sie es ansprechen …«

David ging hinüber und blieb vor seiner Unteroffizierin stehen. »Ihre Leistung war vorbildlich«, stellte er verwirrt fest. »Ich wüsste nicht, weshalb Sie irgendeine Zurechtweisung erwarten sollten.«

»Major, ich habe die Stellung gegen die 8. RKG nicht gehalten. Ich hätte sie halten müssen, hätte sie halten können. Der *Falkner* kam so schnell auf uns zu, und ich hatte die Position geändert, um Tara gegen den *Cerberus* zu helfen.« Ihre Augen suchten Davids Blick. »Ich hätte sie eher kommen sehen müssen. Und Sergeant Franklin hat für meinen Fehler bezahlt, als die Gausskugel seinem *Totschläger* den Kopf abriss.«

Allmählich verstand er. »Und seitdem ist es uns nicht gelungen, wieder die Oberhand zu gewinnen. Amanda, was, glauben Sie, erwarte ich von Ihnen?«

Sie schüttelte den Kopf. »Ich habe es nicht richtig erklärt.« Sie dachte kurz nach, und nur das Summen der Wanduhr, deren Zeiger träge über das Ziffernblatt glitt, unterbrach die Stille. »Es geht wahrscheinlich mehr darum, was ich selbst von mir erwartet habe, Major McCarthy. Wie ich mich benommen habe. Ich habe gedacht, es ginge allein um Können. Und nach unserem kleinen Simulatorscharmützel habe ich Sie dafür gehasst, wie billig Sie meine Leistung haben aussehen lassen. Ich dachte … ich wusste, dass Sie falsch lagen. Ich habe mich angestrengt, es zu beweisen.«

Amanda Black kauerte sich in den Stuhl, schien in sich zusammenzusinken. »Dann bin ich gestern auf der Streife an den Überresten von Daytin vorbeigekommen. Wir haben es in den Händen der 8. RKG gelassen, doch Dank unserer Anstrengungen stand es noch. Aber am nächsten Tag …« Sie verzog das Gesicht. »Die Panzer der 8. und unsere eigenen sind beide durch die Stadt gerollt, Major. Die östliche Hälfte von Daytin existiert nicht mehr.«

Auch David hatte die Nachricht von der Verwüstung der Urlaubsstadt zugesetzt. Blacks Glauben war erschüttert, so wie Einsatzgruppe Schlange seine Illusionen über die Kriegsführung dauerhaft zerschlagen hatte. »Das Militärleben hat einige harte Lektionen für uns parat, Amanda«, stellte er fest. »Die beste Leistung ist keine Garantie gegen Fehlschläge. Und möglicherweise noch enttäuschender ist es, wenn es den Anschein hat, wir würden nur unsere Zeit verschwenden. Doch es besteht ein gewaltiger Unterschied zwischen ›etwas tun‹ und ›tatsächlich etwas bewirken‹, nicht wahr?«

Black nickte und schaute zu ihm hoch. »Haben Sie das am Anfang Ihrer Laufbahn gelernt?«

Er schüttelte mit einem traurigen Lächeln den Kopf. »In den Anfangsjahren meiner Karriere war ich unbesiegbar. Aber damals war ich ein Ulane und wir hatten noch nie eine echte Niederlage einstecken müssen. Erst Diana hat das als Lüge ausgewiesen.«

Amanda runzelte verwirrt die Stirn. »Aber Sie haben auf Diana gewonnen.«

»Tatsächlich?« David stockte und schluckte mühsam. *Zur Hölle.* Er zog mit dem Fuß einen Stuhl heran und setzte sich verkehrt herum darauf, die Arme über die Rückenlehne gefaltet und die Augen auf gleicher Höhe mit Black. »Wir haben Diana mit einigen der besten Regimenter angegriffen, die es in der Inneren Sphäre je gegeben hat. Die Ulanen. Die Leichte Eridani Reiterei. Die Northwind Highlanders. Die Ritter der Inneren Sphäre.

Krieger für Krieger waren wir mindestens so gut wenn nicht besser als alles, was die Nebelparder hatten. Und beinahe hätten sie uns besiegt. Auch so war der Preis enorm. Die Ulanen haben sich aufgelöst, Amanda. Wir waren zerschlagen, von den Kämpfen ebenso wie vom Verlust Morgan Hasek-Davions.«

Für einen Augenblick wurden ihre Züge sanfter, und sie schien fast bereit, Mitgefühl zu zeigen. Aber dann verhärtete sich ihre Miene wieder, verschloss sich gegen jede Andeutung von Schwäche. »Haben Sie deshalb immer noch Angst? Weil Sie diesen Kampf nie zu Ende bringen konnten?« Die Fragen waren nicht grausam. Nicht ganz.

Seine Offiziersinstinkte warnten David davor zu antworten. Ein Offizier hatte niemals Angst. Oder er gab es zumindest nicht ohne Not zu. Aber da war immer noch dieses nebulöse Gefühl in den dunklen Winkeln seines Geistes, das ihm keine Ruhe ließ, und er hatte nie die Chance gehabt, mit Zibler darüber zu reden. »Kann sein«, gestand er dem Sergeant-Major schließlich ein. »Kann sein, ich habe Angst, es könnte sich hier wiederholen. Ich weiß es nicht. Das macht mir die meiste Angst, glaube ich. Das ist für jeden das Schlimmste – die Ungewissheit. Aber man findet einen Weg, damit fertig zu werden, sich davon nicht lähmen zu lassen, weil man eine Verantwortung trägt.«

Dann stand er auf. Er konnte nicht länger darüber reden. Es war ein akzeptabler Moment, um ihr Gespräch zu beenden. Bewegung … Aktion …, das brauchte er jetzt. Vielleicht konnte er vor dem Gottesdienst für Damien Zibler noch einen Termin bei Sampreis ergattern und herausfinden, wie genau der Major General plante, die Ankunft der Capella-Dragoner sicherzustellen.

»Major«, fragte Black, als er zur Tür ging, und der verletzliche Ausdruck lag wieder auf ihrem Gesicht. »Wie beenden wir das?«

Ihre Miene zeigte, dass sie nach Antworten suchte, bereit für Ideen war, die ihr vielleicht nicht in den Sinn gekommen waren. David hasste es, sie enttäuschen zu müssen, aber er hatte keine Antworten. »Gar nicht«, gab er zu. »Wir können es nicht beenden. Sie nicht, ich nicht, Major General Sampreis nicht. Wir können diesen Kampf nicht einfach beenden. Bis die eine oder die andere Seite die Oberhand gewinnt und lange genug behält, oder bis jemand von außen eingreift, müssen wir einfach durchhalten.«

»Und hoffen, dass die Kämpfe sich ausbrennen?«

»Und hoffen, dass sie uns nicht ausbrennen«, antwortete er und ging aus dem Zimmer.

14

Winstan-Ridge-Nationalpark, Kathil
Kathil-PDZ, Mark Capella, Vereinigtes Commonwealth

22. November 3062

Raketenwarnungen gellten lautstark durch die Kanzel und verstummten erst, als der Raketenschauer links und rechts von Amandas *Bushwacker* einschlug. Der gedrungene, breitschultrige Kampfkoloss steckte den Beschuss gut weg und zitterte nur leicht, während er kostbare Schutzpanzerung gegen die Zeit eintauschte, die seine Pilotin für das Antwortfeuer brauchte.

Das Fadenkreuz auf dem Sichtschirm flackerte. Die beschädigten Sensoren verhinderten eine sichere Zielerfassung. Also feuerte der Sergeant-Major eine Serie von Schüssen, stieß mit der saphirblauen Lichtlanze des schweren Lasers zu, bevor sie Raketen und Autokanone zur Folgesalve kombinierte. Die Raketen flogen zu kurz, schleuderten nur Erdklumpen, Steine und Brocken versteinerten Holzes über die Beine des feindlichen *Salamander.* Der Laser hatte eine grellrote Strieme über das linke Bein der achtzig Tonnen schweren Kampfmaschine gezogen, aber die Autokanone konnte den Schaden nicht ausnutzen und spie die Granaten aus abgereichertem Uran auf den Torso des überschweren Mechs. Besser als sie erwartet hatte, aber schlechter als erhofft.

Alles in allem, weit schlechter als erhofft.

In der letzte Woche hatte es für die Miliz kaum einen Tag gegeben, an dem nicht an der einen oder anderen Front ein Kampf dräute. Die Lanzen der RKG und MCM begegneten einander entlang der Grenze zwischen dem von der 8. kontrollierten Territorium und dem Gebiet der Kathil-Miliz, und in einem endlosen Tauziehen um Städte und Dörfer kam es regelmäßig zu größeren Gefechten. Radcliffe genoss in den meisten ländlichen Ge-

genden starke Unterstützung, aber die 8. hatte das Gebiet um District City fest im Griff. Flüchtlinge, durch die Kämpfe heimatlos oder verwaist, brachen nach jedem dieser Kämpfe mit der Regelmäßigkeit der Gezeiten über Radcliffe herein. Das unterstrich, wie notwendig es war, die Auseinandersetzung zügig zu beenden. Inzwischen wechselten sich die Einheiten im Drei-Tages-Rhythmus ab, aber freiwillige Meldungen für zusätzlichen Dienst wurden gerne akzeptiert, um nicht zu sagen ermuntert.

Amanda hatte eine Lanze auf Langstreckenerkundung geführt, um eine Weile Distanz von der Basis zu finden und ihre Gefühle über die schweren Kämpfe zu ordnen, die ihre Heimatwelt auf den Kopf stellten. Stattdessen war sie in einen Kampf gestolpert, der rücksichtslos durch den Winstan-Ridge-Nationalpark tobte, eines der meistgeliebten Naturschutzgebiete Kathils. Doch alle Warnschilder, die Fußwege nicht zu verlassen, hatten die 8. RKG nicht hindern können, sich auf zwei Kompanien des 3. MCM-Mechbataillons zu stürzen.

Sie hatte keine Zeit verloren, dem 3. Bataillon mit ihrer kleinen Truppe zu Hilfe zu kommen, und das Auftauchen einer zusätzlichen, und vor allem frischen schweren Lanze hatte eine Beinahe-Flucht in ein Patt verwandelt. So weit im Landesinneren besaß keine der beiden Seiten einen echten Vorteil. Sie besaßen weder ausgebaute Stellungen, noch kannten sie das Gelände. Und weder RKG noch Miliz hatten die Lufthoheit. Ein paar *Korsaren* duellierten sich hoch über den Mechs mit einer *Luzifer*-Lanze, und hin und wieder löste sich die eine oder andere Seite aus dem Luftgefecht, um einen schnellen Bodenangriff durchzuziehen, aber im Großen und Ganzen beschäftigten die Jäger sich miteinander. In diesem Sektor des Bodenkampfes griff die 8. F-C mit einer Kombination aus leichten Schwebepanzern und überschweren BattleMechs an, einer Mischung, die schwer zu handhaben war, aber richtig eingesetzt noch schwerer zu bekämpfen. Überschwere Kampfkolosse konnten in kurzer Zeit gewaltigen Schaden austeilen, doch wer den Fehler machte, die *Plainsman*-Schweber zu ignorieren, bekam das schnell zu spüren, wenn die hochmobilen Raketenpanzer sich hinter ihm aufbauten und ihre Geschosse auf die dünnere Rückenpanzerung des Mechs einhämmerten.

Der *Salamander* schleuderte eine neue Raketenwolke. Sechzig Geschosse stürzten auf Amandas Stellung herab. Der Sergeant-Major beschleunigte den *Bushwacker* auf Laufgeschwindigkeit, lenkte ihn auf den Raketenschwarm zu und rannte unter der Salve hindurch, so dass die meisten Sprengköpfe hinter ihr einschlugen. Allerdings brachte dieses Manöver sie auch näher an die gegnerische Linien, eine Tatsache, die einem nahen *Kanonenboot* nicht entging, das nach schneller Zielerfassung zwei Gausskugeln auf sie abfeuerte. Eine Kugel prallte von einem seltenen versteinerten Baumriesen ab, schlug die obersten zwei Meter weg und ließ braune und goldene Splitter zu Boden regnen. Die andere traf den Mech voll in den Torso, durchschlug die letzte noch verbliebene Panzerung und zertrümmerte das Gehäuse um den Fusionsreaktor. Die Cockpittemperatur schoss noch ein paar Grad höher, als die ohnehin schon überanspruchten Wärmetauscher von der zusätzlichen Belastung überwältigt wurden.

»Was Sie da tun, nennt man Sturmangriff auf einen überlegenen Gegner«, informierte Corporal Smith sie über die Kommleitung, in einem zu gleichen Teilen impertinenten und besorgten Tonfall. Sein *Cestus* bewegte sich vor, um sie zu unterstützen, während die andere Hälfte der Lanze sich weiter darauf konzentrierte, die südliche Flanke des 3. Bataillons zu decken.

Glücklicherweise, entschied Amanda. Falls die überschweren Mechs hier durchbrachen, würden sie es nicht schaffen, die Bresche wieder zu schließen. »Vergessen

Sie die taktische Analyse«, keuchte sie nach Sauerstoff, »und schießen Sie auf das *Kanonenboot!*«

So entsetzt sie über die Zerstörung war, die dieser Kampf in der unberührten Naturschönheit des Winstan Ridge anrichtete, dachte sie nicht daran, sich dadurch von ihrer Pflicht abhalten zu lassen. Wenn es eines gab, was sie beherrschte, dann war es, eine Schlacht zu gewinnen. Hier und jetzt löste das *Kanonenboot* all ihre Kampfinstinkte aus. Mit ihren zwei Gaussgeschützen stellte die Achtzig-Tonnen-Maschine die größte Bedrohung dar, die der Gegner in seinem Arsenal hatte, ein Koloss, der mit zwei sorgfältig platzierten Nickeleisenkugeln jeden Mech aus dem Gefecht werfen konnte. Zugleich verankerte er das Zentrum der Katzbalger-Linien und stand bereit, einen Vorstoß anzuführen. Der *Salamander,* der sie zuvor attackiert hatte, war nur auf Distanz gefährlich, denn seine Schlagkraft hing vom Einsatz der Langstreckenraketen ab, und mit dem letzten Manöver hatte sie seine optimale Schussreichweite verlassen.

Smith hatte seine begrenzte Gaussmunition bereits verbraucht, doch er half Amanda mit zwei schweren Lasern, deren Strahlbahnen sich tief in die Seite des *Kanonenboot* bohrten. Geschmolzene Panzerung lief am Rumpf herab zu Boden und spritzte als glutflüssige Schlacke über einst makellose Wanderwege. Amandas eigene Lichtkanone schälte die letzte Panzerung vom Kopf des überschweren Mechs – genug, hoffte sie, um dem Piloten im Innern einzuheizen –, und die Autokanone schlug neue Krater in den rechten Arm. Ein Teil der Granaten schlug tief genug ein, um ihn zu durchbohren. Die zertrümmerten Magnetspulen des Gaussgeschützes zersprangen in blauen Lichtbögen, und ein Netz aus Entladungen tanzte kurz über Arm und Schulter.

Der überschwere Mech stolperte, als das Gyroskop den hohen Panzerungsverlust ausgleichen musste, während die unkontrollierte Entladung der Gaussspulen dem Piloten ohne Zweifel zusätzlich noch eine Neurohelm-Rückkopplung beschert hatte, die sich gewaschen hatte. Sie feuerte hastig eine neue Salve ab, ohne auf die dadurch entstehende Wärmebelastung Rücksicht zu nehmen. Wieder tauschte der *Bushwacker* eine Eins-Zwei-Kombination aus AK- und Laserfeuer mit dem hastigen – und einzigen – Gaussschuss des *Kanonenboot*. Die überschallschnelle Kanonenkugel zertrümmerte die Panzerung der rechten Torsoseite, während sie den schweren Schutzmantel auf dem Rumpf des Gegners weiter abschälte.

Richard Smith hatte seine beiden schweren Laser auf die Abwehr eines anrückenden *Plainsman* gerichtet. Die Schüsse bohrten sich durch die Panzerung und zertrümmerten die Hubpropeller unter der schützenden Metallschürze. In dem Wissen, auf seine direkte Unterstützung verzichten zu müssen, stählte Amanda sich für einen weiteren Schusswechsel mit dem *Kanonenboot*. Dann schoss ein silberner Schemen in die bereits beschädigte linke Seite der überschweren Maschine, und eine Kanonenkugel barst durch die letzten Panzerreste tief ins Innenleben des Metallriesen. Myomermuskeln rissen unter dem Aufprall, Gerüststreben aus geschäumtem Titan verzogen sich und brachen. Eine Strebe riss sich von der Gaussmunitionskammer in der linken Torsohälfte des *Kanonenboot* los und hinterließ ein klaffendes Loch in der Seitenwand. Die Kanonenkugeln strömten wie ein unwirklicher, silbrig glitzernder Blutstrahl aus der Bresche, und das *Kanonenboot* zog eine Spur verlorener Munition nach, als es sich hastig hinter die Linien in Sicherheit brachte.

Der überschweren Kampfmaschine drohte zwar keine Vernichtung, aber mit dem Verlust der beiden Hauptgeschütze hatte sie ihren Kampfwert verloren. Der *Salamander* und ein *Rakshasa* schoben sich vor, um den Abmarsch zu decken, und begannen einen stetigen, aber langsamen Rückzug, der Amanda lockte, den neu gewonnenen Vorteil auszunutzen.

Stattdessen legte sie den Rückwärtsgang des *Bushwacker* ein und beschränkte sich auf einzelne Geschützsalven, während die Entfernung zwischen ihnen zunahm. Sie war zu clever, um sich in die feindlichen Stellungen locken zu lassen, so sehr es sie auch wurmte, das *Kanonenboot* abziehen zu lassen.

Zur Hölle mit überschweren BattleMechs, fluchte sie, als der *Salamander* drei neue Schwärme Langstreckenraketen abfeuerte. Sie duckte sich hinter einen mit versteinerten Bäumen bedeckten Hügel und verzog schmerzlich das Gesicht, als die meisten Raketen dort einschlugen. Es schonte ihre arg reduzierte Panzerung, kostete Kathil aber weit mehr. Ein halbes Dutzend Sprengköpfe fraßen sich in ihre linke Mechschulter und rissen neue Löcher auf, die jedoch nicht tief genug waren, um ernsthaften Schaden anzurichten. *Noch nicht.*

Auch Corporal Smith hatte sich fürs Erste hinter den Hügel in Deckung gebracht. Er duckte den größeren *Cestus* in die Hocke und watschelte ein Stück rückwärts.

»Verdammt. Ich dachte, wir hätten sie«, sagte er.

Amanda schüttelte den Kopf, auch wenn das außer ihr selbst natürlich niemand sah, bevor sie antwortete. »Das haben sie gespürt, aber vorbei ist das hier noch lange nicht. Und ich dachte, Sie hätten keine Gausskugeln mehr«, beschuldigte sie ihn.

»Was soll ich sagen? Ich hab doch noch eine gefunden.«

Falls Smith seine letzten Gausskugeln hortete, benutzte er sie zumindest da, wo sie am meisten nutzten. Und Amanda hatte keine Zeit für lange Diskussionen. Sie standen kurz davor, die Deckung des Hügels zu verlieren. »Ziehen Sie sich zu den Linien zurück, Corporal. Wenn ein *Plainsman* zu nahe kommt, erledigen Sie ihn mit den Lasern. Ich bleibe an dem *Salamander.*«

»Wenn wir sie nicht bald erledigen oder zurücktreiben, wird vom Winstan Ridge nicht viel übrig bleiben.« Eine Spur von Verzweiflung klang durch Smiths sonst so unbekümmerten Ton.

Auch wenn man es kaum eine taktische Frage nennen konnte, musste Amanda ihm zustimmen. Es war eines, als Mitglied der Kathil-Miliz zu akzeptieren, dass man eines Tages gezwungen sein konnte, auf Heimatboden zu kämpfen, aber ganz etwas anderes, an der Vernichtung eines nationalen Erbes teilzunehmen. Der Feind wusste wahrlich, wie er sie treffen konnte. Nur war der Feind diesmal nicht die capellanischen Invasoren oder das Haus Marik, nicht einmal Clanner.

Das war eine Einheit des Vereinigten Commonwealth, die ihre Welt aus keinem anderen Grund als für die politischen Ambitionen einer hunderte Lichtjahre entfernten Fürstin und das Ego eines Generals zerstörte, der sich einbildete, über der Befehlsstruktur zu stehen.

Sie brachen aus der Deckung und beschleunigten in Richtung der eigenen Linien. Der *Salamander* überschüttete sie auf der Stelle mit einer Breitseite aus sechzig LSR und warf einen Hagel der Vernichtung über das Schlachtfeld, während zwei *Plainsmen* für einen schnellen Passierangriff heranrasten. Einer der Schweber rutschte zu nahe an eine versteinerte Baumsäule, dieselbe, deren Spitze das *Kanonenboot* zuvor abgeschlagen hatte. Der Seitenhieb vollendete das Vernichtungswerk und stieß den Stamm vollends um, so dass er in einer Million Fragmenten zu Boden krachte. Amanda umklammerte die Steuerknüppel mit einer von purer Wut gespeisten Kraft, als über zwei Dutzend Raketen auf sie einschlugen und den *Bushwacker* heftig durchschüttelten.

»Die treibt so schnell keiner zurück«, flüsterte sie, sorgfältig darauf achtend, leise genug zu sprechen, um das Helmmikro nicht zu aktivieren. »Wir kämpfen weiter, bis die eine oder andere Seite gesiegt hat oder Verstärkung erhält.«

Plötzlich wurde Amanda klar, dass sie Major McCarthys Einschätzung wiederholte und ihm mit derselben Leichtigkeit zustimmte, als wären es ihre eigenen Gedanken gewesen. Ob das gut war oder nicht, wusste sie nicht, nur, dass es zur augenblicklichen Situation passte. Es gab keinen einfachen Weg, das hier zu beenden. Sie mussten es durchstehen.

Wie lange konnte eine Schlacht schon dauern?

* * *

Diana ließ ihn nicht los.

David schaffte es nicht, dieses Erbe zu vergessen, nicht länger an die Schlachten zu denken, an die Männer und Frauen, die bei der Anstrengung das Leben gelassen hatten, die Claninvasion auf die einzige Art und Weise zu beenden, die dieser Gegner verstand: Mit Gewalt, mit einer verheerenden Explosion brutaler militärischer Gewalt.

Er konnte es nicht vergessen, und die Erinnerung hielt seine Träume und einen Großteil seiner wachen Stunden im Würgegriff. Er wanderte allein über den weiten Paradeplatz der Radcliffebasis, zog zum Schutz vor dem schneidenden Frühlingswind den Kopf ein und versuchte, die gespenstischen Bilder abzuschütteln.

Vergeblich.

Der schwerste Augenblick jener letzten Schlacht war gekommen, unmittelbar nachdem er den *Destruktor* wieder aufrichtete und über dem verkohlten Wrack des Clan-*Schwarzfalke* und Vahns ausgeweidetem *Bushwacker* stand. Der *Masakari,* der gerade Vahns jungem Leben und seiner viel versprechenden Laufbahn ein jähes Ende bereitet hatte, hatte sich halb vom Boden erhoben und richtete seine Aufmerksamkeit wieder auf David.

»Hol mir jemand diese Clanner vom Leib!«, brüllte Brevet-Captain Polsan plötzlich. Seine Stimme war rau, aber nicht mehr am Rande der Panik, wie kurz zuvor beim Ansturm der Nebelparder. Jetzt nach Vahns Tod hielt er allein die linke Flanke. Polsans *Caesar,* den Beilarm des *Nachtschatten* noch immer wie eine Keule in der vollmodellierten Hand, stand in einem mutigen, aber selbstmörderischen Versuch, ihren Vormarsch aufzuhalten, zwischen einem *Daishi* und einem *Eisvogel.* Kennedys *Berserker* hatte an der rechten Flanke seinerseits mit einem zweiten *Gladiator* und einem *Geier* alle Hände voll zu tun. Sie rief mit keiner Silbe um Hilfe, brauchte sie aber fast ebenso dringend.

Der eine oder die andere. Wessen Leben sollte er retten?

Es war eine Entscheidung, zu der David, der mit dem *Masakari* schon beschäftigt genug war, nicht im Stande war, bis zwei schlanke Gestalten auf Flammenzungen aus superheißem Plasma zurück ins Gefecht glitten. Die beiden *Schleicher,* die er zuvor ins Niemandsland des Tals geschickt hatte, hatten den ersten Ansturm irgendwie überlebt und warfen sich jetzt wild entschlossen wieder in den Kampf. Sie stürzten sich wie hungrige Wölfe auf einen verwundeten Bären auf den angeschlagenen *Masakari.* Laserkanonen schälten Panzerung ab, Kurzstreckenraketen zerfetzten Metall wie Raubtierfänge schutzloses Fleisch. Aus den hinteren Reihen jagte Lieutenant Isaaks *Enfield* nach links und kam Polsan zu Hilfe.

So viel konnte auf dem Schlachtfeld in einer einzigen Sekunde schief gehen. Ein Feind konnte dir in den Rücken springen und die Schwachstellen deiner Panzerung ausnutzen. Ein Glückstreffer konnte die Kanzel eines Mechs zertrümmern und dir einen Kameraden rauben. Der Gegner konnte Verstärkung erhalten. Luftangriffe, Artillerie und schlichtes Pech. Das Einzige, wofür die Zeit nie reichte, war Zögern.

Aber im Grunde hatte David keine Wahl. Kennedy war die erfahrenere Kriegerin im schwereren BattleMech. Der Nebelparder-*Masakari* war möglicherweise die tödlichste Maschine auf dem Schlachtfeld, aber er war durch ein verkrüppeltes Bein taktisch behindert und wurde von zwei agilen ScoutMechs attackiert. Er vertraute darauf, dass seine Leute ihre Sache machten und riss den Steuerknüppel nach links, zog das Fadenkreuz an den Rand des Schussfelds und streckte den Mecharm aus, während er hinter Isaak zu Polsan umschwenkte.

Polsans siebzig Tonnen schwerer *Caesar* hielt dem *Daishi,* dreißig Tonnen schwerer und bis an die Zähne bewaffnet, bewunderungswürdig stand. Er wechselte die im Torso montierte Gausskanone und die rechte Arm-PPK ab, wurde im Gegenschlag von einer regelrechten Feuerwand getroffen, hielt sich aber lange genug auf den Beinen, um mit dem Beilarm des *Nachtschatten* zuzuschlagen.

Isaak erging es nicht so gut. Er schaffte einen einzigen Schuss aus der LB-X-Autokanone, bevor der Impulslaser des *Eisvogel* einen Schwarm bunt glitzernder Lichtpfeile in – teilweise sogar durch – den Torso der mittelschweren Maschine schleuderte. David sah mit eigenen Augen ein paar der Energiebolzen durch die Rückenpanzerung schlagen, dann brach die Fusionsreaktion aus der Magnetflasche, die sie gebändigt hatte. Goldenes Feuer schlug sich in einer Energiefontäne Bahn, die durch den Hals des BattleMechs stieg, durch Schulter- und Hüftgelenke strahlte. Sie verströmte Plasma in die Umgebung, ein Halo vernichtender Gewalten, das den *Eisvogel* beiseite schlug, bevor der *Enfield* auseinander flog.

Der durch das Kanzeldach schlagende Lichtblitz nahm David für mehrere Sekunden die Sicht. Der erfahrene MechKrieger hielt den *Destruktor* nur mit dem intuitiven Gefühl auf den Beinen, das er für die Maschine entwickelt hatte. Blind streckte er die Hand aus und schaltete

Gaussgeschütz und Partikelwerfer auf den Hauptfeuerknopf. Dann zog er das Fadenkreuz dorthin, wo er den *Eisvogel* vermutete.

Seine Sicht klarte unter heftigem Blinzeln auf, kurz bevor er ins Leere geschossen hätte.

Der *Eisvogel* hatte die Gewalt der Reaktorexplosion nicht abfangen können und war nach hinten zu Boden geschlagen. Doch der überschwere OmniMech erholte sich schnell. David ließ ihm keine Chance. Seine Lunge schien bereits wund gebrannt, aber er vergaß die Wärmeskala und legte noch die mittelschweren Laser mit in die Salve. Er zog das Fadenkreuz hinab auf den sich wieder aufrichtenden *Eisvogel* und feuerte aus nächster Nähe eine volle Breitseite ab.

Die Temperatur stieg über das Ende der Anzeigeskala, als der Reaktor unfassbare Energiemengen liefern musste. Beide Teilchenschleudern fraßen sich in blau leuchtenden Sturzbächen reiner Energie in die rechte Flanke der Clan-Maschine, schmolzen und sprengten nahezu die gesamte Panzerung weg. Die erste Gausskugel donnerte ins linke Mechbein. Die Zweite, eine halbe Sekunde später, weil der Lademechanismus sie aus dem gegenüberliegenden Magazin holen musste, brach den Torso auf, und David hatte freien Blick auf das rotierende Schwungrad des Kreiselstabilisators.

Aber all das war noch nicht genug, bis die drei mittelschweren Laser ihre rubinfarbenen Dolche spien. Einer fand das freiliegende Herz des *Eisvogel* und schnitt durch das Gyroskop, noch während der ClanMech vom Boden aus mit der Hälfte der Lichtwerfer zurückschoss. Ein schwerer Impulslaser verzehrte die letzten Schichten Torsopanzerung des *Destruktor,* während ein mittelschwerer Laser smaragdgrünes Feuer über das Kanzeldach des Mechs schleuderte. Ein Teil der Energie schlug durch das geborstene Panzerglas, in einer siedendheißen Lichtwelle, die David das Haar versengte, die rechte

Kopfhälfte und den Arm verbrühte. Vielleicht zwei Zentimeter retteten sein Auge. Die anderthalbfache Energie – und er hätte es nicht überlebt.

Jetzt starrte er auf die trostlose Leere des Asphalts in Radcliffe, steckte die Hand unter die Jacke und griff mit bebenden Fingern nach dem Orden. Der kühle Metallstern füllte seine Handfläche. Die Spitzen bohrten sich in die weiche Haut, als er ihn fest genug drückte, um Blut zu ziehen. Tapferkeit. Ein paar Joule zu wenig, eine Fingerbreite Distanz, und einige für ihn geopferte Leben. Und ein Erbe von Schmerz, das er nicht abschütteln konnte. Er konnte seine Arbeit tun, tat seine Arbeit, hier auf Kathil, aber wann endlich würde er von Diana loskommen?

Wie lange konnte eine Schlacht in der Erinnerung dauern?

15

Hall of Nobles, District City, Kathil
Kathil-PDZ, Mark Capella, Vereinigtes Commonwealth

22. November 3062

Bei seinem ersten Besuch hatte Kommandant Eván Greene geschätzt, dass die riesigen Flure im Adelspalast von District City hoch und weit genug waren, um BattleMechs Platz zu bieten, dass selbst der größte überschwere Mech sich bei einer Streife durch das Monumentalbauwerk zu Hause fühlen würde. Er hatte Recht gehabt.

Der Kommandant hastete den Gang entlang, verspätete sich zur Stabsbesprechung der 8. Aber um sie zu erreichen, musste er an dem fünfundneunzig Tonnen schweren *Nachtstern* vorbei, der auf der Kreuzung zweier gewaltiger Korridore Wache stand. Die Kuppeldecke wölbte sich noch vier Meter über dem Kopf der titanischen Kampfmaschine und erweckte den Eindruck, sie gehöre in dieses Bauwerk. Mit seinen ausladenden Armen musste der überschwere Mech sich zweifellos vorsehen, wenn er sich durch die mit Balkonen gespickten Gänge bewegte, aber in Ruhestellung, den Rücken in eine Ecke gedrückt, streckte er einfach einen Arm in jeden Gang. Alle paar Minuten drehte er sich in der an eine Geschützturmkupplung erinnernden Taille, und das elektrische Singen der Aktivatoren erinnerte die vorbeikommenden Adligen daran, dass sie immer noch unter dem ›Schutz‹ der 8. RKG standen.

Aber eine Lanze BattleMechs war Generalhauptmann Weintraub nicht genug gewesen. Er hatte sich Sorgen gemacht, die Miliz könne eine Art Überfall auf die Hall of Nobles unternehmen, nachdem er Duke VanLees zur Raison gebracht hatte. Also waren die Wachen in der zeremoniellen Livree, die kaum mehr als eine weitere Dekoration der Gänge gewesen waren, verschwunden. Stattdessen füllte Katzbalger-Infanterie die Wandnischen und stand auf jedem zweiten Balkon Posten, bewaffnet mit halbmobilen PPKs oder Autokanonentürmen.

Übertreibung, fand Eván, und das mit jeder Minute mehr. Selbst in Uniform hatte der MechKrieger sich an drei separaten Wachstationen ausweisen müssen. Zu spät zu einer Besprechung zu erscheinen, war kein guter Anfang für die neu erworbene Position in Lieutenant General Fallons persönlichem Stab. Er führte weiter sein Bataillon – das würde ihm niemand nehmen –, aber zusätzlich hatte er eine Position als ihr Flügeladjutant akzeptiert. Und er war sich über die unausgesprochenen Regeln im Klaren. Sie würde seine Karriere fördern und im Gegenzug seine Erfolge für sich beanspruchen. Auch für Fallon war Ehrgeiz kein Fremdwort.

Vorsichtig öffnete Eván die schwere Tür und schob sich unauffällig in den Konferenzraum. Obwohl er verspätet war, hatte die Besprechung noch nicht begonnen. Die hohen Offiziere standen um den langen Mahagonitisch, umringt von den mutigeren niedrigeren Rängen. Der größere Teil der Stäbe hielt Distanz, solange er nicht angefordert wurde. Er entdeckte Fallon am anderen Ende des Saals, in ein Gespräch mit Weintraub vertieft.

»Verdammte, närrische Zeitverschwendung«, schimpfte ein rothaariger Kommodoreleutnant, während er an Eván vorbeistampfte. Der kleine, drahtige Offizier bewegte sich mit einer Selbstgefälligkeit, die seine Größe Lügen strafte. Er hielt lange genug an, um die Tür ins Schloss zu schlagen, wobei er Eván den Griff förmlich aus der Hand riss. »Die Armee hat keine Ahnung von Pünktlichkeit.«

Eván schaute sich in der Hoffnung um, der Mann könnte mit jemand anderem reden, und bemerkte Fallons amüsierten Blick in seine Richtung. Da es ihm nicht gelang, einen Sündenbock zu finden, fragte er: »Sprechen Sie mit mir, Kommodoreleutnant?«

Der rotschopfige Raumoffizier musterte ihn, als habe er einen frischen Kadetten vor sich. Sein Mund verzog sich abfällig beim Anblick des Vereinigten-Commonwealth-Wappens auf Eváns Uniform. Er trug eine lyranische Uniform alten Stils mit der geballten Faust ohne Sonne. »Sie reichen«, stellte er fest. »Sie und die anderen, die nicht in der Lage sind, die Uhr zu lesen.«

Eván lächelte. Es fiel ihm nicht schwer, sich vorzustellen, wie der Kommodoreleutnant sich an den Wachstationen vorbeigepoltert hatte. »Manchmal wiegt operative Sicherheit schwerer als Pünktlichkeit«, erwiderte er förmlich.

Die Augen des Lyraners wurden gefährlich schmal. »In einer straff geführten Einheit ist beides möglich«, bellte er.

»Selbstverständlich, Kommodoreleutnant Kerr«, stimmte Karen Fallon zu und schob sich mit einem beschwichtigenden Lächeln zwischen die drohende Konfrontation. »Und guten Morgen, Eván.«

Ihre stets wachen, leuchtend blauen Augen zuckten für eine halbe Sekunde zu ihm herüber. Eine Warnung? Oder nur natürliche Vorsicht? Eván gelang eine halbe Verbeugung vor seiner Vorgesetzten, ohne die Augen von Kerr zu lassen.

»Er gehört zu Ihnen, Lieutenant General?«, fragte er, aber sein Tonfall einer Offizierin äquivalenten Rangs gegenüber klang gemäßigter.

»Ja, er gehört mir.« Fallons Ton war besitzergreifend, ebenso wie die Hand, die sie auf Eváns Arm legte. »Sie gestatten, dass ich meinen Flügeladjutanten einen Moment entführe, Kommodoreleutnant? Wir haben noch ein paar Punkte zu besprechen, bevor Mitchell die Sitzung beginnt.«

Kerr zuckte die Achseln. Seine hellen Augen waren bereits auf der Suche nach einem neuen Opfer. Er nickte Fallon kurz zu, dann schob er sich zwischen ihr und Eván durch, auf dem Weg zu den Fenstern.

»Ich habe sie hereinschleichen sehen. Irgendwie wusste ich, dass sie mit dem Kommodoreleutnant aneinander geraten. Hinterm Berg halten Sie selten, was?« Sie gab ihm keine Gelegenheit zu antworten. »Was halten Sie von ihm?«

»Von Kommodoreleutnant Kerr?« Eván beobachtete, wie der Raumfahrer ein Gespräch unterbrach, die Hände in die Hüften gestemmt, das Kinn kampflustig vorgeschoben. »Ich würde ihm nicht den Rücken zukehren. Er erinnert mich an einen Chervunteufel.«

Fallon runzelte leicht die Stirn, aber ihre Augen verrieten Interesse. »Das sagt mir nichts.«

»Ein Tier auf meiner Heimatwelt. Psychopathische kleine Bestien, die so ziemlich alles anfallen, was sich bewegt, selbst Tiere vom Fünffachen der eigenen Größe. Gefährlich.«

Sie warf einen Blick auf Kerr. »Eine treffende Beschreibung«, gab sie zu. »Aber seine Loyalität zur Archon-Prinzessin steht außer Frage. Man könnte sie geradezu als fanatisch beschreiben.«

»Brauchen wir so jemanden wirklich auf unserer Seite?«, fragte Eván besorgt. Die Lage auf Kathil war schon schlimm genug, auch ohne noch einen Fanatiker zu involvieren.

Fallons blaue Augen funkelten ihn an. »Jemanden von seinem Fanatismus? Ja«, erwiderte sie und verzichtete auf weitere Erklärungen.

Eván strich sich mit der Hand übers Haar, vom spitzen Haaransatz nach hinten. Dann schaute er auf die Uhr. »Sollte die Besprechung nicht um Sieben anfangen?«

»Es fehlen immer noch ein paar Nachzügler. Prices Leute sind ein wenig … enthusiastisch.« Sie wanderte langsam durch den Raum, und Eván begleitete sie.

»So kann man es auch ausdrücken«, stimmte Eván zu. »Ich würde es erstickend nennen. Und inkonsequent.«

»Inkonsequent.« Fallon rollte das Wort auf der Zunge, als würde sie es schmecken. »Warum das?«

Eván zuckte die Achseln. »Ich bezweifle, dass es irgendeinen Angriff auf die Hall of Nobles geben wird. Kathils prachtvollstes Monument in einem Feuergefecht zu zerstören, würde der Miliz keine Freunde unter den Adligen einbringen. Und darüber hinaus hat sie inzwischen erkannt, dass VanLees in Wahrheit gar nicht so wichtig für ihre Sache ist, wie sie gedacht haben. Nicht seit George Haseks Botschaft die Glaubwürdigkeit des Dukes effektiv zerstört hat. Und unserer hat sie ebenfalls geschadet, was das betrifft.«

»Wie meinen sie das?«

Eván erinnerte sich sehr genau an die Rede. Er hatte sie auswendig gelernt, als Paradebeispiel, wie man einen militärischen Sieg errang, ohne einen Schuss abzugeben. Hasek, gesegnet mit der beeindruckenden Körpergröße seines Vaters und einer dunklen Haarmähne, war auf Trividschirmen der ganzen Welt aufgetaucht, in der Uniform der alten Vereinigten Sonnen. Er hatte nüchtern festgestellt, dass VanLees unter Zwang handelte, weil Weintraub die Hauptstadt besetzt hielt und die Familie des Herzogs bedrohte. Dann bemerkte er, dass derartige Taktiken besser zu Haus Liao oder Kurita passten und ganz und gar nicht zu einem Davion oder Steiner. Ein hübscher Trick, der die Archon-Prinzessin mithilfe ihres hochgespielten Steiner-Erbes in die Angelegenheit verwickelte.

»Ich finde, unsere Position war stärker, solange wir noch gegen VanLees und Hasek standen. Der Versuch, den Herzog wie eine Marionette zu kontrollieren, würdigt unsere Position herab. Es erweckt den Eindruck, als müssten wir um die Legitimität kämpfen. Ich hätte gedacht, die stillschweigende Zustimmung der Prinzessin sei genug.«

Fallon blieb stehen und musterte ihn lange und intensiv. Eván zupfte an einem Ende seines Schnurrbarts und ließ es mit gespielter Gleichgültigkeit über sich ergehen. Er hatte das Gespräch bewusst in diese Richtung gelenkt, um eine Reaktion seiner neuen Gönnerin zu provozieren. Er wollte wissen, wo die Grenzen lagen.

»Sie fühlen doch keine Reue, oder doch, weil Sie die Familie des Herzogs hierher gebracht haben?«, fragte sie gezielt.

»Nicht mehr als der Offizier, der mir den Befehl dazu gab.« Was Fallon getan hatte. »Oder Generalhauptmann Weintraub, der sie gegen VanLees benutzt.«

In Wahrheit machte es Eván allerdings sehr wohl zu schaffen, wenn auch nicht aus den Gründen, die Fallon andeutete. Diese Erpressertaktiken nutzten niemandem etwas. Eván wollte BattleMechs in Marsch gesetzt sehen, offene Feldschlachten und klare Siege, wie seinen über David McCarthy in Daytin. Seltsam genug, dass Eván gewonnen hatte, McCarthy aber derjenige war, der befördert wurde, nur weil sein vorgesetzter Offizier beim Eröffnungsgefecht mit Wendts Einheit gefallen war. Manche Leute hatten nichts als Glück.

Der Lieutenant General zuckte die Achseln und ließ das Thema fallen. »Solange Sie nur daran denken, es einen Hauch diplomatischer auszudrücken, wenn es auch andere hören können. Ich bin nicht zu Ihrem Schutz hier, Eván.« Ihr dünnes, hartes Lächeln deutete an, dass das Gegenteil der Fall war. »Außerdem geht es hier und jetzt nicht um Petyr VanLees. Wir sind hier, um zu entscheiden, was wir wegen der Capella-Dragoner unternehmen.«

Endlich, dachte Eván, sprach es aber nicht aus. Es war inzwischen einen Monat her, dass der Duke sie von der bevorstehenden Ankunft der Dragoner informiert hatte, aber seitdem war dieser Punkt von den laufenden Feindseligkeiten zwischen der 8. und der MCM in den Hintergrund gedrängt worden. Die Unfähigkeit der Katzbalger, die Miliz zu besiegen, verlieh der in nur zwei Wochen bevorstehenden Ankunft einer weiteren feindseligen BattleMecheinheit allerdings neue Brisanz. Die 8. konnte hoffen, die Miliz oder die Capella-Dragoner zu bezwingen, aber beide zusammen?

»Sie werden in Radcliffe landen«, stellte er fest. »Es ist die einzige sichere Basis, die sie haben. Es wird schwerer werden, aber ich schätze doch, wir können sie da unten bei der Miliz einschließen.«

»Die Miliz schafft es auch recht gut, uns hier in District City einzuschließen, nur, falls Ihnen das entgangen sein sollte. Wir können nicht weit ausrücken, ohne damit rechnen zu müssen, dass sie mit ihrer ganzen Streitmacht unsere Basis hier stürmen.« Sie hielt seinen Blick fest. »Es wäre besser, sie würden gar nicht erst landen.«

Ihr Tonfall machte klar, dass dies eine Prüfung war. Eváns Gedanken rasten und sortierten die Teile des Puzzles. Sein Blick fiel auf Kommodoreleutnant Kerr, der sich immer noch mit seinem neuesten Opfer herumstritt, und er hatte die Antwort. »Die *Robert Davion*«, stellte er fest. Fallon nickte.

Der Plan war offensichtlich, jetzt, da Fallon ihn in die richtige Richtung gesteuert hatte, und Eván ließ sich die Implikationen durch den Kopf gehen. Falls Kerr die Kontrolle über die *Robert Davion* erlangen konnte, war er in der Lage, Haseks 1. Capella-Dragoner abzufangen und nichts als eine mit ein paar zerschmolzenen Landungsschiffstrümmern durchsetzte Wasserstoffwolke zurückzulassen. Ein Kriegsschiff auf ihrer Seite würde das Kräfteverhältnis deutlich verändern. Und sie konnten die Übernahme sogar rechtfertigen. Immerhin hatte Prinzessin Katrina sie hierher geschickt, um die Raumwerft zu verteidigen. War es da nicht ihre Pflicht zu verhindern, dass die *Robert Davion* in die Hände der aufrührerischen Anhänger Victors fiel?

Und doch verspürte Eván Enttäuschung. Die Dragoner zu vernichten, noch bevor sie auf Kathil eintrafen, ergab strategisch Sinn, aber diese Lösung war kein ehrlicher Kampf. Mech gegen Mech.

»Ich kann nicht behaupten, sie würden mir Leid tun«, bemerkte er vorsichtig. »Aber Sie wissen ja wohl, dass ich sie lieber am Boden sehen würde, damit wir ihnen in der Schlacht begegnen können.«

»Ich weiß. Sie würden nichts lieber tun, als Haseks Dragoner mit blutiger Nase zurück nach New Syrtis zu schicken. Ein wahrer Held von Kathil, ja?« Er zuckte mit den Schultern, beunruhigt darüber, wie schnell sie ihn durchschaut hatte. »Was, wenn ich eine Möglichkeit hätte, diesen Ball wieder ins Spiel zu bringen?«, fragte sie. »Vielleicht wird Kommodoreleutnant Kerr die Dragoner in Atome zerblasen. Vielleicht auch nicht. So oder so wird er einige Tage brauchen, seine Vorbereitungen zu treffen und eine Notbesatzung zusammenzuziehen, die das Schiff steuert. Für die Zwischenzeit habe ich einen Reserveplan, der Sie zumindest zurück ins Feld bringt, und unter Umständen sogar in eine Position, die Dragoner selbst zu erledigen. Ein Mann im Rampenlicht, der es mit einem ganzen Regiment aufnimmt. Es wäre nicht das erste Mal.«

Im Feld und gegen die Capella-Dragoner? Das war tatsächlich genau das, was Eván sich wünschte, aber was hatte sie davon? Er bildete sich keine Sekunde ein, es könnte ein selbstloses Angebot sein. Versuchte Fallon, die Führung der ganzen 8. RKG zu ergattern? Oder hatte sie noch höhere politische Ambitionen? Ihre offensichtliche Zufriedenheit versprach Eván, dass sie etwas geplant hatte, das den Dragonern keine Chance ließ. Etwas Großes, voller Möglichkeiten. Für den Augenblick musste er mitmachen. Er hatte sich das Bett ausgesucht, jetzt musste er auch drin schlafen.

»Sie sagen, es wäre nicht das erste Mal, und nicht zum ersten Mal mit Erfolg?«, fragte er.

»So ist es. Und es hat mitgeholfen, die Laufbahn eines der größten Militärführer der Inneren Sphäre zu begründen.«

Damit hatte sie ihn am Haken. Sie ließ ihn zappeln, und das gekonnt. Er gestand seine Niederlage mit einem ungeduldigen Nicken ein. »Ja?«

»Eván, wie würde es Ihnen gefallen, in die Fußstapfen Morgan Hasek-Davions zu treten?«

16

Stützpunkt der MCM Kathil, Radcliffe, Kathil
Kathil-PDZ, Mark Capella, Vereinigtes Commonwealth

22. November 3062

David studierte die grobe Skizze der Ostküste Murans, die Tara Michaels auf die Wandtafel gezeichnet hatte. Mechförmige Magneten waren über die bunte Zeichnung verteilt und markierten die geschätzten Positionen der 8. RKG und die entsprechende Verteilung der Miliztruppen. Ein *Spinne*-Magnet markierte leichte Lanzen, ein *Vollstrecker* mittelschwere, ein *Caesar* schwere und ein *Victor* überschwere. Die meisten Katzbalger-Mechs waren um District City geballt oder drangen von dort aus abwärts. Sie beschützten die Hauptstadt, als besäße sie noch einen strategischen Wert über die politische Legitimierung hinaus. Die Miliz besetzte weiterhin Radcliffe und einige der näheren Städte, auch wenn ihr mehrere davon allmählich entglitten.

»Was ist mit Kelso?«, fragte er, kreiste mit einer Handbewegung eine der Städte auf der Karte ein und verschmierte sich dabei die Finger mit roter Farbe.

Michaels blätterte durch einen an diesem Morgen frisch ausgedruckten Stapel Karten mit genaueren Angaben als auf der Tafel. Als sie Kelso gefunden hatte, schüttelte sie nach kurzem Lesen den Kopf. »Da könnten wir ziemlich leicht durchwalzen. Die 8. hat nur zwei Lanzen unerfahrene MechKrieger auf Posten, unterstützt von einer Panzerkompanie. Keine Luft/Raum-Unterstützung.« Sie suchte die Karte weiter ab. »Aber es bringt keinen Vorteil, das Gebiet zu kontrollieren. Kelso ist ein Kaff.«

David schlug sich enttäuscht mit den Händen an die Oberschenkel. »Und warum ist die 8. dann da?«

Michaels zog die Karte aus dem Stapel und hielt sie

David hin. »Die Stadt liegt auf der gegenüberliegenden Seite des Howell von Woodland«, stellte sie fest, als erkläre das alles.

Ein kurzer Blick auf die Karte frischte Davids Gedächtnis auf. »Klar. Der 2. NAIW-Kader.« In den letzten Tagen hatte der Akademiekader einzelne Elemente an den Rand der sich ausweitenden Auseinandersetzung zwischen der 8. RKG und den Milizkräften bewegt. Bis jetzt hatte er sich noch nicht für die eine oder die andere Seite erklärt, und seine Nähe machte alle ein wenig nervös.

Besonders Major General Sampreis, der sich nach Kräften bemühte, den 2. Kader für die Miliz zu gewinnen. Die Einheit war zwar nur ein Ausbildungskader, aber einer der Besten des New-Avalon-Instituts der Wissenschaften, und keine der beiden Seiten konnte es sich leisten, die Kadetten zu ignorieren. Mit jedem Tag wuchs die Sorge, der Kader könnte sich für die Katzbalger entscheiden. Sollte das geschehen, hätte die MCM kaum noch eine Chance, bis zum Eintreffen der Capella-Dragoner durchzuhalten.

Aber das war ein Problem für den Alten, und er schob es beiseite. Seine Aufgabe bestand im Augenblick darin, die Materialschlacht zu beenden, die Generalhauptmann Weintraubs Einheit gegen die Miliz führte. Er atmete laut aus, um Druck abzulassen. Der größte Teil der Miliz zählte die Stunden bis zur Ankunft der Capella-Dragoner in zwei Wochen, aber falls ihm kein Plan einfiel, die Offensivkapazitäten der RKG zu neutralisieren, würde niemand mehr übrig sein, um die Dragoner zu begrüßen. In dreißig Minuten musste er zu Major General Sampreis hinein und seine Vorschläge unterbreiten, und bis jetzt hatte er nichts anzubieten. Die Zeit lief ihm davon.

»Und was bedeutet das für uns?«, fragte er.

Michaels ließ die Karten auf den Tisch fallen und streckte die müden Schultern. »Der Miliz bleiben keine guten Ziele südlich von D. C. Jedenfalls keine, die ich finden könnte. Es bedeutet rote Augen vom Starren auf Karten den ganzen Morgen und jedenfalls für mich ein ausgefallenes Mittagessen. Lassen Sie uns einen Happen essen, David. Eine Pause machen. Wir machen danach hier weiter.«

David schaute von der Karte in seiner Hand auf und war sich nicht sicher, ob er in Taras Tonfall zu viel hineininterpretierte. Er hatte etwas in ihrer Stimme gehört, ein Zögern, eine Intimität. Es war nicht nur, dass sie ihn mit Vornamen angesprochen hatte. Als Mitglied seines Planungsstabes hatte sie sich dazu das Recht erworben. Aber als er jetzt in ihre schokoladenbraunen Augen schaute, bemerkte er dieselbe zögerliche Frage, die in ihrer Stimme gelegen hatte ... ein Hauch möglichen Interesses.

»Danach?«, fragte er.

»Nach einer Pause«, erwiderte sie. »Erfrischt zurück ans Werk?«

Diesmal war der Sinn deutlich, aber zugleich gab es da auch immer noch dieses Zögern, so, als wäre sich Tara selbst nicht sicher, auf welche Antwort sie hoffen sollte.

Sie war wirklich gut aussehend, und David erinnerte sich noch gut daran, wie ihre tiefe, rauchige Stimme ihm bei der ersten Begegnung unter die Haut gegangen war. Und er hatte auch den Eindruck gehabt, dass sie an ihm interessiert war. Aber es war nie ein Funken zwischen ihnen übergesprungen. Im Gegenteil. Nach jener ersten Begegnung hatte David gespürt, wie sie abgedriftet war, als er sich mit anderen Sorgen und anderen Menschen beschäftigte. Mit Amanda Black zum Beispiel.

Währenddessen hatte Tara an Statur gewonnen. Sie entwickelte sich zu einem seiner besten Lanzenführer und konnte mit einem Kompaniebefehl rechnen, sobald eine Position frei wurde. Sie arbeiteten gut zusammen und genossen die Gesellschaft des anderen. David betrachtete sie einen Augenblick lang und ließ sich die Möglichkeiten durch den Kopf gehen.

Dann sagte er: »Nein.« Erst zögernd, darauf entschiedener. »Nein, lieber nicht.« Er antwortete auf die unausgesprochenen Fragen ebenso wie auf die ausgesprochenen. »Ich habe in dreißig Minuten einen Termin bei Major General Sampreis. Aber gehen Sie ruhig.«

Tara nickte und ging zur Tür. Am Ausgang hielt sie einen Moment inne. »Es ist doch in Ordnung?«

David verstand, was sie in Wahrheit fragte. *Mit uns ist doch alles in Ordnung?* Allmählich konnte er die Gedanken der meisten seiner Leute lesen, besonders die seiner ursprünglichen Kompanie. Ein Zeichen wachsender Vertrautheit. »Alles bestens«, lächelte er.

Das wachsende Verständnis zu seinen Soldaten hob das Gewicht der Verantwortung nicht von seinen Schultern, machte es aber tragbarer. Jetzt musste er nur noch einen Weg finden, dass diese Soldaten überlebten.

Plötzlich stockte er und starrte auf die oberste Karte des Stapels, den Tara Michaels auf den Tisch geworfen hatte. Sie zeigte District City, umgeben von den schweren Befestigungen der 8. RKG, die stellenweise bis in die Vororte reichten. Möglicherweise. Nur möglicherweise. In seinem Geist nahmen die Umrisse eines Plans Gestalt an …

* * *

David konnte die Verzweiflung spüren, die in Major General Sampreis' Büro hing – wie die Wolke Zigarrenqualm, die unter den langsamen Drehungen des Deckenventilators wogte. Hier täuschte niemand ungebrochene Zuversicht vor, nicht unter den Top-Offizieren. Sampreis versuchte, seine Besorgnis nicht allzu deutlich zu zeigen, aber er war immerhin der General. Er musste selbst vor seinem inneren Stab eine gewisse Nonchalance bewahren.

»Sie wollen District City angreifen?«, fragte Sampreis ungläubig und winkte David trotzdem zu einem freien Platz zwischen den Kommandeuren des 1. und 3. Mechbataillons. »Haben Sie nicht selbst gegen einen Versuch argumentiert, Weintraub D. C. abzujagen, weil es keinerlei strategischen Wert besitzt?« Der Major General warf einen Blick auf das Holobild auf dem Schreibtisch, das ihn mit Morgan Hasek-Davion zeigte. »Ich persönlich finde ja, wir hätten die Stadt stürmen und Duke VanLees mit seiner Familie befreien sollen. Kathils Herrscher in den Händen dieses arroganten Amarissohns zu lassen, gefällt mir gar nicht.«

Das war klar für jemanden, der ebenso viele politische wie militärische Ambitionen hatte. Die 8. hatte District City zwar schon früh besetzt, doch der General hatte weiter auf Zeit gespielt und nach einem diplomatischen Sieg gesucht. Erst als VanLees in Gefangenschaft geraten war, hatte Sampreis nur noch den Verlust seines Patrons gesehen. Dass George Hasek selbst Duke Petyrs Aktionen der Bevölkerung gegenüber entschuldigt und die Autorität der Miliz auf Kathil bestätigt hatte, blieb zweitrangig. Der General konnte nicht anders, als der Befreiung des Dukes Priorität einzuräumen.

Abgesehen von einer gewissen Öffentlichkeitswirkung wäre ein solches Unternehmen jedoch eine nutzlose Geste geblieben. Adlige führten keine Kriege. Sie begannen sie, und gelegentlich beendeten sie sie, aber in diesem Fall bot George Hasek die beste Chance dazu. Wenn der Kampf einmal begonnen hatte, war David davon überzeugt, dass man den Adel am besten ignorierte.

»Ich will nicht eigentlich District City angreifen«, erklärte er. »Aber nahe genug an D. C., dass es keinen echten Unterschied macht. Ein Mitglied meines Planungsstabes, Tara Michaels, hat mich darauf aufmerksam gemacht, dass es momentan südlich der Hauptstadt keine brauchbaren Ziele mehr gibt. Und weil die 8. ihre

Kräfte ständig verlagert, lässt sich nicht vorhersagen, wo sich eine Öffnung für einen Gegenschlag zeigen könnte. Das hat mich nachdenken lassen. Unseren Informationen nach ist die Garnison in und um District City recht stabil, so stabil, dass ihre Bewegungen sich berechnen lassen. Wenn wir im richtigen Augenblick zuschlagen, halte ich es für möglich, ein Operationsfenster von dreißig, vielleicht sogar sechzig Minuten zu öffnen, bevor sie reagieren können.«

»Sechzig Minuten?« Lieutenant Colonel Marsha Yori, die neue ranghöchste Bataillonsführerin, runzelte die Stirn und blies Zigarrenrauch an die Decke. Ihre Stimme ließ keinen Zweifel an ihrer Meinung. Diese Offiziere suchten nach einem Plan, der die Rettung versprach. David hatte einen Plan … anscheinend als Einziger hier im Raum. Aber auf den ersten Blick schien er wertlos. »Was können wir in sechzig Minuten schon erreichen?«

David rollte die Karte, die er mitgebracht hatte, auf Sampreis' Schreibtisch aus. »Wir können die Kay-Burne-Munitionswerke außer Gefecht setzen«, antwortete er. »Sie liegen hier in Stihl, einem Vorort im Südosten von District City. Hauptsächlich Industrie- und Gewerbegebiet. Abgesehen von einer gelegentlichen Streife stehen als Verteidiger zunächst nur die Truppen hier am Raumhafen zur Verfügung.« Er stieß mit dem Finger auf die graue Fläche am Ostrand der Hauptstadt, nördlich von Stihl.

»Was ist mit der Stadtgarnison?«, fragte Major Karl Tarsk. »Ein volles Bataillon Mechs und Panzer ist über die Stadt verteilt im Einsatz. Die könnten weit schneller reagieren.«

»Eher zwei Bataillone«, bestätigte David. »Aber sie werden sich zunächst darauf konzentrieren, die Distriktbasis und die Hall of Nobles zu sichern.«

»*Eine* Munitionsfabrik?« Tarsk blieb skeptisch. »Bestenfalls ein minimaler taktischer Vorteil. Die 8. hat mit Sicherheit Vorräte, die minimal einem Wochenausstoß von Kay Burne entsprechen. Was soll das bringen?«

»Raketen«, antwortete Yori, die erkannte, worauf David hinauswollte. Sie schaute zu Sampreis. »Diese Fabrik ist die Einzige unter RKG-Kontrolle, die Raketen produziert. Die drei anderen auf Kathil werden entweder von uns oder dem 2. NAIW kontrolliert.«

Sie drehte sich wieder zu David um und bemerkte dessen Überraschung darüber, wie schnell sie geschaltet hatte. Sie tippte sich mit dem Zeigefinger an die Stirn. »Acht Jahre Logistikcorps, Fabriken und Versorgungswege bewacht. Ich halte auch Ausschau nach Mustern. Aber das ist mir entgangen.« Sie schüttelte den Kopf. »Ich lese dieselben Berichte wie Major McCarthy. Die 8. verfeuert Raketen wie Konfetti. Eine Menge ihrer stärksten Mechs, *Salamander, Rakshasas, Orions,* sind, was die Offensivkapazitäten betrifft, auf LSR angewiesen. Wenn wir ihnen die Möglichkeit nehmen, die Raketenlager aufzufüllen, zwingen wir sie zu einer drastischen Reduzierung der Offensivmanöver.«

Sampreis nickte nachdenklich. »Und ein Angriff so dicht an ihrer Basis könnte sie zudem überzeugen, sich zurückzuziehen und uns eine Atempause verschaffen, bis die Capella-Dragoner eintreffen.« Er schaute zu David, legte die Zigarre auf den Aschenbecher und ließ sie da liegen. »Wie wollen Sie sich der Stadt nähern? Man wird Sie von weitem kommen sehen und mit RKG-Hilfstruppen überschütten.«

»Wir lassen uns von einem Landungsschiff unmittelbar vor Stihl absetzen, das anschließend wartet, um uns nach erfolgter Mission wieder mitzunehmen. Auf dem Heimweg werden wir eine mächtige Jägereskorte brauchen.«

Sampreis lehnte sich im Sessel zurück. Plötzlich wirkte er enttäuscht. »Die werden Sie auf dem Hinweg, auf dem Rückweg *und* während der Mission brauchen. Nicht zu vergessen, dass die Landungsschiffsaktion die 8. vorwarnen wird. Landungsschiffe sind nicht gerade für ihre Unauffälligkeit bekannt, Major.«

»Darauf baue ich, General. Das Landungsschiff wird direkten Kurs zur Küste setzen, nach Ostin. Unter Umständen wird die 8. sogar ihre Jägerbereitschaft starten und nach Ostin schicken, was uns nur recht sein kann. Dann biegen wir *hier* ab nach Stihl.« David beugte sich vor und zog eine Linie über die Karte, durch ein gelb markiertes Gebiet an den Südostrand der Hauptstadt.

Yori tippte auf das gelbe Gebiet. »Das ist eine Flugverbotszone, Major. Da steht die Aston-McKinney-Thermalfabrik, und die Luft wird von Mikrowellenverbindungen zur Raumwerft und anderen Kollektorsatelliten durchschnitten. Ihr Team würde zu Asche verbrannt werden.«

»Nur ist Aston-McKinney keine Synchronorbit-Versorgungsstation.«

Yori runzelte die Stirn. »Soll heißen?«

Jetzt war David in seinem Element. Als gebürtiger Kathile und ehemaliger Ulan kannte er sich mit der planetaren Geschichte besser aus als irgendeiner der anderen Offiziere. »Ein Teil der Thermalstationen strahlt Energie zu Raumdockanlagen in synchroner Umlaufbahn hoch, Werftanlagen, die sich mit dem Planeten bewegen und immer über demselben Punkt der Oberfläche stehen«, erklärte er. »Dadurch werden sie konstant von einer bestimmten Station aus mit Strom versorgt. Manche Fabriken schalten zwischen verschiedenen Relaissatelliten und Orbitalstationen in unterschiedlichen Umlaufbahnen hin und her und sind in der Lage, ihre Mikrowellenstrahler über ein weites Areal zu bewegen.

Aston-McKinney ist eine ziemlich alte Thermalfabrik und hat von beiden Typen etwas. Das Werk versorgt eine begrenzte Zahl von Anlagen in einem engen Orbitalbereich, wenn diese von keiner anderen Station erreicht werden können. Etwa einmal in der Woche kommt es vor, dass ihre Dienste nicht benötigt werden, und die Fabrik wird einen Tag lang für Wartungsarbeiten abgeschaltet. Die nächste Auszeit steht übermorgen an und liefert uns zeitweise eine Flugroute für unsere Operation.«

Damit hatte David sie am Haken. Der Plan war noch ziemlich grob, aber für gerade dreißig Minuten Vorbereitung nicht schlecht. In den nächsten zwei Tagen würden all seine Offiziere sich bemühen, ihn zu torpedieren oder ihn, falls das nicht gelang, auf alle Eventualitäten vorzubereiten. Doch hier und jetzt war es der einzige Vorschlag, und gerade waghalsig genug, angenommen zu werden. Sampreis schaute von einem Offizier zum Nächsten und setzte sein Kopfnicken hinter das Trasks.

Lieutenant Colonel Yori hatte das letzte Wort. »Viel Glück, Major. Ich hoffe, Sie werden es nicht brauchen.« Sie beugte sich vor und studierte die Karte. »Riskant, aber wir stehen mit dem Rücken zur Wand.« Sie wedelte mit der Zigarre über der Flugverbotszone. »Falls auch nur ein Einziger da unten schaltet und die Mikrowellensender wieder hochfährt …« Sie verstummte und klopfte etwas Asche von der Zigarre, die auf den markierten Bereich hinabrieselte.

»Dann wird von Ihnen nicht mehr viel übrig bleiben.«

17

Kay-Burne-Munitionsfabrik, Stihl, Kathil
Kathil-PDZ, Mark Capella, Vereinigtes Commonwealth

24. November 3062

»Lückenhafter Kontakt. Ich schätze, eine MechLanze versucht, uns durch Stihl zu umgehen. Wir ziehen links zurück.« Der bedauernde Unterton in Amanda Blacks Stimme war unüberhörbar.

David registrierte die Meldung, hatte aber keine Zeit, sie zu beantworten. Er hatte momentan ernstere Probleme. Heftige Erschütterungen schüttelten den *Destruktor* durch, als ein Orkan aus 12-cm-Autokanonengranaten die Panzerung auf Torso und Armen zertrümmerte. Die zusätzliche Masse der Geschosse durch ihre Spitzen aus abgereichertem Uran verwandelte sich direkt in Durchschlagswucht. Durallexpanzerung regnete zersplittert zu Boden. Eine Handvoll des glühenden Metalls brach durch einen Fehler der Schutzpanzerung, wo zwei Platten nachlässig verschweißt waren, rammte tief ins Innere des Mechrumpfes und schlug einen Riss in das Gehäuse, das half, die gewaltige Hitze des Fusionsreaktors einzudämmen.

Die ohnehin schon unter der Belastung durch wiederholte Geschützbreitseiten stöhnenden Wärmetauscher des überschweren Kampfkolosses wurden von der zusätzlichen Hitzewelle überwältigt. Einer flog unter der Belastung auseinander und schleuderte eine Fontäne grüner Kühlflüssigkeit aus zerfetzten Leitungen, die innerhalb von Sekunden verdampfte. Was nicht abgeleitet werden konnte, strömte aufwärts, strahlte durch Rumpf und Klimasystem des *Destruktor.*

Die Hitze traf das Cockpit wie eine Wand und verdampfte den Schweiß auf Davids Haut zu Salz. Er hielt ein paar entscheidende Sekunden die Luft an, dann atmete er langsam aus, um die Lunge davon zu überzeugen, dass ein frischer Atemzug kurz bevorstand. Die Umgebung verschwamm ihm vor den Augen, als ein Hitzeschlag drohte. Doch das Lebenserhaltungssystem pumpte weiter literweise frische Kühlflüssigkeit durch die Schläuche der Kühlweste. Das Endothermalsystem hielt die Körpertemperatur im sicheren Bereich. Gerade eben im sicheren Bereich. Niedrig genug, dass er die Differenz ausschwitzen und bei Bewusstsein bleiben konnte.

»Zu lange«, flüsterte David, während er um die Kontrolle über den BattleMech kämpfte. Er warf einen Blick auf den Countdown, den er an der Zeitanzeige eingestellt hatte. Noch zehn Minuten, bis sie abziehen mussten. Der Weg zur Kay-Burne-Munitionsfabrik nahm viel zu viel Zeit in Anspruch.

Irgendwie schien der Angriff nicht mehr annähernd so eine gute Idee wie zwei Tage zuvor, als er ihn sich ausgedacht hatte. Das war gewesen, bevor ein paar Lagerhallen in gigantischen Detonationen in die Luft geflogen waren und eine Reihe unvorbereiteter Mechs zu Boden geschickt hatten, auch wenn inzwischen alle wieder auf den Beinen und kampfklar waren. Dichter schwarzer Qualm stieg in den Himmel und regnete Asche und Ruß auf das nahe Industriegebiet ab. Ursprünglich hatten sich die zwei Kompanien in Davids Bataillon in einer weiten V-Formation aufgebaut und den weiten Bereich offenen Geländes überquert, der die Munitionsfabrik vom Rest des Industrieareals trennte. Mit jeder Minute schoben sich die Flanken der Kampflinie weiter vor, um die Munitionsfabrik und ihr Hauptwarenlager einzuschließen.

Und ihre beträchtlich verstärkte Kompanie Verteidiger, die mit allem zurückschlug, was sie aufzubieten hatte, um den Verstärkungen Zeit zu verschaffen.

»Zum Teufel mit Sampreis.« Es tat gut, es auszusprechen, auch wenn David sorgsam darauf achtete, nur zu flüstern, damit das sprachaktivierte Helmmikrofon den Fluch nicht über Funk abstrahlte.

In Anbetracht der Tatsache, dass die Miliz über einige Regimenter Hilfstruppen verfügte, hatte David eine Kompanie *Mantikore* oder sogar *Goblins* zur Bildung einer Verteidigungslinie angefordert, während seine BattleMechs sich auf die Flankenmanöver um die Stellungen der RKG konzentrierten. Stattdessen hatte der Major General ihn mit einer halben Kompanie *Tausendfuß*-Scoutwagen zur Flankendeckung und ein paar Hubschraubern zur Unterstützung von Infanterieaktionen abgespeist. Zwei Mechkompanien, hatte Sampreis argumentiert, würden mehr als genug sein, um die erwartete Kompanie Verteidiger zu überwältigen. Und die schwereren Panzer wurden besser zum Schutz wichtiger Städte südlich von D. C. aufgehoben. Die Katzbalger rückten entlang mehrerer Linien vor, und David hatte für seinen Überfall schon eine doppelte Übermacht.

Nur hatten die Verteidiger der Munitionsfabrik Davids Team mit einer Kompanie *Taifun*-Straßenkampfpanzern, bestückt mit überschweren Autokanonen, und einer zusätzlichen Lanze LSR-Werfern überrascht, von denen jeder eine Wand aus sechzig Raketen abfeuern konnte – pro Salve. Das hatte, kombiniert mit einer zusätzlichen Mechkompanie, Davids Leuten innerhalb kürzester Zeit reichlich Schaden beigebracht. Drei der hoch gelobten *Tausendfüße* des Major Generals waren nur noch brennende Schrotthaufen, und zwei von Davids Mechs waren nach einer Begegnung mit den Panzern nur noch wandelnde Skelette. Er hatte sie bereits zum Landungsschiff zurückgeschickt und verfluchte ihren Verlust. Sie mussten um jeden Meter kämpfen, und mit jeder Minute kamen die Verstärkungen für die umkämpfte Munitionsfabrik näher.

Auch David wurde fast ein Opfer von zwei *Taifunen*.

Er hatte sich auf ein *Chamäleon* konzentriert und es zwischen das gedrungene Munitionslager und die Fabrikanlage zurückgedrängt, dabei aber das Anrücken der Straßenkampfpanzer übersehen. Allerdings nur, bis ein Sturm aus tödlichem Metall seinen Kampfkoloss erfasste, nach hinten auf die Fersen und fast zu Boden warf.

Jetzt rollten die Panzer nebeneinander vor, teilten sich, um links und rechts des sich zurückziehenden *Chamäleon* vorbeizufahren, und schlossen wieder zueinander auf, als sie einen aus zwei Gräben geformten Engpass erreichten. Die Maschinen bewegten sich auf sechs riesigen, gepanzerten Rädern mit eigenem Antrieb. Der Rumpf hing dicht über dem Boden, was sie trotzdem kaum geländetauglich machte. Durch die Umstände in unmittelbare Nähe zueinander gedrängt, boten die beiden Straßenkampfpanzer und der *Chamäleon* David eine Möglichkeit, den Gegner hart zu treffen und die Mitte der gegnerischen Linien aufzubrechen.

Neun Minuten. Es war die beste Gelegenheit, mit der er rechnen konnte. Er zog das Fadenkreuz über die Silhouette des mittelschweren Mechs und wartete auf wenigstens eine unsichere Zielerfassung der überhitzten Sensoren. »Wenn sich niemand um diese *Taifune* kümmert, geht euer Kommandeur zu Fuß nach Hause«, gab er über das Kommsystem durch.

Als die Gaussgeschütze zuschlugen und die linke Seite des *Chamäleon* zertrümmerten, feuerte ein *Taifun* eine lange Granatsalve, die das Cockpit des *Destruktor* nur knapp verfehlte. David sah die Geschosse als graue Schatten über die Mechschulter zucken und den Suchscheinwerfer sauber abrasieren. Nicht, dass er ihn gebraucht hätte, solange Kathils Sonne hell am kristallklaren Himmel stand.

David stählte sich für das gnadenlose Bombardement durch den zweiten Panzer, aber der Geschützturm schwang zur Seite, als ein heranrasender Schatten den

Kanonier ablenkte. Davids erster Gedanke galt den *Turmfalken,* die hoch über dem Schlachtfeld auf das Zeichen warteten, um die Sprengkommandos zur Vernichtung der Munitionsfabrik abzusetzen. Aber der über den Boden gleitende Schatten war dafür viel zu grobschlächtig.

Dann kamen zwei gepanzerte Mechfüße in Sicht, etwas verschwommen im Widerschein der Plasmadüsen, die Corporal Smiths umgebauten *Cestus* in der Luft hielten. Der BattleMech stürzte sich in einem unter MechKriegern ›Todessprung‹ genannten Manöver geradewegs auf einen *Taifun.* Fünfundsechzig Tonnen Metall krachten auf Geschützturm und Heck des Stadtkampfpanzers. Eine der im Turm montierten KSR-Lafetten brach unter dem Aufprall weg, und die Panzerung über dem hinteren Teil des Fahrzeugs beulte deutlich ein.

Corporal Smith schaffte es, den Mech aufrecht zu halten, als er vom Panzer abprallte und neben seinem Opfer hart auf den Boden schlug. Aber der angeschlagene *Taifun* war noch nicht außer Gefecht und hämmerte dem *Cestus* einige Kilogramm Panzer brechende Geschosse in die linke Flanke. Der Beschuss schälte Panzerung beiseite, legte Myomerbündel, Aktivatoren und Reaktorgehäuse frei. Welche Schäden Smith genau einstecken musste, konnte David nicht erkennen, aber es sah nicht gut aus. Der Mech fiel bei dem Versuch, das Gleichgewicht zu halten, auf ein Knie und die linke Hand. Dann zündete der Corporal, ohne erst lange nach dem Gleichgewicht zu suchen, wieder die Sprungdüsen und schoss aus der Nähe des tödlichen Panzerfahrzeugs davon, gerade als schweres Feuer von Tara Michaels' Lanze die Bresche im Seitenschutz des *Taifun* ausnutzte.

Laserfeuer und die blau schillernden Entladungen von mindestens zwei PPKs schlugen ungebremst bis ins Innere des Panzers durch. Zuerst explodierten die Munitionsmagazine. Die Druckwelle riss den Geschützturm komplett vom Rumpf und schleuderte ihn einige Meter entfernt zu Boden. Dann brach sich das goldene Feuer der Fusionsreaktion in einer Explosion Bahn, die den Stadtkampfpanzer durch die Luft schleuderte wie ein achtlos weggeworfenes Spielzeug: durch das Dach und auf eine Mauer der Lagerhalle. Unwillkürlich wartete David auf eine Kettenreaktion im Innern der Halle, die den größten Teil des Schlachtfelds leer fegte und die Hälfte seiner Einheit mit, aber glücklicherweise fingen die Mauern der Halle den größten Teil der Aufschlagswucht ab und beschützten die eingelagerte Munition.

Von Smiths *Cestus* konnte man das nicht behaupten. Die Druckwelle erfasste ihn mitten im Sprung und machte jeden Versuch illusorisch, die Flugbahn noch irgendwie zu beeinflussen. Der schwere Kampfkoloss wurde mit weiterlodernden Sprungdüsen auf die Seite gedreht und hoch über die Lagerhalle getragen, bevor er abstürzte und in einem überdimensionierten Bauchklatscher aufschlug. David zuckte zusammen. Ein derartiger Absturz konnte dem Piloten das Genick brechen oder innere Organe zerfetzen, wenn die Sicherheitsgurte ihn nach hinten auf die Liege rammten. Allermindestens erwarteten Smith eine Unzahl von Prellungen und Zerrungen.

Aber offensichtlich keine Bewusstlosigkeit. Eine lange Sekunde nachdem der Mech zum letzten Mal abgeprallt und wieder aufgeschlagen war, drang die Stimme des Corporals laut und deutlich über die Kommverbindung.

»Au.«

Der *Destruktor* stampfte mit vier Meter weiten Schritten vor. Mit jeder verstreichenden Sekunde wurde David nervöser. Taras Lanze flankierte ihn auf der rechten Seite, und hinter ihr schwenkte Captain Gersts Kompanie ein, um die Verlagerung der Linie zu stützen. David stellte kurz das Feuer ein und gab den Wärmetauschern Gelegenheit, die Betriebstemperatur zurück in den gelben Bereich der Skala zu drücken, während er seinen Abschnitt der Schlacht begutachtete. Ein *Taifun* zerstört. Der andere … Er grinste. Der andere lag auf der Seite und drehte sich auf den nach Halt suchenden Rädern hilflos im Kreis, während er versuchte, sich wieder aufzurichten.

»Kontakt bestätigt«, rief Amanda Black mit aufgeregter Stimme. »Es ist tatsächlich eine Entsatzlanze. Wir haben sie hinter einer Art Stromwerk an acht Uhr relativ zur Munitionsfabrik gestellt. Ich würde vermuten, wir legen keinen Wert darauf, dass sie sich mit den Verteidigern koordinieren können, mit denen ihr da hinten noch zu tun habt.«

Noch grob sechs Minuten, und jetzt tauchte eine neue Bedrohung an der linken Flanke der Milizlinie auf. Black würde die Verstärkungen aufhalten, weil sie musste. Währenddessen drängte David die Zeit, für eine Entscheidung zu sorgen, und das besser früher als später.

Er schaltete mit einem besorgten Blick auf die Wärmeskala die Waffen wieder aktiv und hoffte, dass er der Ausrüstung lange genug Ruhe gegönnt hatte. Das *Chamäleon* humpelte zurück zum Munitionswerk, an Smiths gestürztem *Cestus* vorbei, der noch keine Anstalten machte, sich wieder zu regen. Ein anderer Kampfkoloss, ein neuerer *JägerMech III,* zog sich ebenfalls aus einem Versteck hinter der Fabrik zurück und überließ Davids Leuten die Kontrolle über den Bereich.

Keiner der beiden Feindpiloten sollte so leicht davonkommen.

David schaltete Gaussgeschütze und PPKs zusammen und erledigte das *Chamäleon* mit einer gezielten Salve. Eine Gausskugel riss das linke Mechbein direkt unter dem Hüftgelenk ab, während die beiden Partikelblitze durch ruinierte Panzerung schlugen und das Gyroskop zu Schlacke zerschmolzen. Das *Chamäleon* fiel auf den Rücken, und ein kurzer Feuerschein erhellte den Mechkopf, als der Pilot den Schleudersitz betätigte, statt der Maschine zu Boden zu folgen. Die Pilotenliege schoss auf den Flammenzungen der Raketentreibsätze in den Himmel. Am Scheitelpunkt der Flugbahn öffnete sich ein Gleitschirm, um den Krieger in Sicherheit zu tragen.

Der *JägerMech III* war bereits Ziel einzelner Salven Taras und ihrer Lanzenkameraden, hätte sich aber möglicherweise lange genug halten können, um in Sicherheit zu gelangen, wäre da nicht auch noch Smith gewesen. Er meinte offenbar, lange genug tot gespielt zu haben, und richtete den *Cestus* auf einem Arm auf, um die meisten Waffen einsetzen zu können. Ein schwerer Armlaser schleuderte eine Lanze aus grünem Licht in den unteren Torso des schweren Mechs, gefolgt von einem Gaussschuss, der sich noch tiefer ins Innenleben des Stahlriesen bohrte. Davids Sensoren meldeten einen plötzlichen Anstieg der Reaktortemperatur, mit der sich in der Regel eine katastrophale Überlastung ankündigte, der abrupt abbrach, als die Sicherheitsautomatik den Reaktor notabschaltete. Das rettete den *JägerMech* für einen späteren Einsatz, aber vorerst war er nicht mehr zu gebrauchen.

Tara Michaels war als Erste mit einem Kommentar zur Stelle. »Nicht gerade sportiv, Richard. Ein Schiedsrichter hätte dir dafür die rote Karte gezeigt.«

Smith brachte den *Cestus* wankend zurück auf die Beine. »Hätte halt ein Suspensorium tragen sollen.«

Ringsum wichen die Verteidiger der 8. RKG vor der mit neuer Wucht anstürmenden Miliz zurück. Ein paar *Taifune* hielten noch tapfer die Stellung und versuchten, eine Verteidigungslinie aufzubauen, in deren Schutz sich ihre Kameraden neu formieren konnten, aber ein konzentrierter Beschuss von Gersts Leuten machte aus diesem Vorhaben schnell Makulatur. Feindliche Panzer und Mechs waren auf dem Rückzug. Eine größere Gruppe schnellerer Maschinen stockte, dann nahm sie, angeführt von einem *Nachtschatten,* Kurs nach Süden, in den Schutz einiger naher Gebäude.

Nach Süden, auf die geschwächte linke Flanke der Miliz zu.

Turmfalken stürzten hinter der Deckung der Munitionsfabrik aus der Luft und spieen die Infanterietrupps und Sprengstoffexperten der Miliz aus. Sie würden ein paar Minuten brauchen, um die Ladungen anzubringen, dann konnte sich die ganze Truppe zum wartenden Landungsschiff zurückziehen, von wo aus sie die Fabrik mit einem Funksignal in die Luft jagen würden. Die Zeit reichte. Nachdem das Hauptangriffsziel erreicht war, zog David seine Lanze zu Sergeant-Major Blacks Position ab. Wie sich herausstellte, Sekunden zu spät.

»Springer! Vorsicht, hinter …«

»Verdammt! Die sind überall!«

»… aus dem Gewerbegebiet …«

»Ausweichen«, befahl Black, deren Befehlskanal alle anderen Meldungen unterbrach. »Rückzug!«

Wenn es in einer Schlacht den Bach hinunter ging, dann innerhalb von Sekunden. Die kurze Zeit, die David bis um die Ecke der Munitionsfabrik benötigte, genügte, um die linke Flanke seiner Linien ins Chaos zu stürzen. Blacks Lanze war das Opfer einer Zangenbewegung geworden. Vermutlich saß sie zwischen der Lanze fest, deren Auftauchen Amanda zuvor gemeldet hatte, und der größeren Mechgruppe, die David kurz zuvor hatte nach Süden aufbrechen sehen. Mit klarem Blick für die Prioritäten befahl er den Sprengkommandos weiterzumachen. »Gerst, Sie behalten mit Patschenko die Lage im Griff« setzte er hinzu. »Tara, Sie kommen mit mir.«

Der *Destruktor* war die langsamste Maschine auf dem Feld und hatte keine Chance, Amandas bedrängte Lanze rechtzeitig zu erreichen. Auch ohne dass er es befehlen musste, wartete kein Pilot der hastig zusammengezogenen Rettungsmannschaft auf seinen Kommandeur. Michaels' *Vollstrecker* rannte mit maximalen sechsundachtzig Stundenkilometern an ihm vorbei, möglicherweise sogar noch ein, zwei km/h schneller. Sergeant Nichols war in ihrem neuen *Luchs* nicht weit dahinter. Selbst

Smiths *Cestus,* der nach dem wilden, unbeholfenen Ritt durch die Lüfte über dem Schlachtfeld deutlich hinkte, überholte den *Destruktor,* noch bevor David hundert Meter weit gekommen war.

Er bog gerade rechtzeitig um die letzte Ecke des Fabrikgebäudes, um zu sehen, wie sich die frisch entbrannte Schlacht in das nahe Gewerbegebiet ausdehnte. Auf der Sichtprojektion verschwanden die farbigen Symbole, als die Sensoren die Mechs in den Ortungsschatten der höheren Gebäude verloren. Und nicht nur die roten Dreiecke der Feindmaschinen erloschen ... auch nicht wenige grüne Symbole.

»Amanda, Meldung!«, bellte er.

Michaels war Sekunden vorher auf dem Schlachtfeld eingetroffen und wusste mehr. »Sie ist mit zwei aus ihrer Lanze hinter dem Stromwerk in Deckung gegangen, verfolgt von mindestens acht Feindmaschinen. Ihr vierter Mann ist aus dem Gefecht. Er steht nicht mehr auf.« Eine kurze Pause. Ihre sonst rauchige Stimme klang tonlos. »Nie mehr.«

David konnte den gestürzten *Paladin* sehen. Corporal Barnes' letzte Maschine. Eine Hälfte des Mechkopfes fehlte. Laser hatten sich erst in, dann durch das Cockpit gebohrt, bevor Barnes eine Chance gehabt hatte, sich in Sicherheit zu bringen. Zwei feindliche Maschinen lagen in der Nähe am Boden, eine davon der *Nachtschatten,* den er zuvor gesehen hatte. Als er den Blick zum Himmel wandte und die Skyline absuchte, sah er drei Querstraßen entfernt einen *Falkner* auf flammenden Sprungdüsen aufsteigen. Ein paar andere sprungfähige Mechs, die zu identifizieren ihm keine Zeit blieb, stiegen ebenfalls auf, bevor sie zurück in Deckung fielen ... und seine vermissten Krieger weiter von ihren Rettern fort trieben.

»Verdammt, Amanda, nein«, flüsterte er in das leere Cockpit. »Nicht in die Stadt.«

18

**Kearny-Fuchida Yare Industries, Kathil
Kathil-PDZ, Mark Capella, Vereinigtes Commonwealth**

24. November 3062

Kearny-Fuchida Yare Industries, eines der größten Thermalenergiewerke Kathils, das nicht nur über Mikrowellenstrahler die Werftanlagen in der Umlaufbahn mit Energie versorgte, sondern auch den Strom für die südöstliche Küste stellte, war kein leichtes Ziel. Zwar wurde die Anlage und die um das Werk gelegene Siedlung nur von den unerfahrenen Kriegern des 2. NAIW-Kaders verteidigt, die sich geweigert hatten, das Gebiet zu verlassen, aber dies taten sie umso verbissener. Eván hätte es vorgezogen, mindestens eine Kompanie Truppen zur Verfügung zu haben. Mit dem ganzen Bataillon hätte es gar keinen Kampf gegeben, der diese Bezeichnung verdient gehabt hätte.

Aber Lieutenant General Fallon hatte erklärt, die Operationsplanung der RKG gestatte den Einsatz von mehr als zwei Lanzen mit leichter Luftunterstützung nicht, und hatte Eván herausgefordert, die gestellte Aufgabe mit den Mitteln zu bewältigen, die ihm zur Verfügung standen. Das würde er auch tun, und wenn es nur war, um ihr zu beweisen, dass er es konnte. Seine beiden Lanzen gegen die eine Lanze der Kadetten und acht *Po*-Panzer. Er würde Fallon KF Yare liefern, und danach würde er mehr über ihre Pläne erfahren, die Capella-Dragoner zu stoppen, wie sie es versprochen hatte.

Er schwenkte die RudelLanze um seinen als Ankerpunkt dienenden *Cerberus* nach Norden, senkrecht zur vorherigen Angriffsrichtung. Auf der anderen Seite des freien Geländes hielt JagdLanze die Stellung und lieferte den Amboss, auf dem seine Lanze den 2. Kader zerschmettern würde. Die Kadetten hielten eine Linie zwischen Yare und dem Komplex der Thermalwerke und Mikrowellen-Sendestation ein kurzes Stück außerhalb des Ortes. Das zwang sie, eine Menge Boden abzudecken. Jetzt sahen sie sich in der Mitte eines Flankenmanövers mit zentraler Lücke und hatten mehrere Antwortmöglichkeiten.

Sie trafen eine schlechte Wahl.

Der 2. NAIW-Kader war gut. Daran konnte kein Zweifel bestehen. Aber ihm fehlte Eváns Erfahrung. Die mittelschwere Lanze fiel auf das verlockende Loch in der Schlachtreihe der Katzbalger herein und glaubte, mithilfe ihrer höheren Mobilität die RKG-Truppen spalten und die Bresche offen halten zu können, bis die langsameren Panzer sie erreichten.

Es hätte unter Umständen sogar gelingen können, hätte Eván keinen Luftangriff seiner *Stechinsekt*-Kampfhubschrauber angefordert. Im Gegensatz zu dem missglückten Hubschrauberangriff auf McCarthys Einheit in der vorherigen Woche lief diesmal alles nach Plan. Bombardements der drei Schwärme aus je zwei Kampfhubschraubern hämmerten auf die Doppellanze *Pos* ein. Die Gaussgeschütze der *Stechinsekten* zertrümmerten schwere Sternschildpanzerung und schleuderten die schweren Nickeleisengeschosse in den engen Innenraum der Panzer.

Ein vierbeiniger *Barghest,* der neueste Mech unter Eváns Befehl, warf sich auf dessen Befehl nach vorne, um beim Aufbrechen der Kader-Formation zu helfen und isolierte die schweren Panzer in ihrem Duell gegen die schnelleren Hubschrauber, während der Rest der beiden Mechlanzen die NAIW-Kadetten band.

Jetzt, nachdem die Falle zugeschnappt war, nutzte Eván die beeindruckende Schnelligkeit seines überschweren Mechs dazu, den Gegner in den Würgegriff zu nehmen und zur Aufgabe zu zwingen. Der *Cerberus* stürmte mit dem für ihn typischen breitbeinigen Schritt ins Zentrum der Kadettenformation. Seine Gaussgeschütze feuerten mit vernichtender Durchschlagskraft, die Phalanx mittelschwerer Impulslaser spie rubinrote Dolche. Die erste Salve brannte Panzerung von der linken Seite eines grün lackierten *Schleicher* und ermöglichte einer den gebündelten Lichtpfeilen folgenden Gausskugel, durchzuschlagen und den Kreiselstabilisator im Rumpfinnern zu zertrümmern. Unfähig, das Gleichgewicht zu halten, brach der mittelschwere Mech wie eine Marionette zusammen, der jemand die Fäden zerschnitten hatte. Die zweite Salve in den Rücken des am Boden liegenden Mechs stellte sicher, dass er nicht wieder aufstand.

Von zwei Seiten bedrängt und angesichts eines in der Mitte der engen Formation tobenden überschweren Mechs gerieten die überforderten Kadetten in Panik. Ein *Vollstrecker* versuchte, sich mittels Sprungdüsen aus der Falle zu retten, und wurde von drei künstlichen PPK-Blitzen und einer Wand aus Raketen zurück auf den Boden geschlagen. Der *Hermes II* wollte Eváns *Cerberus* umgehen und zurück zu den *Po*-Panzern. Er wurde eine leichte Beute der Kaliber-12-cm-Desintegrator-AK des *Barghest*. Der verbliebene *Tomahawk* wirbelte herum, die Titanschneide des Beils zum tödlichen Hieb erhoben.

Und starrte geradewegs in die Mündung des Gaussgeschützes im linken Arm des *Cerberus*.

Der MechKrieger-Kadett zögerte. Das rettete ihm vermutlich das Leben. Eván drückte einen der programmierbaren Wahlknöpfe des Kommgeräts und schaltete auf eine allgemeine Frequenz. »Abschalten«, forderte er sein Gegenüber auf und bewegte den Mecharm, um das Cockpit des *Tomahawk* noch genauer vor die Mündung zu holen. Er wartete, bis die Sensoren keine Zielerfassungsimpulse des Gegners mehr verzeichneten. Dann meldeten sie die Einleitung der Notabschaltung.

»Das ist das Schlaueste, was du heute getan hast«, teilte er dem Kadetten mit und gestattete sich endlich zu entspannen, während er seinen Sieg begutachtete.

Acht *Pos* kampfunfähig oder zerstört. Drei Mechs ausgeschaltet, einer erbeutet. Er hatte einen Kampfhubschrauber verloren und ein *Luchs* der JagdLanze war ziemlich schwer beschädigt. Alles in allem ein gewaltiger Erfolg, und das ohne Xander Barajas, den Eván daheim gelassen hatte, um die Basisstreifen zu überwachen, für die der First Lieutenant sich schließlich freiwillig gemeldet hatte. Trotz kleinerer Bedenken über Fallons mysteriöses Vorhaben, die Thermalanlage anzugreifen, verspürte er ein Hochgefühl über die gute Leistung. Das war sein Sieg, ganz allein seiner.

»Schießen Sie auf den *Tomahawk* oder stellen Sie ihn sicher, Eván. Ich warte nicht auf Sie.«

Fallon! Eváns Blick zuckte zur Sichtprojektion und sah drei neue Symbole. Fahrzeuge – nein, Hubschrauber. Die alphanumerischen Kennungen identifizierten sie als einen *Warrior*-H8-Kampfhubschrauber, flankiert von zwei *Turmfalke*-Transportern.

»Lieutenant General«, begrüßte er seine Vorgesetzte zurückhaltend. »Was tun Sie hier?« Es gelang ihm, sich die Verärgerung nicht allzu deutlich anmerken zu lassen.

»Ich begutachte meine Investition«, antwortete sie. »Eine höchst beeindruckende Leistung, Kommandant. Sie wird sich in meinem Bericht an Generalhauptmann Weintraub gut machen.«

Der *Warrior*-H8 schwenkte hart ein und blieb neben der rechten Schulter des *Cerberus* in der Luft hängen, während die *Turmfalken* weiterflogen und vor Yare Industries ihre Ladung Infanterie absetzten. Der H8 senkte sich nicht weit entfernt zu Boden. »Und jetzt schlage ich vor, Sie legen für die Besichtigung unserer neuen Anlage eine etwas förmlichere Bekleidung an.«

* * *

»Natürlich kennt jeder die offizielle Geschichte«, stellte der nervöse Werksmanager fest und führte seine Besucher in die Leitzentrale von KF Yare Industries.

Karen Fallon hatte wohlweislich darauf geachtet, nicht zu beifällig zu nicken, seit sie dem Mann begegnet war, nicht einmal bei der Tour durch die Sendestation, deren riesige Antennenschüssel auf dem Dach der Werksanlage stand. Aber als der Manager die letzten Türen öffnete, fiel es ihr schwer, den Eindruck zu verbergen, den der Saal dahinter auf sie machte. Er erinnerte an die Kommandobrücke eines Sprungschiffs, nur war er ein Dutzend, nein hundert Mal größer und vom Licht Hunderter Monitore und Statuslämpchen erhellt. Es war ein Anblick, wie man ihn in der Inneren Sphäre selten zu Gesicht bekam: Dermaßen viel Hochtechnologie in einem einzigen Raum. Und diese Menschen arbeiteten tagtäglich zwischen solchem Reichtum.

Ein kleines Heer von Techs und Ingenieuren schwärmte durch den riesigen Saal. Alle gingen wie üblich ihren Pflichten nach, hielten aber zugleich nervös die zwei Dutzend bewaffneten Soldaten im Blick, die von strategischen Positionen wie Ecken und als Deckung geeigneten Computerbänken aus die Zentrale beherrschten. Alle Angestellten hier wussten, dass Paul Allison, der Werksmanager und ihr Arbeitgeber, im Raum war. Allison stand nur einen kleinen Schritt unter den Vebbers, denen der Hauptanteil des Werks gehörte. Und sie alle wussten, dass Allison nicht mehr Herr im Haus war.

KF Yare hatte den Besitzer gewechselt. Karen Fallon verdrängte den Gedanken an die Angestellten und die Vebber-Dynastie. Es war nicht das erste Mal in der Geschichte Kathils, dass KF Yare für militärische Zwecke requiriert wurde. Sie würden die Befehle befolgen. Ihre Befehle.

»Die Geschichte?«, fragte sie nach.

Allison nickte zögernd. »Die Geschichte. Wie Morgan

Hasek-Davion auf Kathil eintraf und den Befehl über diese Anlage übernahm, um eine capellanische Invasionsstreitmacht zu vernichten. Er wollte die Liao-Landungsschiffe zerstören, bevor sie aufsetzen konnten. Und eines von ihnen hat er auch erwischt und eine ganze Kompanie Todeskommandos vom Himmel geholt. Es gab keine Überlebenden.«

Eván Greene, der Karen zusammen mit einer kleinen Infanterie-Leibwache begleitete, wirkte in seiner MechKrieger-Montur aus Kühlweste, Shorts und Kampfstiefeln etwas fehl am Platze. Er hatte sich nicht die Mühe gemacht, eine Uniform anzuziehen – vermutlich als stummen Protest gegen ihr Eintreffen. Doch jetzt schlug ihn die Geschichte dieses Ortes in den Bann, und wahrscheinlich erkannte er auch den Ansatz ihres Plans, die Capella-Dragoner aufzuhalten. Er konnte sich die Frage nicht verkneifen: »Sie sagten, das sei die offizielle Geschichte. Soll das heißen, daneben gibt es noch eine interne?«

»O ja«, bestätigte Allison. »Unter den Angestellten wird sie jetzt seit dreißig Jahren überliefert. Im Laufe der Zeit wurde sie natürlich ausgeschmückt, aber jeder kennt die wichtigen Punkte.« Allison schien geradezu versessen darauf, zu reden. Möglicherweise half es ihm, die Nervosität zu bekämpfen. »Der alte Vebber weigerte sich, auf ein anfliegendes Landungsschiff zu zielen, ganz gleich ob es capellanisch war oder nicht. Aber er änderte seine Meinung, nachdem Hasek-Davion …« Er verstummte, als wären ihm Zweifel gekommen, ob das wirklich die Art von Geschichte war, die er ausgerechnet Soldaten erzählen wollte, die KF Yare gerade in ihre Gewalt gebracht hatten.

Karen entging das plötzliche Zögern nicht. »Nachdem er *was*, Mr. Allison?«

»Nun, Morgan Hasek-Davion zog seine Waffe, Lieutenant General. Es existieren verschiedene Versionen, aber es heißt, er habe sie dem Alten an den Kopf gesetzt und gedroht, abzudrücken. Dann meldeten sich ein paar Angestellte freiwillig, das zu übernehmen, und Vebber sah ein, dass Widerstand zwecklos war.« Er sprach hastig, wie um die Unwichtigkeit der Geschichte zu betonen. »Er hat sich bald darauf zur Ruhe gesetzt.«

Der Lieutenant General musterte den Manager mit einem Funkeln im Blick. »Ich hoffe, in Ihrem Fall werden keine derartig dramatischen Gesten notwendig sein?«

Allison nickte mit vorgetäuschtem Enthusiasmus, aber die besorgten braunen Augen sprachen eine andere Sprache. Hauptsächlich sagten sie, dass Yare Industries so ziemlich der letzte Ort auf der Welt war, an dem er sich in diesem Moment aufhalten würde, hätte er die Wahl gehabt. Vielleicht trug er sich ebenfalls schon mit dem Gedanken an einen vorzeitigen Ruhestand. »Es steht eine capellanische Invasion bevor?«, fragte er und klang beinahe hoffnungsvoll.

Wahrscheinlich bevorzugte er diese Möglichkeit tatsächlich vor der Alternative, die sich ihm stellte. Karen schätzte ihn als heimlichen Anhänger Prinz Victors ein – und George Hasek treuer ergeben als Katrina Steiner-Davion. Als sie die Leitzentrale besichtigten, nahm sie sich vor, Paul Allison einen Verbindungsoffizier zuzuteilen. Der Mann gehörte beaufsichtigt.

»Ich erinnere mich, gelesen zu haben, dass nur ein Landungsschiff abgefangen wurde, und das in geringer Flughöhe«, bemerkte Eván. »Hat jemand einen Fehler gemacht?«

»Nein, keinen Fehler.« Allison hob die Schultern, wie zur Erinnerung, dass sich all das lange vor seiner Zeit abgespielt hatte. »Die Tau-Ceti-Ranger flogen hinter den Todeskommandos an, die mit hoher Beschleunigung auf Kathil zustürzten und schwerer zu erfassen waren. Das machte es schwierig. Aber soweit ich das verstanden habe, kam Hasek-Davions Befehl zum Angriff ziemlich spät. Niemand weiß genau, warum.« Noch ein Schulterzucken. »Vielleicht wollte er es einfach mit ansehen.«

»Aber Sie könnten ein Landungsschiff auch auf größere Entfernung treffen?« Karen spießte Allison mit starrem Blick auf. »Wie weit entfernt?«

»Das Raumdock, in dem an der *Robert Davion* gearbeitet wird, ist ungefähr das entfernteste Objekt in der Umlaufbahn – durch die Position an einem Lagrange-Punkt. Wenn Sie den Namen der Prinzessin auf den Rumpf des Kreuzers schreiben würden, könnte ich Ihnen die Punkte auf die ›I‹s und die Striche in die ›T‹s setzen.« Er machte eine Pause und lächelte zögerlich. »Nicht dass ich jemals ... jemals hoffen würde ... auf die *Robert Davion* feuern zu müssen.«

Karen ließ sich nichts anmerken. »Und das würden Sie von hier aus tun? Aus diesem Raum?«

Allison deutete auf eine der Mittelkonsolen, an der drei Mann arbeiteten, die etwa 50 % ihrer Aufmerksamkeit dieser Tätigkeit widmeten. Von ihrem Standort aus konnte Karen die Vorderseite der Konsole und die roten Umrisse eines Landungsschiffes sehen, die wie eine Abschussmarkierung in der oberen Ecke des Gehäuses aufgemalt waren.

»Von dort aus wird der Mikrowellenstrahl gesteuert«, teilte er mit resignierter Stimme mit. »Geben Sie mir ein Ziel und wir schießen es ab.«

Sie lächelte. »Vielleicht zeigen Sie mir jetzt besser den Weg zu meinem neuen Büro, Mr. Allison, damit wir unsere Operation besprechen können.«

Eván seufzte. Vermutlich hielt er selbst es für einen Ausdruck schweigender Verärgerung, doch Karen bemerkte es. Sicher hatte Greene keinen Zweifel daran, dass sie gekommen war, um die Operation zu übernehmen, aber damit hätte er rechnen müssen. Es war schließlich Teil ihrer Abmachung. Karen Fallon dachte ebenso wenig daran, sich eine Gelegenheit entgehen zu lassen, wie er. Falls irgendjemand auf Kathil in den Fußstapfen Morgan Hasek-Davions wandeln würde, ganz gleich, was sie Eván erzählt hatte, würde sie das sein.

Und wenn die 1. Capella-Dragoner eintrafen, würde sie bereit sein.

19

Stihl, Kathil
Kathil-PDZ, Mark Capella, Vereinigtes Commonwealth

24. November 3062

Der Boden bebte. Fenster barsten, die Menschen auf den Straßen schrieen ängstlich auf. Im Norden erhob sich eine gewaltige Rauchsäule und Stahlbetonbrocken hagelten auf Stihls Gewerbegebiet herab. Ein paar Stücke prallten von Xander Barajas' *Falkner* ab und hinterließen Scharten in der Panzerung. Die Munitionsfabrik war zerstört. Der Verlust und der damit verbundene Sieg der Miliz nagten an ihm, während er die Sprungdüsen auslöste und den Mech in den Himmel steuerte. Aber eine lautere Stimme drängte diese Sorgen beiseite, ließ die Niederlage vor einer größeren Verlockung verblassen.

Die Jagd hatte begonnen.

Xander landete den *Falkner* auf dem Dach einer Lagerhalle und stampfte am Rand des Flachdachs entlang. Er trat die Lüftungskamine beiseite, zerstampfte sie wie leere Aluminiumdosen. Eine niedrige Backsteinbrüstung, die das Dach umschloss, barst, wo der humanoide Kampfkoloss sie streifte, dessen Fuß gelegentlich einen halben Meter über den Rand hing. In der Straße unter ihm hasteten die Menschen in die relative Sicherheit der Geschäfte und Restaurants. Fahrzeuge kollidierten in der Hektik und blockierten den Verkehr. Xander lachte. Ihre Angst belustigte ihn, aber er bändigte sein Vergnügen, als die Sichtprojektion vor einer Bedrohung warnte.

An der gegenüberliegenden Kreuzung bog ein *Enfield* in der grün-roten Lackierung der MCM Kathil in die Straße, die Xander bewachte. Offensichtlich sah der Pilot den sich gegen den Himmel deutlich abzeichnenden *Falkner*. Er drehte sofort um und verschwand hinter einem großen Baumarkt. Laserfeuer und eine Salve Kurzstreckenraketen hetzten ihn über die Kreuzung, Sekunden später gefolgt von zwei RKG-BattleMechs, die in dem Bemühen, sich in die vorderste Position zu schieben, beinahe zusammenstießen.

Xander ließ sie ziehen. Der *Enfield* war kein würdiger Gegner für seinen *Falkner.* Mit dem Gaussgeschütz und der Extremreichweiten-PPK hätte er den mittelschweren Mech mit Leichtigkeit zerlegen können und nicht einmal die vier mittelschweren Laser einzusetzen brauchen. Nein, den würde er den anderen überlassen.

Er hatte es auf den *Bushwacker* abgesehen, den Mech, der seine Lanze kostbare Sekunden aufgehalten und daran gehindert hatte, die Kay-Burne-Fabrik zu entsetzen. Erst, als er die ganze Lanze in Position gebracht und drei seiner vier Mechs über die Milizionäre hatte springen lassen, war deren Linie aufgebrochen. Doch zu diesem Zeitpunkt war es bereits zu spät gewesen.

Schlimm genug, dass Kommandant Greene ihn eingeteilt hatte, in District City zu bleiben, während er selbst auf eine wichtige Mission für Lieutenant General Fallon zog. Jetzt kam es auch noch zu einer erbitterten Schlacht um eine so wichtige Anlage wie eine Munitionsfabrik, und er kam zu spät, um sich einen Sieg ans Revers heften zu können. Dafür würde jemand bezahlen.

Und dieser MechKrieger war die Mühe wert. Der *Bushwacker* hatte sich ihm zwar bis jetzt noch nicht zum Kampf gestellt, aber für eine nicht sprungfähige Maschine bewegte er sich reichlich schnell durch die Vororte. Während er mithilfe der Sprungdüsen von einem Dach zum nächsten hüpfte, versuchte Xander das Bewegungsmuster nachzuvollziehen. West, Süd, Süd, West ... Falls er richtig lag, würde der *Bushwacker* immer noch auf Südsüdwestkurs eine Straße weiter auftauchen. Sein Instinkt sagte ihm, dass der Pilot früher oder später wieder nach Osten abbiegen würde, in der Hoffnung, zu seinen jetzt weit entfernten Kameraden aufzuschließen. Er grinste. Nicht, wenn er ihn vorher fand. Im tödlichen Versteckspiel des Straßenkampfes wurden Schlachten in den wenigen Sekunden gewonnen und verloren, die ein Feind in einer Seitengasse oder auf einer Kreuzung in Sicht kam. Unter anderem damit erklärte sich Xanders Vorliebe für Dächer. Zumindest, bis er sein Opfer gesichtet hatte. Wie jetzt, eine Straße entfernt, genau so, wie er es vorhergesehen hatte.

Die Ortung gellte warnend, als der *Bushwacker* auf die Kreuzung rannte, abbremste, um sich vorsichtig neunzig Grad zu drehen, ohne mit den ausladenden Armen eine Hausecke zu rammen, und wieder beschleunigte. Zu spät bemerkte der Pilot den *Falkner.* Xander drückte den Feuerknopf durch und erwischte den Kampfkoloss mit dem Gaussgeschütz knapp über dem linken Knie. Die Teilchenkanone schleuderte eine Kaskade grell gleißender Energie auf die Schulter derselben Seite, aber die niedrige Silhouette der gegnerischen Maschine ermöglichte es ihr, dem Schuss auszuweichen. Stattdessen peitschte der bläulich strahlende Blitzschlag durch die Backsteinfassade eines Geschäftsgebäudes. Unter lautem Krachen barsten Schaufenster und Eingangstür und überschütteten die Straße und die in Deckung stürzenden Passanten mit Glasscherben.

Der andere MechKrieger sah sich vor die harte Entscheidung gestellt, wie er auf den Katzbalger reagieren sollte, der ihn aus der erhöhten Dachposition angriff. Schließlich wendete er in Xanders Angriff, um unter dem *Falkner* vorbeizustürmen, wo dessen Geschütze ihn möglicherweise nicht erfassen konnten. Barajas sah das Manöver kommen, erkannte die Bewegung der Hüftaktivatoren, die untrüglich eine Richtungsänderung ankündigten. Er ließ sich auf die Straße hinab fallen und zerquetschte bei der Landung einen geparkten Wagen, dessen Alarmanlage hilflos aufjaulte. Verärgert schüttelte er das Fahrzeug vom Fuß und trat auf die Fahrbahn, um dem *Bushwacker* den Weg abzuschneiden.

Direkt und persönlich, so hatte Xander es gern. Seine bis jetzt abkühlenden mittelschweren Laser spuckten ein Stakkato kurzer Energieblitze auf den *Bushwacker*, als der anhielt und die Arme hob. Doch er war zu langsam. Xander schaltete bereits wieder auf die nachladenden Hauptgeschütze. Er fluchte, als die Partikelprojektorkanone zum zweiten Mal über das Ziel hinausschoss und diesmal eine Wohnungszeile zertrümmerte. Das Gaussgeschütz riss immerhin ein weiteres Loch im Rumpf des Gegners auf, bevor die silbrige Kugel abprallte und durch eine andere Geschäftsfassade schlug.

Seine Finger stießen nach den Schaltern, mit denen er den Ladevorgang beschleunigen konnte. Während die Hitze im Cockpit schlagartig um mehrere Grad anstieg und ihm Schweiß auf Stirn und nackte Oberarme trat, spannte er sich in Erwartung des Antwortfeuers. »Komm schon, komm schon. Was hast du zu bieten?«, knurrte er den *Bushwacker* an.

Und dann starrte er entgeistert, als sein Gegner zurückwich. Langsam zunächst, als sei er unsicher, ob er kämpfen oder fliehen sollte. Dann schob er sich zurück auf die Kreuzung und beschleunigte in Richtung Querstraße. Die Entscheidung war getroffen.

»Nein! Kämpfen sollst du, verdammt!« Xander rammte den Fahrthebel bis zum Anschlag vor, drehte sich auf die Kreuzung und stieß den Daumen auf den Feuerknopf, als Gaussgeschütz und mittelschwere Laser endlich wieder feuerbereit waren. Die Lichtwerfer trommelten auf den Milizmech und einen Teil der Hausecke, schnitten Einschussbahnen in Panzerung und Backsteinmauern, schleuderten eine Wolke kleiner Metallkeramiktropfen auf. Die Gausskugel schlug knapp hinter dem Kampfkoloss auf, prallte von der Straße ab und hüpfte die Fahrbahn hinab. Der *Bushwacker* verschwand außer Sicht, aber nur für eine Sekunde, denn Xander jagte auf die Kreuzung und pflanzte den rechten Mechfuß auf, um die Maschine hart um neunzig Grad herumzureißen.

Fünfundsiebzig Tonnen aufrechtes Metall, mühsam mithilfe eines Kreiselstabilisators und neuralen Feedbacksystems in Balance gehalten, schossen mit über sechzig Stundenkilometern geradeaus. Das war eine der Risiken, wenn man Straßen entlangrannte. Selbst das Rautenprofil eines Mechfußes fand auf Asphalt keinen sicheren Halt. Xander spürte, wie der aufgepflanzte Fuß abglitt und mehrere Meter rutschte, dabei das Hüftgelenk des *Falkner* überdehnte. Dann verfing sich der linke Fuß hinter ihm und zog den schweren Mech in eine Linksdrehung, als die ganz und gar nicht sanfte Hand der Schwerkraft den Kampfkoloss erfasste.

Funkenfontänen sprühten, als Schulter und linkes Knie des Mechs mehrmals hart vom Straßenbelag abprallten. Der rechte Mechfuß krachte durch einen von seinem Fahrer an der Ecke aufgegebenen Lieferwagen. Die Seitenwände verklemmten sich im Knöchelgelenk und blockierten das Bein. Die Wucht des Sturzes warf Xander in die Gurte. Er knirschte vor Wut mit den Zähnen, die Augen unter dem Gleichgewichtsverlust, den die Neurohelmkopplung an dem Kreiselstabilisator noch verstärkt, fest zugekniffen. Dann öffnete er die Augen wieder und starrte durch das Kanzeldach auf die Seitenstraße, in die er gewollt hatte.

Er sah gerade noch, wie der *Bushwacker* die nächste Ecke erreichte und erneut außer Sicht verschwand.

Xander sah rot vor Wut, als er mit einem brutalen Tritt den Lieferwagen vom Mechfuß streifte und die Arme unter den Rumpf zog, um den *Falkner* wieder aufzurichten. Da er keine Lust hatte, dem *Bushwacker* zu folgen und an der nächsten Kreuzung einen erneuten Sturz zu riskieren, wählte er den kürzesten Weg zwischen den beiden Maschinen: Durch das Eckhaus. Ein Farbenladen, stellte er durch den Vorhang aus herabstürzenden Ziegeln und Mörtel fest. Literweise spritzte Farbe durch die Luft, als der Metallkoloss durch die Verkaufsdisplays und Regale stampfte und Farbkanister in alle Richtungen davonschleuderte, wo sie an Decke und Wänden zerplatzten. Grellgelbe Farbe schlug auf das Kanzeldach, spritzte über die Kameras und blockte einen großen Teil des Sichtschirms aus. Aber es reichte nicht aus, ihn zu stoppen.

Nichts konnte ihn stoppen.

* * *

An der Kay-Burne-Fabrik hatte Amanda es für einen Augenblick mit der Angst zu tun bekommen, als die abrückenden Verteidiger sich mit der Entsatzlanze vereinigt hatten. Das waren zu viele Feindmaschinen in nächster Nähe gewesen, und damit in der bevorzugten Kampfsituation der 8. RKG, und nicht genug Zeit für McCarthy, ihr zu Hilfe zu kommen.

Als sie Barnes' *Paladin* ein Opfer des *Falkner* werden sah, hatte sie zu verzweifelten Maßnahmen greifen müssen. Seit dem Simulatorduell gegen McCarthy hatte sie eine Aversion gegen Straßenkämpfe, doch der Schutz der Straßen war die einzige Möglichkeit gewesen, den Rest ihrer Lanze zu retten. Also hatte sie die Sergeants Geriene und Benjamin zu sich gerufen und war losgestürmt, um die Katzbalger-Maschinen möglichst weit hinter sich zu lassen.

In den Straßen Stihls hatten sie sich aufgeteilt, um den Gegner in verschiedene Richtungen zu locken, in der Hoffnung, es würde ihnen allen gelingen, irgendwie zurück zur Einheit zu finden. Sergeant Benjamin hatte es geschafft: Amanda hatte einen Teil des Funkverkehrs aufgefangen, als sie McCarthy erreichte, aber dann war die Verbindung im Funkschatten des nächsten Hauses erneut abgerissen.

Jetzt war die Angst wieder da. Nicht um ihre Lanze, sondern um die Einwohner Stihls. Wie sie befürchtet hatte, kostete die Flucht durch die Stadt unschuldige Bürger das Leben, Bürger, die zu beschützen sie als Mitglied der planetaren Miliz geschworen hatte. Aber dieser Schwur schien für den Mechpiloten des *Falkner* ohne jede Bedeutung.

Einen Augenblick lang, als sie ihn am Rand der Rundumanzeige des Sichtschirms stürzen sah, hatte sie gehofft, die fünfundsiebzig Tonnen Gestalt gewordenen Albtraums abschütteln zu können. Wenn es ihr gelang, ein Parkhaus zu finden, oder vielleicht eine Lagerhalle, irgendeinen Ort ohne viel Verkehr, hätte sie sich verstecken und sich nach einer Weile einen Weg zurück ins Industriegebiet suchen können. Zurück zum Landungsschiff und ihrem einzigen Heimweg.

Dann sah sie hinter sich die Explosion aus Ziegeln und Mörtel. Der *Falkner* trat sich den Weg aus dem Gebäude frei, die obere Rumpfhälfte mit grauem Staub bedeckt, die Beine von grellen Farbklecksen übersät.

Sie war noch ein gutes Stück von der nächsten Kreuzung entfernt. Amanda blieb nur, weiter geradeaus zu stürmen, oder ihrerseits durch ein Haus zu brechen. Aber diese Häuser bestanden nicht aus Pixeln auf den Bildschirmen einer Simulatorkabine. Die Schäden in diesem Gefecht waren keine Illusion. Sie betrugen Tausende höchst realer C-Noten und unbezahlbare Kathiler Menschenleben.

Als sie abbremste, um in die nächste Querstraße vier Schritte voraus einzubiegen, erwischte das Gaussgeschütz des *Falkner* sie im Rücken. Die Nickeleisenkugel brach durch die Schutzpanzerung wie durch eine Eierschale, barst durch Titanstahlstützstreben und bohrte sich tief in die linke Rumpfseite. Die Statusanzeige für das Maschinengewehr im Torso des *Bushwacker* blinkte rot auf und meldete die Zerstörung der wohl unwichtigsten Komponente ihrer Maschine.

Wieder feuerte der *Falkner.* Die PPK fraß sich tief in den rechten Knöchel, riss den Aktivator auseinander und verschmolz das Gelenk wie ein titanischer Elektroschweißer. Der *Bushwacker* stolperte, und nur durch den blitzschnellen Einsatz der riesigen Arme konnte sie die Balance halten und einen Sturz verhindern.

Aber der Schaden war angerichtet. Der zertrümmerte Knöchel bremste sie dermaßen, dass der *Falkner* sie mit Leichtigkeit einholen konnte. Die nächste Ecke erreichte sie vielleicht noch, aber was dann? Sollte sie den Katzbalger-Krieger durch noch ein Gebäude brechen lassen, um sie einzuholen? Wie viele Leben war sie zu opfern bereit?

Amanda nahm Geschwindigkeit zurück, bremste den Mech auf ein langsames Humpeln ab und hielt schließlich an. Eine zweite Gausskugel traf den linken Mecharm, als sie sich zu ihrem Gegner umwandte. Der Schuss schlug den Arm nach hinten und riss am Schultergelenk, kostete sie aber diesmal wenig mehr als den letzten Panzerschutz. Der Energiestoß der Partikelkanone prallte von der rechten Rumpfseite ab und ließ einen Teil der Panzerung zerschmolzen auf die Straße spritzen. Den größten Teil seiner Energie entlud er aber in einen nahen Avanti-Sportwagen. Das Fahrzeug flog in einem rotorangenen Feuerball in die Luft, und die Flammen leckten über die nahen Häuser.

Amanda blieb stehen. Der breitschultrige Mech wartete auf den anrückenden *Falkner,* der misstrauisch auf Gehgeschwindigkeit abgebremst hatte. Ihr Fadenkreuz spießte die Feindmaschine auf, lag exakt auf dem unter dem Rumpf hängenden Gyroskopgehäuse. Es leuchtete im stetigen Goldton einer sicheren Ortung, und das Pfeifen der Zielerfassung bestätigte eine hundertprozentige Peilung der Raketenlafetten.

Trotzdem konnte sie nicht abdrücken.

Was für einen Schaden könnte ein Fehlschuss anrichten? Welche Folgen hätte ein Reaktorbruch hier mitten in der Stadt? Sie wagte nicht, es sich auszumalen. Amanda hatte ihr Ziel erreicht, hatte ihren Leuten die Chance zur Flucht gegeben. Jetzt lehnte sie sich in die Polster der Liege, ließ die Steuerknüppel los und wartete auf das Ende. Ein dunkler Schatten zog über sie, als sich eine Wolke vor die Sonne schob. Der *Falkner* hielt an, hob die Arme zum Schuss. Es war vorbei.

Dann regnete die erste Raketenbreitseite auf den *Falkner* hinab, geradewegs in die Schusskrater auf Schultern und Brustpartie. Ein paar Geschosse hämmerten auch auf den Kopf des Mechs. Das weitgespannte Raketennetz traf auch nahe Fahrzeuge, schlug durch die Dächer und füllte den Innenraum mit wogenden Flammen. Noch mehr streiften Hausecken oder explodierten auf Dächern und streuten den Schaden über mehrere hundert Meter.

»Wo …?« Amanda schaute sich um, suchte Sichtprojektion und Hilfsschirme ab. Nirgends war eine Milizeinheit zu sehen. Nichts, was ihre Ortung erfassen konnte. Dann erinnerte sie sich an die dunkle Wolke, die sich an einem strahlenden Tag vor die Sonne geschoben hatte. Sie neigte den Rumpf des *Bushwacker* minimal nach hinten und schaute durch das Kanzeldach nach oben.

Sofern sie nicht als Ziel definiert waren, markierten die Sensoren Landungsschiffe nicht auf der Sichtprojektion. Sie waren zu groß.

Der gigantische *Overlord* der Miliz hing wie ein grauer, dreißig Stockwerke hoher Wolkenkratzer, der plötzlich flugfähig geworden war, am Himmel über der Stadt. Aus den seitlichen Raketenlafetten feuerte das Raumschiff eine weitere Salve. Die Kanoniere brauchten nur senkrecht nach unten zu zielen.

Der *Falkner* überstand auch das zweite Bombardement, aber schwere Schäden an der rechten Schulter ließen den Arm nutzlos herabhängen. Mit einem langen, gelassen wirkenden Blick nach oben drehte er um und verschwand in dem Loch, durch das er aus dem Gebäude gebrochen war, um in der Deckung der Stadt unterzutauchen.

Amanda schaute ihm nach. Sie zitterte in einem Adrenalinausstoß. Sie wusste nicht, was sie von ihrer Rettung halten sollte, von ihrer Entscheidung, Kurs in die Stadt zu nehmen, von ihrer Wahl, überhaupt Mech-Kriegerin zu werden. Und das war die schwerste Einsicht, der sie sich je gestellt hatte. Tränen traten ihr in die Augen. Sie war müde und verängstigt, und sie hasste es bis ins Mark, zusehen zu müssen, wie ihre Heimatwelt verwüstet wurde.

Und in der Einsamkeit des Cockpits, wo niemand es hörte und niemand es erfuhr, weinte Sergeant-Major Amanda Black.

20

Landungsschiff *Masse Noire,* Yare, Kathil
Kathil-PDZ, Mark Capella, Vereinigtes Commonwealth

28. November 3062

Eván lag auf der Koje, das Kissen unter die Schultern gestaucht, so dass es ihn in halb sitzender Stellung abstützte. Mit hinter dem Kopf verschränkten Händen schaute er sich in Karen Fallons Kabine um. Fallon hatte die *Masse Noire* – den Schwarzen Schmiedehammer – angefordert, nachdem Yare gesichert war, und nun ragte ihr persönliches Landungsschiff wie eine mahnende Warnung über dem kleinen Ort auf. Besser als eine Übernachtung im Mechcockpit oder ein Zimmer in Yare unter den Augen der feindseligen Einheimischen, entschied er. Die rote ›Nachtbeleuchtung‹ des Landungsschiffs spendete kaum genug Licht, um Einzelheiten zu erkennen, aber sie reichten aus, ihn bei einem Alarm daran zu hindern, eine Treppe hinabzustürzen oder sich an einem niedrigen Wandschrank den Schädel einzuschlagen.

Nicht, dass er hier derartige Sorgen zu haben brauchte. Karens Kabine war spartanisch möbliert, was ihrer Persönlichkeit sehr entsprach. Kahle Metallwände erhoben sich über einem mit Kunststofffliesen ausgelegten Boden, auf dem die gestern getragenen Kleider herumlagen. Es gab einen Spind, verriegelt, und einen Schreibtisch, bedeckt mit Karten und Berichten. Das Einzige, was sie an Luxus besaß, war Platz. Der allerdings war an Bord eines Landungsschiffes äußerst kostbar. Wenigstens verstand Fallon es, ihren Rang auszunutzen.

»Du schläfst nicht«, stellte sie fest, wälzte sich herum und legte den Kopf auf seine nackte Brust. Es war zu gleicher Zeit Feststellung, Vorwurf und Frage.

»Nein«, bestätigte er und senkte den Kopf, um auf ihr schwarzes Haar hinabzublicken. Was ging in ihr vor?

Vermutlich überlegte sie sich, wie sie diese gemeinsame Nacht am besten ausnutzen konnte. Er hatte die sorgsam formulierte Einladung nach der erfolgreichen ›Befreiung‹ des Thermalenergiewerks nicht erwartet, es war ihm jedoch auch nicht in den Sinn gekommen, sich zu weigern. Fallon war nicht nur eine äußerst nützliche, sondern auch eine ausgesprochen attraktive Frau.

Auf dem Korridor vor der Kabine schlurfte jemand vorbei. Ohne Zweifel ein anderer hoher Offizier auf dem Weg ins Bett. Fallon hob leicht den Kopf und wartete, bis die Schritte verklungen waren. Sie küsste Eván auf die Brust. »Und, woran denkst du?«

An alles Mögliche, von McCarthys vernichtendem Angriff auf District City bis zu der relativen Ruhe, die Yare und das KF-Yare-Industries-Werk in den Tagen seit der Schlacht erfasst hatte. Fallon hatte Weintraubs Versagen bei der Sicherung des Munitionsvorrats mit einer Freude beschrieben, als ob die durch die Sprengung entstehenden Logistikprobleme für sie einzig und allein insofern eine Bedeutung hatten, als sie ihren eigenen Erfolg hervorhoben. Während Eván sich mit Beschwerden über den Munitionsmangel herumschlagen musste, hielt sie ihn weiter an der kurzen Leine und arbeitete vor allem daran, sich eine von Mitchell Weintraub unabhängige Machtbasis aufzubauen. Eván hatte jedes Interesse an ihrem Plan verloren, die 1. Capella-Dragoner mithilfe des Yare-Energies-Mikrowellensenders zu vernichten, erst recht jetzt, da klar war, dass er nur als ›Hilfstruppe‹ gebraucht wurde. Es gab hier nicht mehr viel für ihn zu tun, was seiner Karriere einen Schub hätte geben können, und ein heimtückischer Angriff auf ein Raumschiff, dass er nicht einmal zu Gesicht bekommen würde, entsprach nicht seiner Vorstellung von einem glorreichen Sieg.

»Ich frage mich, was ich hier tue«, antwortete er nach einer Weile.

»Ich habe dich eingeladen«, stellte Fallon in weniger spielerischem Ton als zuvor fest. »Du hast ja gesagt.«

Evàn zuckte die Schultern. »Dann eben, warum du mich eingeladen hast.«

»Ich wollte herausfinden, ob du dich je gehen lässt«, antwortete sie nüchtern, ohne auch nur Gefühle vorzutäuschen. »Offensichtlich nicht.«

Evàn erinnerte sich an seine Gedanken eine Woche zuvor, darüber, in dem Bett zu schlafen, dass er gemacht hatte. Er lachte leise. *Wie wahr, wie wahr.*

»Was ist so komisch?«, fragte Fallon. Sie fuhr mit dem Fingernagel seine Rippen nach. »Und du lachst besser nicht über mich.«

»Nein«, antwortete Evàn und wurde wieder ernst. »Nicht über dich. Über Kathil. Der Planet hat sich gegen mich verschworen. Er würgt meine Erfolge ab und macht meine irrwitzigsten Gedanken wahr.« Er döste halb, sprach vor sich hin, ohne nachzudenken. Das war nichts, was er sich angewöhnen wollte. Er riss sich zusammen.

»Du hast wieder an McCarthy gedacht«, beschuldigte ihn Fallon. »Der Überfall auf die Munitionsfabrik war ein Meisterstück der Planung.«

Evàn sagte nichts. Ohne einen Schuss in ihre Richtung abzufeuern, hatte McCarthy ihnen ernsthaft geschadet.

»Hast du Angst, dass es unser Manöver hier in Yare überschattet?«, fragte sie.

»Ich habe seine ›Held-von-Kathil‹-Masche satt, das denke ich«, stieß er aus und lenkte die Enttäuschung über Fallon auf McCarthy um. »Warum hat dieser verdammte Barajas ihn nicht erledigt, als er die Chance dazu hatte.« Der Ausbruch war befreiend genug, Evàn wieder klar denken zu lassen. In Wirklichkeit gönnte er Xander diese Gelegenheit nicht, McCarthy zu verletzen, vielleicht, ihn ins Freie zu locken. Aber erledigen wollte Evàn den Milizhelden selbst. Das würde auch alle Siege McCarthys zu seinen machen. Dies sagte er Karen.

»Dann bring ihn um«, antwortete sie schlicht.

»Ich breche morgen auf.«

»Aber ich will dich hier haben«, erwiderte sie. »In Yare. Ich kann es mir nicht leisten, dass du herumstromerst, wenn jede Sekunde zählt. Diese Anlage gehört mir, und ich will weder die Miliz noch den 2. NAIW-Kader wieder hier auftauchen sehen, um sie zurückzuerobern.«

Eván stieß laut den Atem aus. »Du hast gerade vorgeschlagen, ich soll ihn umbringen. Beides gleichzeitig kann ich nicht.«

Sie setzte sich auf, zog die Füße unter den Leib und schaute auf ihn herab. Das gedämpfte Licht verwandelte ihre Kurven in eine Komposition aus Haut und Schatten. »Ich habe nicht gesagt, dass du beides ›tun‹ sollst. Du brauchst nur beides zu erreichen. Schick Barajas. Dein Wolf wird einen feinen Jagdhund abgeben. Es wurmt ihn bestimmt, dass er McCarthy nicht aufgehalten hat, so wie es dich wurmt, dass sein Stern heller strahlt als deiner.«

Es war nicht dasselbe, wenn er jemand anderen schickte – jedenfalls nicht für Eván. Aber was für einen Rat konnte er schon von einer Frau erwarten, die damit zufrieden war, die Dragoner per Fernbedienung zu vernichten statt ihnen auf dem Schlachtfeld gegenüberzutreten? Und falls er Fallons Befehl nicht missachten wollte, indem er doch aufbrach, schien er keine andere Wahl zu haben, als Barajas auf McCarthy anzusetzen oder einen Weg zu finden, ihn hierher zu locken. Er spürte Fallons Anspannung in der Art, wie sie ihn anstarrte. Ihre Augen waren dunkle Höhlen im roten Licht, als sie auf eine Illoyalität lauerte.

»Ich gebe Barajas morgen die Befehle«, erklärte er, und sah die Anspannung ihren Körper verlassen, als sie sich wieder an ihn schmiegte. Sie biss ihn in die Schulter, und Eván senkte den Kopf zu ihr hinab, wo sich ihre Lippen gierig trafen.

Er *würde* First Lieutenant Barajas auf McCarthy hetzen, aber nicht, um den Mann zu töten. Er würde ihn losschicken, um McCarthy zu verletzen, ihn auf das Schlachtfeld zu locken, wo Eván endlich seine Gelegenheit bekäme, ihn zu erledigen. Falls Xander versagte, würde es ihm vielleicht gelingen, Fallon davon zu überzeugen, dass er ihn persönlich erledigen musste.

Und Eván wusste genau, wie er McCarthy hervorlocken konnte. Ihn offen anzugreifen, war sinnlos. In den Reihen seines Bataillons war er sicher. Aber nur ein paar Stunden landeinwärts gab es einen Ort, den keine Mechs verteidigten … ein Ort, dessen Zerstörung McCarthy schwer verwunden würde, vielleicht sogar tödlich. Ein paar Worte in Xanders Gehörgang würden den Psychopathen in die gewünschte Richtung lenken, und dann konnte Eván darauf warten, dass McCarthys Wut und Trauer ihn zu ihm führten.

In der Zwischenzeit würde er die Rolle spielen, die Fallon von ihm verlangte, und sie umso genauer beobachten, bereit, sich frei zu machen, sobald es notwendig wurde. Es war Teil ihres Arrangements, dass sie ihm bei der Suche nach Gelegenheiten half, seine Karriere voranzutreiben, und diese Gelegenheiten würden kommen. Solange sich die Kämpfe auf Kathil fortsetzten, konnte es gar nicht anders sein. Indem er seine letzte Konfrontation mit McCarthy aufschob, gab er nur der längerfristigen Planung den Vorzug vor einem kurzfristigen Ziel.

Und allmählich plante Eván wirklich langfristig.

* * *

Falls es Rear Admiral Paulsen seltsam anmutete, dass Kerr drei Raumfähren von der Planetenoberfläche mitbrachte, sprach er es zumindest nicht an. Kerr hatte es auch nicht anders erwartet, jedenfalls nicht über Funk, und nicht zwischen zwei alten Raumfahrern, auch wenn einer von ihnen aus den Lyranischen Allianzstreitkräften stammte und der andere aus denen des Vereinigten Commonwealth. Unter Raumfahrern gab es ein ungeschriebenes Gesetz der gegenseitigen Akzeptanz. Wenn man in der tödlichsten Umgebung arbeitete, die es für Menschen gab, war gegenseitiges Vertrauen Bedingung.

Jedenfalls unter gewöhnlichen Umständen.

Der Druckausgleich im kleinen Beiboothangar der *Robert Davion* war abgeschlossen, und ein kleines Empfangskomitee war angetreten, um den neuen Ersten Offizier zu begrüßen. Sie standen auf dem oberen Laufsteg, Hände am Geländer, Füße unter niedrige Haltestangen geklemmt, um sich in der Schwerelosigkeit zu verankern. Ein Kriegsschiff besaß Gravdecks und konnte wie ein Landungsschiff durch stetige Beschleunigung Schwerkraft simulieren. Aber im Raumdock war das nicht möglich. Alles, was nicht befestigt war, schwebte davon.

Kerr lächelte dünn, als er sah, dass mehrere Offiziere die VCS-Uniform abgeändert hatten, um ihre Loyalität zu den alten Vereinigten Sonnen zu betonen. Nicht der Kapitän des Kreuzers – als Rear Admiral stand er über derartigen Petitessen –, aber einige der Offiziere. Das bestätigte nur Kerrs Überzeugung, dass er hier gebraucht wurde. Der Archon machte sich Sorgen um die Zuverlässigkeit seiner Kriegsschiffskapitäne, und aus ebendieser Sorge hatte er für die Abstellung lyranischer Offiziere auf die VerCom-Schiffe gesorgt. Irgendwelche letzten Bedenken, die sein Gewissen hätten stören können, verdampften wie Wasser im Vakuum des Alls. Ohne sein Eingreifen hätte unter Umständen sogar jemand dieses Schiff gegen die Archon-Prinzessin einsetzen können, und das durfte er nicht zulassen.

Ein Bootsmannsmaat stand neben der von der Raumfährenluke zum Deck führenden Leiter und hatte beide Füße in Halteschlaufen gesteckt, so dass er die Hände frei hatte. In der Linken hielt er ein tragbares Mikro, das mit der Rundsprechanlage des Schiffs verbunden war. Mit einer in der rechten Hand liegenden Pfeife intonierte er ein aus vier Noten bestehendes Signal.

»Erster Offizier kommt an Bord«, meldete er förmlich. Ein anderer Bootsmann irgendwo tief im Innern des Schiffes drückte einen Knopf, der Kerrs Rang entsprechend fünf Glockenschläge ertönen ließ.

Die Luken der beiden anderen Fähren öffneten sich, als Rear Admiral Paulsen mit geübten, effizienten Bewegungen an der Reling entlangglitt, um Kerr die Hand zu schütteln. Der Rear Admiral war ein Hüne von einem Kerl und wäre jederzeit als antiker Marinekapitän durchgegangen, mit ledrigem Gesicht, schwieligen Händen und gewittergrauen Augen, deren scharfer Blick wie gemacht war für Sextant und Fernrohr.

Kerr hasste ihn auf den ersten Blick. Ohne Zweifel hatte er schon als Ensing eine so imposante Figur abgegeben, dass man den zukünftigen Admiral in ihm erkannt hatte. Und jetzt war er hier und kommandierte das vermutlich großartigste Stück Kriegstechnologie, das im Vereinigten Commonwealth seit Jahrhunderten gebaut worden war.

Noch etwa dreißig Sekunden.

»Willkommen an Bord, Kommodoreleutnant Kerr«, sagte Paulsen. »Ich hatte Sie frühestens in zwei Wochen erwartet. Wir operieren derzeit mit einer Minimalcrew, deshalb ist noch keine formelle Begrüßungszeremonie vorbereitet, aber wenn erst die volle Mannschaft zur Verfügung steht, wird sich bestimmt etwas arrangieren lassen.«

»Ist schon gut«, erwiderte Kerr leichthin. »Ich habe bereits alle nötigen Arrangements getroffen.«

Er hatte es kaum ausgesprochen, als Katzbalger-Spezialtruppen aus den aufschwingenden Luken der anderen Fähren sprangen. Die Soldaten waren keine Raumgardisten, verfügten aber über Null-G-Ausbildung und trugen Magnetsohlen, die sie auf dem Deck hielten. So geschockt waren alle im Hangar Anwesenden, dass niemand reagierte, bis fast ein Dutzend Soldaten sich in Schussposition über den Hangar verteilt hatten. Dann erst brüllte ein First Lieutenant: »Geben Sie Alarm, Sie Narr!«

Doch das einzige Besatzungsmitglied im Raum mit einem Kommgerät, der Bootsmann, war bereits von vier Lasergewehren ins Visier genommen. Kerr streckte die Hand aus und der Mann übergab ihm das Mikro.

»Was, zum Teufel, soll das, Mann?«, kochte Paulsen, der in einer Mischung aus Schock und Wut mit ansehen musste, wie sein Milliarden-Credit-Schiff ihm unter den Füßen weggekapert wurde. »Was soll das bedeuten?«

Kerr starrte zu ihm hoch. Der Größenunterschied zu seinem Gegenüber machte ihn wütend. »Tut mir Leid, dass es nicht anders ging, Admiral Paulsen«, log er. »Aber ich enthebe Sie des Befehls. Auf Autorität Herzog Petyr VanLees' und seines offiziellen militärischen Stellvertreters Generalhauptmann Mitchell Weintraub übernehme ich hiermit den Befehl über dieses Schiff.«

»Das lasse ich mir nicht bieten!«, bellte der Rear Admiral.

Vier Soldaten mit angelegtem Lasergewehr spannten den Finger um den Abzug, aber Kerr hob die Hand und hielt sie auf. Sein Tonfall wurde schärfer. »Ich sage Ihnen das nur ein einziges Mal, Sir, danach dürfen Sie mit dem Erschießungskommado debattieren. Sie und Ihre Offiziere *werden* den Befehl niederlegen, und beim Unvollendeten Buche, Sie werden es *jetzt* tun! Sie werden zur Hall of Nobles auf Kathil gebracht, wo es Ihnen freisteht, sich nach Belieben beim Stellvertreter des Herzogs zu beschweren. Falls Sie Widerstand leisten, werden Sie und Ihre Offiziere erschossen.«

Rear Admiral Paulsen war klug genug, sich zum Wohl seiner Stabsoffiziere zu beruhigen, wenn auch nicht ohne einen erheblichen Kampf mit sich austragen zu müssen, den Kerr auf den Zügen des Mannes verfolgen konnte wie auf einem Trividmonitor. Es war offensichtlich ein Kampf um eine bereits verlorene Sache, angesichts des von Infanteristen wimmelnden Hangars und des unbewaffneten Offiziersstabs. Es hätte ihnen unter Umständen gelingen können, Alarm zu schlagen – Kerr sah diesen Gedanken in den Augen des Admirals kurz aufzucken –, aber als immer mehr Soldaten aus den Raumfähren stiegen, entschied Paulsen offensichtlich, dass das kleine Raumgardekontingent an Bord keine Chance hatte. Er nickte einmal kurz. Besiegt.

Kerr winkte den Infanteristen und deutete auf all die Offiziere, deren Uniform eine Loyalität zu den alten Vereinigten Sonnen ausdrückte. Dann wandte er sich an die Übrigen. »Falls irgendjemand von Ihnen Probleme damit hat, unter mir als Kapitän und zum Wohle Archon-Prinzessin Katrina Steiner-Davions zu dienen, empfehle ich ihm oder ihr, die Kommission jetzt niederzulegen.«

Falls er gehofft hatte, durch den Hinweis auf den Archon den Rest einzuschüchtern, hatte er nur teilweise Erfolg. Drei weitere Offiziere meldeten sich freiwillig für den Rückflug nach Kathil an Bord der Raumfähren.

»Sie können nicht mit einer Notbesatzung und ohne Offiziere den Befehl übernehmen«, stellte Paulsen fest.

»Ich habe eine Crew«, erwiderte Kerr und achtete sorgsam darauf, sich die Bedenken nicht anmerken zu lassen, als endlich auch die Techs, Navigatoren, Kanoniere und sonstigen Mannschaften ausstiegen, die Weintraub für ihn besorgt hatte. Die aus Landungsschiffsbesatzungen beförderten oder als Freiwillige aus den Flottenpensionären District Citys reaktivierten Raummatrosen waren nicht mehr als gerade annehmbar. Sie reihten sich an einer Seite des Hangars auf und warteten auf den Befehl, sich über das Schiff zu verteilen und mit der Arbeit zu beginnen. »Machen Sie sich keine Sorgen um meine Probleme, Admiral.« Dann drehte er sich zu einem der Infanteristen um. »Sergeant«, rief er, »schaffen Sie diesen Mann von meinem Schiff.«

Sein Schiff.

Das gefiel ihm.

21

Stützpunkt der MCM Kathil, Radcliffe, Kathil
Kathil-PDZ, Mark Capella, Vereinigtes Commonwealth

29. November 3062

David wusste intuitiv, dass das Klopfen an der Tür nichts Gutes bedeutete. Erst recht nicht, da sich jemand die Mühe gemacht hatte, ihn in seiner Privatunterkunft aufzusuchen. Das Militär funktionierte nach einer Vielzahl einfacher Regeln und Prozeduren, und eine davon schien zu sein, dass gute Nachrichten immer Zeit bis zum nächsten Morgen hatten. Es waren nur die schlechten Neuigkeiten, die sofort übermittelt wurden.

David hatte in den letzten Tagen schon mehr als genug schlechte Neuigkeiten gehört. Trotz der Vernichtung der Munitionsfabrik waren die Auswirkungen auf die 8. RKG nicht annähernd so drastisch wie erhofft. Ja, sie bereiteten den Katzbalgern Probleme, aber die waren nicht schwer genug, ihren Vormarsch zu stoppen und sie zurück nach D. C. zu zwingen. Und gerade als sein Bataillon die Fabrik zerstört hatte, waren sie noch weiter landeinwärts vorgestoßen und hatten ausgerechnet in Yare zugeschlagen. Damit hatten sie sich eine wichtige Energiezentrale gesichert und Radcliffe und einige Städte mehr, die südöstlich der Anlage lagen, gezwungen, auf eine andere Stromzufuhr umzuschalten. Weit schlimmer allerdings war, dass die 8. damit bewiesen hatte, es mit der Miliz und dem 2. NAIW gleichzeitig aufnehmen zu können.

Er zwang sich, vom Tisch aufzustehen, und ging schnellen Schritts zur Tür. Sich innerlich für den nächsten Rückschlag stählend, riss er mit zackiger Geste die Tür auf. Auf dem Flur stand Amanda Black, in voller Ausgehuniform einschließlich Cape, auch wenn er auf den ersten Blick den Eindruck hatte, irgendetwas würde fehlen. Sie hatte stramme Haltung angenommen. Das braune Haar war von den Schläfen nach hinten gekämmt und unterstrich den militärischen Look.

Stolz und schön – und sehr allein. Das war eine der ersten Einschätzungen Davids von Amanda Black gewesen, und jetzt traf sie mehr als je zuvor zu. Doch eine neue Verletzlichkeit lauerte in ihren Augen. Es war ein Blick, den er nie zuvor an ihr gesehen hatte, aber er erkannte ihn sofort. Es war derselbe Blick, der ihm viel zu oft aus dem Spiegel entgegenstarrte.

»Sergeant-Major Black bittet um ein Gespräch mit dem Major«, erklärte sie in entschieden formellem Ton.

David nickte zögernd und musterte ihre Uniform erneut. Diesmal erkannte er, was ihn gestört hatte: Trotz der Ausgehuniform trug Amanda keine radlosen Sporen, eine Tradition der alten Armee der Vereinigten Sonnen, die MechKrieger an alte Kavalleriezeiten erinnerte. Die Entscheidung, sie nicht anzulegen, und die Bitte um ein formelles Gespräch konnte nur eines bedeuten.

Als habe sie seine Gedanken gelesen, griff Amanda in die Tasche, zog die Sporen heraus und hielt sie David entgegen. Sie war gekommen, um ihren Abschied zu nehmen.

»Sie kommen vielleicht besser herein, Amanda«, stellte er fest und ignorierte die ausgestreckte Hand. Er trat etwas zurück und ließ ihr Platz, an ihm vorbei ins Zimmer zu treten. Dann schloss er die Tür.

David beobachtete, wie ihr geübter Blick über das stramm gemachte Bett und die geschlossenen Spinde glitt, kurz am Schreibtisch hängen blieb, auf dem ein kleiner Compblock und ein Stapel Papiere von Arbeit berichteten, die er mit nach Hause genommen hatte, und dann auf dem Tisch hängen blieb, auf dem eine offene Flasche Brandy stand.

»Ich wollte mir gerade ein Glas einschütten«, gab er zu.

»Eine schlechte Angewohnheit, allein zu trinken«, erklärte sie nach kurzem Zögern. »Falls Sie mir die Bemerkung gestatten, Major.«

David gab ihr Recht. Es würde ihn nicht aufhalten, aber sie hatte Recht. »Falls das eine Einladung war, mir Gesellschaft zu leisten, Amanda, hole ich noch ein Glas.«

Sie nickte zögernd, und David nahm ein zweites Glas aus dem kleinen Wandschrank, bevor er etwas von der violetten Flüssigkeit einschenkte. Beim ersten Schluck inhalierte er und sog das Aroma tief in die Stirnhöhlen. Ein erregender Geschmack, trocken, ohne an Tiefe einzubüßen. Er hatte die Reise gut überstanden.

Sein Sergeant-Major stand immer noch mitten im Zimmer. »Kommen Sie, Amanda. Es nimmt die Schärfe.«

Sie trat ein paar vorsichtige Schritte näher und ihr Blick suchte das Gesicht ihres Kommandeurs ab. »Es nimmt was die Schärfe?«

»Uns.«

Sie warf die Sporen neben der Flasche auf den Tisch. Das Metall klirrte gegen das Glas. Dann nahm sie den Drink auf. Falls sie eine einheimische Marke erwartet hatte, belehrte sie der erste Schluck eines Besseren. Sie verschluckte sich und musste husten. »Der ist gut«, bemerkte sie, nachdem sie sich erholt hatte.

David zog mit dem Fuß einen Stuhl unter dem Tisch vor und bedeutete ihr, sich ihm gegenüber zu setzen. »Von New Syrtis. Auf Kathil gibt es ausgezeichneten Wein, aber einen guten Brandy findet man kaum. Er wird nicht richtig destilliert.«

Beim nächsten Schluck war sie vorsichtiger, und nachdem sie den Brandy eingeschätzt hatte, verwandelte er sich in einen langen Zug. Sie stellte das Glas zurück auf den Tisch und nahm das Angebot eines Sitzplatzes an. Sie drehte den Stuhl so, dass sie David in die Augen schaute. Ihre Knie berührten sich fast, und als sie sich vorbeugte, roch er den Brandy in ihrem Atem.

»Ich steig aus«, sagte sie mit einer Kopfbewegung zu den Sporen.

David lehnte sich auf dem Stuhl zurück. Das war nicht, was er für Amanda gewollt hatte. Selbst in jenen ersten schweren Wochen als Kompaniechef hatte er ihren Wert erkannt. Seine potentiell beste Kriegerin zu verlieren, traf ihn an einer Stelle, die seit Diana keinen Schmerz mehr gekannt hatte, und das überraschte ihn ein wenig. Doch ihr Abschied überraschte ihn nicht. Amanda war nicht die Erste, seit auf Kathil der Krieg ausgebrochen war, und sie würde auch nicht die Letzte sein.

»Ich weiß«, antwortete er schließlich. »Ich habe mir seit dem Showdown in Sithil deswegen meine Gedanken gemacht. Sie hätten sich von dem *Falkner* beinahe auseinander nehmen lassen.«

»Ich konnte nicht auf ihn feuern«, sagte sie und starrte ins Glas. »Ich konnte nur davonlaufen, und als ich das auch nicht mehr konnte, war ich wie erstarrt.«

»Das ist mir auch mal passiert«, gestand David, bevor er es zurückhalten konnte. »Auf Diana. Es dauerte kaum länger als einen Herzschlag, nur einen Sekundenbruchteil, um die Situation einzuschätzen. Zumindest rede ich mir das in manchen Nächten ein. In anderen, in den meisten, höre ich sie immer noch rufen.«

»Wen?«, fragte sie leise.

»Polsan. Kennedy. Fletcher und MacDougal. Isaak. Wir waren die Letzten. Alle stießen Herausforderungen aus und riefen nach Hilfe. Als Kennedy verstummte, war mir klar, dass ihr nur noch Sekunden blieben. Ich musste mich zwischen zwei Leben entscheiden, von denen ich nur eines retten konnte – und ich zögerte. Ich wusste, ich hätte mich in die eine oder die andere Richtung wenden müssen, stattdessen aber kämpfte ich meine eigene Schlacht und drückte mich vor der größeren Verantwortung.«

»Und was ist geschehen?«

»Fletcher und MacDougal sprangen in ihren *Schleichern* an und übernahmen meinen Gegner. Meinen und Isaaks. Das war der Anstoß, den ich gebraucht hatte. Doch das Zögern kostete einem feinen Captain, Kennedy, den linken Arm, als ein *Geier* mit den Lasern ihre Cockpitpanzerung durchschlug. Ein paar Sekunden später fiel Isaak. Den Rest der Schlacht kämpfte ich wie eine Maschine, ohne irgendeinen Gedanken, der mich hätte bremsen können. Aber diesen einen Augenblick lang war ich stocksteif. Es war einfacher, als eine Wahl zu treffen.«

Amanda nickte. »Es war einfacher zu kapitulieren, als sich darüber Sorgen zu machen, was der *Falkner* als Nächstes zerstören würde.« Falls ihr Kampfwille tatsächlich gebrochen war, war David zu klug, sie zum Bleiben zu drängen, ganz gleich, wie dringend die Einheit sie brauchte. Er beugte sich vor und drückte beruhigend ihre Hand.

»Es ist ein schmaler Grat«, stellte er fest. »Sich selbst aufzugeben, und dabei ist einem klar, dass damit ein MechKrieger wie der Pilot dieses *Falkner* auf District City losgelassen wird. Im Grunde ist es dasselbe wie die Entscheidung, ob eine Militäroperation die Verluste wert ist.«

Ihr Lächeln wirkte gezwungen. »Und was hält Major General von unserer Operation?«

David deutete mit einer kurzen Kopfbewegung über die Schulter zu dem Papierkrieg auf dem Schreibtisch hinter sich. »Der Angriff auf die Munitionsfabrik war ein annehmbarer Erfolg, findet er, alles in allem. Er hat die RKG gebremst, auch wenn der Vorstoß nach Yare beweist, dass es uns nicht gelungen ist, sie so effektiv zurückzudrängen, wie wir uns das gewünscht hatten. Major General Sampreis hat den Verlust Sergeant Deverouxs und dreier zerstörter Mechs als ›akzeptabel‹ eingestuft. Wir haben die Munitionsfabrik zerstört, die Lagervorräte und mehr als zweihundert Tonnen feindliche Mechs und Panzer. Darüber hinaus haben wir zwei Maschinen mehr geborgen, als wir verloren hatten.«

»Ist es so einfach, das zu entscheiden?«, fragte Amanda, ihre Stimme war kaum lauter als ein Flüstern.

Er gab ihre Hand frei und schenkte ihnen beiden großzügig nach. »Für manche schon. Andere machen es sich schwerer. Mancher meistert die herberen Momente nie. Fast jeder hat seine Grenze.« Er korrigierte sich. »Jeder.«

»Und Diana hat Ihnen geholfen, sich darauf vorzubereiten?«

»Nichts kann einen darauf vorbereiten. Man wird damit fertig, oder man wird es nicht.« *Oder du kämpfst den Rest deines Lebens damit,* dachte er. *Das Einzige, was nicht möglich ist, ist die Erinnerung zu unterdrücken.*

»Ich schaffe es nicht.« Sie stieß ein überraschtes Kichern aus. »Ich hätte nie erwartet, mich das einmal sagen zu hören, aber ich schaffe es nicht. Nicht, wenn es um meine Heimatwelt geht. Verdammt, David, ich habe weder Weintraub noch seine Schinder je sonderlich ausstehen können, aber ich hatte ein paar Freunde in der 8. RKG. Du weißt, so was gehört dazu, dass man sich mit Leuten in anderen Einheiten anfreundet, von denen man annehmen darf, dass sie auf derselben Seite stehen. Und jetzt soll ich das vergessen und sie umbringen?«

Es entging ihm nicht, dass sie ihn duzte, und es störte ihn auch nicht. »Wie geht es ihnen? Hast du etwas von ihnen gehört?«

Schmerz zuckte über ihr Gesicht. »Von Sergeant Rastling nicht«, gab sie zu. »Sergeant Yeats gehörte zu denen, die Weintraub als Deserteure hat erschießen lassen.«

Dazu gab es nicht viel zu sagen. Sampreis, der zu ähnlichen Maßnahmen bereit war, falls es nötig wurde, hatte ihm von den Desertionen erzählt. Eine Armee brauchte Disziplin. Als Kommandeur verstand David das. MechKrieger konnten ihren Abschied vom Kampfeinsatz nehmen, aber sie durften dem Militär nicht völlig den Rücken kehren. Falls Amanda nicht länger als MechKriegerin dienen wollte, würde er sie nicht aufhalten, aber er würde ihr eine andere Möglichkeit geben, ihre Pflicht zu tun.

Sie stieß einen langen, gedehnten Seufzer aus. Ihr Blick suchte seinen und hielt ihn fest. Der Brandy zeigte bei ihnen beiden Wirkung, dämpfte ihr Unbehagen und senkte die Hemmschwellen. »Wie konnte es so weit kommen, David?«

Er zuckte die Achseln. »Das falsche Wort zur rechten Zeit? Wie kommt es zu irgendeinem Krieg?« Er trank einen Schluck. »Einer meiner älteren Brüder ist Ingenieur. Bevor ich zur Akademie ging, hat er den Krieg auf eine Weise erklärt, die ich bis heute nicht vergessen habe. Er sagte, die Menschheit ist ein geschlossenes System. Ganz gleich, wie weit wir uns ins All ausdehnen, wir bleiben in unseren Grenzen gefangen. Und wenn man ein geschlossenes System unter Druck setzt, senkt sich der Flammpunkt, die minimale Temperatur, die erreicht sein muss, um einen Brand zu entzünden. Normalerweise bleibt ein Zündfunken nötig, aber wenn der Druck groß genug ist, reicht schon die Hitze allein.«

»Druck und Hitze.« Amanda lächelte traurig. »Ja, die hatten wir.«

David nickte. »Katherine Steiner-Davion hat uns den Druck beschert, als sie auf den Thron stieg. Prinz Victor hat mit der Rückkehr aus dem Clan-Raum für die Hitze gesorgt. Er wollte es nicht, doch viel länger kann er die Situation nicht ignorieren. Seit damals staut sich beides auf und sickert durch George Hasek und den planetaren Adel auf die unterste Ebene herab. Zu uns. Und wir haben den Funken geschlagen.«

»Und wird die Ankunft der 1. Capella-Dragoner den Druck senken oder noch weiter erhöhen?«

»Wenn sie sich an Field Marshal Haseks Zeitplan halten, werden sie in einer Woche hier sein. Dann werden wir es wissen, oder vermutlich schon ein paar Tage vorher.«

Amandas Hand schob sich über den Tisch, fand die Davids und fasste sie. »Du wirst es wissen. Und du wirst damit fertig werden. Sieh dir nur an, was du hier auf Kathil schon geleistet hast, David.«

Ihre Hand war warm. Wie kam es, dass Frauen immer mehr Wärme abzugeben schienen als Männer? Er drückte ihre Hand und hoffte, dass sie es als ermutigend empfand.

»Es tut mir Leid, dich zu verlieren, Amanda. Du bist gut. Möglicherweise eine meiner Besten. Und ganz gleich, wie du dich im Moment fühlst, du machst gute Fortschritte.« Er fragte sich, ob er noch leerere Phrasen hätte dreschen können, wenn er es darauf angelegt hätte. Er stand auf, unbehaglich, aber zugleich unfähig, ihre Hand freizugeben. Etwas von ihrer anfänglichen Unsicherheit war verschwunden und hatte aufwallendem Verlangen Platz gemacht. Oder vielleicht unterstellte er ihr auch nur etwas von seinen eigenen Gefühlen. Er zog leicht an ihrer Hand, damit sie aufstand. »Aber wenn du sicher bist …«

Das war eine Frage, die er nicht zu Ende brachte, als Amanda in seine Arme trat. Ihre Lippen zitterten, als sie seine berührten, und einen Augenblick stockte David der Atem. Er löste sich zuerst, wollte sichergehen, dass sie das wirklich beide wollten. Amanda wirkte fast so überrascht, wie er sich fühlte. Aber David konnte eine Verbindung zwischen ihnen fühlen, die er zu Tara Michaels nie aufgebaut hatte. Die Anziehung hatte vom ersten Tag an bestanden, doch ihre natürliche Rivalität hatte sie überdeckt.

Und möglicherweise wäre das immer so geblieben, wäre es nicht zu diesem Moment der Verletzlichkeit zwischen zwei verängstigten Menschen gekommen.

»Ich habe noch nie einen Sergeant-Major geküsst«, stellte er fest und versuchte, die Lage zu entschärfen, während er Amanda gleichzeitig wissen ließ, wie er fühlte.

Das Verlangen in ihrem Blick gab ihm die Antwort. »Halt die Klappe«, sagte sie, und zog ihn wieder an sich.

Manchmal war das wirklich alles, was nötig war.

Druck und Hitze.

Vielleicht würde sich ja doch alles finden.

22

**VCS *Robert Davion,* McKenna-Werften, in der Umlaufbahn um Kathil
Kathil-PDZ, Mark Capella, Vereinigtes Commonwealth**

29. November 3062

Alte Segelschiffer, die Jahrtausende zuvor über die Ozeane Terras geschippert waren, hatten freie Sicht gebraucht. Den Wind im Gesicht, das Salz des Meerwassers auf den Lippen und die Weite des Horizonts vor Augen. In der Schlacht wurde das noch wichtiger, und die Kommandobrücke bot dem Kapitän eine Plattform, von der aus er den Feind beobachten und sein Schiff befehligen konnte.

Die Schiffe wurden mit der Zeit größer und stärker, und schließlich lieferten sie die Vorlage für die ersten Raumfahrzeuge, einschließlich der Vorstellung einer offenen Brücke. Eigentlich konnte eine Kommandozentrale das ganze Schiff auch tief aus dessen Innerem steuern, aber aus Gewohnheit wurde die Brücke auf einem der obersten Decks angesiedelt, manchmal sogar trotz der Panoramasichtschirme für die Brückenbesatzung einschließlich riesiger Ferritglasfenster, die den ungehinderten Blick ins All freigaben. Wie viele Schlachten waren dadurch schon entschieden worden, wenn eine zufällige Kollision oder ein Glückstreffer mit einer Rakete diese Fenster durchschlagen und die Brücke zum luftleeren Raum aufgerissen hatte?

Aber nicht auf der *Robert Davion* oder irgendeinem anderen Kreuzer der neuen *Avalon*-Klasse. Ihre Kommandozentrale lag tief im Innern des Schiffes, sicher abgeschirmt gegen jede Gefahr, außer möglicherweise einer feindlichen Entermannschaft … und selbst die hätte sich erst durch ein Dutzend Decks vorarbeiten müssen, bevor sie dem Nervenzentrum des Schiffes hätte gefährlich werden können. Die riesigen Sichtschirme, die über verschiedene Kameras jederzeit den Blickwinkel oder die Vergrößerung ändern konnten, machten Fenster längst überflüssig. Ein von drei verschiedenen Sensorsystemen mit Daten gefütterter Holotank konnte jede Schlacht dreidimensional wiedergeben, eine alte Technologie aus der Zeit des Ersten Sternenbunds, die erst vor kurzem am New-Avalon-Institut der Wissenschaften wiederbelebt worden war. Und auch wenn die meisten Schiffsfunktionen immer noch einen eigenen Steuerraum besaßen, gab es nicht ein wichtiges Bordsystem, dass sich nicht fast ebenso gut von einer der zahlreichen Computerstationen der Brücke steuern ließ.

Das gefiel Kerr. Es behagte ihm, dass er die komplette Kontrolle über die *Robert Davion* übernehmen und ihre ganze Macht in die Hände von Männern und Frauen unter seiner direkten Aufsicht legen konnte.

Natürlich befand sich der größte Teil des Schiffes de facto ohnehin unter seiner Aufsicht, denn die Katzbalger-Infanterie bewachte die wichtigen Systeme und schaute der Besatzung bei jedem Handgriff über die Schulter. Die Soldaten hatten Anweisungen, jeden zu erschießen, den sie bei einem Akt der Meuterei ertappten, ein Befehl, den sie bereits einmal ausgeführt hatten, als ein Infanterist einen jungen Ingenieur bei dem Versuch erwischt hatte, den Fusionsantrieb des Kriegsschiffs zu sabotieren. Obwohl er mit einem absoluten Minimum an Crew arbeitete, hatte Kerr sein Angebot aufrecht erhalten, dass jeder an Bord sich zu den Davion-Freunden nach Kathil verschiffen lassen konnte. Das war das Äußerste an Gnade, zu dem er bereit war.

Und jetzt war es auch damit vorbei, denn es wurde Zeit zum Handeln.

»Ablegen, Mister Tremmar«, befahl er. Es war sein letzter Befehl auf einem toten Schiff.

Der neue Chefingenieur der *Robert Davion* gab den Befehl weiter an die Heckstationen, deren Besatzung den Hauptfusionsantrieb hochfuhr und von der über Mikrowellen von den planetaren Anlagen gelieferten Energiezufuhr auf das bordinterne Stromnetz des Kreuzers umschaltete. Dann wurde die immense Leistung der riesigen Fusionsreaktoren durch die Triebwerksdüsen freigesetzt und erzeugte den Schub, der das gewaltige Schiff langsam aus dem Kokon aus Laufstegen und Wartungsmodulen bewegte.

Lieutenant Myers, der den Posten des KommTechs besetzte, lächelte, als er meldete: »Keine Anfragen von den Hilfsschiffen. Niemand hat auch nur durchgegeben, dass wir uns in Bewegung gesetzt haben.«

Kerr stand aus dem Kapitänssessel auf, als die Leistung der Triebwerke spürbar wurde. Die durch den Andruck erzeugte künstliche Schwerkraft von etwa einem Fünftel Erdstandard zog alle zum Boden der Brücke. Sie steigerte sich allmählich zu 0,3 G, den Wert, den sie beibehalten würde, bis der Kreuzer das Raumdock verlassen hatte. »Sie werden es früh genug mitbekommen«, bemerkte er. »Armierung, bereithalten.«

Zwanzig Stunden stritt man sich auf den kampfklaren Landungsschiffen und Werftanlagen, die als Bewachung der *Robert Davion* abgestellt waren, nun schon darüber, ob Kerrs Aktion legal gewesen war oder nicht. Dass Duke VanLees und Generalhauptmann Weintraub hinter ihm standen, spielte dabei keine Rolle. Es war der Kommodoreleutnant, über den man auf den Kommkanälen zu Gericht saß. Nicht wenige der Kapitäne bezeichneten ihn als Meuterer oder lyranischen Piraten, aber ebenso viele hatten die Maßnahme als entschiedene Unterstützung für die Archon-Prinzessin gelobt.

Das Problem war, dass niemand auf beiden Seiten wusste, wie er jetzt weiter agieren sollte. Zwei kleinere Schiffe hatten einander mit Lasern und Raketen angegriffen. Auf kürzeste Distanz – jedenfalls für ein Raumgefecht – hatten sie einander ernsthaft beschädigt, bevor ein paar der größeren Schiffe eingegriffen und einen äußerst labilen Frieden durchgesetzt hatten.

Einen ›Frieden‹, der durch den Austausch beißender Funksprüche gekennzeichnet war, in denen die Beteiligten versuchten, einander mit Ehrappellen zu beschämen, die Loyalität zu Prinz Victor und Prinzessin Katrina einforderten, wenn sie nicht sogar bis zu deren Eltern zurückgriffen, Melissa und Hanse. Kerr hatte sich, mit Mühe, zurückgehalten und auf eine Beteiligung an den Rededuellen verzichtet. Stattdessen hatte er sich notiert, wer für und wer gegen ihn sprach, und wer sich in den vorherrschenden Wind drehen würde.

Wobei die *Robert Davion* natürlich das Zeug hatte, eine mächtig steife Brise zu erzeugen.

Plötzlich lachte Myers und warf einen Schalter um, der den allgemeinen Kanal auf die Sprechanlage des Kapitäns speiste. Kerr setzte sich wieder und hörte zu.

»… Teufel! Sie bewegt sich!«

»Ich hätte nie gedacht …«

»Die Flammen müssen dreihundert Meter lang sein, wenn …«

»… schwenkt ein, kann irgendwer …«

»Wunderbar.«

Wunderbar. Das konnte Kerr gut nachvollziehen. Seit Monaten beherrschte die *Robert Davion* jeden Aspekt seines Lebens. Er hatte die Simulationen durchgespielt, hatte das achthundert Meter lange Kriegsschiff durch Asteroidengürtel Manöver fliegen sehen, über Monde und durch vorprogrammierte Raumschlachten. Mehr als siebenhunderttausend Tonnen sich mit solch majestätischer Eleganz bewegen zu sehen, konnte keinen Raumfahrer unbeeindruckt lassen.

»Beim Unvollendeten Buche, nicht auf meiner Wache!«

Das riss Kerr aus seinem kurzen Tagtraum. Der feindselige Ton der Frauenstimme war nicht zu überhören, nicht einmal durch das Rauschen einer entfernten Kommsendung. Nicht, dass ihn eine derartige Reaktion ernsthaft überrascht hätte, ganz gleich, wie selbstmörderisch es für die Besatzung irgendeines dieser Schiffe war, einen Kreuzer anzugreifen. Er hatte gewusst, dass irgendjemand es mit Sicherheit versuchen würde.

»Lieutenant, orten Sie diesen Funkspruch«, bellte er. »Taktik, halten Sie Ausschau nach Angriffsmanövern.« Er starrte auf den dunklen Holotank. »Warum, zum Teufel, ist der Tank noch nicht eingeschaltet?«

Deborah Watson, die Sensoren und Taktische Analyse gleichzeitig bediente, geriet unter dem zornigen Blick ihres Kapitäns ins Stammeln. »Sir, wir, äh, wir können den Tank nicht aktivieren, bis wir das Dock verlassen haben. Die nahen Gerüststrukturen verwirren die Sensoren.«

Kerr stierte Watson wütend an, dann steckte er zurück. »Heckkamera und Sensordaten auf die Schirme!« Er sprang aus dem Sessel und segelte in der niedrigen Schwerkraft vier Meter weit durch die Zentrale, bis er sich an einer Haltestange abfing. Er ging halb, halb schwebte er zum Hauptschirm. »Kein Kapitän, der die Bezeichnung verdient, würde frontal oder aus der Flanke angreifen«, murmelte er, mehr zu sich selbst. Der Bug des Kreuzers beherbergte keinerlei lebensnotwendige Systeme, und die Hauptsensorphalanx konnte von über den gesamten Rumpf verteilten Reservesystemen ersetzt werden. Und ein Kriegsschiff von der Breitseite anzufliegen, war schlichtweg Selbstmord. »Sie wird es auf die Triebwerke absehen.«

»Wir haben sie.« Watson hob den Daumen. »*Excalibur*-Klasse. Das muss die *Guardian* sein. Mit einer einzelnen Schiffs-PPK aufgerüstet. Ich kenne den Kapitän. Sie ist eine überzeugte Anhängerin Prinz Victors.«

»Sie ist ein Insekt, das zerquetscht gehört«, kommentierte Kerr und drehte sich zu dem Maat an der Waffenkonsole um. Der Unteroffizier war der Beste, der für diesen Posten zu bekommen war. Kerr hätte einen Offizier vorgezogen, aber alle Anwärter mit der nötigen Erfahrung waren zurück nach Kathil geflogen. »Olsen! Machen Sie die Heck-55er scharf. Feuern Sie beide Laser in ihren Bug.«

Der Maat hob erschreckt das von der Adlernase geprägte Gesicht. Möglicherweise war ihm das alles bis jetzt wie ein Spiel vorgekommen, bei dem er der größte Schläger auf dem Schulhof war. Aber jetzt entwickelte sich die Lage rapide in eine ausgesprochen tödliche Richtung. Unter Umständen zu rapide für ihn. »In den Bug, Sir? Meinen Sie nicht: *vor* den Bug?«

Kerr hatte bereits entschieden, wie er gegen die erste echte Herausforderung seiner Autorität vorgehen würde, und in dieser Antwort war kein Platz für Warnschüsse … oder für ein Infragestellen seiner Anordnungen. »Ich habe gesagt, was ich meine, Armierung!«, brüllte er. »Verschwenden Sie keine Zeit damit, sich Ihre Befehle bestätigen zu lassen. Sie hängen im Geschütznetz, und das ist kein leichter Schuss. Feuern Sie die beiden Schiffslaser-55 auf den *Excalibur* ab, und zwar sofort!«

Auf seiner Brücke duldete er keine Verzögerungen.

Auf dem Sichtschirm zuckten zwei leuchtend smaragdgrüne Lanzen aus gebündelter Lichtenergie auf die *Guardian* zu, die soeben hinter die *Robert Davion* einschwenkte. Das nach den meisten Maßstäben riesige Landungsschiff war ein grauer Fleck vor dem tief schwarzen Hintergrund des Alls. Es besaß vielleicht ein Achtel der Rumpflänge des Kreuzers, aber nicht einmal ein Fünfzigstel seiner Tonnage.

»Vergrößern«, befahl Kerr. Dann, zu Maat Olsen. »Noch mal. Noch eine Salve.«

Das Bild holte das eiförmige Landungsschiff gerade

rechtzeitig näher heran, um den Kommodoreleutnant verfolgen zu lassen, wie die vernichtenden Energiebahnen sich tief in dessen Eingeweide bohrten. Fontänen aus Luft und zerschmolzener Panzerung schossen aus der *Guardian* ins All und versetzten das Schiff in eine taumelnde Drehung. Seine Bestückung mochte ausreichen, Jäger abzuwehren oder ein anderes Landungsschiff zu bedrohen, aber gegen die Geschütze eines Kriegsschiffs hatte es keine Chance.

Das Geplapper auf den Kommleitungen war zu leisem Hintergrundrauschen verstummt, als den Kapitänen klar wurde, was Kerr getan hatte. Falls sie sich gefragt hatten, ob er bereit war, den Kreuzer gegen sie einzusetzen, hatten sie jetzt ihre Antwort.

»Beim Prinzen«, flüsterte eine weibliche Stimme aus dem Lautsprecher. Offenbar fiel ihr sonst nichts ein. »Beim Prinzen.«

Kerr grinste. Ein passender Fluch als Erinnerung für seine Gegner. Jetzt brauchte er ihn nur noch nachhaltig in ihr Gedächtnis einzubrennen. »Noch eine.«

Olsen starrte entsetzt zu ihm herüber. »Sir, sie ist außer …«

»Feuer!« Seine linke Hand zuckte in Richtung des widerstrebenden Maats durch die Luft.

Diesmal löschten die Laser die Antriebsflammen der *Guardian* und ließen ihr keine Möglichkeit, das wilde Taumeln zu stoppen. Sie würde weitertreiben, bis sie in der Lufthülle Kathils verglühte oder von einem der Mikrowellenstrahlen atomisiert wurde.

Tremmar hob die Hand und zählte mit den Fingern ab. »Zwo … eins … und wir sind aus dem Raumdock.«

Kerr stieß den Zeigefinger zu einem anderen Obermaat, der eine freie Offiziersposition besetzte. »Ruder, schwenken Sie Richtung Kathil ein. Achten Sie auf die Flugverbotszonen und parken Sie uns in einer transpolaren Umlaufbahn.« Dort würden sie wie eine Spinne im

Netz auf das Eintreffen der Dragoner warten. So sehr er es auch vorgezogen hätte, im Dunkel des Alls auf Jagd nach den anfliegenden Landungsschiffen zu gehen, die Gefahr, dass sie ihm hätten entwischen können, war zu groß. Aber früher oder später mussten sie nach Kathil kommen.

Er zögerte. Irgendetwas hatte er vergessen. Ach ja. »Olsen, Sie sind des Postens enthoben. Runter von meiner Brücke.« Der Maat hatte Glück. Der Nächste, der seine Anordnungen infrage stellte, durfte damit rechnen, aus der nächsten Schleuse gestoßen zu werden.

»Ein *Oktopus* nimmt mit hoher Beschleunigung Kurs auf die *Guardian*«, meldete Watson. Der wegen seiner zahlreichen Greifarme so benamte Raumschlepper würde das Landungsschiff zurück zur Werft bringen.

»Unwichtig«, winkte Kerr ab. Er hatte bewiesen, dass keines dieser Schiffe es mit der *Robert Davion* aufnehmen konnte. Falls die anderen trotz des Exempels an der *Guardian* zu einem Problem wurden, würde er sie ebenso leicht erledigen. Doch er zog es vor, seine Aufmerksamkeit einer würdigeren Beute zu widmen.

Die 1. Capella-Dragoner würden für den Kreuzer bei ihrer Ankunft keine größere Herausforderung darstellen, aber Kerr erwartete, dass ihr Tod weit befriedigender wurde.

BEWÄHRUNG UNTER FEUER

Krieg ist die Fortsetzung der Politik mit anderen Mitteln. Man kann also sagen, dass Politik Krieg ohne Blutvergießen ist, und Krieg Politik mit Blutvergießen.

– Vorsitzender MAO TSE-TUNG, 1938,
Über längeren Krieg

23

Vorhaven, Kathil
Kathil-PDZ, Mark Capella, Vereinigtes Commonwealth

2. Dezember 3062

David hatte eigentlich nicht vorgehabt, im Cockpit des *Destruktor* auf das Familiengut zurückzukehren. Haushoch über dem Boden, im wogenden Schritt der überschweren Maschine schwankend, kam er vor den *Mantikoren*, die seine drei Mechs begleiteten, über einen Hügelkamm. Er wusste bereits, was ihn erwartete. Vorbeiflüge von *Korsar*-Luft/Raumjägern und den beiden *Turmfalke*-Hubschraubern, die nicht weit entfernt in der Luft hingen, hatten ihn vorgewarnt. Trotzdem öffnete sich in seinem Innern ein klaffender Abgrund, als er es mit eigenen Augen sah.

Der Angriff der 8. RKG hatte kaum einen Stein auf dem anderen gelassen. Teilweise glühten die Äcker noch, wo selbst die Ernte zum Ziel von Lasersalven geworden war, die sie bis zum Boden niedergebrannt hatten.

Andere waren einfach von hindurch marschierenden BattleMechs und Panzerketten verwüstet, und von den Hubschraubern abgesetzte Infanteristen waren dabei, Vibraminen zu entschärfen, die in manchen Bereichen ausgelegt waren.

Kalter Schweiß trat David auf die Stirn, als er sah, was vom Haus seiner Eltern noch geblieben war, einem weitläufigen, einstöckigen Gutshaus für eine große, glückliche Familie. Ein paar Balkenstummel und ein einzelnes Wasserrohr, mehr stand dort nicht. Aus dem Rohr schoss eine Wasserfontäne und regnete auf die Ruinen hinab.

Das Haus war dem Erdboden gleich gemacht worden – wortwörtlich. Die Angreifer hatten es systematisch niedergerissen, zerstampft und die Trümmer verstreut, bis kaum noch etwas zu erkennen war. Die Privatfahrzeuge waren zerquetscht, aber David erkannte den gelben Grand Spirit Wagoneer seiner Schwester Pauline noch immer. Seine Hoffnung schwand zusehends. Wie viele seiner Angehörigen waren hier gewesen? Lebte noch jemand, den er retten konnte?

Letztere Frage verfolgte ihn, seit Major General Sampreis ihm die Nachricht von dem Überfall überbracht hatte. Er hatte David aus einer Besprechung mit seinen Offizieren über Möglichkeiten geholt, den Vormarsch der RKG landeinwärts aufzuhalten. Vermutlich hatte der General es gut gemeint, als er ihm die Informationen nach und nach gegeben hatte. Doch in Wahrheit hatte das es nur noch schlimmer gemacht.

»Vorhaven?«, hatte David schockiert gefragt. So weit landeinwärts war kein größerer RKG-Vorstoß prognostiziert worden. »Soll das heißen, ein Katzbalger hat sich durch Vorhaven gekämpft?«

Der Major General hatte den Kopf geschüttelt. »Kein Kampf. Und auch nicht exakt Vorhaven. Nur das Gut Ihrer Eltern, David. Ich fürchte, dieser Angriff galt Ihnen persönlich. Nur Ihnen.«

Nur David. Und seinen Eltern. Seiner Schwester. Deren Kindern. Nein, das betraf nicht nur David. Er war möglicherweise der Auslöser dafür gewesen, dass jemand versuchte, ihn über seine Familie zu treffen, aber es würde Dutzende Leben für immer verändern.

»David, es tut mir so Leid«, sagte Tara Michaels über das Kommsystem. Der *Vollstrecker* hatte plötzlich angehalten und beschleunigte jetzt wieder, um zurück an die Seite ihres Kommandeurs zu kommen. Obwohl sie frisch zum Captain befördert und für Davids halbe Einheit verantwortlich war, hatte sie drauf bestanden, ihn zu begleiten. Die meisten ihrer Leute hatte sie unter Captain Gerst zurückgelassen und nur Richard Smith mitgenommen. Eine gute Wahl, um ihn moralisch zu unterstützen, aber jetzt blieb sie stumm, schien keine Worte zu finden.

Corporal Smith hatte derlei Schwierigkeiten nicht. »Scheiße, Major. Da hatte aber jemand einen echten Hass auf Sie. Irgendeine Ahnung, wer so was tun könnte?« Es bestand kein Zweifel daran, dass das ein persönlicher Angriff gewesen war. Rund um Vorhaven war als Einziges das McCarthy-Gut verwüstet worden.

»Ich weiß es nicht«, antwortete David mechanisch. Er sah die alte Eisenholzeiche in der Nähe stehen. Von einem wuchtigen Ast hing noch immer ein von einem Seil gehaltener Reifen herab. Er fühlte sich besser bei dem Gedanken, dass der Angriff zumindest den Baum verschont hatte, und erkannte im selben Augenblick, dass er unter schwerer Schockwirkung stehen musste, wenn eine so unbedeutende Feststellung eine solche Wirkung auf ihn hatte. »Ich weiß es nicht«, wiederholte er. »Aber ich werde es herausfinden.«

»Glauben Sie …« Tara stockte, zögerte merklich, entschied sich dann aber doch weiterzusprechen. »Glauben Sie, irgendjemand konnte entkommen?«

»Falls sie es rechtzeitig in den Bunker geschafft haben.« Aber die Infanterie hatte keine Überlebenden gemeldet. Genau genommen hielt sich überhaupt keine Infanterie in der Nähe des Hauses auf. Er runzelte die Stirn und schaltete auf eine andere Kommfrequenz. »Major McCarthy an Bodenkontrolle. Lieutenant Reed, warum sucht niemand in den Trümmern des Hauses?«

»Major, wir haben es mit Lauschgeräten abgetastet. Es tut mir Leid, Sir, aber unter den Trümmern lebt niemand mehr, oder wir hätten ihn ausgegraben. Wir hätten selbst den schwächsten Pulsschlag aufgefangen.« Die Stimme des Mannes war tonlos. Ohne Zweifel nahm ihn die sinnlose Zerstörungsorgie, die hier auf zivilem Boden getobt hatte, ebenso mit wie alle anderen.

Aber in David keimte neue Hoffnung. »Auch durch zwei Meter Stahlbeton? Haben Sie im Bunker nachgesehen?«

»Gütiger Himmel.« Die Stimme des Lieutenants war zu gleichen Teilen bedauernd und hoffnungsvoll. »Was für ein Bunker?«

* * *

Alle Häuser im Inland Murans besaßen einen Bunker. Im Sommer tobten Orkane und gelegentlich Wirbelstürme bis zur Stärke 4 über das Gut, die einen derartigen Schutz zwingend nötig machten. Aber der Infanterieoffizier und seine Leute stammten von der Küste, und David war zu geschockt gewesen, um es zu erwähnen.

Da weder der *Destruktor* noch der *Vollstrecker* modellierte Hände hatten, war der *Cestus* am besten dazu geeignet, die Trümmer beiseite zu räumen. Er konnte riesige Balkentrümmer wegheben und Berge von Faserzement und Schindelfassade fortschaufeln. Der Corporal grub sich in dem schweren Mech durch den mit Trümmern gefüllten Keller und schleuderte den Schutt beiseite, während David, der die Kanzel verlassen hatte, ungeduldig vor einer Menschenmenge aus Infanterie,

Nachbarn, freiwilligen Helfern und anderen Familienmitgliedern, die endlich aus Vorhaven eingetroffen waren, hin und her tigerte.

Der *Cestus* richtete sich auf und trat zurück. David rannte los, gefolgt von seinen Verwandten und Leutenant Reed, während die übrigen Soldaten den Rest der Menge aufhielten. Als er in den freigeräumten Teil des Kellers schaute, sah David, dass die Stahltür zum Bunker eingebeult war. Es würde schwierig werden, sie zu öffnen.

Er sprang die drei Meter hinab und landete auf allen vieren. Dann schob er sich durch die Trümmer zu der schwer beschädigten Mauer aus verstärktem Stahlbeton. Ein großer Riss schien tief genug, bis ins Innere des Bunkers reichen zu können. »Mom, Dad, Pauline!«, brüllte er. »Hört mich jemand?«

Eine leise Stimme antwortete ihm. »Wir sind hier, es geht uns gut.« Die Stimme seines Vaters. David musste sich panisch angehört haben. Oder vielleicht versuchte sein Vater auch, die Nerven der anderen zu beruhigen, die mit ihm im Bunker festsaßen. So oder so klang Jason McCarthy nicht besorgter, als wenn er David bitten würde, ihm mal eben hoch zu helfen. »Kannst du die Tür aufstemmen? Wir sind die Dunkelheit hier drinnen allmählich satt.«

Es dauerte eine Weile, bis sie eine Kette gefunden hatten, die lang und stark genug war, um nicht zu reißen, als Smiths *Cestus* sie packte und die Tür zusammen mit einem beachtlichen Teil des Rahmens aus der Wand riss. Die Wiedersehensfreude konnte nicht bis zur Oberfläche warten. Die McCarthys umarmten sich vor Freude weinend in den Trümmern des Kellers. Jason McCarthy blieb beherrscht und ließ sich nichts anmerken, bis er schließlich über den Schutt nach oben kletterte und sah, was von seinem Gut noch existierte.

»Diese verdammten, arschgesichtigen, hundsfotzigen

Söhne eines Liao!«, brüllte er zum Himmel, so laut, dass er selbst den Jubel der Menge und seiner Angehörigen übertönte. Er senkte den Kopf und lächelte mühsam, als der Blick seiner gewittergrauen Augen über David und den Rest der Familie glitt. »Zur Hölle mit ihnen«, sagte er milde. »Ich wollte ohnehin ein größeres Haus.«

David musste seinen Vater praktisch zwingen, zusammen mit den anderen ins Vorhavener Krankenhaus zu fahren. Der ältere McCarthy wollte bleiben und bergen, was sich an Familienbesitz noch retten ließ. Das Haus war zerstört, aber manches von dem, was es zu einem Heim gemacht hatte – Bilder, Näharbeiten, Erinnerungsstücke, die Kleinigkeiten, die Davids Mutter etwas bedeuteten – ließen sich unter Umständen noch retten. David konnte ihn schließlich zum Gehen überreden, indem er versprach, sich mit seinen Brüdern um die Suche zu kümmern.

Und er erinnerte seinen Vater daran, dass jeder Soldat, der nötig war, ihn ins Krankenhaus zu eskortieren, ein Mann weniger bei der Suche in den Trümmern war.

Der anbrechende Abend färbte den Himmel fahlgrau, als David eines der großen Alben fand, die seine Eltern mit Photos, Holos und anderen Erinnerungsstücken gefüllt hatten. Ein Mech war darauf getreten, und das Profil des Metallfußes hatte den Einband zerfetzt und das Buch in der Mitte eingeknickt, doch der größte Teil des Inhalts war noch zu retten.

»Wie ich höre, ist niemand zu Schaden gekommen«, stellte plötzlich eine Stimme hinter ihm fest.

David kannte die Stimme, konnte sie aber im ersten Augenblick nicht einordnen. Er drehte sich um und glaubte erst, der Mann, der im schummrigen Licht hinter ihm stand, wäre ein Mitglied der Milizinfanterie, mit dem er sich noch nicht bekannt gemacht hatte. Dann fielen ihm die kleinen Unterschiede an der Uniform auf, die sie dem Vereinigten Commonwealth zuordneten, nicht den Vereinigten Sonnen. Sie waren minimal, so minimal, dass jemand mit genügend Selbstvertrauen es schaffen konnte, darin an der Milizinfanterie vorbei zu marschieren, solange diese damit beschäftigt war, die Trümmer zu durchsuchen. Jetzt erkannte er die kantigen Züge und den dunklen Schnurrbart, das von der hohen Stirn nach hinten gekämmte, graumelierte Haar. Er hatte den Mann zuletzt bei dem Empfang nach der Verleihung seines Ordens gesehen. Der Kommandant, der Lieutenant General Fallon begleitet hatte.

Greene … Eván Greene.

Er warf sich auf den Mann, ließ das Album fallen, um mit beiden Fäusten Greenes Uniform zu packen, rammte ihn mit dem Rücken gegen die geborstene Kellerwand.

»Sie leben alle noch, aber zu Schaden sind sie sehr wohl gekommen«, knurrte er, zog Greene von der Wand und schlug ihn wieder dagegen. »Laut Augenzeugen hat das ein *Falkner* angerichtet. Ein *Falkner* mit bemerkenswerter Ähnlichkeit mit der Maschine, die uns in Daytin und Stihl an der Spitze einer Lanze begegnet ist. Los. Sagen Sie mir, dass nicht Sie das waren!«

Greene verzog schmerzhaft das Gesicht, als David ihn auf das zertrümmerte Mauerwerk presste, leistete aber keinen Widerstand. »Das war nicht ich, McCarthy«, antwortete er mit ruhiger, gleichmäßiger Stimme. »Es war einer meiner Leute, das stimmt, und ich habe ihm den Befehl gegeben, Sie aus der Deckung zu locken.« Er schaute sich in der Verwüstung um, und ein gehetzter Ausdruck trat in seinen Blick. »Aber ich habe zu keiner Zeit eine derartige Gewalt gegen Zivilisten autorisiert. Ich habe ihm den Auftrag gegeben, Ihnen eine Botschaft zu schicken, mehr nicht.«

»Und wenn Sie gewusst hätten, was er plante?«

Immerhin ließ der Kommandant sich die Frage ernsthaft durch den Kopf gehen. »Weiß ich nicht«, stellte er langsam fest. »Ich habe in den letzten Wochen eine Menge Dinge zugelassen, von denen ich dies früher nie geglaubt hätte. Aber ich hoffe doch, dass ich einen weniger blutrünstigen Weg gefunden hätte, mir meine Gelegenheit zu verschaffen.«

Irgendwie, wenn auch widerwillig, glaubte David ihm. Vielleicht lag es an Greenes geschäftsmäßigem Ton. Keine Entschuldigung. Nicht einmal echtes Bedauern. Nur eine unverblümte Feststellung, was er vorgehabt hatte – und was tatsächlich geschehen war.

»Ein Offizier ist verantwortlich für das Verhalten aller ihm unterstellten Offiziere und die Handlungen aller unter seinem Befehl stehenden Mannschaftsgrade«, zitierte er die Dienstvorschriften. Er schaute zu den wartenden Infanteristen hoch, die sich, von dem Handgemenge angelockt, am Rand des Kellers aufgestellt hatten. Zwei von ihnen hielten das Gewehr im Anschlag, falls Greene irgendwelche Dummheiten versuchte. David stieß ihn wieder gegen die Wand, so hart, dass Greenes Hinterkopf gegen den Beton schlug. »Geben Sie mir einen Grund, Sie nicht auf der Stelle meinen Leuten zu überlassen.«

Greene schüttelte den Kopf, um klar zu werden. »Ich habe etwas, das Sie gebrauchen können. Informationen über Yare.«

David erinnerte sich, dass die RKG vor wenig mehr als einer Woche den 2. NAIW-Kader aus Yare vertrieben hatte. »Die kann ich auch bekommen, indem ich Lieutenant Reed da oben sage, er soll sie aus Ihnen herausprügeln«, log er. Nach dem heutigen Tag schienen derartige Taktiken zwar verlockend, doch er bezweifelte, dass er sie hätte durchhalten können. Aber Greene war zu selbstbewusst, und David wollte ihn verunsichern. »Wie kommen Sie darauf, dass ich Sie wieder ziehen lasse?«

»Xander Barajas«, erwiderte Greene. »Der Mann im *Falkner.* Er ist meine Versicherung.« Er grinste bösartig. »Wenn Sie mich ausschalten, garantiere ich Ihnen, dass er auf meinen Posten befördert wird. Der Mann ist eine Bestie im MechKriegerpelz, McCarthy. Möchten Sie wirklich sehen, was Barajas mit einer ganzen Kompanie anrichten könnte? Oder sogar einem Bataillon? Er würde vermutlich anfangen, indem er Vorhaven dem Erdboden gleichmachte, und glauben Sie lieber nicht, dass er damit zufrieden wäre.«

Zur Hölle mit dem Kerl! Die Situation erinnerte David zu sehr an das jüngste Gespräch mit Amanda Black. Gleichgültig, wie er sich entschied, er verlor. Nach einer langen Pause ließ er den anderen Offizier los und trat zurück. Er fand Lieutenant Reed am Rand des Kellers und winkte die Infanteristen weg. Zögernd zog Reed seine Leute ab.

»Ich mache keine Geschäfte mit dem Feind, Greene«, erklärte David eisig. »Wenn Sie Informationen für mich haben, spucken Sie es aus und verschwinden Sie, bevor ich Sie unter Arrest stellen lasse.«

Eván Greene richtete sich auf und klopfte den Staub von der Uniform. »Wenn Sie irgendeine Ahnung hätten, was ich damit riskiere, dass ich hierher gekommen bin, wären Sie vielleicht etwas zugänglicher«, beschwerte er sich. »Lieutenant General Fallon würde es nicht verstehen.«

»Kann ich ihr nachfühlen«, teilte David ihm mit. »Ich verstehe auch nicht, was Sie hier wollen.«

»Sind Sie blind?«, fragte Greene entgeistert. »Fallon und ich sind die Garnison in Yare.«

»Ich wusste nicht, wo Sie stationiert sind.«

»Ihr General weiß es bestimmt. Er ist nur zu sehr auf Mitchell Weintraub fokussiert, um sich darum zu kümmern. Das ist ein Fehler. Sampreis sollte viel mehr darauf achten, was Karen Fallon und ich treiben.«

David verstand, dass sich sein Gegenüber auf einem schmalen Grat bewegte, indem er andeutete, was seine Vorgesetzte plante, ohne sie direkt zu verraten, indem er es aussprach. »Warum?«, fragte er. Er hatte die Spielchen satt und hoffte, mit einer offenen Frage eine klarere Antwort zu provozieren.

»Sie wissen, dass die Capella-Dragoner im System sind?«

»Ja, ich weiß. Noch sechs Tage bis zur Ankunft.«

Wieder dieses verschmitzte Lächeln. »Fünf Tage, aber es war ein netter Versuch.«

»In Ordnung, fünf«, gab David zu. »Und wir wissen auch, dass Sie die *Robert Davion* unter Ihre Kontrolle gebracht haben. Und ja, wir machen uns Sorgen über ein mögliches Orbitalbombardement. Manche Einwohner verlassen Radcliffe aus Angst, Kerr könnte kurzen Prozess machen und sich für die Turtle-Bay-Option entscheiden.« Turtle Bay war eine Stadt, die Clan Nebelparder während der Clan-Invasion mit einem Orbitalbombardement ausradiert hatte.

»Der Gedanke ist ihm gekommen«, bestätigte Greene. »Nur taktische Bombardements, wohlgemerkt. Aber die *Robert Davion* ist nicht voll besetzt. Trotzdem würde ich die Truppen an Ihrer Stelle nicht zu massiven Manövern zusammenziehen. Der Kommodoreleutnant könnte es auf einen Versuch ankommen lassen.«

»Kerr wartet also darauf, die Dragoner schon im Anflug auf Kathil abzuschießen«, setzte David die Puzzleteile zusammen. Im Grunde überraschte es ihn nicht. »Aber was hat das mit Yare zu tun?«

»Ah, da kommt Karen Fallons Wunsch nach einem Reserveplan ins Spiel. Nur für den Fall, dass die Dragoner der *Robert Davion* irgendwie durch die Lappen gehen. Eine weitere Lehre aus der Geschichte.«

David war erschöpft, körperlich und geistig. Er hatte keine Geduld mehr für irgendwelche Spielchen. Er packte Greene am Arm. »Was für ein Plan?«, forderte er. Dann rechnete er es sich doch selbst aus, als Greene stur den Mund hielt. *Yare. Capella-Dragoner. Geschichte. Streiche die* Robert Davion *aus der Gleichung … Nein!*

»Was für ein Plan, Eván?«, fragte er mit erstickter Stimme.

»Vielleicht sollten Sie mit Ihrem General sprechen. Sie waren Ulane. Sie werden darauf kommen.« Greene riss sich aus Davids Griff los, trat zu einem eingestürzten Mauerstück und kletterte aus dem Keller.

David folgte ihm bis an den unteren Rand des Trümmerhangs. »Greene, warum sind Sie hier? Warum warnen Sie mich?«

Eván Greene schaute mit verschränkten Armen hochmütig auf seinen Rivalen herab. »Ich kann weder Kerr noch Fallon aufhalten. Und warum sollte ich? Wir gewinnen diesen Krieg. Aber Sie sind faire Beute, und dazu eine ziemlich bekannte. Ich wollte nie etwas anderes als die Chance, mich in der Schlacht auszuzeichnen. Die werden Sie mir liefern. Sie verstehen, es geht nicht gegen Sie persönlich. Aber wenn ich mir die Zeit nicht nehmen kann, Sie auf dem Schlachtfeld zu suchen, muss ich halt dafür sorgen, dass Sie mich finden. Und wenn das Leben der 1. Capella-Dragoner vom Ausgang abhängt, umso besser«, stellte er fest. »Jedenfalls für mich.«

24

Stützpunkt der MCM Kathil, Radcliffe, Kathil
Kathil-PDZ, Mark Capella, Vereinigtes Commonwealth

4. Dezember 3062

David traf verspätet zur Stabsbesprechung ein, schloss leise die Tür hinter sich und entschuldigte sich kopfnickend, als er zu Tara Michaels auf die andere Seite des Tisches ging. Sein Eintreffen löste unter den niederen Offizieren, die auf Klappstühlen an den Wänden des Raums saßen, ein leises Raunen aus. Die meisten hohen Offiziere nickten entweder zurück oder bekundeten mit schmalem Lächeln ihr Mitgefühl. Lieutenant Colonel Yori verzog keine Mine. Karl Tarsk tippte sich in kurzem Salut an die Stirn.

Major General Sampreis unterbrach seinen Vortrag und schien einen Augenblick lang keine Worte zu finden. Links neben ihm stand ein weiblicher Lieutenant General, den David nicht kannte, und Sampreis Hand lag auf ihrer rechten Schulter. Er zog die Hand zurück und rieb sich kurz die Hände. »Major. Schön Sie zu sehen.« Er stockte, schien sich nicht sicher, wie er in einer so öffentlichen Situation eine private Angelegenheit am besten behandeln sollte. »Wir hatten Sie erst morgen zurückerwartet.«

»Alles in Ordnung?«, fragte Yori mit suchendem Blick.

»Meiner Familie geht es gut«, antwortete er. »Sie sind immer noch etwas mitgenommen, aber wir McCarthys sind ziemlich robust.« Er verzog den Mund zu einem zögernden Lächeln. »Mein Vater hat mich heute Morgen rausgeworfen. Hat mir gesagt, ich soll meinen ... äh, mich zurück an die Arbeit machen. Mit Ihrer Erlaubnis, General.«

David dachte nicht daran, sich die Besprechung entgehen zu lassen, nur weil Sampreis seinen Status als

Held von Kathil weiter melken wollte. Das war der Hauptgrund für die drei Tage Urlaub gewesen, die der Major General ihm ungefragt bewilligt hatte. Je eher er Vorhaven verlies, desto schneller würden die Medien seine Eltern in Ruhe lassen.

Yori warf dem Major General einen versteckten Blick zu und nickte leicht. Sampreis setzte ein Politikerlächeln auf. »Willkommen zurück, Mister McCarthy. Bitte leisten Sie uns Gesellschaft.« Er deutete mit einer Kopfbewegung auf Davids Stammplatz, und Tara stand auf. David winkte ihr, sich wieder zu setzen.

»Tara hat mich jetzt zwei Tage vertreten, und ich bin sicher, sie hat ihre Sache gut gemacht«, stellte er fest. »Ich will nicht stören, also bleibe ich im Hintergrund und bringe mich auf den neuesten Stand.«

Er griff sich einen freien Klappstuhl und stellte ihn hinter seinem neuesten Captain an die Wand. Tara drehte sich mit einem kaum merklichen Kopfschütteln zu ihm um. In ihren sanften braunen Augen stand eine schwer zu beschreibende Mischung aus Warnung und Erregung. David konnte erkennen, dass es in seiner Abwesenheit Veränderungen gegeben hatte, und nicht nur zum Positiven. Logisch. Hauptsächlich deshalb war er einen Tag früher zurückgekehrt, trotz der Zusicherungen, dass mindestens achtundvierzig Stunden keine größeren Aktionen anstanden. Irgendetwas lag in der Luft, und er wollte dabei sein, wenn es geschah.

»Na schön«, übernahm Sampreis wieder die Leitung der Besprechung. Er schaute nach links. »Ich habe gerade Lieutenant General Helen Sanderson vom 2. NAIW-Ausbildungskader vorgestellt. Er ist bereits mit den Katzbalgern aneinander geraten, hat aber versucht, seit der Auseinandersetzung in Yare keine Schlagzeilen zu liefern. Die letzte Beteiligung eines Ausbildungskaders in dieser Art politischem Tauziehen war auf Northwind, und wir wissen alle, wie das ausgegangen ist.«

David erinnerte sich. Vor fünf Jahren war es bei den Northwind Highlanders zu Auseinandersetzungen darüber gekommen, ob sie sich Katherine oder Victor anschließen sollten, und der planetare Adel hatte versucht, den Willen des Prinzen gewaltsam durchzusetzen. Der 2. NAIW war als Verstärkung für Highlander-Renegaten zum Einsatz gekommen. Schließlich führte die Auseinandersetzung zu einem Bruch der Söldner mit den Steiner-Davions, auch wenn sie unter Kontrakt des Hauses blieben. Die VerCom-Einheiten, einschließlich des NAIW-Kaders, hatten eine ›inoffizielle‹ Rüge erhalten, was bedeutete, dass jeder von der Missbilligung des Prinzen wusste, auch wenn sie nicht in den Personalakten der Einheit verewigt wurde.

»Die Entscheidung des Kaders, Neutralität zu wahren, endete, als ich ihn von unserer, auf von Major McCarthy gesammelten Informationen beruhenden, Überzeugung in Kenntnis setzte, dass die 8. RKG plant, die Energiesendeanlage von Kearny-Fuchida Yare Industries gegen die anfliegenden Capella-Dragoner einzusetzen.«

Lieutenant General Sanderson nickte. »Ich bedaure, dass wir es waren, die die Anlage an Generalhauptmann Weintraubs Einheiten verloren haben. Oder, um genauer zu sein, an Lieutenant General Karen Fallons Truppen. Wir haben Yare allerdings weiter beobachtet und wissen, dass sie die Ortschaft noch immer als Operationsbasis benutzt. Sie hat ihr persönliches Landungsschiff, die *Masse Noire,* zwischen dem Ort und dem Werk abgesetzt. Es wird nicht leicht werden, sie von dort zu vertreiben.« Sie setzte sich.

»Warum gerade Yare?«, fragte Tarsk. »Warum sollte Lieutenant General Fallon das Risiko eingehen, den 2. NAIW auf unsere Seite zu treiben, indem sie das Thermalwerk in Yare einnimmt, wenn bereits mindestens drei Sendeanlagen in ihrem Einflussbereich liegen?«

Der Major General überließ die Antwort Marsha Yori.

»Abgesehen von Fallons persönlichem Ehrgeiz gibt es noch eine taktische Begründung. Die Sendestation in Yare ist am besten dafür geeignet, ein anfliegendes Ziel zu verfolgen und zu zerstören. Nicht jede Anlage hat die Möglichkeit, mit ihrer Mikrowellenantenne den gesamten Himmel abzustreifen. Yare wurde jedoch von Anfang an gebaut, um nach Bedarf zusätzliche Kapazität zu liefern und verfügt über einen beeindruckenden Schwenkwinkel von einhundertsechzig Grad in der Senkrechten und vollen dreihundertsechzig Grad in der Waagerechten. Das reicht für ein gewaltiges Loch in der Atmosphäre.«

Der Infanteriegeneral der Miliz, Major General Lars-Erik Gennadi, beugte sich vor. »Sie haben persönlichen Ehrgeiz angesprochen?«

Yori nickte. »Major McCarthy?«

David rieb sich den Hals und nahm sich einen Augenblick Zeit, seine Gedanken zu sammeln. Sampreis und Yori wussten, dass die Informationen von Eván Greene stammten, also aus einer höchst zweifelhaften Quelle. Aber die Logik der Argumentation hatte sie überzeugt, dem Kommandanten zu glauben. Er würde dasselbe bei Gennadi versuchen müssen.

»Es ist Teil der Ulanengeschichte«, erklärte er. »Im 4. Nachfolgekrieg, 3029 um genau zu sein, griff Haus Liao das Thermalgeneratornetz an, um die Sprungschiffsproduktion zu stoppen. Yare ist der Ort, an dem Morgan Hasek-Davion sich den Liao-Todeskommandos und 4. Tau-Ceti-Rangern entgegengestellt hat. Er wollte die Sendeanlage gegen ein anfliegendes Landungsschiff einsetzen. Und er hat es auch getan. Er hat ein Schiff der *Union*-Klasse mit einer kompletten Kompanie Todeskommandos zerstört.«

Er stieß scharf den Atem aus und hoffte, es würde ihm gelingen, den nächsten Punkt deutlich zu machen. »Indem sie nach Yare zurückkehrt, erreicht Karen Fallon zweierlei. Erstens erinnert sie an diese Legende und kann sie als Rechtfertigung ihres skrupellosen Angriffs auf die Dragoner benutzen. Und falls wir gegen sie vorgehen, schlägt dieselbe Legende auf uns zurück.«

Gennadi runzelte die Stirn. »Wie meinen Sie das?«

»Wir werden eine Garnisonseinheit des Vereinigten Commonwealth in Yare angreifen«, erklärte David. »Verstehen Sie nicht, in welche Rolle wir damit gedrängt werden?« Er lächelte traurig. »Falls es uns gelingt, Fallon aufzuhalten, bringen wir nur zu Ende, was den Todeskommandos vor dreißig Jahren missglückt ist.« Natürlich würde Fallon bei einem Erfolg der Miliz keine Gelegenheit bekommen, sie in welchem Licht auch immer zu zeichnen. Damit ihre Strategie aufging, musste die Miliz angreifen und scheitern, und in dem Falle brauchten sie sich um ihr Bild in der Öffentlichkeit vermutlich ohnehin keine Gedanken mehr zu machen. David zumindest war bereit, dieses Risiko einzugehen.

Aber niemandem hier im Raum gefiel der Gedanke. Die Milizoffiziere rutschten unbehaglich auf ihren Stühlen hin und her und zupften an den Uniformkrägen. »Und der zweite Punkt?«, fragte Yori.

»Der zweite Punkt ist, dass mit dieser Geschichte natürlich einiges an Ruhm verbunden ist«, erläuterte David. »Ich schätze, es geht ihr auch um die Selbstbestätigung. Wenn man große Wellen schlagen will, braucht man einen gehörig großen Stein.«

»Ein schwer zu überbietendes Argument«, bestätigte Trask. »Die Situation ist ähnlich genug. Nur dass Morgan Hasek-Davion in einem erklärten Krieg und auf Befehl Hanse Davions agiert hat, Kathil um jeden Preis zu verteidigen. Damals war der Kampf um Kathil wirklich kriegsentscheidend. Soweit es mich betrifft, ist das der entscheidende Punkt.«

Die meisten Anwesenden nickten zumindest andeutungsweise. Bis auf David. »Ich sehe noch einen deutlicheren Unterschied, Karl.«

»Und der wäre?«

David suchte nach den richtigen Worten für seine Antwort. »Morgan Hasek-Davion hat es ernsthaft bereut, zu einer derartigen Maßnahme gezwungen worden zu sein. Er war nie stolz darauf. Bei Lieutenant General Fallon kann ich keine derartigen Bedenken erkennen.«

Warum eine derartige Feststellung das deutliche Missfallen Major General Sampreis' und Lieutenant Colonel Yoris erregte, verstand David nicht. Sampreis wirkte beinahe beleidigt, Yori immerhin nur unangenehm berührt. Aber seine Bemerkung gefiel ihnen beiden nicht. Ganz und gar nicht.

»Wir haben nicht vor, es so weit kommen zu lassen«, versicherte der Major General den Offizieren. »In unserer momentanen Situation können wir gegen das Kriegsschiff nicht viel unternehmen, also werden wir uns auf die Bedrohung hier am Boden konzentrieren, bis sie eliminiert ist. Es geht darum, Karen Fallon und ihren Truppen das Thermalenergiewerk wieder abzunehmen oder – aber nur, falls es wirklich keine andere Möglichkeit gibt – die Sendeanlage von Yare Industries zu zerstören. Wir werden vorgehen, wie beschrieben. Das war's für den Moment.«

Major General gab mit einem Kopfnicken das Signal zum allgemeinen Aufbruch. »David?«, rief er. »Wenn Sie bitte noch einen Augenblick bleiben.«

* * *

Major General Sampreis hielt auch Lieutenant Colonel Yori und Major General Gennadi zurück, während die anderen langsam aus dem Raum strömten. Tara Michaels erhob sich ebenfalls, aber David legte ihr die Hände auf die Schultern und hielt sie am Platz. Sie hatte in den letzten Tagen eine zu wichtige Rolle in der Planung gespielt, um sie jetzt auszuschließen. Falls es um etwas anderes gehen sollte, konnte Sampreis sie persönlich entlassen.

Das tat er nicht, und David setzte sich neben sie. Falls Tara irgendwelche Nervosität dabei empfunden hatte, David im Führungsstab der Miliz zu vertreten, hatte die sich inzwischen entweder gelegt, oder sie konnte sie ausgezeichnet verbergen. Mehr noch, als Sampreis und Yori zu zögern schienen, eröffnete sie das Gespräch.

»Der Zeitplan ist verschoben worden«, informierte sie ihren Kommandeur. »Wir greifen Yare erst in drei Tagen an statt übermorgen.«

»In drei Tagen?« David schaute zu Sampreis. »Sir, das ist der Ankunftstag der 1. Dragoner.«

Der Major General stand hinter seinem Sessel, die Hände auf die Rückenlehne gepresst, und schaute auf seine Offiziere herab. »Lässt sich nicht vermeiden, Major. Nachdem Lieutenant General Sanderson und ihre Leute zu uns gestoßen sind, brauchen wir die zusätzliche Zeit, um unser Vorgehen zu koordinieren. Außerdem organisieren wir mit den zusätzlichen Truppen einen zweiten Angriff.«

Taras Blick in seine Richtung sagte David, dass es diese neue Entwicklung war, die ihr Sorgen bereitete. »Wir teilen unsere Kräfte auf?«, fragte er. »Ist Yare dafür nicht etwas zu wichtig?« Das war eine der ersten Entscheidungen gewesen, die nach seiner Begegnung mit Greene gefallen war: Alle anderen Aktivitäten einzustellen, bis Yare neutralisiert war. Das Kriegsschiff konnten die Dragoner orten und von sich aus auf die Gefahr reagieren, aber sie hatten keine Möglichkeit, das anfliegende Regiment vor der Mikrowellenstation zu warnen. Nicht, solange die *Robert Davion* aus der Umlaufbahn alle Kommkanäle stören konnte. Seit Kerr am 28. November die Kontrolle über den Kreuzer an sich gerissen hatte, hatten sie keinerlei Kontakt mehr zum All.

»Wichtiger, als Ihnen im Augenblick bewusst ist, Major«, antwortete Sampreis mit harter Stimme. »Aber zusammen mit der sicheren Ankunft der 1. Capella-Dragoner will ich jeden Zweifel daran beseitigen, wer ihnen die Befehle gibt.«

David brauchte nicht lange, um das zu enträtseln, und ihm war klar, dass die anderen ihm die Überraschung ansahen. »Duke VanLees? Sie wollen District City angreifen?«

»Nicht, um die Stadt zu besetzen«, stellte Yori klar. »Es handelt sich um eine Rettungsmission, David. Wir befreien Petyr VanLees und seine Familie und sichern uns damit wieder die moralische Überlegenheit.«

»Sollte irgendjemand die jüngsten Vorwürfe des Herzogs gegen uns tatsächlich glauben, wird er eine Meinungsänderung nur darauf zurückführen, dass jetzt wir seine Familie geiseln«, protestierte David. »Wie man es dreht, wir können nichts damit gewinnen, General. Colonel.«

Sampreis wirkte nicht überzeugt. »*Major*, wir haben das besprochen und halten es für einen brauchbaren Plan«, stellte er fest und betonte Davids Rang. »Und das, noch bevor wir in Betracht ziehen, wie die Dragoner VanLees' Position einschätzen. Immerhin wurden sie wieder seiner Familie überstellt. Falls er die 8. RKG weiter öffentlich unterstützt …«

David merkte, dass er es nicht leicht haben würde. »Marshal Hasek hat die Autorität des Herzogs über die Dragoner bereits zurückgenommen. Sie sind wieder seine Einheit.«

»Und wir unterstehen theoretisch alle der Archon-Prinzessin«, erinnerte der Major General ihn leise. »Sehen Sie sich die Wirklichkeit an, Major. Ich will nicht riskieren, die Dragoner durch politische Argumente zu verlieren, nachdem wir einen derart hohen Preis bezahlt haben, um sie hierher zu holen.«

Die Endgültigkeit in Sampreis' Ton beendete jede weitere Diskussion. »Jawohl, Sir«, gab er sich geschlagen. »Darf ich fragen, inwiefern das mein Bataillon betrifft?«

Tara lieferte die Details. »Das Mechbataillon wird durch Zugänge aus dem 2. NAIW-Kader wieder auf Sollstärke gebracht. Aber wir werden weniger Luftdeckung haben, weil wir die Jäger rauf schicken, um die Dragoner zu eskortieren und ihnen, wenn es geht, eine Warnung zukommen zu lassen. Und nur Luft/Raumjäger, keine Hubschrauber. Die begleiten den Major General nach D. C. Wohl zusätzliche Panzerunterstützung, auch vom 2. Kader.«

»Infanterie?«, fragte David mit Blick zu Gennadi.

»Wir bekommen ein paar Kröten aus der Kadettentruppe. Der Rest, mit Ausnahme von Major General Gennadis Hilfskommando, wurde abkommandiert.«

Das war gar nicht gut. Alles in allem schwächte es den Angriff auf Yare und machte es wahrscheinlicher, dass sie die Sendeanlage würden zerstören müssen, statt sie intakt erobern zu können. Er konnte nur hoffen, dass Herzog VanLees bereit war, den Preis zu zahlen, den Davids Einheit zu entrichten sich anschickte.

»Meine Truppen werden District City angreifen, eine Stunde nachdem Sie Lieutenant General Fallon in Yare zum Kampf stellen«, erklärte Sampreis. »Wir hoffen darauf, dass Ihre Aktion für uns wie ein Ablenkungsmanöver funktioniert und zusätzliche Verteidiger lange genug aus der Stadt abzieht, um die Rettungsmission zu ermöglichen.« Der General versuchte sich an einem kameradschaftlichen Lächeln. »Bei dieser Sache halten Sie uns den Rücken frei, David. Ich könnte mir keinen besseren Mann für diese Aufgabe vorstellen.«

Falls Sampreis David aufmuntern wollte, war eine noch so versteckte Anspielung auf Diana dazu am allerwenigsten geeignet. Die vertraute Last der Erinnerung senkte sich wie ein Leichentuch auf seine Schultern.

»Was ist mit Major General Gennadis Hilfseinheit?«, fragte er mit besorgter Stimme. »Untersteht sie meinem Befehl?«

»Nein«, widersprach Gennadi. »Meinem. Ich werde den Angriff auf Yare Industries persönlich leiten. Während Sie die Garnison beschäftigt halten, dringen wir ins Werk ein und sichern Steuerzentrale und Sendeeinheit.«

»Major General Gennadi, Sir, bei allem Respekt, aber Yare wird ein gewaltig großes Ziel auf unserer Sichtprojektion sein«, warnte David. »Falls wir die Verteidiger nicht rechtzeitig besiegen können, und das erscheint mir mit jeder Minute wahrscheinlicher, ist die Steueranlage der letzte Platz, an dem Sie mit ihren Leuten sein wollen.«

Taras warnender Blick kam zu spät. Major General Sampreis spießte David mit herrischem Blick auf. »Die Zerstörung von Yare Industries ist unsere allerletzte Option, Major, nicht die Erste. In der Zwischenzeit werden Sie alles Menschenmögliche tun, um Major General Gennadi und seinen Leuten so viel Zeit im Innern der Anlage wie möglich zu verschaffen, damit sie ihre Mission ausführen können.«

Eine andere Mission als seine? Was konnte wichtiger sein, als Yare Industries an der Vernichtung der anfliegenden Capella-Dragoner zu hindern? Ein eiskalter Klumpen formte sich in seiner Magengrube. Was hatte Karen Fallon in Yare geplant? »Das kann nicht Ihr Ernst sein.«

»Major McCarthy, ich erwarte keine Zustimmung von Ihnen«, antwortete Lieutenant Colonel Yori. »Aber sie werden Ihre Befehle ausführen. Wir haben uns diese Entscheidung nicht leicht gemacht, und wir sind auch nicht stolz darauf. Aber die Tatsache bleibt bestehen, dass das Kriegsschiff unsere gesamte Position hier auf Kathil bedroht. Wenn möglich, werden wir Yare erobern und die Anlage dazu benutzen, die *Robert Davion* vom Himmel zu holen.«

25

Stützpunkt der MCM Kathil, Radcliffe, Kathil
Kathil-PDZ, Mark Capella, Vereinigtes Commonwealth

7. Dezember 3062

Der für Davids Kompanie reservierte Mechhangar schien vor nervöser Energie bersten zu wollen, als der Vormittag verstrich und der Abmarschtermin näher rückte. Techs schwärmten über die BattleMechs, führten letzte Tests durch und füllten die Munitionskammern bis zum letzten Raketenpack und Granatenmagazin. Ein Team schweißte neue Panzerung über einen gerade erst entdeckten Materialfehler an einem *Schleicher.* Über die Halle verteilt standen MechKrieger in kleinen Gruppen beisammen, bekleidet nur mit Shorts und Kühlwesten, bereit für die Saunahitze des Gefechts, und debattierten den bevorstehenden Einsatz. Einige von ihnen halfen den Techs bei den letzten Vorbereitungen. Der Hangar roch nach heißem Metall, dem Leichtlauföl, mit dem die künstlichen Myomermuskeln geschmiert wurden, und dem Schießpulverduft der Munition.

David ging einen langen Weg entlang, der ihn an allen Lanzen vorbeiführte, um die ganze Kompanie zu inspizieren. Tara Michaels begleitete ihn in ihrer Eigenschaft als amtierende Kompanieführerin. Den Rest des Bataillons, einschließlich der Neuzugänge aus dem 2. NAIW-Kader, hatte er bereits auf diese Weise begutachtet und bei der Verschiffung in zwei der drei *Union*-Landungsschiffe beobachtet, die sie nach Yare bringen sollten. Seine Kompanie würde an Bord des dritten gehen. Panzer und Infanterie hatten ihr eigenes Transportschiff der *Sucher*-Klasse. Ein Teil der Luft/Raumjäger war bereits gestartet, um die milizfreundlichen Landungsschiffe um die *Robert Davion* zu verstärken, der Rest würde ebenfalls bald aufsteigen.

Er hörte Taras Statusbericht nur mit halbem, aber geübtem Ohr zu, während er die zahlreichen Konflikte in Gedanken, die sich heute entscheiden würden, Revue passieren ließ. Würde es ihnen gelingen, Karen Fallon und Eván Greene Yare Industries zu entreißen? Wie stand es um die Sicherheit der 1. Capella-Dragoner, die kurz vor einer Konfrontation mit dem neuesten Kriegsschiff des Vereinigten Commonwealth standen. Oder, falls es ihnen gelang, dem auszuweichen, vor einem Katz-und-Maus-Spiel mit dem Mikrowellensender von Yare Industries. Und dann war da noch Major General Sampreis' Überfall auf District City, in der Hoffnung, Duke VanLees und dessen Familie in Sicherheit zu bringen, und der alternative Plan, Yares Mikrowellenstrahl auf die *Robert Davion* zu richten.

Ein bedeutender Tag, höchstwahrscheinlich der entscheidende Tag im Kampf um Kathil. Und einiges von diesem Gewicht lastete auf den Schultern Davids und seiner Krieger, von denen mancher den Abend nicht mehr erleben würde. Wie viele würden es diesmal werden? Ungefragt schoben sich die Bilder von Diana in seine Gedanken. Ein *Skarabäus,* das Cockpit von goldenem Feuer ausgeweidet. Isaaks *Enfield,* in einem Sekundenbruchteil vernichtet. Ein *Berserker:* Elise Kennedy, die Kriegerin, der er in jenen letzten Sekunden den Rücken zugekehrt hatte, von zwei Clan-OmniMechs zerfetzt.

David überlegte sich, wieder vor die Entscheidung gestellt zu werden ... drei Leute in seiner Kompanie nennen zu müssen, die er verlieren konnte. Es war eine unmögliche Aufgabe, aber sie unterstrich seine Verantwortung, sie alle lebend zurückzubringen. Wenn schon jemand im Feld bleiben musste, wollte er es lieber selbst sein.

Corporal Smith kam herübergeschlendert, schlaksiger denn je und mit einem müden Grinsen auf dem Gesicht, scheinbar so entspannt wie vor der langweiligsten Routinepatrouille. Er winkte einigen der neueren MechKrieger zu, und David sah einen Teil ihrer Anspannung sich lösen, als sie den Gruß erwiderten. Der Mann war unorthodox, undiszipliniert und nicht zu ändern. Aber er erzielte Resultate.

»Entschuldigen Sie mich, Sir«, sagte Tara. »Richard hat sich unser Landungsschiff angesehen.«

David nickte. »In Ordnung, Tara. Lassen Sie es mich wissen, falls es Probleme gibt, sonst können Sie mit dem Einschiffen beginnen.«

Er schaute ihr nach, wie sie zu dem Corporal hinüberging und bemerkte geistesabwesend, mit welcher vertrauten Leichtigkeit Smith an ihre Seite kam, gleichzeitig aufmerksam und vertraut. Aber er kam nicht dazu, den Gedanken weiterzuverfolgen, weil in diesem Augenblick Amanda Black auftauchte – in Mechkampfmontur: Stiefeln, Unterhose und Kühlweste. Als er sie am Morgen verlassen hatte, hatte sie nichts davon erwähnt, sie auf den Einsatz begleiten zu wollen, und er hatte auch nicht gefragt.

»Amanda«, begrüßte er sie neutral und verzichtete darauf, ihren Rang zu benutzen, solange sie ihn nicht zum Thema machte.

Was sie auf der Stelle tat. »Major, ich bitte formell um Reaktivierung.« Sie schaute an sich herab. »Falls das nicht offensichtlich genug war, Sir.«

David versuchte, seine Gefühle von den Instinkten des Kommandeurs zu trennen. Der heutige Kampf würde brutal werden, mindestens so hart wie die Schlacht in Stihl. Er konnte sich keine Kriegerin leisten, die im entscheidenden Moment unter Umständen versagte. Er war schon vollauf damit beschäftigt, sich selbst an die Kandarre zu nehmen.

»Glaubst du, du schaffst das?«, fragte er schließlich.

»Ich weiß es nicht«, antwortete sie kopfschüttelnd. »Seit du früher aus Vorhaven zurückkamst, ringe ich mit mir. Als du heute Morgen fort warst, war mir kalt. Ich wollte nicht zurückbleiben.«

»Das reicht nicht«, schüttelte nun er den Kopf. »Außerdem habe ich deine alte Position bereits neu besetzt, Amanda. Die Leute haben hart gearbeitet und sie sind zuversichtlich. Ich kann nicht unmittelbar vor einer wichtigen Schlacht jemanden degradieren.«

»Das verlange ich auch nicht. Aber du hast eine Lücke in der Einheit, die ich füllen könnte.« Amanda schaute hinüber zu ihrem *Bushwacker,* der in seinem Kokon am Ende des Hangars stand, wo er bleiben würde, während der Rest des Bataillons in den Kampf zog. »Nimm mich als MechKriegerin mit, David. Wenn ich nicht mitkomme, werde ich nie wissen, ob ich mich nicht zu früh aufgegeben habe.«

Besser zu früh als zu spät, dachte David mit aufwallender Bitterkeit. *Besser, als andere mit ins Verderben zu ziehen.* Aber dann stockte er, als ihm die Bedeutung ihrer Worte deutlich wurde. Hatte er sich zu früh aufgegeben? Diana verfolgte ihn jetzt schon über ein Jahr. Jeden Tag von Neuem setzte der Tod seiner Leute ihm zu. Doch sie hatten alle gewusst, wie mörderisch es werden würde, als sie zu dieser Halteaktion aufbrachen. Keiner von ihnen hatte ernsthaft erwartet, zurückzukommen. Und falls er tatsächlich glaubte, es sei besser, sein Leben zu retten, was versuchte er dann zu beweisen, indem er weiter Soldat spielte? Dass er noch immer ein MechKrieger war? Dass er noch immer führen konnte? Daran hatte nie jemand Zweifel gehabt, außer ihm selbst. Nach mehreren Wochen heftiger Kämpfe in diesem Feldzug war es an der Zeit, diese Zweifel endlich zu begraben.

Und wenn er diese Chance erhielt, hatte er kein Recht, sie Amanda zu verweigern.

»Captain Michaels«, rief er zu Tara hinüber. »Schieben Sie Kadett Driscoll zurück in Sergeant-Major Moriads Lanze. Sergeant-Major Black wird unsere auffüllen.«

Tara bestätigte den Befehl mit einem begeisterten Salut. »Mit Freuden, Sir. Volle Kompanie!« Sie setzte sich in Bewegung, Smith im Gefolge.

Jetzt erst bemerkte David, dass die beiden sich an der Hand hielten. Er fühlte einen leichten Stich von Eifersucht, aber die sich entwickelnde Beziehung mit Amanda hatte sein vages Interesse an Tara Michaels im Grunde gelöscht. Es schien ganz so, als hätte sich alles zum Besten gefunden.

Ein guter Gedanke für den Aufbruch in die Schlacht.

* * *

Kommodoreleutnant Jonathan Kerr betrachtete das Chaos auf den Panoramasichtschirmen der Brücke mit einer Art erstaunter Belustigung. Die mehreren Hundert Kubikkilometer Weltraum um die *Robert Davion* wimmelten von Dutzenden gegeneinander kämpfenden Landungsschiffen und einigen Staffeln Luft/Raumjägern, die in einem tödlichen, gelegentlich von Geschützsalven unterstrichenen Tanz umeinander wirbelten.

Und mitten durch dieses Gefecht schob sich mit majestätischer Macht der Kreuzer, ohne von irgendeinem der Beteiligten herausgefordert oder gar beschossen zu werden. Nach dem Exempel Kerrs an der *Guardian* wagte kein anderer Kapitän auch nur ein zufälliges Aneinandergeraten mit ihm.

Die Raumschlacht war gegen Mittag District-City-Ortszeit durch das Eintreffen von der Planetenoberfläche kommender Jäger ausgelöst worden. Hauptsächlich *Korsaren* und *Luzifer* der Miliz, die sich als Erstes auf ein Sturmschiff gestürzt hatten, dessen Kapitän sich loyal zu Generalhauptmann Weintraub gezeigt hatte. In der Hoffnung, damit für Ordnung sorgen zu können, hatte Kerr zwei der Maschinen zerstören lassen. Sie waren von schweren Lasersalven verdampft worden.

Aber stattdessen hatte er damit das Signal für eine hemmungslose Abrechnung gegeben. Ein Teil der Landungsschiffe hatte Jäger ausgeschleust und war in Stellung gegangen, um die Milizjäger zu verteidigen, während andere sie angriffen. Es hatte nicht lange gedauert, und mit Ausnahme Kerrs und der *Robert Davion* war jedes Schiff in der Umlaufbahn in den Kampf verwickelt gewesen. Sein Kreuzer war das einzige Schiff, das in der Lage war, das gesamte Schlachtfeld zu überblicken, jeden Raketenabschuss und Jägerangriff zu registrieren. Aber er konnte nur in den seltensten Fällen ein sicheres Ziel ausmachen. Manche Kapitäne standen treu zum Archon, andere ebenso fest auf der Seite Duke VanLees'. Die meisten handelten rein in Selbstverteidigung oder versuchten nur, in der Schiffsflottille, die theoretisch zum Schutz der *Robert Davion* versammelt war, für Ordnung zu sorgen.

Die Raumschlacht tobte jetzt schon seit zwei Stunden, und Kerr hatte inzwischen auch Nachricht über eine bevorstehende Feldschlacht auf der Planetenoberfläche erhalten. Immer wieder schien der Kampf abzuklingen und sich in ein paar isolierte Einzelgefechte aufzulösen, nur um dann wieder auszubrechen, weil eine der kleineren Auseinandersetzungen sich zu einer Großschlacht ausweitete. Anfangs hatte er versucht, den Kapitänen Schutz zu bieten, die sich für die Archon-Prinzessin erklärt hatten, bis zwei dieser Schiffe über irgendeine reale oder vielleicht auch nur eingebildete Beleidigung aneinander gerieten. An dem Punkt hatte Kerr sich angewidert zurückgezogen. So lange niemand seinem Kriegsschiff zu nahe kam, überließ er die Streithähne sich selbst, während er auf ein weit würdigeres Ziel wartete …

Die 1. Capella-Dragoner!

Watson gab den Alarm und speiste hastig die Daten der Langstreckenortung in den Holotank. Die holographische Schlacht schrumpfte, bis die Landungsschiffe nur noch münzgroße Farbflecken waren – und die Luft/Raumjäger nur umherzuckende Lichtpunkte von Stecknadelkopfgröße. Weit entfernt, am Rand des Tanks, näherte sich ein Pulk roter Symbole Kathil. Die vier größeren Kugelschiffe waren ohne Zweifel die Transporter für Mechs und schwere Panzer. Die beiden kleineren Landungsschiffe beförderten Hilfstruppen. Ein Schwarm winziger Lichter hing vor den Schiffen – die Luft/Raumjägereskorte.

Kerr lächelte, kehrte an seinen Platz zurück und schnallte sich an. Er packte mit knochigen Händen die Armstützen und hatte nur noch Augen für die Neuankömmlinge.

»Da kommen sie«, murmelte er.

* * *

Kommandant Eván Greene empfing vereinzelte Berichte der Bataillonsscouts über gelegentliche Ortungskontakte auf dem Weg aus dem nördlichen Vorgebirge. Es war soweit. David McCarthy war gekommen, wie er es gehofft, wie er es geplant hatte, und Eván würde endlich die Schlacht bekommen, die er gesucht hatte. BattleMechs, die in glorreichem Kampf aufeinander trafen und das Schicksal der Dragoner entschieden. Das war weit heroischer, als aus dem Dunkel ein unsichtbares Ziel zu zerstören. Das Risiko, Fallons Befehl zu missachten, hatte sich gelohnt ... vorausgesetzt, die Katzbalger blieben siegreich. Nur der leiseste Hauch eines Zweifels nagte in Eváns Hinterkopf an seiner Zuversicht, die Andeutung der Möglichkeit, es könnte ein Fehler gewesen sein, die Aufmerksamkeit der Miliz zu erregen.

Aber jetzt war es zu spät, sich darüber Sorgen zu machen.

Er überprüfte die Linien. Seine Truppen warteten in

weiter, nach Norden offener V-Formation vor dem K-F Yare-Werk auf den Feind. Seine Kompanie hielt die Mitte, wo die heftigsten Kämpfe zu erwarten waren. Der Ort lag in der nahen rechten Ecke. Seine leichteren, beweglicheren Kräfte breiteten sich in weiten Flügeln nach vorne aus. Eván hatte eine Doppellanze leichte Panzer zur Unterstützung an den linken Flügel geschickt, wo sie gleichzeitig die Miliz daran hindern würde, in einem Flankenmanöver in die Ortschaft vorzustoßen. BattleMechs waren zwar nicht gerade leicht zu übersehen, aber manche waren schnell. Er wischte sich die schweißnassen Hände an der Kühlweste ab, schaltete die Aktivortung ein und vergewisserte sich noch einmal, dass alle Waffensysteme des *Cerberus* voll aufgeladen und schussbereit waren.

»General im Feld!«, meldete eine Stimme über das Kommsystem. Es klang nach Sergeant Case, einem MechKrieger in Xanders Lanze. Nicht, dass es irgendeine Bedeutung hatte, wer Fallon zuerst gesehen hatte. Er drehte den *Cerberus* zur *Masse Noire* um, gerade als der HA1-O *Hauptmann* des Lieutenant Generals hinter dem letzten Wäldchen in die Verteidigungslinien stolzierte.

Ein überaus passender Ausdruck, fand er. Der in der Freien Inneren Sphäre konstruierte OmniMech war eine der neuesten Baureihen, die der 8. RKG zur Verfügung standen, und Fallon bewegte ihn mit einem Hüftschwung, der keinen Zweifel daran ließ, dass sie den Koloss perfekt beherrschte. Irgendwie passte das maskuline Aussehen des Mechs zu ihr. Die fünfundneunzig Tonnen schwere Maschine war bewusst darauf ausgelegt, ein Macho-Image zu transportieren, bis hin zu den wuchtigen Gliedmaßen und dem leichten Extremreichweiten-Laser, der wie eine riesige Zigarre aus der unteren Kopfhälfte ragte.

Der *Hauptmann* bewegte sich mit dem langsamen, schwerfälligen Schritt eines überschweren Mechs und konnte Fallons unübersehbarem Selbstvertrauen mit einer beeindruckenden Bewaffnung Nachdruck verleihen. Beide Arme endeten in Geschützmodulen mit je einem schweren und mittelschweren Impulslaser. Zwei Blitz-Raketenlafetten verhinderten eine Munitionsverschwendung, indem sie nur bei sicherer Zielerfassung das Feuer freigaben. Und über der rechten Schulter lag der Hammerschlag: eine überschwere Desintegrator-Autokanone des Kalibers 12 cm.

Eván schaltete von der allgemeinen Frequenz des Bataillons auf eine Privatverbindung mit Fallon um. »Willkommen, General«, begrüßte er sie und fragte sich, ob sie am anderen Ende hören konnte, wie falsch seine Freude war. »Auf dem Weg zu Yare Industries?«

»Ich verteidige meine Investition«, schnappte sie so knapp angebunden, dass es an Feindseligkeit grenzte. »David McCarthy hat sich als ein zu fähiger Kommandeur erwiesen, um ihn auf die leichte Schulter zu nehmen. Deshalb habe ich mich großzügigerweise entschlossen, Sie von meiner Kommandeurserfahrung profitieren zu lassen.«

Eván wollte den Befehl über die Schlacht, die sein größter Triumph werden sollte, auf keinen Fall teilen, erst recht nicht, da er starke Zweifel daran hatte, dass Fallon in der Stimmung zum Teilen war. »Vielleicht sollten Sie besser als unabhängige Kriegerin mitkämpfen, Lieutenant General«, schlug er hoffnungsvoll vor. »Meine Leute werden bessere Leistung bringen, wenn sie nicht durch zwei Kommandeure verwirrt werden.«

Fallons Stimme troff vor falscher Kameraderie. »Keine Angst, Eván. Ich tue Ihnen einen Gefallen. Sie wollen doch ganz sicher die Freiheit, David McCarthy im Duell zu stellen.«

Falls Fallon Eván tatsächlich einen großzügigen Gefallen getan hätte, wäre es das erste Mal gewesen. Sie war zu sehr Opportunistin, um jemand anderen als sich selbst zu bevorzugen. Zumindest in dieser Hinsicht verstanden sie und Eván sich. Und unglücklicherweise ließ sich mit einer Generalin nicht diskutieren.

Außerdem hätte er keine Zeit dazu gehabt, selbst wenn er es hätte versuchen wollen.

Die Sensoren lösten Warnglocken aus, als sie zwischen den Bergen nördlich Yares ein paar kurz sichtbar gewordene feindliche Ziele zeichneten. Sie waren noch außer Waffenreichweite, kamen aber schnell näher. Mindestens zwei Kompanien, eher drei, und er durfte nicht vergessen, nach zusätzlichen Panzereinheiten Ausschau zu halten. Der Wald, der die Berghänge bis hinauf zum fernen Gebirgskamm im Norden bedeckte, verbarg die Miliz vor den Augen der Katzbalger, und ihre Landungsschiffe standen ohne Zweifel aus Angst vor dem Yare-Mikrowellensender hinter der Bergkette. Dies würde nicht das Einzige bleiben, das ihnen heute Angst einjagen sollte.

Eván schaltete die Funkanlage zurück auf allgemeine Frequenz und befahl die Flankeneinheiten links und rechts nach vorne. »Aufgepasst, 3 Bat«, gab er durch.

»Sie kommen.«

26

Kearny-Fuchida Yare Industries, Yare, Kathil
Kathil-PDZ, Mark Capella, Vereinigtes Commonwealth

7. Dezember 3062

Zum fünften Mal an diesem Nachmittag bremste David McCarthy den Vormarsch. Er hatte ständig ein Auge auf der Zeitanzeige und zählte die Minuten, als der Milizangriff sich immer länger hinzog und dem Ankunftstermin der Capella-Dragoner immer näher kam. Er legte den Rückwärtsgang des *Destruktor* ein und versuchte, Kommandant Greenes Abwehrlinie mitzuziehen. Langstreckenlaserfeuer schlug rings um ihn ein, verkohlte das fahl gelbgrüne Gras und ließ ein paar Bäume explodieren, als das Wasser im Innern des Stammes verdampfte. Die bernsteingelbe Energielanze eines Extremreichweiten-Lasers zog eine grellrote Schmelzspur über seinen Mechtorso und schnitt durch die in großen, lodernden Klumpen zu Boden fallende Panzerung.

Es half nichts. Eván Greene verstand es sichtlich, eine Verteidigungsstellung auszunutzen. Er hatte die hinteren Reihen an der Ortschaft verankert und ließ die Linie nicht aus den Stellungen, um vorzustürmen. Eine RKG-Lanze schob sich an den anderen links von David vorbei, griff aber nicht direkt an. Sie wurde von einem *Falkner* angeführt, und David erinnerte sich an die Lanze vom Ufer des Howell und den Kampf an der Kay-Burne-Munitionsfabrik. An Amandas zögerndem Vorrücken und schnellen Rückzügen sah er, dass sie die Lanze ebenfalls erkannt hatte.

»Wir haben den Vormarsch an der westlichen Flanke wie befohlen gebremst«, meldete Dylan Patschenko über das Kommsystem. Er klang bedrängt, aber keineswegs in Panik. »Sir, wir werden hier von ihren Hubschraubern durch die Mangel gedreht.«

Das war typisch für den Verlauf der Schlacht. David schickte seine Luft/Raumjäger gegen die Katzbalger, und Greene antwortete mit zwei Kampfhubschrauber-Lanzen, die in sehr riskanten, aber leider auch effektiven Manövern seine schwächeren Einheiten attackierten. Sieben Miliz-Mechs waren bereits ausgefallen, und fast das Doppelte an Panzern, die gegen eine derartige Feuerkraft wenig Chancen hatten. Die feindlichen Verluste lagen nicht annähernd so hoch. Vielleicht eine Mechlanze.

Und Davids Vorstoß kam schon wieder zum Stehen und verschwendete kostbare Zeit, während die Dragoner auf Kathil zustürzten und Fallons Leute in K-F Yare sich bereitmachten, zu atomisieren, was der *Robert Davion* entkam. Captain Gerst hatte eine von Taras Lanzen benötigt, um die RKG im Westen zurückzudrängen, aber das hatte das Zentrum der Milizformation geschwächt. Davids dritte Kompanie unter Kadettencaptain Thomas, ehemals 2. NAIW-Ausbildungskader, hatte an der östlichen Flanke Schwierigkeiten bei dem Versuch, nach Yare durchzubrechen. Die gemischt mittelschwere und schwere Einheit war auf eine schwere Verteidigungsline getroffen, die durch *Pegasus*-Schwebepanzer verstärkt wurde, und kam nicht weiter.

»Stellung halten, alle Mann«, befahl David. Das Gaussgeschütz im linken Mecharm feuerte zuerst, dann das im rechten, und beschleunigte die massive Nickeleisenmunition auf Überschallgeschwindigkeit. Eine der Kugeln traf Eván Greenes *Cerberus* und schlug eine deutliche Furche in den linken Arm. Die Maschine schüttelte den Treffer ab und drehte sich schräg nach links. Beinahe schien es, als blockiere der überschwere Kampfkoloss absichtlich einem *Hauptmann*-OmniMech den Weg. Das musste Lieutenant General Fallons Maschine sein, so wie Greene sie beschützte. Die beiden überschweren Giganten waren der harte Kern einer dichten Kampflinie, die zu durchbrechen David einiges kosten würde.

Es war ihm von Anfang an klar gewesen, dass es ein Glücksspiel war, sein Bataillon in Marschkolonnen das weite, leicht abfallende Tal hinab nach Yare zu führen und dann in eine Quaderformation auseinander zu ziehen. Kommandant Greenes Flankeneinheiten bedrängten sie von Osten und Westen – gemeinsam mit der Verteidigungslinie der Katzbalger schlossen sie die Miliz von drei Seiten ein und drohten, den Kessel zu schließen. Nur die Infanterie war gegen diese Gefahr gefeit, denn Gennadis Leute hielten sich ein gutes Stück zurück, wo sie auf die Gelegenheit warteten, zum Yare-Industries-Werk vorzustoßen. David hatte die Kröten-Infanterie des 2. Kader in einer weiten Flankenbewegung in den Rücken der 8. RKG geschickt. Jetzt kamen die heimlich vorgerückten Truppen endlich in eine Position, die es David möglicherweise gestattete, sie einzusetzen. Das war eine der zwei Überraschungen, die er für den Gegner vorbereitet hatte.

Aus der Mitte der Milizformation beschossen die Panzer, die er mitgebracht hatte, die RKG weiter aus der Deckung ihrer größeren Mechvettern. *Goblin*-Schützenpanzer und schwere *Drillson*-Schwebepanzer lieferten David eine kompakte zweite Gefechtslinie, bereit, jeden Durchbruch an den Flanken zu stoppen. Außerdem versteckten sie seine zweite Überraschung, für deren Einsatz er erst noch die richtigen Bedingungen schaffen musste.

»Dylan, rücken Sie entschlossen vor«, befahl er. »Entlasten Sie Captain Gerst etwas, indem Sie das Geschützfeuer auf sich ziehen.« Das war ein herber Auftrag für eine Scoutlanze, aber David gingen die Optionen aus. Er erinnerte sich an das letzte Mal, bei dem er eine Scoutlanze mitten in ein Feuergefecht geschickt hatte. Lieutenant Dennings *Skarabäus* hatte auf Diana ganze zehn Sekunden überlebt. Denning nicht viel länger. Er erinnerte sich, aber er schob den Gedanken rigoros beiseite. »Preschen Sie kurz vor und fallen Sie dann zurück.

Und wenn ich sage, fallen Sie zurück, dann meine ich: Drehen Sie um und machen Sie, dass Sie den Teufel da weg kommen.«

»Das wird eine Lücke in Gersts Linie reißen«, protestierte Patschenko.

David musste sich den Kontrollen widmen, als ein Hagel von Granateneinschlägen frische Dellen in die Panzerung der linken Schulter und des rechten Knies schlug. Hätte er nicht die Arme ausgestreckt, um den 100-t-Koloss auszubalancieren, wäre der *Destruktor* zu Boden gegangen. »Das will ich hoffen«, antwortete er.

Dann tauschte er eine Salve Langstreckenfeuer mit dem *Cerberus* und dem *Hauptmann*, ein Manöver, das Patschenko dreißig Sekunden Zeit verschaffte, sich an der Westflanke unbeliebt zu machen. Tara schob sich in dem Versuch, das Feuer von ihrem Kommandeur abzuziehen, vorsichtig nach vorne, und wurde stattdessen von zwei *Paladinen* attackiert. Der *Falkner* wuchtete sich noch ein paar Schritte vorwärts. Die Ungeduld, mit der sein Pilot auf die Gelegenheit wartete, den Feind anzugreifen, war unübersehbar.

»Amanda, übernehmen Sie etwas von dem Beschuss. Weiter nach links.« Das brachte sie genau dorthin, wo sie mit Sicherheit nicht sein wollte, genau gegenüber dem *Falkner.* Aber falls dessen Pilot – Barajas, Greene hatte den Namen erwähnt – die ganze Lanze auf Tara hetzte, hatte ihr *Vollstrecker* keine Chance.

»Alle anderen, in Zweiergruppen vorrücken. Gebt euch gegenseitig Deckungsfeuer und lasst sie jeden Meter bezahlen, den ihr sie zurückwerft.« Das würde schmerzen, aber wenn Dylans Manöver an der linken Flanke gelingen sollte, musste es so aussehen, als wäre die Hauptstoßrichtung der Miliz vorwärts in die Mitte der RKG-Linien.

Der *Hauptmann* schien zu ahnen, was los war und rückte vor, um Davids *Destruktor* zu stellen. Die Entfernung war für die überschwere Autokanone noch ziemlich weit, aber die schwere Panzerung des OmniMechs konnte einen unglaublichen Schaden absorbieren, während er Davids Kampfkoloss mit den Extremreichweiten-Lasern bombardierte. Ein gelber Energiestrahl wusch Panzerung von der linken Mechschulter. Der nächste Schuss wiederholte das Manöver auf dem linken Bein. Der *Destruktor,* der in breitbeiniger Kampfhaltung sicher wie ein Fels auf dem Feld stand, steckte den Angriff weg und revanchierte sich mit Zinsen. Beide Gausskugeln schlugen in die Brustpartie des Katzbalger-Omnis. Der Schuss der Energiekanone zuckte vorbei und erwischte stattdessen einen unglücklichen *Caesar,* der sich gerade an der Formation entlang bewegte.

Das dauerte alles viel zu lange. Erst der späte Aufbruch heute Morgen, dann die langsame, vorsichtige Art und Weise, in der beide Seiten die Schlacht aufbauten. Dabei war jede Minute kostbar. Wie nahe waren die Capella-Dragoner schon an Kathil? Eine Stunde noch? Weniger? Das Vernünftigste wäre gewesen, die Luft/Raumjäger auf die Schüsselantenne des Mikrowellensenders zu hetzen. Wenn er schon nichts gegen die *Robert Davion* unternehmen konnte, konnte er zumindest diese sekundäre Gefahr ausschalten. Nur hatte David den ausdrücklichen Befehl, die Station bis zum letztmöglichen Zeitpunkt intakt zu lassen. Major General Gennadis Leute warteten noch immer auf ihre Chance. Aber falls sie warteten, bis die Antenne sich in Bewegung setzte, um die anfliegenden Landungsschiffe anzuvisieren, würde es zu spät sein, um die Katastrophe noch zu verhindern.

David zog das Fadenkreuz auf die breite Silhouette des *Cerberus* und schaltete auf die Partikelprojektorkanonen und verwendete nur ein Gaussgeschütz, um Munition zu sparen. Der blau gleißende Energieblitz einer PPK peitschte über die Beine des gegnerischen Mechs, während die Gausssalve in einem Regen aus rasiermesserscharfen Splittern Panzerung vom oberen Torso hämmerte.

Zugleich trieb sie den *Cerberus* etwa zwei Schritte zurück, eine Bewegung, der zwei Lanzen folgten, die halfen, das Zentrum der RKG-Linien zu befestigen. Nur der *Hauptmann* und der *Falkner* blieben in vorgezogener Stellung. Ihre Piloten waren zu sehr darauf konzentriert, David respektive Amanda anzugreifen. Die *Paladine,* die sich auf Tara gestürzt hatten, waren zunächst ebenfalls zurückgewichen, aber jetzt legte einer der beiden wieder den Vorwärtsgang ein, um seinem Lanzenführer beizustehen, und feuerte ebenfalls auf Amandas Position.

»Major, Amanda sieht nicht allzu gut aus«, warnte Tara David über die Privatverbindung.

Amandas *Bushwacker* hatte den Vormarsch gestoppt, hielt dem brutalen Beschuss aber stand, und David hatte keine Zeit, sich Sorgen um sie zu machen. Sie würde es überleben. Sie würde es schaffen, weil sie es schaffen musste. Er hatte nicht die Zeit, sie behutsam zurück in den Kampf zu führen. Stattdessen bereitete er sich darauf vor, einen verzweifelten Angriff zu befehlen, verschluckte die Order aber, als seine Westflanke zusammenbrach, wie er es vorhergesehen hatte.

»Major«, drang Lieutenant Patschenkos Stimme krachend aus dem Lautsprecher. »Wir sind auf dem Rückzug. Ich habe Sergeant Campbell verloren. Sauberer Ausstieg.« Der Verlust eines Mechs schwächte Davids Einheit, doch zumindest hatte der Pilot überlebt. Ein kleiner Trost, aber auch dafür war er dankbar.

Auf der Sichtprojektion sah David die Symbole in Bewegung geraten, als die westliche Milizflanke zum Stehen kam, wankte und zurückgetrieben wurde. Ein schneller Blick auf die rechte Seite des Sichtschirms bestätigte, dass das feindliche Laserfeuer mit zunehmender Gewalt in seine Formation schlug.

»Sie brechen durch!«, schrie Captain Gerst und unternahm keinen Versuch, seine Besorgnis zu verbergen. »Wenn Sie es in unseren Rücken schaffen und sich formieren …«

»Grenadiere, die Lücke stopfen«, befahl David den Panzern, ohne auf Gersts vollständigen Bericht zu warten. »Richard, halten Sie sie uns aus dem Rücken.« Corporal Smiths *Cestus* drehte nach Westen um, bereit, alle RKG-MechKrieger zu stoppen, die es an den Panzern vorbeischafften. »Grenadiere, macht den Deckel auf!«

Es war ein aus Verzweiflung geborenes Glücksspiel, und sie alle wussten es. MechKrieger verließen sich in einer Feldschlacht vor allem auf die Sensoren und beachteten Kamerasicht und den Blick aus dem Kanzeldach kaum. Aber Sensoren benötigten mehr als nur ein Signal der Magnetischen Anomaliedetektoren, um einen bestimmten Fahrzeugtyp zu identifizieren. Die Computer verließen sich auf eine Analyse der vom Feind abgestrahlten aktiven Ortungssignale und der Panzerungssilhouette. Und diese Analyse ließ sich täuschen …

Die *Drillsons* glitten auf ihren Luftkissen zuerst in die Bresche, um den Ansturm der RKG im Westen aufzuhalten. Die Katzbalger waren auf sie vorbereitet. Je eine Lanze *Cavalry*- und *Stechinsekt*-Kampfhubschrauber jagten heran und überschütteten die Schwebepanzer mit Geschützfeuer. Einer der Panzer flog auseinander, als ein Treffer das Munitionslager aufriss. Die Explosion füllte den Innenraum des *Drillson* mit Flammen und schleuderte die fünfzig Tonnen schwere Kampfmaschine durch die Luft davon. Unter dem Ansturm der 8. RKG brach die Formation der Schwebepanzer auf und gestattete zwei Lanzen Katzbalger-Mechs den Durchbruch an die *Goblin*-Linie.

Die Linie bestand jedoch keineswegs nur aus *Goblins.* Zwischen den Schützenpanzern des NAIW-Kaders hatte sich, unbemerkt von der gegnerischen Ortung, eine Lanze *Challenger-X*-Kampfpanzer mit abgeschalteter

Zielerfassung versteckt, in der Hoffnung, die RKG-Truppen zu überrumpeln. Mit neunzig Tonnen Gewicht hatten die Kampfpanzer eine Schlagkraft, die der einiger überschwerer BattleMechs gleichkam, wenn auch nicht deren Beweglichkeit oder Panzerung. Jeder einzelne *Challenger X* war mit einem Gaussgeschütz, einer schweren LB-X-Autokanone und einer mit einem Artemis-Feuerleitsystem gekoppelten LSR-Lafette für Distanzgefechte bestückt, zusätzlich zu Blitz-Kurzstreckenraketen und mittelschweren Impulslasern für nähere Ziele.

Jetzt griffen sie endlich ebenfalls in den Kampf ein und entluden ihren aufgestauten Zorn in vernichtenden Breitseiten gegen die anrückenden Katzbalger. Je zwei Kampfpanzer konzentrierten ihr Feuer auf einen Mech, und die Kadetten bombardierten einen *Fang* und einen *Chamäleon* mit entsetzlicher Effektivität. Beide Mechs gingen augenblicklich besiegt zu Boden, inmitten eines an Funkenschauer erinnernden Hagels abgesprengter Panzersplitter.

Die *Stechinsekt*-Hubschrauber hatten schon abgedreht, um die sich zurückziehenden *Drillsons* zu verfolgen. Die *Cavalrys* versuchten zwar, sich neu zu formieren und die Kampfpanzer abzulenken, aber die riesigen Panzer beachteten die Raketensalven der Kampfhubschrauber überhaupt nicht und feuerten stattdessen eine weitere Breitseite auf die RKG-BattleMechs ab. Eine *Goblin*-Lanze schaffte es, ihre Laser auch noch in den Feuersturm abzuschießen, bis die Sprengbolzen der Rettungsautomatik beide Kanzeldächer davonschleuderten und die Katzbalger-Piloten sich mit Schleudersitz und Gleitschirm in Sicherheit brachten.

Nachdem ihr Durchbruch dermaßen wirkungsvoll zum Stehen gebracht worden war und durch das unvermittelte Auftauchen der Kampfpanzer ohne Zweifel erheblich aus dem seelischen Gleichgewicht geriet, drehten die Überlebenden RKG-Angreifer wieder zu Captain

Gersts Linie um, in der Hoffnung, sich den Weg zurück freikämpfen zu können. Mit Panzern im Rücken und Kampfhubschraubern in der Luft, die in alle Richtungen Feuer spuckten, verwandelte sich die ganze Westflanke in ein einziges Chaos. Gerst und seine Leute kämpften wie tollwütig. Ein Mech fiel, dann ein Zweiter. Auf Davids Sichtprojektion erloschen die Symbole von RKG- und Miliz-Maschinen.

Richard Smith, nicht gerade der Typ, der sich eine Balgerei entgehen ließ, löste die Sprungdüsen des *Cestus* aus und segelte über einen ausgefallenen Miliz-Mech hinweg, um die eingekreisten RKG-Einheiten hart von hinten anzufallen. David war vom Erfolg des Manövers sehr angetan und wollte bereits die Hauptoffensive nach Osten schwenken, musste aber warten und sich erneut mit dem *Hauptmann* duellieren, als Karen Fallon wieder vorrückte.

Die Verzögerung seiner Befehle rettete mehrere Leben. Gras und Erdbrocken flogen in einer Schmutzfontäne um die Beine von Amandas *Bushwacker* in die Höhe, als sie entsprechend Davids noch nicht zurückgenommenem Befehl weiter vorrückte. Dann erschütterte eine zweite Detonation das Schlachtfeld, als Tara Michaels' *Vollstrecker* in einer ähnlichen Erdfontäne ins Stolpern geriet.

Minen.

In einer weiteren Anleihe an Morgan Hasek-Davions historische Verteidigung K-F Yares hatte die RKG das Tal mit Vibrabomben vermint, oder möglicherweise auch mit per Langstreckenraketen platzierter Donnermunition. Sicher waren es keine schweren Minen, denn die hätten Greene daran gehindert, einen möglichen Rückzug der Miliz auszunutzen. Aber die RKG-Krieger würden die sicheren Pfade durch die Minenfelder kennen, während Davids Leute nur raten konnten. Tatsächlich ließ sich nicht sagen, wie tief sie bereits jetzt in den Minenfeldern standen.

»Sie wankt!«, rief Tara, aber ihre Sorge galt nicht dem eigenen Mech. Amanda stolperte rückwärts, hielt den *Bushwacker* nur durch schiere Willensanstrengung aufrecht. Dessen linkes Bein war fast bis auf das Titanskelett entblößt, und mindestens der halbe Fuß war weggesprengt. Sie richtete den Kampfkoloss auf und zog sich schnell von der feindlichen Linie zurück. »David, sie hält es nicht durch!«

»Stellung halten, Stellung halten!«, brüllte er und brachte den *Destruktor* zum Stehen, obwohl er Greene und Fallon dadurch eine unbewegte Zielscheibe für deren Angriffe bot. Er konnte sich jetzt nicht um Amanda kümmern. Er musste an die ganze Einheit denken. »Angel-Lanze! Wo bleiben die *Korsaren?* Wir brauchen einen Luftangriff auf die RKG-Linien, und wir brauchen ihn jetzt!«

Doch als der Luftangriff kam, traf er nicht die 8. RKG, sondern Davids vorderste Mechlinien. Zwei neunzig Tonnen schwere *Chippewa*-Luft/Raumjäger stießen aus dem Himmel und eröffneten mit Licht- und Raketenwerfern das Feuer. Ein paar Infernos explodierten auf offenem Gelände und entzündeten Flammenmeere, die riesige Rußsäulen in den klaren Himmel schleuderten. Davids *Destruktor* wankte unter dem Einschlag von vierzig Sprengköpfen, die den Mech mit Kratern übersäten.

»David, sie rennt weg!«, rief Tara.

Amandas *Bushwacker* hatte sich nach Westen gedreht, trotz des dort tobenden Chaos die sicherste Fluchtroute, solange Greene und Fallon weiter vorrückten und sich vor der Miliz ein Minenfeld ausbreitete. Der mittelschwere Kampfkoloss bewegte sich zunächst zögernd, dann stürmte er in vollem Galopp davon.

David hatte gerade zu einem neuen Befehl angesetzt, als der zweite *Chippewa*-Schwarm auftauchte und das Schlachtfeld bombardierte.

* * *

Niemand feuert auf den *Bushwacker.* War das so schwer zu verstehen?

Xander Barajas hatte seiner Lanze sehr deutlich gesagt, dass der *Bushwacker* ihm gehörte. Er hatte es nicht geschafft, die Munitionsfabrik in Stihl rechtzeitig zu erreichen, und das unglückliche Eintreffen des Landungsschiffs hatte ihm den Abschuss ruiniert. Aber jetzt würde er ihn sich holen. Die beiden *Paladine* hatten sich auf den *Vollstrecker* konzentrieren sollen. Sergeant Hadens *Luchs* stand frei, jedes Ziel mit Ausnahme des *Bushwacker* anzugreifen.

Er hätte seinen Abschuss längst gehabt, wenn der MechKrieger in der Miliz nicht so zögernd vorgerückt wäre und Greene ihm nicht alle zwei Minuten befohlen hätte, die Position zu halten. Der MechKrieger stieß ein frustriertes Knurren aus. In Gedanken verfluchte er seinen Kommandeur und den gegnerischen Piloten und K-F Yare dafür, dass das Werk Vorrang vor seiner Rache hatte. Selbst als die Geschütze eines Miliz-*Vollstrecker* einen seiner *Paladine* erledigten, verweigerte Greene Xander die Erlaubnis zur Vergeltung und befahl ihm, auf Position zu bleiben.

Dann brach die linke Flanke der RKG einwärts auf und geradewegs in McCarthys geschickt aufgebaute Falle. Xander konnte ein Grinsen über den Fehlschlag seines Kommandeurs nicht unterdrücken und nutzte die Gelegenheit, sich von der Leine der Befehlskette zu befreien. Er stampfte vor, begleitet von Sergeant Cases *Paladin,* um diesem Feigling von MechKrieger ein für allemal das Lebenslicht auszupusten, als der *Bushwacker* den Rand des Minenfelds erreichte. Die Explosion ließ ihn stolpern und wanken. Fast wäre er gestürzt. Eine leichte Beute.

Bis der Pilot davonlief.

Schon wieder.

Xander heulte auf vor Wut und brachte den *Falkner* auf

Parallelkurs nach Westen. Er würde ihm den Weg abschneiden und ihn zerfetzen. Er stieß den Schubhebel bis an den Anschlag vor und schwenkte auf den Schrägrechtskurs, der ihn sicher durch das Donnerminenfeld bringen würde.

Und dann musste er ausweichen, weil Sergeant Case ihm den Weg abschnitt. Der *Paladin* hatte Kurs auf den gleichen Weg und spie Langstreckenraketen – als gäbe es keine Nachschubkrise –, um den mit mittelschweren Lasern bewaffneten *Bushwacker* aus sicherer Distanz abzuschießen.

Eine derartige Beleidigung ließ Xander sich nicht bieten. Nicht diesmal. Sein Befehl war unmissverständlich gewesen, und Case hatte ihn verweigert. Er riss den Steuerknüppel herum, zog das Fadenkreuz auf den Rücken des *Paladin* und drückte ab.

Es war ein Spiel gewesen, mit dem er langweilige Patrouillen aufgelockert hatte – und eine Drohung, um seine Leute unter Kontrolle zu halten, wenn sie ihm zu aufmüpfig wurden. Eine morbide Vergnügung. Jetzt wandelte sich das Spiel zu etwas weit Ernsterem: Verrat.

Partikelkanone und Gaussgeschütz schlugen krachend in den Rücken des *Paladin,* schmolzen und rammten sich durch die dünne Schutzpanzerung. Einer der mittelschweren Laser bohrte sich durch das klaffende Loch und beschädigte den Kreiselstabilisator des Mechs. Die Maschine tat noch einen wankenden Schritt. Das linke Bein schwenkte viel zu weit aus. Cases rechtes Mechbein verdrehte sich unter dem Gewicht von sechzig Tonnen außer Balance geratenem Metall, Myomer und Munition. Der *Paladin* kippte nach vorne und krachte zu Boden.

Und Xander stürmte vorbei, erreichte die Höchstgeschwindigkeit von fünfundachtzig Stundenkilometern. Eine Hitzewelle schlug aus dem Fusionsreaktor durch die Pilotenkanzel. Xander sonnte sich in der Wärme und jagte seiner Rache hinterher. Seinen Lanzenkameraden und seine Einheit ließ er hinter sich zurück.

* * *

Als es Fallons *Hauptmann* endlich gelang, sich vor ihn zu drängen und er den *Cerberus* abbremste, stand Eván die Wut ins Gesicht geschrieben. Nicht nur, dass sie ihm den Befehl über seine Schlacht abgenommen hatte, sie gönnte ihm nicht einmal das Duell mit David McCarthy. In Yare würde niemand irgendeinen Ruhm ernten – außer Karen Fallon.

Nur waren Fallon durch ihre völlige Konzentration auf McCarthy die Zügel der Schlacht entglitten. Die Flankeneinheit, die Eván nach Nordwesten geschickt hatte, meldete einen Durchbruch, gefolgt von der Überraschung durch McCarthys meisterhaft versteckte *Challenger X* und schließlich den erzwungenen Rückzug. Aber Fallon war so besessen von dem Duell mit dem *Destruktor,* dass sie das an der westlichen Flanke ausgebrochene Chaos gar nicht beachtete.

Dann feuerte First Lieutenant Barajas auf einen seiner eigenen Männer und ließ seine Lanze im Stich. Das sorgte augenblicklich für Chaos an der Ostflanke. Fallon kümmerte sich nicht darum. Sie saß unangreifbar in ihrem *Hauptmann* und prügelte sich mit McCarthy. Angewidert zog Eván sich zurück und überließ sie sich selbst. Mit etwas Glück würde die Miliz ihn von diesem Mühlstein um seinen Hals erlösen, so dass er wieder vorrücken konnte.

Aber da er nicht bereit war, sich auf diesen Glücksfall zu verlassen, rief Eván die *Chippewa*-Luft/Raumjäger herunter, die er für einen Notfall wie diesen knapp außer Ortungsreichweite in Reserve gehalten hatte. Der doppelte Luftangriff erschütterte die vorderste Milizlinie. Der Gegner geriet ins Stocken und versuchte sich neu zu formieren, aber leider war er nicht so verwirrt, wie Eván gehofft hatte. Und nach dem Stimmengewirr auf den Kommkanälen zu schließen, waren seine Soldaten beinahe so verunsichert wie der Feind.

»Sie ziehen sich zurück. Nein, nur nach rechts.«

»Das gilt First Lieutenant Barajas.«

»Nein, die ganze Linie …«

»Barajas hat Case in den Rücken geschossen. Ist er übergelaufen?«

Die ganze Formation der Miliz drehte sich jetzt nach Westen. Der Major schwenkte die komplette Formation um neunzig Grad, so dass jetzt die vorderste Linie auf die Flanke der 8. RKG traf. Die Panzereinheit übernahm zusammen mit den zuvor zerrütteten Mechtruppen an McCarthys rechter Flanke die Front, während die östlichen Einheiten die Rückendeckung bildeten. Das ermöglichte McCarthy einen leichten Ausbruch aus dem Kessel, den Eván so sorgfältig aufgebaut hatte und brachte sie mehrere Kilometer näher an K-F Yare Industries, auch wenn die Katzbalger sie immer noch abfangen und zurücktreiben konnten.

Eván feuerte zwei Gausskugeln auf McCarthy ab und verspürte eine kurze Befriedigung, als beide Schüsse den *Destruktor* an der rechten Seite erwischten, einer in Hüfthöhe, der andere knapp unter der Schulter. Dann zog er sich weiter von der Frontlinie zurück, während er versuchte, die Fäden seines Plans wieder aufzunehmen. Er musste sie erneut zu einem soliden Ganzen zusammenflicken, um das Milizmanöver zu neutralisieren, und das schnell, denn Fallon zeigte keinerlei Interesse am Schlachtverlauf.

McCarthys Antwortfeuer schleuderte die geballte Energie der beiden PPKs in den linken Arm des *Cerberus*. Die künstlichen Blitzschläge sprengten die Panzerung beiseite und zerschmolzen den Unterarmaktivator zu einem unförmigen Klumpen Metall. Zähneknirschend löste Eván sich aus der Schlacht und übernahm Barajas' Lanze. Sergeant Case kam gerade wieder hoch. Der *Paladin* schwankte, konnte sich aber noch auf den Beinen halten.

»PirschLanze zu mir«, befahl er, dann schaltete er auf die allgemeine Befehlsfrequenz um. »Östliche Flanke, den Gegner nicht verfolgen. Richtung Yare zurückziehen. Alle anderen nach Westen schwenken. Nach Westen schwenken und den Feind aufhalten. Bis auf weiteres auf keinen schweren Schlagabtausch einlassen. Neu formieren, neu formieren, neu formieren.«

Er wartete auf Fallons Gegenbefehl und war leicht überrascht, als keiner kam. Im Gegenteil, sie zog sich ebenfalls zurück und feuerte in einem letzten Schusswechsel die Laser ab, während McCarthy mit den PPKs und einer Gausskugel antwortete, die vom linken Knie des *Hauptmann* abprallte, das Bein gerade schlug und offensichtlich den Aktivator zertrümmerte. Der OmniMech humpelte zurück, bis er auf gleicher Höhe mit Eváns *Cerberus* war, als wolle sie mit ihm gemeinsam die hinteren Linien bewachen.

McCarthy hatte nur ein Duell gewonnen, nicht die Schlacht. Die Auseinandersetzung verlagerte sich lediglich an eine neue Front. Eván hätte es vorgezogen, die Miliz mit einem vernichtenden Schlag zu besiegen, aber letztlich war ein mühsam erkämpfter Sieg ebenso süß. Er würde Fallon die Zeit verschaffen, die sie brauchte, um die Yare-Sendeanlage einzusetzen und in einer letzten großen Trotzgeste die 1. Capella-Dragoner abzuschießen. Danach würde er aus eigener Kraft den Tag für sich entscheiden.

Je härter die Schlacht, desto größer die Belohnung. Und diesmal würde er Fallon nicht gestatten, sie ihm abzunehmen. Nicht ohne einen Kampf.

27

Kearny-Fuchida Yare Industries, Yare, Kathil
Kathil-PDZ, Mark Capella, Vereinigtes Commonwealth

7. Dezember 3062

Karen Fallon steuerte den *Hauptmann*-OmniMech entlang der früheren Westflanke der 8. RKG, die jetzt zur Hauptfront der Schlacht geworden war. Sie zog sich langsam zur Ortschaft zurück und verlangte der Kathil-Miliz für jeden Meter Boden einen hohen Preis ab. Besser noch, sie verlangte ihn David McCarthy ab, indem ihre schweren Laser wieder eine Lage Panzerung vom bereits schwer mitgenommenen linken Bein seines BattleMechs schnitten.

Glutofenhitze schlug durch das Cockpit, als die Hitze des zur Hochleistung getriebenen Fusionsreaktors in die Luftversorgung strahlte. Sie atmete flach und schnell, während sie darauf wartete, dass die Wärmetauscher des Mechs die Temperatur zurück auf ein erträgliches Maß senkten. Schweiß stand ihr auf der Stirn, lief ihr übers Gesicht und tropfte vom Kinnriemen des Neurohelms. Auf den bloßen Armen und Beinen strömte der Schweiß ungehindert, aber der Neolederbezug der Steuerknüppel verhinderte ein Abrutschen der Hände.

Ein *Vollstrecker* hämmerte mit einer großkalibrigen Autokanone auf sie ein. Die Granaten nagten an der Torsopanzerung des *Hauptmann*, richteten aber zu wenig Schaden an, um ihr gefährlich zu werden. McCarthys *Destruktor* war eine ernstere Sorge, auch wenn er sorgfältig darauf achtete, nie mehr als ein Gaussgeschütz und eine Partikelprojektorkanone gleichzeitig abzufeuern, um Munitionsverbrauch und Wärmeentwicklung im Griff zu behalten. Die PPK geißelte genug Panzerung vom rechten Mecharm, dass der nächste Volltreffer drohte, ihr die Hälfte der Langstreckenbewaffnung zu rauben.

Karen drehte den *Hauptmann* in der eingeschnürten Taille und zog den rechten Arm hinter den Rücken, um ihn zu schützen. Sie bewegte sich noch zehn Schritte zurück und zog eine neue Frontlinie, an der sich die nahen Katzbalger-Mechs formierten.

Trotz Kommandant Greenes Detailbefehlen hatte Karen Fallon den Eindruck, dass ihre Schlacht sich ganz gut entwickelte. McCarthys Kampfpanzer-Überraschung hatte der RKG zwar einen recht effektiven Dämpfer versetzt, aber das strategische Gesamtbild bevorzugte weiterhin ihre Seite. Und jetzt rannte Eván Greene mal wieder davon, wild entschlossen, jede Einzelheit der Verteidigung Yares zu kontrollieren, und überließ es ihr, David McCarthy zu erledigen, obwohl er dieses Recht zuvor für sich allein beansprucht hatte. Sie wäre bereit gewesen, diesen Sieg mit ihm zu teilen.

Sein Pech.

Karen hatte schon vor Jahren gelernt, sich auf dem Schlachtfeld nicht um jede Kleinigkeit zu kümmern. Möglicherweise rettete man ein einzelnes Leben, aber vielleicht traf man auch eine Fehlentscheidung, wo untergeordnete Offiziere ohne weiteres selbst in der Lage gewesen wären, mit der Situation fertig zu werden. Sie hatte versucht, Greene zu helfen, indem sie einen Teil der Befehlsverantwortung übernahm, aber als sie ihn mit der Feuerkraft des *Hauptmann* unterstützt hatte, hatte er es als Gelegenheit gesehen, wieder den vollen Befehl über das Bataillon zu übernehmen. Jetzt formierte er den größten Teil der Einheit westlich von Yare und versuchte, die Schlacht um den Ort zu lenken.

Wenn er es unbedingt so haben wollte! Fallon würde McCarthy auseinander nehmen *und* die Capella-Dragoner stoppen. Danach würde sie für die Aufräumarbeiten wieder den Befehl über das Bataillon übernehmen, wie es ihr zustand. Eván fehlte einfach der Blick für die größeren Zusammenhänge. Seine Erfolge würden immer ein Teil der ihren sein. Nur wenn man sich aus dem Zugriff der Vorgesetzten befreite, wie sie es getan hatte, als sie aus District City nach Yare gekommen war, konnte man wirklich selbst glänzen. So wie sie es tat. Sie verschaffte sich einen eigenständigen Erfolg. Sollte Mitchell Weintraub ruhig weiter seine politischen Spielchen spielen. In der Zwischenzeit würde Karen Fallon für die Prinzessin Siege erringen.

Die Lautsprecher ihres Neurohelms knackten. »Lieutenant General Fallon, hier ist Yare Zentrale. Wir haben eben eine Nachricht von Generalhauptmann Weintraub erhalten. Kommodoreleutnant Kerr hat die Dragoner gestellt.«

Verdammt. Karen zog sich einen Schritt von der Front zurück und erteilte den anderen Piloten schnell Befehl, sich langsam zu Eváns Position zurückzubewegen. Sie und die zerschossenen Mechs aus seiner ursprünglichen RudelLanze marschierten zu einer kurzen Kampfpause in den Ort. Ein paar flackernde Ortungssignale auf der Sichtprojektion ließen vermuten, dass sich bereits ein oder zwei andere RKG-Einheiten dort in der teilweisen Deckung der Gebäude aufhielten.

»Gestellt?«, fragte sie nach. »Oder zerstört?«

»Gestellt. Kommodoreleutnant Kerr konnte die meisten Dragoner bis jetzt von Kathil fernhalten, auch wenn ein beschädigtes Landungsschiff in Thespia aufgesetzt hat. Aber er hat noch keines zerstört.«

»Warum haben Sie dann noch nichts getan?«, herrschte sie den Mann am anderen Ende der Leitung an. An der Landung in Thespia ließ sich nichts machen. Falls das Schiff in extremer Entfernung eingeschwenkt und unter dem Horizont angeflogen war, hätte Yare es beim besten Willen nicht treffen können. Aber sie weigerte sich zu glauben, dass kein Dragoner-Landungsschiff sich in ihrem Zielbereich aufhielt. »Sie haben mir erklärt, dass wir die *Robert Davion* und alle Landungsschiffe in ihrer Nähe verfolgen.«

Eine andere Stimme drang über die Verbindung. Paul Allison, der Werksleiter, klang aufgeregt. »L-Lieutenant General«, stammelte er. »Wir arbeiten hier nicht mit einem Feuerleitprogramm. Wir ziehen Sensordaten aus dem Satellitennetz und unsere Computer extrapolieren die meisten Flugbahnen aus bekannten Umlaufbahnen und den gemeldeten Kursabweichungen aller Schiffe in der Nähe einer Flugverbotszone.«

»Was ist aus Ihrem Versprechen geworden, die Punkte auf die ›I‹s und die Striche in die ›T‹s zu setzen, Allison?«

»Die *Robert Davion* ist ein ziemlich großes Ziel, Lieutenant General. Bei Landungsschiffen ist das schon etwas anderes. Und im Augenblick tobt über Kathil das Chaos. Es findet irgendeine Raumschlacht zwischen den Wachschiffen der Werftanlage statt. Wenn Sie mir ein Ziel anweisen, kann ich es zerstören, aber die Computer können kein bestimmtes Schiff annähernd sicher identifizieren, erst recht nicht in dem Gewimmel Ausweichmanöver fliegender Landungsschiffe da oben.«

Kathil hatte den *Hauptmann* inzwischen auf die Straßen Yares gelenkt, während sie mit verkniffenem Mund zuhörte, wie Allison ihr zu erklären versuchte, warum er nicht liefern konnte, was sie bestellt hatte. Die Gründe interessierten sie nicht. Sie wollte Resultate. Fliegende Hitze stieg ihren Nacken empor.

Aber ihre Entgegnung wurde von einer neuen, panischen Stimme aufgehalten, die jäh aus dem Funkgerät schlug. »Hinterhalt! Elementare! Holt sie weg, holt sie weg!«

So unwahrscheinlich es gewesen wäre, genetisch manipulierte Clan-Infanterie auf den Schlachtfeldern Kathils zu finden, der Alarmschrei des MechKriegers schockte Karen für einen Augenblick. In größerer Zahl waren Elementare ein Angst einjagender Gegner. Die gepanzerten Infanteristen hielten Treffern von Mechwaffen stand und sprangen auf die Kampfkolosse ihrer Gegner, um mit den mechanischen Krallen ihrer Arme die Panzerung wegzureißen. Plötzlich wimmelte die Sichtprojektion von roten Gefahrensymbolen dieser Truppen, die im ganzen Ort aus der Deckung schwärmten. Mehrere kamen schnell auf sie zu.

Fallon schaltete auf die schweren Laser, um sich zu verteidigen und halbierte zwei Gefechtspanzer, bevor sie erkannte, welchen Fehler der Pilot begangen hatte. Das waren keine Elementare, sondern *Chevalier*-Kröten – das für Haus Davion entwickelte Gegenstück der Inneren Sphäre zur gepanzerten Infanterie der Clans. Mit ihrer dünneren Panzerung und den schwächeren Armen waren sie kein Grund zur Panik, auch wenn es ein Fehler gewesen wäre, sie zu unterschätzen.

McCarthy! Während alle Aufmerksamkeit auf die Schlacht im Tal gerichtet war, hatte er in einer zweiten Falle für ihre Leute eine Kröteneinheit in den Ort geschleust. Was für eine Verschwendung, dass sie auf verschiedenen Seiten kämpften.

Der Mech, dessen Pilot die Warnung ausgestoßen hatte, ein *Lichtbringer,* war von den Infanteristen übersät. Sie attackierten ihn mit Krallen und leichten Lasern, stachen und rissen an der fünfundsiebzig Tonnen schweren Kampfmaschine wie Rote Ameisen, die eine Gottesanbeterin angriffen. Karen verfluchte sich selbst für den anfänglichen Moment der Panik, steuerte den *Hauptmann* zu dem um sich schlagenden Mech und stieß ihn um. Der Kreiselstabilisator im Innern des Mechs half der Maschine, vom Rücken sofort wieder auf die Vorderseite zu rollen, bereit, wieder aufzustehen. Aber einige zerquetschte Leiber blieben auf der geborstenen Straßendecke zurück.

»Stehen, Fallen, Rollen, du Idiot!«, herrschte sie ihn an.

Es war ein jahrhundertealter Merkspruch für die beste Methode, brennende Kleidung zu löschen, den MechKrieger als Erinnerung an die einfachste Gegenwehr gegen Krötenangriffe adoptiert hatten. Indem er sich auf den Boden warf, was die Infanteristen erledigte, die das Pech hatten, zwischen den harten Boden und die zig Tonnen Gewicht eines Mechs zu geraten, konnte ein Mech mit den Beinen austreten, um sich schlagen und sich generell zu einer tödlichen Bedrohung für alle Infanteristen in seiner Nähe verwandeln, ganz gleich ob gepanzert oder nicht. Endlich dachte auch der *Lichtbringer*-Pilot daran, diese Regel zu beherzigen und befreite sich von den meisten *Chevaliers,* bis auf ein paar besonders hartnäckige, die Karen vorsichtig mit den mittelschweren Lasern erledigte.

Aber die Kröten hatten auch ihre Erfolge. Ein bis dahin unbeschädigter *Caesar* lag zertrümmert auf der Straße, das linke Mechbein vom Torso gesprengt. Aus einem klaffenden Loch in seinem Rücken fielen die Trümmerreste des Gyroskops. Die Kröten sprangen von Dächern und aus Gassen und boten kaum ein brauchbares Ziel, als sie versuchten, in den toten Winkel des *Hauptmann* zu gelangen. Ihre Sensoren entdeckten mindestens zwei *Chevaliers,* die sich bereits an seine Unterschenkel klammerten.

»Raus aus der Stadt«, befahl Karen in einer blitzschnellen Entscheidung. »Yare sofort verlassen.« Sie beschleunigte den Omni und marschierte rückwärts. Der *Lichtbringer* kam wieder auf die Beine und folgte ihr. Sie halfen einander, ein paar der Miliz-*Chevaliers* vom Rücken des anderen zu schießen. »Alle Einheiten, hier spricht Lieutenant General Fallon. Yare ist von Kröten infiziert, aber nicht, ich wiederhole, *nicht* von Elementaren.« Es handelte sich mit Sicherheit um Elemente des 2. NAIW-Kaders. »Auf Kommandant Greenes Position zurückziehen. Meiden Sie Yare, aber achten Sie mit darauf, die Kröten in der Stadt zu halten.«

Noch ein kleiner Erfolg für McCarthy, aber diesmal einer, der sich leicht eindämmen ließ. In der Enge der Straßenzüge hatte die Kröteninfanterie einen leichten Vorteil, doch falls sie sich in das freie Gelände um den Ort wagten, waren die Infanteristen kaum mehr als Zielscheiben. Der Mikrowellensender und die Steueranlagen von Yare Industries befanden sich ohnehin in weiter Entfernung von der Stadt. *A propos ...*

»Allison!«, knurrte sie, und schaltete zurück auf die Verbindung zur K-F-Yare-Zentrale. »Allison, Sie haben erklärt, wir verfolgen den Kurs der *Robert Davion.* Bedeutet das, wir haben zumindest deren Position sicher fixiert?«

»Jiiiaaa. Ja, Lieutenant General. Das Kriegsschiff bietet ein ziemlich offensichtliches Sensorprofil. Wie die Raumwerften und mehrere große Fabrikstationen in hoher ...«

»Worauf ich hinaus will«, unterbrach Fallon den Manager. »Sie sind ja wohl in der Lage, den Unterschied zwischen dem Kreuzer und einem Landungsschiff zu erkennen.«

»Natürlich.« Eine kurze Pause, dann: »Lieutenant General, ich kann nicht ...«

»Sie können – und Sie werden«, schnappte Fallon, während sie die Lanze in schneller Bewegung zu Evån Greenes neuer Verteidigungslinie im Westen führte. Ob es Kerr wusste oder nicht – ob er es wollte oder nicht –, er würde Hilfe vom Boden erhalten. Sie lächelte grimmig, als sie sich das Gesicht des Kommodoreleutnants vorstellte, wenn ihr Reserveplan die ersten Erfolge zeitigte.

»Yare Zentrale, Major Simmons! Schaffen Sie den Mann an die Konsole«, ordnete sie an. »Alles außer dem Kriegsschiff, was da oben herumfliegt, ist entbehrlich. Sie werden auf der Stelle Ziele auswählen und abhaken, bis wir diese verdammten Dragoner erwischt haben! Es ist mir gleich, ob sie sämtliche Satelliten, Jäger, Landungsschiffe und Raumstationen vom Himmel holen. Jetzt ist Schluss!«

***

Auf einem der Hauptsichtschirme der *Robert Davion* wogte ein rotorangefarbener Feuerball, als ein explodierender Fusionsantrieb ein Landungsschiff verzehrte, in einem grellen Lichtblitz die gesamte Luft an Bord verzehrte und das Schiff ausweidete. Die Explosion erlosch ebenso plötzlich, wie sie aufgeflammt war, und ließ nur ein verkohltes Wrack vor der Schwärze des Alls zurück.

Vom lautlosen Lichtblitz der Explosion vom Holotank abgelenkt, drehte Kerr den Kapitänssessel zu Deborah Watson um. »War das ein Dragoner-Landungsschiff?«

Watson schüttelte den Kopf. Ihr kurzes Haar wogte sanft in der an- und abschwellenden Schwerkraft. Der Hauptantrieb des Kreuzers wechselte ständig zwischen Voll- und Minimalschub, wie es gerade nötig war, um zu verhindern, dass eines der Dragoner-Landungsschiffe nach Kathil durchbrach. »Nein, Sir. Ein *Maultier*-Raumdockleichter.«

Kerr stieß ein ärgerliches Knurren aus. »Leichter und Jäger interessieren mich nicht. Genauso wenig wie irgendein Landungsschiff, das keine Dragoner an Bord hat. Sorgen Sie für eine anständige Zielauflösung, verdammt!« Er warf sich zurück in die Polster und starrte Lieutenant Myers an, der den Funkverkehr weiter überwachte. »Geben Sie durch, dass ich unsere Infanteristen in den Geschützbuchten sehen will. Die Leute strengen sich nicht richtig an.«

Seit er Maat Olsen des Postens enthoben hatte, war Kerr gezwungen, alle Geschütze von Kanonieren abfeuern zu lassen. Bis jetzt hatten zwei Schiffs-PPKs eines der Hilfsschiffe der Capella-Dragoner in ein lebloses Wrack verwandeln können, aber eines der größeren Landungsschiffe war entkommen und hatte auf dem Inselkontinent Thespia aufgesetzt. So etwas durfte nicht noch einmal passieren.

Watson ließ sich nicht so leicht abservieren. »Sir, das war keine unserer Salven. Die Ortung hat ein Umschwenken eines der Mikrowellenstrahler von Kathil registriert. Bei Yare Industries. Er ist mitten durch diesen Bereich geschlagen, obwohl das eine freie Flugzone ist.«

Bodenfeuer zur Unterstützung einer Flottenoperation? Kerr hatte zu seiner Zeit schon Seltsameres gehört, wenn auch nicht viel. Aber es klang bekannt. Dieser eingebildete ehemalige Ulanenoffizier auf dem Weg zu einem Posten bei der Miliz, McCarthy. Er hatte so etwas erwähnt.

Kerr schaute auf den Sichtschirm. »Da unten bildet sich also jemand ein, er wäre Morgan Hasek-Davion.« Weintraub? Seine Miene verdüsterte sich. Er hätte in derartige Plane eingeweiht werden müssen.

Er nahm sich vor, den Generalhauptmann später zur Rede zu stellen und konzentrierte sich auf den Schirm. Kathil hing groß im Bild, ein gelblich-grüner Globus, der den größten Teil der Fläche einnahm. Die Atmosphäre war nur ein paar hundert Kilometer entfernt, und der Steuermann schwitzte bei jeder größeren Kurskorrektur, die sie näher an die unsichtbare Grenze zwischen Weltraum und Planet brachte, Blut.

»Noch einer«, meldete Watson mit mechanisch unbeteiligter Stimme das Ende eines weiteren Landungsschiffes. »Die *Manxkatze.*« Ein Schiff, das die *Robert Davion* eine Weile zuvor zu beschützen versucht hatte. Sein Kapitän war ein treuer Anhänger Katrina Steiner-Davions.

Gewesen, verbesserte Kerr sich, wütend über die Einmischung der Bodenstation. »Na schön, wenn das ein Wettrennen werden soll, wer die Dragoner zuerst erwischt, an mir soll's nicht liegen«, erklärte er grimmig. »Komm! Schicken Sie eine Nachricht an Yare und direkt an Generalhauptmann Weintraub, dass er diesen Schwachsinn sofort einstellt. Wenn ich noch einen archontreuen Kapitän verliere oder auch nur einer der Mikrowellenstrahlen auf einen Kilometer an diesen Kreuzer herankommt, kann sich Yare Industries auf eine Lektion in Raum-Boden-Treffsicherheit gefasst machen.« Bis dahin würden sie versuchen, den offensichtlich halbblind tastenden Mikrowellenstrahlen bei der Jagd nach dem wahren Preis zuvorzukommen. Anscheinend musste er beiden Seiten beweisen, wozu ein Kriegsschiff in der Lage war.

Kerr suchte im Holotank nach Schiffen, die er für Dragoner auf Ausweichkurs hielt. Zwei hielten auf den Planeten zu. Eines plante offenbar auf die Nachtseite des Globus zu fliegen und im Dunkeln aufzusetzen. Indem sie sich aufteilten, war beinahe sicher, dass eines der beiden Schiffe es schaffen würde.

Aber nicht auf seiner Wache. »Armierung, weisen Sie die Barracuda-Raketenlafetten an, das als D-2 Beta markierte Schiff abzufangen. Wenn sie das verdammte Ding nicht treffen können, rate ich ihnen, es zumindest abzuschrecken. Ruder, bringen Sie uns tiefer.«

Maat Erikson schaute ängstlich zum diensthabenden Bordingenieur, Hauptmann Tremmar. Dann fragte er: »Tiefer, Sir?«

»Tiefer, Sie Trottel. Tiefer! Bringen Sie uns über Muran und in die Flugbahn des ersten Landungsschiffs, oder Sie werden es mir büßen. Armierung! Steuerbordgeschütze für eine Breitseite fertig machen. Ich will nicht, dass er entkommt.«

Die Brückencrew machte sich an die Arbeit, und Kathil wurde immer größer. Der Planet schob sich als solide Wand in den Holotank. Bei diesem Maßstab war keine Krümmung auf der Oberfläche zu erkennen. Die *Robert Davion* näherte sich dem Rand ihres Operationsbereichs und ließ die Schlacht bis auf die Anflugbahn des Dragoner-Schiffs und ein anderes großes Symbol hinter sich, das von der Nachtseite des Planeten heranraste.

»Kontakt«, meldete Watson eine Sekunde, nachdem Kerr es bemerkt hatte. »Vektor Eins-sieben-neun Komma Eins-fünnef. Auf Abfangkurs.«

Kerr runzelte die Stirn. »Das Dragoner-Schiff, das uns vorhin entwischt ist? Er kann uns unmöglich angreifen wollen!« Selbst das größte Landungsschiff war kaum eine Gefahr für den Kreuzer, es sei denn, es kam bis auf nächste Nähe heran. Und selbst dann hätte die *Robert Davion* es zerquetschen können, ohne mehr als einen oberflächlichen Schaden zu nehmen.

»Nein, Sir.« Watson rief ein verschwommenes Bild auf den Schirm. Es sah nach einer Doppelkugel komplett mit zwei Triebwerksflammen aus. »Das ist die *Guardian*, Kommodoreleutnant«, identifizierte sie das Landungsschiff, das Kerr beim Abflug des Kriegsschiffes aus dem Raumdock ausgeschaltet hatte. »Der *Oktopus*, der ihr nachgesetzt hat, hat sie abgefangen und schleppt sie zurück zur Werft.«

Ein paar Tage, um das Schiff abzufangen, den Kurs der *Guardian* zu stabilisieren und sie zurück in eine Umlaufbahn um Kathil zu ziehen, während die Reparatur des Schiffsantriebs lief. *Nicht schlecht*, entschied Kerr, *selbst für Davionisten nicht*, und kümmerte sich nicht weiter um sie.

»Beide Triebwerke sind einsatzbereit, auch wenn die Flugcharakteristik darauf hindeutet, dass der *Oktopus* alle Kurskorrekturen übernimmt«, blieb Watson hartnäckig bei der Sache und tippte hektisch auf der Konsolentastatur. »Ich markiere sie als D-7 und D-8. Wir müssen wohl davon ausgehen, dass sie weiterhin Pro-Miliz sind.«

Kerr winkte ab. »Ich habe gesagt, Hilfsschiffe interessieren mich nicht. Sie haben die *Guardian* also geborgen. Wenn sie zurück in den Kampf geschleppt werden muss, kann sie keine sonderliche Bedrohung sein. Konzentrieren Sie sich auf Ihre Aufgabe, Watson, und schaffen Sie mir das Dragoner-Schiff in Reichweite! Vergessen Sie die anderen. Die weichen aus. Und wenn nicht«, stellte er mit einem bösartigen Lächeln fest, das auf halbem Wege zu den Augen erstarb, »wäre ich gezwungen, die Bekanntschaft aufzufrischen.«

28

Kearny-Fuchida Yare Industries, Yare, Kathil
Kathil-PDZ, Mark Capella, Vereinigtes Commonwealth

7. Dezember 3062

Fast hätte Xander Barajas die Jagd auf den *Bushwacker* aufgegeben, als er über Funk seine Lanze auseinander brechen hörte. Fast. Dann hatte Eván Greene den Befehl über seine Leute übernommen, und Xander wusste, dass es für ihn kein Zurück mehr gab. Er fluchte innerlich über die Lage, in die er sich gebracht hatte. Jetzt musste er es bis zum Ende durchstehen. Er hatte für die Rache der RKG den Rücken gekehrt.

Mehr als diese Rache blieb ihm nicht mehr, und dafür würde der *Bushwacker* bezahlen.

Zweimal schon war der Milizkrieger vor ihm geflohen und hatte Xander den Abschuss verdorben. Er empfand es als persönliche Beleidigung, dass ein solcher Feigling es geschafft hatte, MechKrieger zu werden. Irgendwie hatte er von der hiesigen Miliz mehr erwartet. Bessere Leistungen, eine größere Herausforderung. Immerhin kämpfte sie um ihre Heimatwelt.

Er sah graues Metall zwischen den Bäumen, als der *Bushwacker* das vorragende Cockpit und die tonnenförmigen Arme aus dem gelbgrünen Blätterdach eines Ahornwäldchens schob. Xander verzog verächtlich den Mund, als die Ortung aufschrillte, um ihn vor einem Raketenbeschuss zu warnen. Zwei Salven Langstreckenraketen stiegen aus dem Waldstück und flogen auf grauen Rauchbahnen über das offene Gelände zwischen den beiden Mechs, bevor sie vor Erreichen seiner Maschine herabregneten.

Gleichzeitig stieß ein schwerer Laser eine smaragdgrüne Lichtbahn in die Flanke des *Falkner,* wo sie Schutzpanzerung zerschmolz und sich in das Endostahlskelett bohrte, ohne jedoch ernsthaften Schaden anzurichten.

Der gegnerische Pilot mochte ein Feigling sein, aber Xander konnte weder die Schlagkraft des *Bushwacker* anzweifeln, noch die Fähigkeit seines Piloten, sie mit schnellem und drastischem Ergebnis einzusetzen. Der Mech ähnelte einem in die Enge getriebenen Tier, das umso gefährlicher wurde, je näher der Tod rückte. Der künstliche Blitzschlag aus Xanders linker Arm-PPK züngelte auf den Miliz-Mech zu, und die Energieentladung schlug entlang der eigenen Bahn zurück, als sie über den Boden peitschte, um schließlich die Rumpfseite der anderen Maschine zu treffen.

Xander war sicher, dass der *Bushwacker* wieder die Flucht ergreifen würde. Wie jeder gute Jäger erkannte er die Verhaltensmuster seiner Beute. Er beschleunigte, um ihm nachzusetzen, und stampfte auf den Sekunden zuvor von den LSR-Salven des Gegners aufgerissenen Boden.

Aber er hatte kaum einen Schritt getan, als er zurück auf die Pilotenliege geworfen wurde. Das von den Donnerraketen des *Bushwacker* angelegte Minenfeld riss den Boden unter den Füßen des *Falkner* auf und eine Fontäne aus Erdklumpen und verbranntem Gras schlug gegen das Kanzeldach der Maschine. Gleichzeitig trat sein Gegner aus dem Wald und feuerte neue Raketensalven ab, die diesmal echte Sprengköpfe gegen Schultern und Torso von Xanders Kampfkoloss schleuderten. Ein Doppelschlag aus Laser und Autokanone kostete ihn an Torso und Beinen weitere Panzerung.

Stellte sich der *Bushwacker* etwa endlich zu einem echten Kampf? Xander hielt dem Einschlag des Feindfeuers stand und streckte die Mecharme vor, um das Gleichgewicht zu halten. Er feuerte eine seiner letzten Gausskugeln ab, und der silberne Schemen krachte in den Rumpf des Miliz-Mechs, als seine PPK und die vier mittelschweren Laser eine Wand tödlicher Energie ausspien, die in einer Kaskade bläulich weißer Lichtbögen und bunt schillernder Energielanzen über dem *Bushwacker* zusmmenschlug. Diesmal würde er den Milizionär brechen. Er würde entweder zu Boden gehen oder fliehen.

Er tat keines von beidem.

Als unter Xanders Mechfüßen ein weiteres Donner-Minenfeld detonierte, schlug der *Bushwacker* mit allem zu, was er an Waffen aufzubieten hatte. Raketen krachten in die rechte Flanke des *Falkner.* Zwei Sprengköpfe detonierten auf dem Kopf des Mechs und brachten Xanders Ohren zum Klingeln. Die Autokanone bohrte sich ins rechte Knie, hämmerte den Oberschenkelaktivator zu Schrott und machte einen bereits schwankenden Gang noch unsicherer. Der Laser zerschmolz noch eine halbe Tonne Panzerung und brachte ihn zusätzlich aus dem Gleichgewicht.

Die Schwerkraft war ein gnadenloser Gegner, das hatte Xander schon in Stihl gelernt. Er kämpfte sich durch einen unbeholfenen Schritt und durch einen zweiten. Dann knickte das beschädigte Bein unter ihm weg und warf den Torso des *Falkner* ohne Chance, die Balance zu halten, nach vorne. Er senkte die Mecharme in dem Versuch, den Sturz abzufangen, und bohrte das Ende des Gaussgeschützlaufs in den weichen Boden, bevor fünfundsiebzig Tonnen Metall sich auf ihn senkten.

Der Schlag verdrehte und zertrümmerte das Gehäuse, ruinierte die Magnetschienen, die Munitionszuführung, die Spulen. Die in den Magnetspulen gespeicherte Energie brach unkontrolliert aus, drang ins Leitungssystem und schlug als harter Stromstoß durch die Schaltkreise des Neurohelms. Xanders Zähne krachten aufeinander, als sich die Kiefermuskulatur verkrampfte, und zerbissen die zwischen ihnen gefangene Unterlippe, während eine Schmerzlanze seinen Schädel durchbohrte und ihm das Rückgrat in Flammen setzte.

Xander klammerte sich wild ans Bewusstsein, spannte sich für den letzten, knochenbrecherischen Aufprall auf den Boden, dann kämpfte er sich augenblicklich wieder hoch. Erneut hämmerten Raketen auf ihn ein, und die schwere Autokanone des *Bushwacker* spie einen endlosen Strom von Granaten. Die Geschosse mit ihren Spitzen aus abgereichertem Uran brachen die Schutzhülle des Reaktors auf und fraßen sich in die Abschirmung.

Hitzewellen brandeten durch den Mech und trieben die bereits von Xanders Geschützeinsatz hochgestockte Betriebstemperatur auf gefährliche Werte. Ein neuer Alarm drohte mit einer Notstillegung des Reaktors. Xander knallte die Faust auf den Vetoschalter, dann rammte er den Schubhebel bis an den Anschlag und konzentrierte seine ganze Wut auf den *Bushwacker,* der keine hundert Meter vor ihm stand.

Er würde ihn brechen. Er würde zerbrechen und fliehen. Oder sterben.

Er stieß die Mecharme vor, spie Feuer aus dem Lauf der Autokanone und feuerte unmittelbar danach das beschädigte Gaussgeschütz ab, ohne zu bemerken, dass keine der letzten noch im Magazin verbliebenen Nickeleisenkugeln den Lauf verließ. Er feuerte auch die Laserphalanx auf Torso und Arme des *Bushwacker* ab. Die saphirblauen Lichtbahnen verflüssigten die Panzerung des Gegners und trieben zugleich die Temperatur im Innern des *Falkner* in kritische Bereiche. Die Hitze des Cockpits stieg immer höher. Jeder Atemzug brannte wie Lava in der Lunge. Xander ignorierte die Schmerzen, um den süßen Geschmack der Rache kosten zu können. Er knallte die Faust auf den Vetoschalter. Und noch einmal.

Und noch einmal.

* * *

Amanda Black wusste immer noch nicht, warum sie der Schlacht, der Kampfreihe der Miliz den Rücken gekehrt hatte. Vielleicht würde sie es nie wissen.

Sie erinnerte sich an den Schweiß, von der zunehmenden Hitze im Cockpit und dem gnadenlosen Bombardement, das die schützende Panzerung von Front und Seiten des *Bushwacker* peitschte. Einen Augenblick lang keimte Hoffnung in ihr auf, als David die vorrückenden Katzbalger in die Falle lockte, aber sie erlosch sofort wieder, als ihr Mech in das Minenfeld trat. In die Gurte geworfen, verzweifelt um das Gleichgewicht des Mechs kämpfend, war sie überzeugt, dass die Miliz es niemals schaffen würde durchzubrechen.

Amanda wusste, was Donnermunition einem Mech antun konnte. Sie hatte sie selbst schon eingesetzt. Ein solches Minenfeld zu durchqueren würde die Miliz mehr kosten, als sie sich zu zahlen leisten konnte. Ihr Vormarsch würde zum Stillstand kommen, und sie würden K-F Yare nie erreichen.

Dann hatten die RKG-Luft/Raumjäger ihre Linien mit Raketen und Laserfeuer bombardiert, und Amanda konnte nur noch daran denken, sich zu retten. Purer Überlebensinstinkt zog sie davon, steuerte sie westwärts durch das Chaos der Kämpfe. Sie war sich nicht einmal sicher, ob sie sich zurückzog oder einen Sturmangriff anführte.

David hatte bereits einen Schwenk der Formation befohlen und drehte die ganze Miliz in ihren Kurs, bevor er versuchte, Kontakt aufzunehmen. »Amanda, wohin?«, rief er über die Kommleitung.

›Wohin‹ war: mitten durch die schweren Kämpfe an der rechten Milizflanke. Captain Gerst gewann langsam die Oberhand, aber seine Reihen lichteten sich. Sie rannte an zwei zerschossenen Miliz-Mechs vorbei. Einer davon war Dylan Patschenkos *Schleicher*.

»In vollem Galopp, David«, antwortete sie. Sie sah

den *Falkner* ihr auf dem Sichtschirm nachsetzen. Und sie zählte darauf, dass er sie weiter verfolgen würde. Sie beide hatten noch eine Rechnung offen, und einen feindlichen Kommandeur vom Schlachtfeld zu locken, konnte ihrer Seite nur helfen. »Schwenk nach Südwesten.«

David war ihr Geliebter, aber sie vertraute darauf, dass er ihr einen Rat als Kommandeur gab. Zurückziehen? Vor? Stehen bleiben? Anscheinend vertraute er ihr ebenfalls. »Viel Glück«, sagte er nur und ließ sie ihren eigenen Weg wählen.

Und das hatte sie hierher gebracht. Soweit Amanda das feststellen konnte, kämpfte das Bataillon keine fünfhundert Meter entfernt, auf der anderen Seite eines Bergkamms zwischen dem Yaretal und ihrer jetzigen Position. Hier würde sie die Antwort auf ihre Zweifel erhalten, so oder so.

Das Antwortfeuer des *Falkner* schüttelte den Mech. Ihre Zähne schlugen schmerzhaft aufeinander, und die Sicherheitsgurte schnitten ihr in die Schultern. Dass sie ihn umgeworfen hatte, war für sie selbst eine Überraschung gewesen. Ihr Gegner hatte sie von Anfang an unterschätzt. Das wusste sie ebenso sicher wie sie wusste, dass er wieder aufstünde.

Dreihundert Meter. Der Falkner hebelte sich wieder auf die Beine, beschleunigte auf Höchstgeschwindigkeit und stürmte auf sie zu, mit Feuer spuckender Autokanone und Lasern. Wie in Stihl. Sie zog mit dem Laser eine schmelzrot gerahmte Spur quer über seinen Rumpf, die schnell abkühlte und von den Rändern her dunkler wurde.

Einhundertachtzig.

Dunkler Rauch stieg aus den Gelenken und geplatzten Schweißnähten des *Falkner,* als seine Innentemperatur auf gefährliche Werte kletterte. Eine graugrüne Kühlmittelfontäne spritzte aus einem Hüftgelenk, als ein Wärmetauscher unter der Belastung barst. Amanda schaltete die Langstreckenraketen ab. Der *Falkner* war zu nah, um sie noch effektiv gegen ihn einsetzen zu können. Laser und Autokanone rissen ihm den Rumpf auf, schälten Panzerung beiseite und legten das helle Leuchten eines kaum noch eingedämmten Fusionsreaktors frei, fraßen sich durch die physische Abschirmung.

Neunzig. Achtzig. Siebzig. Die Lasersalve des *Falkner* schnitt in den linken Arm des *Bushwacker,* bohrte sich in die Autokanone und zerstörte die Munitionszufuhr. Eine der blauen Energiebahnen zerplatzte auf dem Kanzeldach, und der Lichtblitz nahm ihr fast die Sicht. Beinahe hätte Amanda sich in diesem Augenblick zurückgezogen. Das Fadenkreuz glitt ungeführt beiseite, als sie einen Sekundenbruchteil mit dem Gedanken spielte, sich umzudrehen.

Aber davonzulaufen hätte einen MechKrieger wie den am Knüppel des *Falkner* entkommen lassen, einen Mann ohne die geringste Rücksicht auf die Menschen, die zu beschützen sie geschworen hatte. Sie erinnerte sich daran, wie der Falkner durch Häuser gebrochen war, wie er auf der Straße Wagen beiseite getreten hatte, vor nichts zurückgeschreckt war, um sich seinen Abschuss zu holen.

Nie wieder. Sie würde diesen Kerl nicht noch einmal auf ihrer oder irgendeiner anderen Welt dermaßen wüten lassen. Sie streckte beide Tonnenarme des *Bushwacker* aus und setzte mehrere Dutzend Granaten direkt ins Kanzeldach des *Falkner,* während ihr Laser den offenen Torso aufspießte.

Bei fünfzig Metern Entfernung barst die Reaktorhülle in einem Regen aus geschmolzenem Metall, dem eine Säule goldenen Feuers folgte. Die Energiefontäne tobte über die Vorderseite ihrer Maschine, schmolz sich durch Panzerung und hinterließ eine tiefe Furche im Ferritglas des Kanzeldaches. Dann hörte der *Falkner* einfach auf zu existieren. Arme und Beine wirbelten davon, als die Fusionsreaktion sich ausdehnte und den kompletten Rumpf der Maschine verzehrte. Die Druckwelle der Explosion traf den *Bushwacker* wie eine Riesenhand und schleuderte ihn auf den Rücken. Der Mech schlug krachend auf den Boden und Amanda hatte das Gefühl, das Rückgrat wollte sich ihr durch den Brustkorb bohren.

Die Schmerzen ließen langsam nach, bis sie endlich die Augen wieder öffnen und zu Kathils blauem Himmel aufblicken konnte. Sie war ausgelaugt, zu erschöpft, um sich die Mühe zu machen, ein paar noch immer schrillende Alarmsignale abzustellen.

»Nie wieder«, flüsterte sie.

Auf der Vektorgrafik der Statusanzeige sah sie, dass der *Bushwacker* den größten Teil der Panzerung ebenso verloren hatte wie den rechten Arm. Außerdem war der Kreiselstabilisator leicht verrutscht. Die Schäden schienen nicht lebensbedrohlich. Nichts, was sich nicht im Mechhangar wieder reparieren ließ. Falls sie es zurück schaffte.

Laufen konnte sie nicht mehr, nicht mit beschädigtem Gyroskop, aber sie konnte noch aufstehen und den Mech im Schritttempo zurück aufs Schlachtfeld steuern. Es war noch nicht vorbei. »Worauf wartest du?«, fragte sie sich selbst, leise genug, um das Helmmikro nicht zu aktivieren. »Steh auf, Amanda.«

Es war ein einfaches Manöver. Den Ellbogen beugen. Den Mech auf die Bauchseite wälzen. Ihn mit einem Arm hochstemmen und die Beine unter den Rumpf ziehen.

Sie starrte weiter zum leeren Himmel hoch, ohne sich zu bewegen.

»Steh auf«, flüsterte sie.

29

Kearny-Fuchida Yare Industries, Yare, Kathil
Kathil-PDZ, Mark Capella, Vereinigtes Commonwealth

7. Dezember 3062

Es war das letzte Gefecht der 8. RKG. Das wusste David.

Nachdem sie die 8. RKG endlich von den Überwachungs- und Steueranlagen von Yare Industries abgedrängt hatten, traf das Bataillon einen halben Kilometer hinter dem Ort auf eine Mauer, die sich nicht durchbrechen ließ.

Die 8. hatte sich zwischen Fallons aufgesetzter *Masse Noire* und der Thermalenergie- und Sendeanlage eingegraben. Die riesige Antennenschüssel auf dem Dach des Stahlbetonbunkers, unter dem sich die subplanetaren Anlagen des Thermalwerks ausbreiteten, ragte hinter den Katzbalgern hoch in den Himmel. Sie war ein Wunder der Technik, fast so groß wie Fallons Landungsschiff. Ein Netz aus Titanstreben stützte die Schüssel, und eine gigantische Ansammlung von Getrieben und Aktivatoren konnte sie um Hundertstel Grad drehen, um sie zielgenau auszurichten.

Jetzt ließ sich die 8. nicht weiter zurückdrängen, sondern schlug mit allem zu, was sie aufbieten konnte. Brutale Raketen- und Laserbreitseiten jagten über das Schlachtfeld, PPK-Blitze schlugen in künstlichen Gewitterfronten ein, Gaussgeschütze und Autokanonen donnerten in einem Stakkato der Vernichtung und übersäten die grüne Wiese mit Panzertrümmern. Ein paar Mechs kämpften von loderndem Brandgel eingehüllt weiter, als die *Cavalry*-Kampfhubschrauber weiter mit Infernosalven zuschlugen, auch wenn die meisten daneben gingen. Weite Bereiche der Grasflächen und des Gebüschs standen in erstaunlichen Flammen und sandten öligen Rauch in den einst herrlich klaren Himmel.

David steuerte den *Destruktor* einen kleinen Hügel hinauf. Als er über das Wrack eines am Boden liegenden Mechs stieg, trat er auf den abgerissenen Arm eines anderen. Er rollte davon und ließ das Gyroskop der überschweren Maschine kurz aufheulen, bevor die hundert Tonnen den Arm zerquetschten und der Mechfuß wieder festen Halt fand. Er holte die beiden Wracks auf dem Sichtschirm näher heran. Auf einem prangte das Wappen der Vereinigten Sonnen, auf dem anderen das des Vereinigten Commonwealth. Angeblich eine Nation. Eine Armee.

Das war einmal.

Er erreichte die Hügelkuppe und pflanzte den Mech breitbeinig auf. Karen Fallons *Hauptmann* verfolgte ihn immer noch. Eine gelb schimmernde Energielanze bohrte sich in die linke Mechflanke, durchtrennte ein paar Stützstreben, traf aber glücklicherweise keine wichtigen Bauteile. Er erwiderte mechanisch das Feuer, während er auf einem Hilfsschirm beobachtete, wie Major General Gennadis Infanteristen die Abwehrlinien umgingen und hinter den Kämpfern in die K-F-Yare-Anlage stürmten. Sie meldeten sofort heftigen Widerstad von Katzbalger-Infanterie, die sich in Korridoren und Treppenhäusern verschanzte. So schwer es ihm fiel, seine Hilfstruppen aufzugeben, gab David doch den Befehl an die Kröten weiter, sich neu zu formieren und Gennadi zu Hilfe zu kommen.

Aber der General kam zu spät. Es war alles zu spät.

Die Sendeantenne hatte sich in den letzten dreißig Minuten schon dreimal gedreht, höchstwahrscheinlich, um die anfliegenden Dragoner zu vernichten. Jetzt schwenkte sie erneut um. Nicht, dass er das mit bloßem Auge hätte erkennen können. Die Schüssel war so gigantisch, dass eine Bewegung von ein paar Bogenminuten nicht auffiel. Aber David bemerkte die Bewegung der Getriebe.

Und er konnte kaum etwas dagegen tun. Jetzt wurden

die Kosten der früheren Erfolge spürbar, als ein Miliz-Mech nach dem anderen unter dem gnadenlosen Bombardement der Katzbalger-RKG ausfiel. Dylan Patschenko hatte Yare nicht mehr erreicht. Eine Partikelprojektorkanone hatte den Kopf seines *Schleicher* ausgehöhlt. Captain Gerst war gefallen, als der Reaktor durch die Magnetflasche barst und den *Drachenfeuer* verzehrte, und Kadettencaptain Thomas war mit zerschossenem Kreiselstabilisator aus dem Gefecht ausgeschieden.

Von seinen Stabsoffizieren blieben ihm nur Tara Michaels und ein junger Lieutenant, die sich abmühten, David bei der Führung der zwei unterzähligen Kompanien angeschlagener Mechs und Krieger zu helfen, die dem Bataillon noch geblieben waren. Sie wälzten sich in einem weiteren Versuch vor, und wieder schlug die RKG sie zurück. David erinnerte sich an eine ähnliche Schlacht, die er von der anderen Seite erlebt hatte, an die Verzweiflung, die Verteidiger dazu trieb, auch gegen eine überwältigende Übermacht durchzuhalten. Und hier, bei ziemlich gleichstarken Seiten, zehrten die Verluste mit zunehmender Brutalität an beiden Kräften. Sampreis' Überfall auf District City, ganz gleich, wie viel oder wenig Erfolg er haben mochte, hatte David möglicherweise die Chance auf einen Sieg genommen. Eine Mechkompanie mehr, dachte er, hätte für die Miliz den Ausschlag gegeben. Oder eine Panzerkette. Selbst ein paar zuverlässige Luft/Raumjäger.

Aber die *Korsaren* der Miliz waren abgestürzt, von den sehr viel schwereren *Chippewas* vom Himmel gefegt. Ein überschwerer Jäger griff Davids Leute weiter an, aber die letzten zwei *Stechinsekten* der RKG stellten ein weit größeres Problem dar, indem sie um die *Challenger-X*-Kampfpanzer tanzten und drohten, sie aus dem Verkehr zu ziehen. Aber noch rollten die Panzer unbeirrt vorwärts und führten einen Versuch der verbliebenen Panzer an, die Katzbalger-Linie aufzubrechen.

David steuerte den *Destruktor* ebenfalls gegen die RKG-Linie. Tara Michaels war leicht zurückgefallen. Ihr *Vollstrecker* kämpfte mit einem blockierten Hüftgelenk und beschädigtem Beinaktivator. Jetzt blieb Corporal Smiths *Cestus* mit dem überschweren BefehlsMech des Bataillons auf einer Höhe und unterstützte die beiden Gauss- und PPK-Kombinationen des *Destruktor* mit seinem Quartett aus Lasern und Gaussgeschütz.

David neigte den Angriff in Richtung der Sendeanlage, fort von dem vernichtenden Feuersturm, der der Miliz aus den Geschützen der *Masse Noire* entgegenschlug, wann immer ein paar Einheiten unvorsichtig genug waren, ihre Seite des Schlachtfelds zu betreten. Die Anzeige der Wärmeskala stieg durch den gelben Warnbereich hoch in die rote Gefahrenzone, als der ständige Einsatz der Energiekanonen den Fusionsreaktor belastete. Er atmete nur noch keuchend, mühsam, mit brennender Lunge, doch er weigerte sich aufzugeben. Er würde entweder durchbrechen oder bei dem Versuch sein Leben lassen.

Letztere Alternative schien mit jeder Minute wahrscheinlicher. Lieutenant General Fallon bewachte die Station, als berge sie den Heiligen Gral, und feuerte mit tödlicher Treffsicherheit. Ihre Laser schnitten immer neue Panzerschichten von Armen, Beinen und Torso des *Destruktor.* Greenes *Cerberus* patrouillierte dicht neben ihr, tauschte Geschützfeuer mit Smith und fand ab und zu einen günstigen Schusswinkel, um selbst eine Gausskugel in die Flanke von Davids Maschine zu feuern.

Solange die beiden überschweren RKG-Mechs dieses Ende der Linie verankerten, konnte nur ein Selbstmordangriff sie möglicherweise durchbrechen. Es war vorbei. Allem zum Trotz, was David dagegen unternommen hatte.

Allem zum Trotz, was er unternommen hatte. Ein vertrauter Satz. Allem zum Trotz, was er getan hatte, hatte seine

Einheit den Clan-Vorstoß auf Diana nicht aufhalten können. Allem zum Trotz, was er getan hatte, hatte die Rückendeckungsaktion für die Ulanen fünf gute MechKrieger das Leben gekostet, einige der Besten, an deren Seite er je gedient hatte, und die Laufbahn von vier anderen beendet.

Lieutenant Isaak war in seinem Cockpit zerquetscht worden, als der *Eisvogel* sich wieder aufgerichtet und über ihn hinweg gestampft war, um David zu erreichen. Sein Aufschrei über die Funkverbindung war gnädigerweise nur kurz gewesen. Trotzdem gellte er noch immer in Davids Ohren. Captain Kennedy, die in ihrem *Berserker* zwei OmniMechs gegenüberstand, hatte nicht einmal nach Hilfe gerufen, weil sie gewusst hatte, dass David keine Zeit für sie hatte. Polsans *Caesar,* der immer noch den Beilarm des *Nachtschatten* als Keule schwang, hatte sich einem monströsen *Daishi* in den Weg gestellt. Fletcher und MacDougal hatten David nur Sekunden erkauft, indem sie sich mit den *Schleichern* auf den angeschossenen *Masakari* warfen. Und nur drei von ihnen hatten den Kampf überlebt. Nur drei.

Aber Sie haben auf Diana gewonnen. Amandas Worte hallten durch seine Gedanken. *Haben Sie deshalb immer noch Angst? Weil Sie diesen Kampf nie zu Ende bringen konnten?*

Trotz allem, was er getan hatte.

Nein, herrschte David sich an und zerrte sich zurück in die Gegenwart. Nicht alles. Noch nicht.

Aber es würde teuer werden. Wieder sehr, sehr teuer.

Eine Gausskugel flog am Panzerglas des Kanzeldachs vorbei, ein silbriger Schatten, der ein jähes Ende seiner Pläne nur um Meter verfehlte. Stattdessen schlug er in die linke Mechschulter ein und stieß den *Destruktor* zurück auf die Fersen. David beugte sich nach vorne und benutzte seinen Gleichgewichtssinn dazu, den Kreiselstabilisator des Mechs zu steuern und den Kampfkoloss auf den Beinen zu halten. Laut Schadensanzeige hatte die Nickeleisenkugel sich im Gelenk verkeilt und behinderte die Drehung des Arms. Das war keine ernsthafte Sorge. Sein Ziel war groß genug.

»Grenadiereinheiten, bereitmachen zu einem Vorstoß in maximaler Geschwindigkeit«, befahl er. »Auf mein Zeichen vorrücken und mit allen Mitteln die Linie aufbrechen. Kampfpanzer halten die Bresche, *Drillsons* weiten sie nach rechts aus, *Goblins* nach links.« Das würde die Schwebepanzer ins Schussfeld der *Masse Noire* bringen, aber die überlegene Beweglichkeit des Luftkissenantriebs gab ihnen zumindest eine Chance, dem Beschuss auszuweichen. Eine bessere Chance konnte er den Fahrzeugen nicht bieten. Sie war besser als alles, was seine Mechtruppen hatten.

»3. Bataillon, auf mein Zeichen aus dem Kampf lösen. Ich wiederhole: lösen. Auf meine Position einschwenken und mit Höchstgeschwindigkeit gegen K-F Yare vorrücken. Ziel ist der Fuß der Antennenschüssel. Wir holen sie runter. Niemand hält für Lanzenkameraden an. Katzbalger-Mechs ignorieren. Major General Gennadi, ziehen Sie Ihre Infanterie zurück.«

Sampreis würde ihn dafür möglicherweise des Kommandos entheben, doch wenn David schon unterging, dann zu seinen eigenen Bedingungen. Falls es nicht eine Chance gab, die anfliegenden Capella-Dragoner zu retten, würde er sie ergreifen. Gegen die *Robert Davion* konnte er nichts unternehmen, sie konnten unmöglich rechtzeitig durch die RKG brechen, um die Sendeanlage in ihre Gewalt zu bringen, aber zumindest konnte die Miliz verhindern, dass noch mehr Landungsschiffe vernichtet wurden. Und das Letzte, was David seiner Einheit antun wollte, war mit dem Gedanken weiterleben zu müssen, einen so furchtbaren Preis für Nichts bezahlt zu haben.

Trotz allem, was sie hätten tun können.

Er gab einen letzten Feuerstoß auf Fallons *Hauptmann* ab. »Jetzt.«

* * *

Karen Fallon stieß die Steuerknüppel hin und her, um den unter dem Verlust von zwei Tonnen Panzerung und der schieren Einschlagswucht der beiden Gausskugeln des *Destruktor* wankenden OmniMech auszubalancieren. Die Steuerkonsole leuchtete vor Warnlämpchen auf wie ein Weihnachtsbaum, und die Alarmsignale gellten in einer ohrenbetäubenden Kakophonie.

Achtzehneinhalb Tonnen Panzerung bestand inzwischen mehr aus Erinnerungen als aus Metallkeramik. Die Brustpartie des *Hauptmann* war praktisch schutzlos. Der rechte Arm hing im Grunde nur noch an einem zerbeulten Titanknochen und ein paar Myomersträngen. Die Reaktorhülle war geborsten, Wärmetauscher zerstört, eine Sicherheitsabschaltung eingeleitet. Fallon rammte die Faust auf den Vetoschalter. Damit riskierte sie Munitionsexplosionen oder sogar einen Reaktorbruch, aber sie war nicht bereit, hilflos in einem toten Mech auf dem Schlachtfeld zu sitzen.

Sie ging die Schäden weiter durch. Wächter-ECM-Störsender zerstört. Mittelschwerer Impulslaser zerstört. *Verdammt!* Lademechanismus der Autokanone zerstört! Ihre für die Abwehr eines eventuellen letzten Sturmangriffs McCarthys aufgesparte Mechkillerwaffe war nutzlos geworden, die dafür eingelagerte Munition nicht mehr als eine scharfgemachte Bombe, die nur darauf wartete, von einem Zufallstreffer zur Detonation gebracht zu werden. Sie warf einen Schalter um und ließ sie raus. Zweieinhalb Tonnen Kaliber-12-cm-Granaten fielen aus der sich im Rücken des Omnis öffnenden Luke und regneten nutzlos zu Boden.

Bestandsaufnahme und Munitionsabwurf beanspruchten nur drei Sekunden, aber das reichte McCarthy, aus ihrem Frontalschussfeld zu kommen. Sie drehte den Mech in der Hüfte, legte sich in die Drehung und stählte sich für den Einschlag, als zwei blau leuchtende Blitze funkelnd und sich windend aus den Partikelwerfern des *Destruktor* brachen.

Sie zuckten über ihr vorbei und trafen die K-F-Yare-Sendeanlage.

Ein Schuss zog eine Schmelzfurche in die Wand des Stahlbetonbunkers und hatte etwa so viel Chancen, ins Innere der Thermalstation durchzuschlagen wie ein Messer auf Landungsschiffspanzerung. Aber der andere schnitt in das Titanstahlnetzwerk aus Streben und Pfeilern, das die gigantische Antennenschüssel trug. Und er war nicht allein. Zwei Salven Langstreckenraketen rissen Krater in der Metallstruktur auf, während ein halbes Dutzend bunter Laserbahnen andere Streben streiften oder durchtrennten.

Entlang der ganzen Feindlinie lösten sich BattleMechs aus ihren Duellen, um die Sendeanlage anzugreifen. Eine Lanze. Zwei. Eine Kompanie! Noch mehr! Fallon spießte einen *Vollstrecker* mit dem Fadenkreuz auf, der sich auf den Sprungdüsen in die Luft erhob, die Autokanone auf die Antenne gerichtet. Zwei Energielanzen schnitten in sein rechtes Bein, trennten es im Flug ab und schleuderten den Mech zur Seite.

Nein! Das würde sie nicht zulassen. Nicht, solange sie nicht sicher sein konnte, wenigstens ein anfliegendes Dragonerschiff vernichtet zu haben. Nicht, solange sie Eváns Bataillon befehligte. »Nach Süden zurückfallen!«, befahl sie. »Zwischen ihnen und der Sendeanlage bleiben. Feuert mit allem, was ihr habt!«

Sie riss den Fahrthebel bis zum Anschlag nach hinten und brachte den *Hauptmann* im Rückwärtsgang zurück in den Schatten der riesigen Antennenschüssel, während sie die vorrückende Miliz mit den Lichtwerfern bestrich. Ein *Lichtbringer* und ein *Orion* begleiteten sie, die improvisierte Lanze, die sie bei der letzten Neuformation um sich geschart hatte. Eváns *Cerberus*, der näher am Zentrum der Linie stand, war auch nicht zu weit entfernt und schnell genug. Zusammen verfügten sie über die Feuerkraft, um die Milizlinie zu sprengen. McCarthy hatte seinen ersten ... und letzten ... entscheidenden Fehler begangen.

Und Karen Fallon wusste, wie man anderer Leute Fehler ausnutzte.

* * *

Eván Greene duckte sich reflexartig, als ein Schwarm Langstreckenraketen auf ihn herabstürzte. Das Raketenabwehrsystem über dem Cockpit, längst durch Munitionsmangel ausgefallen, absorbierte den größten Teil des Schadens und beschützte die Pilotenkanzel, als der *Cerberus* ins Freie wankte.

Die Sensoren warnten nur vor nahen Feindmechs, aber nicht vor einer Zielerfassung. Mit einem freudigen Lächeln über sein Glück gönnte Eván sich eine zusätzliche Sekunde, um den weiten Gaussschuss auszurichten, der in die Schulter von David McCarthys *Destruktor* schlug. Er hatte den feindlichen Kommandeur nicht vergessen.

Dann bewegte sich die Milizlinie. So wie ein Kartenspieler die Körpersprache eines Gegenübers ›liest‹, spürte Eván die Bewegung, bevor sie offensichtlich wurde und die Reste seines Bataillons völlig verwirrte. Der *Destruktor* zeichnete Spuren blau gleißender Energie zwischen seinen Kanonen und der Antennenschüssel. Der *Cestus*, derselbe, der McCarthy vor einigen seiner Angriffe beschützt hatte, nahm Kurs auf die Sendestation, hinter einem springenden *Vollstrecker* und einem wild rennenden *Nachtschatten*.

Fallon brauchte volle fünf Sekunden länger, das Manöver zu durchschauen, aber sie erteilte zuerst einen Befehl und zog die Katzbalger zum Schutz der Station zurück. Eván wollte vor Verzweiflung aufschreien. Jetzt war der Moment gekommen, einen Gegenangriff in die Flanke der Miliz zu befehlen. Wäre er nur eine Sekunde schneller gewesen …

Aber jetzt konnte er den Befehl des Lieutenant Generals nicht mehr widerrufen. Das hätte seine Leute nur noch mehr verwirrt, und sie waren ohnehin schon vom mehrmaligen ›Kommandeurswechsel‹ und der generellen Strategie angeschlagen, Boden gegen Zeit zu tauschen, statt mit ganzer Kraft zurückzuschlagen. Das schien der Fluch der RKG zu sein. Ihr fehlte der Zusammenhalt der Miliz, die Kraft, die es ihrem Gegner gestattete, so gut zusammenzuarbeiten und nicht aufzugeben. Xander, Fallon, er … wann hatten sie je wirklich zusammengearbeitet?

Aber was sonst eine Schwäche war, konnte sich hier und jetzt in eine Stärke verwandeln, indem es Eván eine letzte Gelegenheit verschaffte. Während der größte Teil der Einheit blindlings Fallons Befehl folgte, zog er mit den vorderen Elementen der Miliz mit und versuchte, ein Duell mit David McCarthy zu erzwingen. Wenn er den feindlichen Kommandeur erledigen konnte, brach die Offensive unter Umständen zusammen. Und selbst wenn nicht, würde es Eván mitten in die Milizreihen führen, wo er unglaublichen Schaden austeilen konnte. Er würde sich nicht an die Mauern des Thermalenergiewerks kauern und eine letzte Abwehrkette bilden.

Eván Greene griff an!

Er steuerte den *Cerberus* vorwärts, auf Abfangkurs mit McCarthys *Destruktor*. Der Milizoffizier beachtete ihn nicht. Eván feuerte die Gaussgeschütze ab, verschoss zwei seiner letzten acht Nickeleisengeschosse. Je eine schlug in beide Mecharme des Gegners ein, verdarb McCarthys Schuss und riss den linken Arm nach hinten, wo er blockierte. Eván schaltete auf Einzelschuss um und legte die mittelschweren Laser mit auf den Feuerknopf, als er in Reichweite kam. Aber jetzt war der *Cestus* wieder zur Stelle, schob sich in die Schussbahn und blockierte die Salve.

Keine der beiden Miliz-Maschinen erwiderte das Feuer, und Eván Greene geriet in Wut. »Kämpf gegen mich, David McCarthy«, murmelte er. »Kämpfe, verdammt.«

Er beschleunigte den *Cerberus* auf volle sechzig Stundenkilometer, rannte parallel zum Vormarsch der Miliz, versuchte, sich vor sie zu schieben, als er sich Fallons Stellung näherte. Die Sendeschüssel ragte vor ihm auf, über zwanzig Stockwerke hoch auf dem Dach des gedrungenen Stahlbetonbunkers. Eván schenkte ihr keine weitere Beachtung, merkte nur, dass sie das Sonnenlicht abblockte, als er in den Schatten trat und scharf einschwenkte, um McCarthy auf Nahkampfdistanz zu stellen.

Bis zwei smaragdgrüne Energielanzen über Kopf und Brustpartie des *Cerberus* peitschten, durch die Panzerung schlugen und sich ins Innenleben des BattleMechs bohrten. Der überschwere Kampfkoloss erzitterte wie unter einem Axthieb und schleuderte Eván in die Sitzgurte. Der beißende Gestank ionisierter Luft und verbrannten Metalls drang ihm in die Nase. Der Beinahe-Cockpittreffer brach durch nahe Panzerung und füllte die enge Kanzel mit rußiggrauem Qualm.

Der *Cestus* zielte nicht länger auf die Sendeantenne und landete auf lodernden Plasmaflammen vor Eván. Der hatte nicht damit gerechnet, dass McCarthys Lanzenkamerad seine Herausforderung annahm, und hatte den Mech ignoriert, bis es fast zu spät war. Jetzt stieß er reflexartig beide Hauptfeuerknöpfe durch und griff ihn mit sämtlichen verfügbaren Waffen an. Gausskugeln rammten ihn durch den rechten Torso, beulten eine Munitionskammer ein und kosteten den *Cestus* hoffentlich die letzte Gaussmunition. Eváns Lichtwerfer zerschmolzen über die ganze Maschine verteilt Panzerung zu Pfützen und Sturzbächen, die den Milizionär mindestens eine Tonne Metallkeramik kosteten.

Doch der *Cestus* steckte den Angriff weg, wankte nur leicht, als er mit je zwei schweren und mittelschweren Lasern zurückschlug. Smaragdfeuer durchtrennte den Mecharm am Ellbogen und das Gaussgeschütz fiel nutzlos zu Boden. Von neuem überrascht von der Wildheit des Angriffs taumelte Eván einen Schritt zurück.

Er brachte den *Cerberus* in einen langsamen Rückwärtsgang. Er stand immer noch hundert Meter vor Fallons Lanze und hatte reichlich Platz. Dann zog er das Fadenkreuz auf die Silhouette des *Cestus,* und als es die Farbe von Rot zu Gold wechselte, bombardierte er den gegnerischen Mech mit dem verbliebenen Gaussgeschütz und den Lasern.

Fallon hatte sich immer in Eváns Herausforderungen eingemischt, und Xander Barajas hatte McCarthys Familie angegriffen, statt den Major selbst zu stellen. Weintraub und Sampreis waren genauso tückisch und versteckten sich hinter dem nächstbesten greifbaren Politiker. Trug außer ihm überhaupt noch jemand seine Kämpfe selbst aus?

Dann hallte das Stöhnen überlasteten Metalls über das Schlachtfeld und verwandelte sich in ein Kreischen, bei dessen Klang Eván eine Gänsehaut überlief, schrill wie Fingernägel auf einer Schiefertafel. Der Schatten, in dem er stand, wurde länger, zuckte, dehnte sich aus. Er drehte den *Cerberus* in der Hüfte, schaute ungläubig hoch zur Sendeantenne.

Ungläubig, bis die gigantische Schüssel sich bewegte.

Mehrere Tausend Tonnen Metall rührten sich, selbst in einem gewaltigen Netz von Streben und Getrieben hängend, nicht ohne enorme Anstrengung. Aber es gab nur wenige Kräfte, die so nachdrücklich wirkten wie die Schwerkraft. Vom konstanten Milizbombardement geschwächte Stützpfeiler verbogen sich und knickten ein. Die Schüssel schwang zurück und hinab auf das Schlachtfeld. Sie stürzte über das Bunkergebäude der Thermalenergieanlage und zertrümmerte eine Wand, bevor sie rückwärts zu Boden rollte.

Evän Greene beobachtete es nicht mehr. Er brauchte die Schüssel nicht auf Karen Fallons *Hauptmann* oder den restlichen Mechs seiner alten Einheit landen zu sehen, um zu wissen, dass sie tot waren. Er drückte den Fahrthebel nach vorne, änderte die Richtung und hoffte auf die für einen Mech seiner Gewichtsklasse hohe Geschwindigkeit des *Cerberus.* Der *Cestus,* der Eván zurückgedrängt hatte, befand sich bereits in der Luft, jagte auf den *Destruktor* zu und über ihn hinweg. Alle Mechs der Miliz retteten sich hinter den *Destruktor,* während McCarthys überschwerer Kampfkoloss wie angewurzelt die Stellung hielt und auf seine Leute wartete.

McCarthys Standfestigkeit versprach ihnen Sicherheit, als sie sich an ihm vorbei retteten, versprach ihnen, dass er sie nicht opfern würde, um sich selbst zu retten. Es erinnerte Eván an Karen Fallons Bemerkung, dass einen Sieg herbeizuführen ebenso ruhmreich war, wie den letzten Schuss selbst abzufeuern. Und als das Netz der verdrehten, geborstenen Streben in einer letzten kreischenden Kakophonie gefolterten Metalls über ihm zusammenbrach und den *Cerberus* nach vorne schleuderte, griff Eván als letzte Aktion in seinem Mech nach dem Auslöser der Rettungsautomatik.

Und er wusste: David McCarthy hatte Lieutenant General Fallon und ihn selbst besiegt, ohne eine ihrer Maschinen selbst abzuschießen.

30

VCS *Robert Davion,* in niedriger Umlaufbahn um Kathil
Kathil-PDZ, Mark Capella, Vereinigtes Commonwealth

7. Dezember 3062

Inzwischen stürzten sechs verschiedene Landungsschiffe auf Kathil zu, milizfreundliche Schiffe, die versuchten, die 1. Capella-Dragoner bei ihrem letzten Vorstoß zum Planeten zu decken. Die *Robert Davion* verfolgte ihren Kurs, zeichnete ihn im Holotank nach. Falls sie das momentane Flugmuster beibehielten, würden sie an sechs verschiedenen Punkten in die Atmosphäre eintauchen, von denen nur einer in der Nähe des Kriegsschiffs lag. Ein siebter Kurs kam dem Kreuzer auch ziemlich nahe, die Spur der im Schlepptau des *Oktopus* zurückkehrenden *Guardian,* aber die konnte Kerr ignorieren.

Er fletschte die Zähne und packte die Armstützen seines Sessels so fest, dass die Muskeln zitterten. Bestenfalls konnte er zwei der anfliegenden Landungsschiffe zerstören. Schlimmstenfalls bestand die Gefahr, dass er sich verzettelte und alle entkamen. In diesem Augenblick hätte Jonathan Kerr für eine komplette Schiffsbesatzung und vielleicht noch eine anständige Jägereskorte, mit der er den Gegner in sein Schussfeld treiben konnte, die Archon-Prinzessin an ihren Bruder Victor verkauft.

Doch er verfügte weder über eine Crew noch ein Jägerkontingent, und er war nicht bereit, die erste Schlacht der *Robert Davion* sang- und klanglos enden zu lassen. Das seinem Kreuzer am nächsten fliegende Ziel war ein Dragoner-Landungsschiff. Ein *Overlord,* der ein komplettes Mechbataillon beförderte. Das würde sein Ziel werden. Seine Beute.

Sein Sieg.

»Sir, wir haben den Mikrowellenstrahl von Yare aus

der Ortung verloren«, meldete Watson. »Er ist abgeschaltet worden.«

Kerr grunzte eine Bestätigung, ohne sich vom Holotank ablenken zu lassen. Yare überließ die Schlacht also endlich ihm. Umso besser. Die wahllosen Strahlangriffe hatten unter den die Miliz unterstützenden Schiffen Schaden angerichtet, aber letztlich konnten sie der *Robert Davion* nur den ihr rechtmäßig zustehenden Sieg stehlen.

»Tiefer!«, brüllte er den Rudergänger an. Maat Erikson schwitzte Blut und Wasser, als er versuchte, das riesige Kriegsschiff über die Lufthülle Kathils zu ziehen. Für ein Schiff dieser Größe war es ein waghalsiges Manöver. Bei der relativen Geschwindigkeit des Kreuzers zum Planeten und seinem Anflugwinkel hätte ein Eintauchen in die Atmosphäre in etwa denselben Effekt gehabt, als hätte man mit einem Luft/Raumjäger eine Raumstation gerammt. Die Panzerung der Station hätte unter Umständen nachgegeben, aber vom Jäger wäre mit Sicherheit nichts übrig geblieben, was man noch hätte identifizieren können.

Kommodoreleutnant Kerr starrte in den Holotank und beobachtete, wie der Dragoner-*Overlord* den Kurs änderte. Die Leuchtspur, die dem Schiff folgte, waberte minimal. Watsons Meldung einer leichten Geschwindigkeitsänderung lieferte die Bestätigung.

Aber das würde nicht reichen. Die Geschwindigkeit der Dragoner war zu hoch. Sie stürzten mit mindestens drei G Schub auf Kathil zu. Der Schwung einer solchen Beschleunigung gestattete nur minimale Manöver, und der *Overlord* hatte nur eine eng begrenzte Auswahl an Anflugwinkeln. Die Dragoner konnten sich vielleicht um ein paar Kilometer hierhin oder dorthin drehen, aber wenn man die Abfangmöglichkeiten ihrer Schwertwal- und Barracuda-Schiffsraketen berücksichtigte, hatte die *Robert Davion* eine Reichweite von Hunderten Kilometern.

»Sie schaffen es nicht«, stellte er zufrieden fest. In Gedanken berechnete er die maximale Abweichung des *Overlord* und die Reichweite des Kriegsschiffs neu. »Sie können uns nicht entkommen.«

»Nein«, bestätigte Deborah Watson. »Das können sie nicht.«

»Raketenabschussrohre bereithalten«, befahl Kerr. »Abfangbahn berechnen und auf mein Zeichen warten.« Nur noch Sekunden trennten ihn von einer Breitseite, die ein Drittel der Dragoner in eine freischwebende Wasserstoffgaswolke verwandeln würde. Danach würde er Kontakt zu Weintraub aufnehmen und dem Generalhauptmann Möglichkeiten anbieten, wie er dessen Krieg mit einem taktischen Orbitalschlag unterstützen konnte. Nicht mehr lange, und die Autorität der Archon-Prinzessin über Kathil würde wieder unangefochten sein.

»Veränderung in Sekundärzielkurs«, meldete Watson, und ihr Tonfall veränderte sich von zuversichtlich zu verwirrt und dann zu alarmiert. »Kom... Sir! Die *Guardian* ändert den Kurs!«

Natürlich änderte sie den Kurs. Ein angeschlagenes Landungsschiff, selbst ein zum Sturmschiff umgebauter *Excalibur,* würde sich nicht auf einen Schusswechsel mit einem hochmodernen Kriegsschiff einlassen. Warum klang Watson so besorgt? Kerr schaute hinüber zur Flugspur der *Guardian* und des Schleppers, sah die Spur sich biegen ...

Einwärts biegen, auf die *Robert Davion* zu!

»Abkopplung!«, rief Watson und schaltete die beiden Schiffe auf den Hauptsichtschirm. Der *Excalibur* flog aus eigener Kraft weiter, auf einem von Kathils Anziehungskraft auf den Kreuzer zu gebogenen ballistischen Kurs. Der *Oktopus* schwenkte neunzig Grad auswärts und entfernte sich von dem in den Tod segelnden Sturmschiff.

»Verdammte Störenfriede!«, brüllte Kerr. Dem Matrosen an der Armierungskonsole befahl er: »Alle Steuerbordbatterien, diese Liaoschlampe von einer Landungsschiffskapitänin anvisieren und meine freundlichsten Grüße übermitteln. Sie sollen den Pott aufschneiden und ihre Eingeweide im All verteilen!« Der Mann gab die Order weiter.

»Warum tastet sie uns nicht ab?«, fragte Watson sich im Selbstgespräch. »Überhaupt keine Aktivortung. Es ist, als wäre das Schiff leer. Als … wäre überhaupt niemand an Bord.« Ihre Miene verzerrte sich. »Sir! Die wollen uns … Die wollen uns …« Sie brachte es nicht heraus.

Aber Kerr verstand auch so, was sie sagen wollte, und beobachtete mit wachsendem Entsetzen, wie die Flugbahn der *Guardian* sich langsam aber sicher genau auf das große Symbol ausrichtete, das das Vereinigte-Commonwealth-Schiff *Robert Davion* repräsentierte. Watson stand langsam auf, den Blick wie gebannt auf den Sichtschirm geheftet, auf dem die *Guardian* immer größer wurde. »O … mein … Gott …«

»Feuer!«, schrie Kerr den Armierungsmatrosen an. »Alle Geschütze, Breitseite! Feuer, verdammt, Feuer!«

Es war sein letzter Befehl – auf einem effektiv toten Schiff.

* * *

Die Schiffslaser der *Robert Davion* spien gleißende Energiebahnen, die sich in den Bug des Landungsschiffs der *Excalibur*-Klasse bohrten. Zwei hastig abgefeuerte Barracuda-Raketen streiften die *Guardian*. Ganze Geschützbänke von Partikelprojektorkanonen und Wellen gewöhnlicher Raketen folgten ihnen, hämmerten in einem letzten Versuch, den Kurs des schweren Landungsschiffs zu ändern, auf sie ein. Trümmer und glühende Klumpen verflüssigten Metalls strömten aus den Einschusslöchern, und was an Bord noch an Atmosphäre existierte, brannte in schnellen Flammenstößen aus, bevor es im Vakuum verpuffte.

Und durch die Trümmerwolke flog die *Guardian* weiter an. Wie Kommodoreleutnant Jonathan Kerr kurz zuvor noch selbst festgestellt hatte, war es äußerst schwierig, den Kurs eines stark genug beschleunigten Raumfahrzeugs zu ändern.

Die Geschützbreitseite bremste die *Guardian* etwas und lenkte sie vielleicht ein halbes Grad ab. Über größere Entfernungen hätte diese winzige Veränderung für eine Abweichung von Kilometern genügt. Sich selbst überlassen, wäre das Schiff irgendwann auf Kathils Lufthülle getroffen, und der Aufprall hätte es in seine Einzelteile zerlegt und sie in einem weiten Trümmerfeld verstreut.

Hätte ihm nicht die *Robert Davion* im Weg gehangen.

Sechzehntausend Tonnen Landungsschiff unter fast konstanter Beschleunigung von einer Standardgravitation über einige Stunden bauen eine gewaltige Menge kinetischer Energie auf. Unter idealen Umständen genug, um beide Schiffe vollständig zu vernichten. Die waren hier nicht gegeben, da die *Guardian* die *Robert Davion* mittschiffs und nicht annähernd senkrecht rammte.

Aber selbst ein Streifschlag hatte genug Energie, um ein ganzes Drittel der *Guardian* abzurasieren und dem achthundert Meter langen Kriegsschiff das Genick zu brechen. Die *Robert Davion* knickte regelrecht ein wenig ein, als das Landungsschiff einschlug. Der Maschinenraum mit den gewaltigen Fusionstriebwerken wurde um zwölf Grad aus der Achse des Kreuzers gedrückt. Dreißig Sekunden später schlug er als erster Teil des Schiffsrumpfs auf die Atmosphäre auf.

Die *Guardian*, deren Antrieb jetzt endgültig verstummt war, prallte von der Lufthülle ab. Der Aufprall zerquetschte das ausgeweidete Wrack fast völlig, bevor es in der kalten, dunklen Umarmung des Alls verschwand. Der Untergang der *Robert Davion* vollzog sich nicht annähernd so leise. Der durch die Atmosphäre schleifende

Maschinenraum schüttelte das Kriegsschiff mit solcher Gewalt durch, dass sich im vorderen Drittel des Schiffs ein weiterer Riss öffnete. Gewalten, für die es nie ausgelegt worden war, zerfetzten die Gerüststruktur des Schiffes. Und als der ganze Kreuzer schließlich in Kathils Atmosphäre stürzte, taumelnd, mit rot glühender Panzerung, einen gigantischen Flammenschweif hinter sich herziehend, brach das Kriegsschiff schließlich in drei Teile auseinander.

Der Bug des Kreuzers stürzte im steilsten Winkel ab. Die Hitze des Atmosphäreneintritts heizte seine Panzerung zu weißer Glut auf. Was noch übrig war, als es auf der Planetenoberfläche ankam, schlug weit südöstlich des Kontinents Thespia in den Ozean. Der Einschlag verwandelte Abermillionen Tonnen Seewasser in Dampf und löste eine fünfzig Meter hohe Flutwelle aus, die um die Welt raste. Zum Glück hatte sie bei der Ankunft in Thespia bereits den größten Teil ihrer Energie auf unbewohnten Inselketten verausgabt, so dass nur eine drei Meter hohe Welle die Straßen zweier Küstenstädte überspülte. Der Verlust an Menschenleben war geringfügig.

Die Dörfer im Mittelwesten Murans, einem Zentrum der Holzindustrie, hatten weniger Glück. Hunderte Hektar Wald und sämtliche Gebäude eines Dorfes wurden von der Druckwelle umgelegt, als die zertrümmerte Antriebssektion vorbeidonnerte und sich ins Herz der Ironbackberge senkte. Die resultierenden Beben richteten zusätzliche Verwüstung an und weckten Mount Daffyd auf. Der Ausbruch des schlafenden Vulkans spie glühende Lava in die Wälder, und auch wenn er zu weit von den Siedlungen entfernt war, um sie unmittelbar zu bedrohen, regnete tagelang Asche auf sie herab und führte zur Aufgabe von zwei kleineren Ortschaften.

Damit blieb nur der Mittelteil der einst mächtigen *Robert Davion*, der Teil, in dem sich Kommodoreleutnant Kerrs Brücke befunden hatte, auf der jetzt niemand mehr

Befehle geben konnte. Er taumelte länger durch die Stratosphäre als die beiden anderen Bruchstücke und verstreute ein kilometerweites Trümmerfeld hinter sich. Schließlich stürzte er ebenfalls auf Kathil hinab und schlug in den Wüsten Thespias auf, weitab von allen bewohnten Gebieten und mehr oder weniger vergessen. Ein Teil seiner Trümmer blieb als ständige Bedrohung für Satelliten und Raumboote in der Umlaufbahn Kathils zurück. Der Rest stürzte in den kommenden Monaten in einem glitzernden Regen von Sternschnuppen zu Boden, bei deren Anblick Kinder und Liebespaare sich etwas wünschten.

ERBE

Stützpunkt der MCM Kathil, Radcliffe, Kathil
Kathil-PDZ, Mark Capella, Vereinigtes Commonwealth

10. Dezember 3062

Die beiden Infanteristen in Tarnuniform und vor der Brust gehaltenem Gewehr wirkten in der weißen, antiseptischen Umgebung des Milizhospitals ausgesprochen deplatziert. An einem Ort der Ruhe und Genesung fiel militärische Wachsamkeit auf.

Eván Greene ließ seine Eskorte an der Tür und nickte den beiden Posten zu. Er bemerkte die gerunzelte Stirn und den zweifelnden Blick, als sie ihn durchließen. Sie hatten Befehl, ihn passieren zu lassen, zugleich aber zeigten sie sichtlich Bedenken. Eván konnte es ihnen nicht verdenken. Er hatte seine eigenen Bedenken noch nicht völlig verarbeitet.

Im einzigen Bett des Zimmers lag Karen Fallon, ein eingegipstes Bein an einem Streckgalgen, den Brustkorb so fest bandagiert, dass sie im Grunde auch einen Körpergips hätte tragen können. Sie starrte ihn aus zu engen Schlitzen zusammengekniffenen Augen an. Dass sie überlebt hatte, als die Sendeschüssel über ihren OmniMech rollte und den Kampfkoloss in eine unidentifizierbare Metallmasse zerquetschte, hätte ihn eigentlich nicht überraschen dürfen. Fallon war eine Überlebenskünstlerin. Irgendwie schien sie immer einen Ausweg zu finden.

»Was tun Sie hier, Eván?«, fragte sie mit gepresster Stimme.

Er holte einen kärglichen Blumenstrauß hinter dem Rücken hervor, den er am Eingang gekauft hatte. Der schwache Duft kam gegen den Geruch von Desinfektionsmittel kaum an. »Ich wollte nach Ihnen sehen, Karen.« Nicht ›Lieutenant General‹. Sie bemerkte die Vertraulichkeit und starrte ihn mit mörderischem Blick an. Er zuckte die Achseln. »So viel war mir McCarthy schuldig.«

»Verräter«, spie sie.

Eván setzte eine verletzte Miene auf und warf die Blumen aufs Fußende des Bettes. Sie wirkte weit kleiner und verwundbarer als auf dem Schlachtfeld. War das die Frau, von der er sich einen Karriereschub erhofft hatte? Mit Karen Fallon hatte er eine schlechte Wahl getroffen.

»Es würde Ihnen schwer fallen, ein Kriegsgericht davon zu überzeugen«, stellte er mit einem Blick zur Tür fest. »Und vorläufig sehe ich nicht, dass Sie eine Chance dazu bekommen werden. Sie sind etwa so gefährlich wie ein neu geborenes Kätzchen, und jetzt schon stehen zwei Wachen vor der Tür.«

Fallon verzog angewidert von seinem Vergleich den Mund. »Sie arbeiten für McCarthy«, klagte sie ihn an, als erkläre das alles.

Es stimmte nicht, obwohl er es möglicherweise hätte tun sollen. Eván erinnerte sich noch gut daran, wie deutlich er plötzlich erkannt hatte, dass Fallon und er selbst dafür gesorgt hatten, dass McCarthy sie in Yare besiegte. Indem sie nicht zusammengearbeitet hatten und ständig auf den eigenen Vorteil bedacht gewesen waren, während McCarthy mit seiner ganzen Einheit am Sieg gearbeitet hatte. Eván hatte sich nie Gedanken um seine Einheit gemacht. Nicht wirklich. Hätte er es getan, hätte er Xander Barajas vielleicht gestoppt. Und vielleicht hätte er seine Leute in Yare nicht so bereitwillig für Fallons Pläne aufgegeben.

Ja, er erinnerte sich noch sehr gut an den Augenblick der Einsicht und der Angst, als er auf den Auslöser des Schleudersitzes geschlagen hatte, die Sprengbolzen das

Kanzeldach weggesprengt hatten und die Pilotenliege auf einer kurzen Flammenzunge emporgeschossen war. Er hatte den harten Windzug gespürt, als hinter ihm die Sendeantenne herabgefallen war und den *Cerberus* zertrümmert hatte. Eine Strebe hatte ihn fast aufgespießt, als sie vom Boden abprallte und sich in den Rücken der Pilotenliege bohrte, unmittelbar, bevor sich der Gleitschirm öffnete und ihn in Sicherheit trug.

Und über den *Destruktor,* der vor der einstürzenden Sendeschüssel die Stellung hielt. Seiner Schätzung nach schlug die Antenne keine fünfzig Meter vor McCarthy auf. Er unternahm nicht den geringsten Versuch, sich zurückzuziehen.

»Ich arbeite für mich«, erklärte er ihr schließlich. »So wie schon immer. Und das bedeutet hier und jetzt, dass ich mit dem Sieger zusammenarbeite. Besser, als meine Zeit damit zu verbringen, in einer Einzelzelle auf und ab zu wandern. Und ich schnappe so manches auf. Zum Beispiel, wie sich die Kämpfe entwickeln.«

Er sah ihr an, dass sie unbedingt danach fragen wollte. Sie kämpfte einige lange Sekunden dagegen an, aber schließlich gab sie nach. »Und, was ist mit den Dragonern? Haben Sie es geschafft?«

»Die meisten«, antwortete er. »Sie haben ein Hilfsschiff mit Panzern und Munition verloren. Der Kreuzer hat es erwischt, bevor es die Atmosphäre erreichte. Sie haben drei Landungsschiffe zerstört, aber den Hauptpreis verfehlt.« Er schüttelte den Kopf. »Die Dragoner haben sich wie tollwütige Hunde auf die Katzbalger gestürzt. Nach allem, was ich höre, haben wir in den letzten Tagen drei Rückschläge erlitten.«

»Obwohl Duke VanLees sie als Verräter brandmarkt, weil sie sich der Miliz angeschlossen haben?«, fragte sie überrascht.

»Weintraub hat VanLees verloren. Während wir in Yare kämpften, hat Sampreis District City angegriffen.

Soweit ich hörte, haben die Kämpfe ein paar Balkone von der Hall of Nobles geschlagen. VanLees befindet sich jetzt hier in Radcliffe, aber der Generalhauptmann hat die Familie des Herzogs weiter in Gewahrsam, um sein Wohlbetragen zu sichern. Sampreis konnte sie nicht alle herausholen.«

Neues Feuer flackerte in Fallons blauen Augen auf. »Das wird genügen, um VanLees im Zaum zu halten. Und Mitchell wird die RKG in Trab bringen. Wir können District City mindestens so lange halten, bis Verstärkung eintrifft.«

»Kann sein«, erwiderte Eván. »Aber Verstärkung anfordern kann die Miliz auch. Sie werden nicht einknicken, Karen. Gewöhnen Sie sich an den Gedanken. Und ganz gleich, wer schließlich die Oberhand behält, Sie sollten sich darauf vorbereiten, für Ihre Aktion in Yare vors Kriegsgericht zu kommen. Ich habe erhebliche Zweifel, dass Generalhauptmann Weintraub oder die Prinzessin mit diesem Debakel etwas zu tun haben wollen.«

Er beugte sich vor. »Der Unterschied ist: Morgan Hasek-Davion hat nicht verloren.«

Er beobachtete, wie Fallons Miene zusammenfiel, als ihr klar wurde, dass die Niederlage in Yare sie verwundbar machte. Die Sieger schrieben die Geschichte – und er hatte Recht. Sie war kein Morgan Hasek-Davion.

»Eván«, rief sie und stoppte ihn auf dem Weg zur Tür. »War das alles, weshalb Sie gekommen sind? Wirklich? Sie hätten es auch jemand anderem überlassen können, mich über die Situation zu informieren.«

»Hätte ich«, gab er zu. »Aber wir wissen es beide, Lieutenant General: Ich ziehe es vor, die Dinge selbst in die Hand zu nehmen.« Er lächelte dünn. »Das war nur eine weitere Gelegenheit dazu.«

* * *

Dianas Morgennebel hatte sich aufgelöst, wohl von dem Energiesturm aus der Luft gewaschen, der über dem Schlachtfeld tobte. Der Boden glühte, wo Einschüsse die jungfräuliche Erde aufgerissen hatten. Die Wracks zerstörter Kampfkolosse schimmerten im ersten Sonnenlicht.

Der *Eisvogel* spie einen Schwarm rubinroter Lichtpfeile aus den Impulslasern, unter deren Berührung die letzten Panzerreste des *Destruktor* zu Boden rannen, bevor sich die Salve tief in die linke Rumpfseite senkte. Die zerstörerischen Energien schweißten die Läufe der Partikelprojektorkanone und des Lasers aneinander, dann schnitten sie tiefer und zerstörten auch die Fokussierlinsen. David schlug mit allem zurück, was ihm blieb, wusste, dass er gegen noch eine solche Attacke keine Chance hatte. Die Gaussgeschütze schleuderten die beiden letzten Nickeleisenkugeln in den Rumpf des Nebelparder-Mechs.

Er wusste, dass es zu wenig war.

Der *Eisvogel* blieb auf den Beinen, so zerschossen, dass er kaum mehr als ein Wrack war, aber entschlossen, seinen Gegner mit ins Grab zu nehmen. David warf einen kurzen Blick auf den Schalter der Rettungsautomatik, bevor er sich auf die nächste Salve vorbereitete und auf das Nachladen seiner Waffen wartete. Er stieß die Auslöser durch, hoffte, wenigstens eine Waffe könnte feuern, bevor der OmniMech ihn zerfetzte.

Als er die Raketen auf den *Eisvogel* zufliegen sah, brauchte er mehrere Pulsschläge, bis ihm klar wurde, dass sein *Destruktor* keine Raketenlafette besaß. Die Erkenntnis kam ihm gerade in dem Augenblick, als seine Waffen wieder einsatzbereit waren und er das Fadenkreuz auf den Omni riss …

»Nur um ihn nach hinten wegkippen zu sehen. Sein Reaktor flog nicht auseinander, aber ich wusste, es hatte nicht viel gefehlt. Ich habe den typischen Lichtblitz aufzucken sehen. Die Noteindämmungsfelder hatten sich gerade noch rechtzeitig eingeschaltet.«

David erinnerte sich genau an diese letzten Augenblicke, als er den Überresten seines Bataillons jetzt davon erzählte. Er hatte den kaum noch einsatzfähigen *Destruktor* einen Schritt zurück bewegt und Lieutenant Fletchers *Schleicher* vom Wrack des *Masakari* herüberwanken gesehen, die Raketenlafette in graue Rauchschwaden gehüllt. Über MacDougals *Schleicher* war dunkler, öliger Qualm in den Himmel gestiegen. Er und Captain Kennedy waren die letzten Toten der Ulanen in diesem Kampf gewesen. Polsan hatte die Konfrontation mit dem *Daishi* wie durch ein Wunder überlebt, und jetzt konnten sie sich zu dritt an die Suche nach Überlebenden machen.

»Viele haben wir nicht gefunden«, erzählte David mit abwesendem Blick, in Gedanken das Schlachtfeld auf Diana vor Augen. »Vier von uns, drei von ihnen. Die Parder hatten die Schleudersitze deaktiviert. Die drei, die wir fanden, hatten trotz ihrer größten Anstrengung, im Kampf zu fallen, überlebt.«

Der Konferenzraum war still. Tara Michaels hielt Händchen mit Corporal Smith, ein kleiner Bruch der militärischen Verhaltensregeln, den sie alle ignorierten, während sie sich an das Opfer der Ulanen erinnerten und sich bemühten, das Erbe Dianas zu verstehen. Jetzt gehörte dieses Erbe ihnen: McCarthys Marodeuren.

Amanda Black hatte die Geschichte schon vorher unter vier Augen gehört und studierte jetzt gemeinsam mit David die Gesichter der anderen. Obwohl sie sich dauerhaft aus dem aktiven Kampfeinsatz zurückgezogen hatte, blieb sie verantwortlich für die Ausbildung der Einheit und die meisten Personalfragen. Dabei arbeitete sie eng mit Tara zusammen, die zur stellvertretenden Bataillonsführerin befördert worden war.

Ich werde nie wissen, ob ich mich nicht zu früh aufgegeben habe. David erinnerte sich an Amandas Worte vor der Schlacht um Yare. Jetzt wusste sie es.

Und er auch.

In jener schrecklichen Zeit zwischen Diana und Kathil hatte David solche Selbstzweifel entwickelt, dass er sich tatsächlich schon aufgegeben hatte. Die Schuldgefühle, überlebt zu haben, hatten an seinem Selbstvertrauen und Selbstwertgefühl genagt. Aber als die Kämpfe zwischen der Miliz und der 8. RKG eskalierten, hatte die Erinnerung an Diana ihm immer weniger zugesetzt. Bei der Verleihung der Tapferkeitsmedaille hatte er sich endlich erlaubt, um die Gefallenen zu trauern. Und mit zunehmender Vertrautheit mit der neuen Einheit hier auf Kathil hatte er die Lücken in seinem Inneren gefüllt. Auch von den neuen Kameraden waren bereits viele gefallen, doch der Kampf war noch nicht vorbei.

David hatte nicht aufgegeben. Und er würde es auch nicht mehr tun, sicher jetzt nicht mehr, nachdem die Capella-Dragoner eingetroffen waren, um dem MCM-Kathil beim Zurückdrängen der 8. RKG zu helfen. Jetzt konnten sie durchhalten und die Katzbalger vielleicht sogar irgendwann ganz von Kathil vertreiben.

Der Kampf war nicht vorbei. Noch nicht. Aber David hatte noch immer Hoffnung, dass sich kühle Köpfe fanden.

* * *

Der Trividempfänger zeigte ein Gewirr verwaschener Farben und sanfter Linien, dann formte sich jäh ein scharfes Bild des ComStar-Wappens. Die eine Stunde zuvor über HPG eingetroffene Holovidaufnahme wurde von allen Sendern des Planeten ausgestrahlt. Es hatte einige Gerüchte gegeben, aber niemand konnte sicher sagen, was sie erwartete. Mancher nahm an, die Prinzessin würde George Hasek öffentlich zum Verräter erklären. Andere hofften auf bessere Nachrichten.

Sie hofften vergebens.

Das ComStar-Wappen verblasste und wurde vom Sonnenschwert der alten Vereinigten Sonnen ersetzt. Die Computergrafik löste sich in eine reale Fahne auf, die hinter einem Rednerpult an der Wand hing. Die Nationalfarben waren von einem schwarzen Trauerrand umgeben, und am Pult stand Prinz Victor Steiner-Davion. Er hielt das Pult mit beiden Händen und schaute den Zuschauern geradewegs in die Augen. Er trug die Ausgehuniform der Armee der Vereinigten Sonnen, eine Uniform die offiziell zuletzt in der Amtszeit seines Vaters getragen worden war. Es fiel auf, dass er keine der Dekorationen trug, auf die er Anspruch hatte. Keinen Orden, kein Feldzugsband. Nur das Rangabzeichen eines Field Marshals und das Wappen der Sonnen zierte die Uniform.

»Bürger des Vereinigten Commonwealth«, setzte er an. »Ich könnte uns allen vieles erträumen. Dass die große Union zweier Nationen, die meine Eltern schmiedeten, nicht gescheitert wäre. Dass ich es niemals für nötig befunden hätte, Sie zu verlassen, um der Clan-Invasion ein Ende zu bereiten.« Seine Stimme wurde schärfer, entschlossener. »Dass meine Schwester Katherine ihren Hunger nach Macht um jeden Preis hätte unterdrücken können. Aber Träume sind Schäume. Und diese Träume sind bereits zerplatzt wie Seifenblasen. Alle Hoffnung, die ich noch für die beiden Reiche hatte, über die ich einmal regiert habe, sind mit meinem Bruder Arthur gestorben, der vor zwei Tagen das Opfer eines gemeinen Terroranschlags wurde.«

Victor machte eine Pause, und für einen Augenblick verlor er die militärische Haltung, fing sich aber sofort wieder. »Arthur war ein Soldat«, sprach er weiter. »Ein guter Mann, und er war dabei, ein guter Anführer von Männern, Frauen und Welten zu werden. Das war für jemanden Grund genug, ihm den Tod zu wünschen.

Arthurs Tod hat mich überzeugt, dass ich mich meiner Pflicht, das Commonwealth zu beschützen, nicht länger entziehen darf. Die Probleme auf Solaris VII waren ein Vorbote dessen, was sich jetzt ereignet hat, und Arthurs gewaltsamer Tod unterstreicht die Botschaft der Kämpfe, die auf Welten wie Kathil, Robinson und Kentares IV bereits ausgebrochen sind. Sein Tod soll nicht umsonst gewesen sein.«

Ein Anflug von Schmerz und Wut zuckte über sein Gesicht. »Nicht länger darf eine unfähige und falsche Herrscherin auf den Thronen der Vereinigten Sonnen und der Lyranischen Allianz sitzen, eine Herrscherin, die sich nicht zu schade ist, gegen ihre eigene Familie Gewalt auszuüben, das Angedenken unseres Vaters, unserer Mutter und das Vertrauen der Menschen beider Reiche zu missbrauchen. Es klebt Blut an Katherines Händen, und kein Propagandafeldzug kann sie davon reinwaschen. Keiner von uns wünscht sich weitere Konflikte, doch wir haben die Schwierigkeiten, die uns bedrängen, zu lange ignoriert. Jetzt müssen wir mit dem Resultat leben, so schmerzhaft es auch ist, und die unüberbrückbaren Differenzen anerkennen, die meine Schwester und mich weiterhin trennen. Es ist mir nicht länger möglich, mich im Interesse des Friedens zurückzuhalten. Die Zeit ist gekommen, mein Volk, wenn keine andere Wahl mehr bleibt.«

»Keine andere Wahl«, erklärte er mit belegter Stimme, »als Krieg.«

GLOSSAR

1. CAPELLA-DRAGONER: Das Traditionsregiment der Capella-Dragoner ging im 2. Nachfolgekrieg aus den Haustruppen der Dukes of Kathil hervor, wurde aber 3009 an die Armee der Vereinigten Sonnen (AVS) verkauft, unter dem Vorbehalt, dass der regierende Herzog Kathils es bei Bedarf zurückkaufen kann. Zusätzlich zu einem ausschließlich aus schweren und überschweren BattleMechs bestehenden Mechregiment verfügt es über ein Luft/Raumgeschwader und ein fast nur aus schweren Schwebepanzern bestehendes Panzerbataillon.

2. NAIW-AUSBILDUNGSKADER: Der 2. Ausbildungskader der im New-Avalon-Institut der Wissenschaften (NAIW) integrierten Albion-Militärakademie ist hauptsächlich mit schnellen, mittelschweren Mechs und Fahrzeugen ausgerüstet und auf schnelle Überfallaktionen spezialisiert. Die Kadetteneinheit besteht aus je einem Mech- und Panzerregiment, einem Krötenbataillon und einem Luft/Raumgeschwader.

8. V-C REGIMENTSKAMPFGRUPPE: Die 3041 ausgehobene 8. RKG unter Generalhauptmann Mitchell Weintraub ist eine aus einem Mechregiment, drei Luft/Raumjägergeschwadern, drei Panzerregimentern und fünf Infanterieregimentern bestehende Einheit, die offene Feldschlachten bevorzugt, bei denen sie ihre schweren Mechs und Panzer effektiv zum Einsatz bringen kann. Sie hat besondere Erfahrung im Sturm befestigter Stellungen.

ARTEMIS-IV-FEUERLEITSYSTEM: Das Artemis-IV-Feuerleitsystem erhöht die Treffsicherheit normaler Raketenlafetten. Das in einer seitlich an der Lafette montierten Kuppel untergebrachte Artemis-FLS erfasst ein Ziel, markiert es mit einem Infrarotstrahl und feuert eine Raketensalve ab. Entsprechend den durch die Infrarotmarkierung errechneten Daten wird der Flug der Raketen konstant über eine Mikrowellenstrahlverbindung korrigiert, so dass eine größere Anzahl von Raketen das Ziel trifft.

AUTOKANONE: Eine automatische Schnellfeuerkanone. Leichte Fahrzeugkanonen haben Kaliber zwischen 30 und 90 mm, während eine schwere Mechautokanone ein Kaliber von 80 bis 120 mm oder mehr besitzen kann. Die Waffe feuert in schneller Folge Panzer brechende Hochexplosivgranaten ab.

***AVALON*-KLASSE:** Eine Kriegsschiffklasse des Vereinigten Commonwealth. Die Kreuzer der *Avalon*-Klasse haben eine Länge von 812 Metern und eine Masse von 770 000 Tonnen, bei einer Besatzung von 274 Mann. Sie sind mit Lithiumfusionsbatterien und Lamellar-Ferrokarbitpanzerung ausgerüstet und können 12 Luft/Raumjäger und 6 Landungsschiffe transportieren. Sie verfügen über 78 Geschütze.

BATAILLON: Ein Bataillon ist eine militärische Organisationseinheit der Inneren Sphäre, die in der Regel aus drei Kompanien besteht.

BATTLEMECH: BattleMechs sind die gewaltigsten Kriegsmaschinen, die je von Menschen erbaut wurden. Diese riesigen humanoiden Panzerfahrzeuge wurden ursprünglich vor über 500 Jahren von terranischen Wissenschaftlern und Technikern entwickelt. Sie sind schneller und manövrierfähiger in jedem Gelände, besser gepanzert und schwerer bewaffnet als jeder Panzer des 20. Jahrhunderts. Sie ragen zehn bis zwölf Meter hoch auf und sind bestückt mit Partikelprojektorkanonen, Lasergeschützen, Schnellfeuer-Autokanonen und Raketenlafetten. Ihre Feuerkraft reicht aus, jeden Gegner mit Ausnahme eines anderen BattleMechs niederzumachen. Ein kleiner Fusionsreaktor liefert ihnen nahezu unbegrenzt Energie. BattleMechs können auf Umweltbedingungen so verschieden wie glühende Wüstenei und arktische Eiswüsten eingestellt werden.

BEAGLE-SONDE: Die Beagle-Sonde ist eine wertvolle Systemerweiterung für Scouteinheiten, da sie es ermöglicht, selbst abgeschaltete und getarnte Einheiten auf weit größere Entfernung zu entdecken und zu identifizieren, als dies mit gewöhnlichen elektronischen Spürgeräten möglich ist.

BLAKES WORT/COMSTAR: Das interstellare Kommunikationsnetz ComStar wurde von Jerome Blake entwickelt, der in den letzten Jahren des Sternenbunds das Amt des Kommunikationsministers innehatte. Nach dem Zusammenbruch des

Bundes eroberte Blake Terra und organisierte die Überreste des Sternenbund-Kommunikationsnetzes in eine Privatorganisation um, die ihre Dienste mit Profit an die fünf Häuser weiterverkaufte. Seitdem hat sich ComStar zu einem mächtigen Geheimbund entwickelt, der sich jahrhundertelang in Mystizismus und Rituale gehüllt hat, bis es nach der Entscheidungsschlacht gegen die Clans auf Tukayyid unter Prima Sharilar Mori und Präzentor Martialum Anastasius Focht zur Reformation des Ordens und zur Abspaltung der erzkonservativen Organisation Blakes Wort kam.

BLITZ-KURZSTRECKENRAKETEN: Blitz-KSR enthalten Zielsuchgeräte, die ein Abfeuern erst gestatten, wenn die in die Lafette geladenen Raketen ein Ziel erfasst haben. Ist dies einmal geschehen, treffen die Raketen das Ziel automatisch.

BUSHWACKER: Ein nicht sprungfähiger mittelschwerer BattleMech von 55 Tonnen Masse und einer Höchstgeschwindigkeit von 86 km/h. Er ist bestückt mit einer schweren Autokanone im rechten Arm, je einer leichten Langstrecken-Raketenlafette im linken Arm und linken Torso, einem schweren Extremreichweiten-Laser in der Torsomitte und zwei Maschinengewehren auf der linken und rechten Torsoseite.

CASE (ZELLULARES MUNITIONSLAGER): Das zellulare CASE-Munitionslager ist eine Schadenskontrollvorrichtung, mit deren Hilfe die Druck- und Hitzewellen interner Munitionsexplosionen durch speziell verstärkte Seiten- und absprengbare Rückpaneele aus dem Innern des Mechs geleitet und der Schaden dadurch begrenzt wird.

CERBERUS: Ein nicht sprungfähiger überschwerer BattleMech von 95 Tonnen Masse und einer Höchstgeschwindigkeit von knapp 65 km/h. Er ist mit je einem Gaussgeschütz in den Armen, je zwei unter Feuerklappen verborgenen, mittelschweren Impulslasern auf der linken und rechten Torsoseite, sowie zwei Torso-MGs im Rücken und einem Raketenabwehrsystem auf dem Kopf, oberhalb des Cockpits, bestückt.

CESTUS: Ein normalerweise nicht sprungfähiger schwerer BattleMech von 65 Tonnen Masse und einer Höchstgeschwindigkeit von 65 km/h, serienmäßig bestückt mit je einem mittelschweren und schweren Laser in beiden Armen und einem Gaussgeschütz im rechten Torso.

CHALLENGER X: Ein fusionsgetriebener Kettenpanzer von 90 Tonnen Masse und einer Höchstgeschwindigkeit von 54 km/h. Er ist bestückt mit einem Gaussgeschütz, einer LB-X-Autokanone und einer mittelschweren LSR-Lafette mit Artemis-IV-Feuerleitsystem im Hauptgeschützturm, einem Raketenabwehrsystem im Sekundärgeschützturm, zwei mittelschweren Impulslasern im Bug, je einer zweirohrigen Blitz-KSR-Lafette an den Seiten und einem leichten Impulslaser im Heck.

CHAMÄLEON: Ein seit dem 26. Jahrhundert in der ganzen Inneren Sphäre als Ausbildungsfahrzeug eingesetzter mittelschwerer BattleMech von 50 Tonnen Masse bei einer Höchstgeschwindigkeit von knapp 96 km/h und einer Sprungreichweite von 180 Metern. Er ist bestückt mit einem schweren und einem mittelschweren Laser im rechten Arm, einem mittelschweren Laser im linken Arm sowie drei leichten Lasern und zwei Maschinengewehren im Torso.

CLANS: Beim Zerfall des Sternenbundes führte General Aleksandr Kerensky, der Oberkommandierende der Regulären Armee des Sternenbundes, seine Truppen beim so genannten Exodus aus der Inneren Sphäre in die Tiefen des Alls. Weit jenseits der Peripherie, mehr als 1300 Lichtjahre von Terra entfernt, ließen Kerensky und seine Leute sich auf fünf wenig lebensfreundlichen Welten nahe eines Kugelsternhaufens nieder, der sie vor einer Entdeckung durch die Innere Sphäre schützte. Innerhalb von fünfzehn Jahren brach unter ihnen jedoch ein Bürgerkrieg aus, der drohte, alles zu vernichten, für dessen Aufbau sie so hart gearbeitet hatten.

In einem zweiten Exodus führte Nicholas Kerensky, der Sohn Aleksandrs, seine Gefolgsleute auf eine der Welten im Innern des Kugelsternhaufens, um dem Krieg zu entfliehen. Dort, auf Strana Metschty, entwarf und organisierte Nicholas Kerensky die faschistoide Kastengesellschaft der Clans.

DAISHI: Ein nicht sprungfähiger überschwerer OmniMech von 100 Tonnen Masse mit einer Höchstgeschwindigkeit von 54 km/h. Er ist in der Primärkonfiguration bestückt mit je zwei schweren Extremreichweiten-Lasern, zwei mittelschweren Impulslasern und einer mittelschweren Ultra-Autokanone in beiden Armen sowie einer zehnrohrigen LSR-Lafette im linken Torso. Die Munitionsvorräte sind durch CASE gesichert.

DIVISION: Eine von der Mechkampfstärke in etwa dem Regiment entsprechende, aber Truppen verschiedener Waffengattungen umfassende Einheit der ComGuards, des militärischen Arms ComStars, und der BlakeGuards, des militärischen Arms von Blakes Wort.

DESTRUKTOR: Ein nicht sprungfähiger überschwerer BattleMech von 100 Tonnen Masse und einer Höchstgeschwindigkeit von 54 km/h. Er ist bestückt mit je einem Gaussgeschütz in beiden Armen, zwei PPKs im linken und rechten Torso und vier mittelschweren Lasern, einer davon im Kopf, die drei anderen im Torso, davon einer im Rücken.

DONNER-LANGSTRECKENRAKETEN: Donner-LSR erzeugen Streuminenfelder. Die ›Donner‹-Kennzeichnung ist die in der Freien Inneren Sphäre gebräuchliche Bezeichnung für FA-(Feldartillerie-)Streuminen-Gefechtsköpfe. Die Clans benutzen praktisch identische Gefechtsköpfe.

DRILLSON: Ein schwerer Schwebepanzer von 50 Tonnen Masse und einer Höchstgeschwindigkeit von 97 km/h. Er ist bestückt mit einem schweren Laser und zwei leichten KSR-Lafetten im Geschützturm sowie einer mittelschweren LSR-Lafette und zwei Maschinengewehren im Bug.

ELEMENTARE: Die mit Kampfanzügen ausgerüstete Eliteinfanterie der Clans. Diese Männer und Frauen sind wahre Riesen, die speziell für den Einsatz der von den Clans entwickelten Rüstungen gezüchtet werden.

EXTREMREICHWEITEN-LASER: Bei diesen Waffen handelt es sich um verbesserte Versionen des normalen Lasers, mit überlegenen Fokussier- und Zielerfassungsmechanismen. In der Clan-Ausführung haben diese Waffen eine deutlich größere Reichweite als gewöhnliche Laser und erzielen einen etwas höheren Schaden. Allerdings verursachen sie dabei eine um 50 % höhere Abwärme. In der Freien Inneren Sphäre befindet sich die ER-Lasertechnologie noch im Entwicklungsstadium. Bisher machen Umfang und Größe der benötigten Ausrüstung eine Anwendung nur bei schweren Lasern möglich. Zudem erreicht der schwere ER-Laser der Freien Inneren Sphäre zwar eine größere Reichweite als ein schwerer Normallaser, der Reichweitengewinn ist jedoch geringer als bei entsprechenden Clan-Waffen, und die Schadenswirkung fällt nicht höher aus als bei einem normalen S-Laser. Die Wärmeentwicklung ist jedoch genauso groß wie bei einem schweren Clan-ER-Laser.

EXTREMREICHWEITEN-PPK: Ebenso wie bei den Laserwaffen haben die Clans auch eine erheblich verbesserte Version der Partikelprojektorkanone entwickelt. Diese Extremreichweiten-PPK ist kleiner, leichter und leistungsfähiger als die Normalversion, mit größerer Reichweite und höherer Durchschlagskraft. Allerdings ist auch die Wärmeentwicklung erheblich größer, was beim Einsatz dieser Waffe zu einem Problem werden kann. Die Freie Innere Sphäre besitzt ebenfalls eine ER-Version der PPK, diese Waffe ist jedoch weniger hoch entwickelt. Größe und Gewicht entsprechen denen einer Normal-PPK, ebenso wie die Schadenswirkung, während Reichweite und Abwärme in etwa denen der Clan-Version entsprechen.

FALKNER: Ein am Vorbild des *Thor*-OmniMechs ausgelegter, ursprünglich für den Kampf gegen die Clans entwickelter schwerer BattleMech von 75 Tonnen Masse mit einer Höchstgeschwindigkeit von 86 km/h und einer Sprungreichweite von 150 Metern. Er ist bewaffnet mit einer Extremreichweiten-PPK im linken Arm, einem Gaussgeschütz im rechten Arm und je zwei mittelschweren Lasern im linken und rechten Torso.

FERROFIBRIT: Ferrofibritpanzerung ist eine verbesserte Version der üblichen BattleMech-/Fahrzeugpanzerung, die aus verwobenen Ferrostahl- und Ferrotitanfasern gefertigt wird. Ebenso wie für Endostahlskelette gilt jedoch, dass Ferrofibrit sperriger ist als Standardpanzerung desselben Gewichts.

GAUSSGESCHÜTZ: Ein Gaussgeschütz benutzt eine Reihe von Elektromagneten, um ein Projektil durch den Geschützlauf in Richtung des Ziels zu beschleunigen. Obwohl sein Einsatz mit enormem Energieaufwand verbunden ist, erzeugt das Gaussgeschütz nur sehr wenig Abwärme, und die erreichbare Mündungsgeschwindigkeit liegt doppelt so hoch wie bei einer konventionellen Kanone.

HAUPTMANN: Ein in der Primärkonfiguration nicht sprungfähiger überschwerer OmniMech der Lyranischen Allianzstreitkräfte von 95 Tonnen Masse und einer Höchstgeschwindigkeit von 54 km/h. Er ist in dieser Konfiguration bestückt mit je einem schweren Extremreichweiten-Laser und einem mittelschweren Impulslaser in den Armen, einer überschweren LB-X-Autokanone, zwei doppelrohrigen Blitz-KSR-Lafetten und einer Wächer-ECM-Phalanx im Torso und einem leichten Extremreichweiten-Laser im Kopf. Die Munitionsvorräte sind durch CASE gesichert.

IMPULSLASER: Ein Impulslaser verwendet einen Hochfrequenz-Hochenergiepuls zur Erzeugung gepulster Laserstrahlen. Der Effekt ist mit MG-Feuer vergleichbar. Diese Konstruktion erhöht die Trefferwahrscheinlichkeit des Laserangriffs und erzeugt einen größeren Schaden pro Treffer, allerdings unter Inkaufnahme erhöhter Hitzeentwicklung und verringerter Reichweite.

INNERE SPHÄRE: Mit dem Begriff ›Innere Sphäre‹ wurden ursprünglich die Sternenreiche bezeichnet, die sich im 26. Jahrhundert zum ersten Sternenbund zusammenschlossen. Derzeit bezeichnet er den von Menschen besiedelten Weltraum innerhalb der Peripherie. Der nicht von den Clans besetzte Teil der Inneren Sphäre wird auch als ›Freie Innere Sphäre‹ bezeichnet.

KATHIL: Der dritte Planet einer Sonne der Spektralklasse F4 V war ursprünglich eine nicht weiter bemerkenswerte Siedlungswelt, bis die ungewöhnlich günstigen Bedingungen des Systems im Vereinigungskrieg des Ersten Sternenbunds zum Bau riesiger Raumwerftanlagen führten. Die Orbitaldocks und Werftanlagen machen Kathil bis heute zu einem bedeutenden Militär- und Wirtschaftsstandort, auch wenn die Anlagen derzeit nur ein Schatten ehemaliger Größe sind.

KOMPANIE: Eine Kompanie ist eine militärische Organisationseinheit der Inneren Sphäre, die aus drei BattleMech-Lanzen oder bei Infanteriekompanien aus drei Zügen mit insgesamt 50 bis 100 Mann besteht.

KRÖTEN: Die in der freien Inneren Sphäre übliche Bezeichnung für mit Kampfanzügen ausgerüstete Eliteinfanterie, eine zuerst bei den Clans entwickelte Waffengattung. Deren so genannte Elementare sind wahre Riesen, die speziell für den Einsatz der von den Clans entwickelten Rüstungen gezüchtet werden. Die freie Innere Sphäre ist bei der Entwicklung ähnlicher Gefechtsanzüge deutlich im Hintertreffen, nicht zuletzt, da als Träger dieser Anzüge nur normale Menschen zur Verfügung stehen.

KSR: Abkürzung für ›Kurzstreckenrakete‹. Es handelt sich um ungelenkte Raketen mit hochexplosiven oder Panzer brechenden Sprengköpfen. KSR-Lafetten sind in Ausführungen mit 2, 4 und 6 Abschussrohren verfügbar.

LANDUNGSSCHIFFE: Da Sprungschiffe die inneren Bereiche eines Sonnensystems generell meiden müssen und sich dadurch in erheblicher Entfernung von den bewohnten Planeten einer Sonne aufhalten, werden für interplanetare Flüge Landungsschiffe eingesetzt. Diese werden während des Sprungs an die Antriebsspindel des Sprungschiffes angekoppelt. Landungsschiffe besitzen selbst keinen Überlichtantrieb, sind jedoch sehr beweglich, gut bewaffnet und aerodynamisch genug, um auf Planeten mit einer Atmosphäre aufzusetzen bzw. von dort aus zu starten. Die Reise vom Sprungpunkt zu den bewohnten Planeten eines Systems erfordert je nach Spektralklasse der Sonne eine Dauer von mehreren Tagen oder Wochen.

LANZE: Eine Lanze ist eine militärische Organisationseinheit der Inneren Sphäre, die in der Regel aus vier BattleMechs besteht.

LASER: Ein Akronym für ›Light Amplification through Stimulated Emission of Radiation‹ oder Lichtverstärkung durch stimulierte Strahlungsemission. Als Waffe funktioniert ein Laser, indem er extreme Hitze auf einen minimalen Bereich konzentriert. BattleMechlaser gibt es in drei Größenklassen: leicht, mittelschwer und schwer. Laser sind auch als tragbare Infanteriewaffen verfügbar, die über einen als Tornister getragenen Energiespeicher betrieben werden. Manche Entfernungsmessgeräte und Zielerfassungssensoren bedienen sich ebenfalls schwacher Laserstrahlen.

LB-X AUTOKANONE: Die LB-X (Large Bore-Extended, Großkaliber-erweiterte Reichweite) Autokanone ist eine verbesserte Version der gewöhnlichen Autokanone, bei der durch den Einsatz leichter, wärmeableitender Legierungen Gewicht und Wärmeentwicklung reduziert worden sind. Die eingesetzten Materialien machen die Waffe teurer als eine gewöhnliche

Autokanone, doch die Vorteile wiegen die höheren Kosten auf. Die LB-X kann Bündelmunition abfeuern, die sich mit Schrotmunition im BattleMechformat vergleichen lässt. Nach Verlassen des Laufs zerfällt eine Bündelgranate in kleinere Geschosse. Dadurch wird die Chance auf einen Glückstreffer erhöht, gleichzeitig jedoch der erzielte Schaden über das gesamte Zielgebiet verteilt statt auf einen Punkt konzentriert. Bündelmunition kann nur in LB-X Autokanonen eingesetzt werden.

LSR: Abkürzung für ›Langstreckenrakete‹, zum indirekten Beschuss entwickelte Raketen mit hoch explosiven Gefechtsköpfen. LSR-Lafetten sind in Ausführungen mit 5, 10, 15 und 20 Abschussrohren verfügbar.

MANTIKOR: Ein schwerer Kettenpanzer von 60 Tonnen Masse und einer Höchstgeschwindigkeit von 65 km/h. Er ist bestückt mit einer Partikelprojektorkanone, einer schweren KSR-Lafette und einer mittelschweren LSR-Lafette im Geschützturm sowie einem mittelschweren Laser im Bug.

MARK-CAPELLA-MILIZ KATHIL: Die neu ausgehobene MCM Kathil besteht aus einem Mechregiment, zwei Panzerregimentern, vier Infanterieregimentern und einem Luft/Raumgeschwader.

MYOMERAKZELERATOR-SIGNALCODIERUNG (MASC): MASC gestattet einem BattleMech kurze Sprints mit normalerweise nicht erreichbarer Geschwindigkeit, was allerdings die Beinaktivatoren in Gefahr bringt. Beim Einsatz der MASC werden die Signale an die künstlichen Myomermuskeln der Mechbeine verstärkt, sodass diese sich schneller als im Normalfall möglich an- und entspannen. Dies erhöht die Geschwindigkeit, aber die Belastung der Aktivatoren und Myomerfasern kann zu einem Totalausfall führen, besonders nach längerem MASC-Einsatz. Die Myomerakzelerator-Signalcodierung wirkt ausschließlich auf die Beinmuskulatur.

NACHTSCHATTEN: Ein mittelschwerer humanoider BattleMech von 50 Tonnen Masse bei einer Höchstgeschwindigkeit von 97 km/h und einer Sprungreichweite von 180 Metern. Er ist bestückt mit einem Beil für Nahkampfangriffe am rechten Arm, einem schweren Impulslaser im linken Arm, zwei mittelschweren Impulslasern im Torso und einem leichten Impulslaser im Kopf.

PALADIN: Ein schwerer humanoider BattleMech von 60 Tonnen

Masse bei einer Höchstgeschwindigkeit von 86 km/h und einer Sprungreichweite von 150 Metern. Er ist bestückt mit je einem mittelschweren Laser an den Armen, zwei nach hinten feuernden mittelschweren Lasern im Rücken, einer zehnrohrigen Langstrecken-Raketenlafette im linken Torso und einer vierrohrigen KSR-Wegwerflafette in der Torsomitte.

PO: Ein nach einem chinesischen Dämon benannter schwerer Kettenpanzer mit einer Höchstgeschwindigkeit von 65 km/h, bestückt mit einer schweren Autokanone und einem Maschinengewehr im Geschützturm sowie einem zweiten MG im Bug.

PPK: Abkürzung für ›Partikelprojektorkanone‹, einen magnetischen Teilchenbeschleuniger in Waffenform, der hochenergiegeladene Protonen- oder Ionenblitze verschießt, die durch Aufschlagskraft und hohe Temperatur Schaden anrichten. PPKs gehören zu den effektivsten Waffen eines BattleMechs.

RAKETENABWEHRSYSTEM: Ein Raketenabwehrsystem ist ein Schnellfeuerflak-MG, das anfliegende Raketen selbsttätig verfolgt, unter Beschuss nimmt und vernichtet. Der Hauptnachteil dieses sehr effektiven Defensivsystems ist sein hoher Munitionsverbrauch. Dies gilt für Clan-Anlagen ebenso wie für solche der Freien Inneren Sphäre, allerdings benutzen die Clans Schrapnellmunition, was die Anzahl der Salven pro Tonne Munition verdoppelt.

REGIMENT: Ein Regiment ist eine militärische Organisationseinheit der Inneren Sphäre und besteht aus zwei bis vier Bataillonen von jeweils drei oder vier Kompanien.

SBVS: Die Sternenbund-Verteidigungsstreitkräfte SBVS waren der größte Militärapparat aller Zeiten. Zur Hochzeit des alten Sternenbunds umfasste die Reguläre Armee fast 15000 Regimenter, die Raumflotte ebenso viele Kriegsschiffe und Transporter. Die SBVS waren die unangefochtene Macht hinter den Gesetzen des Sternenbunds. Mit Neugründung des Sternenbunds 3058 wurden – hauptsächlich für den Kampf gegen die Clans – auch die SBVS wieder gegründet, allerdings bestehen sie in ihrer neuen Inkarnation nur über Einheiten, die von den Mitgliedsstaaten auf Verlangen des Hohen Rats und/oder des Ersten Lords an den Sternenbund abgestellt werden.

SCHLEICHER: Ein mittelschwerer humanoider BattleMech von 45 Tonnen Masse bei einer Höchstgeschwindigkeit von

119 km/h und einer Sprungreichweite von 210 Metern. Er ist bestückt mit zwei mittelschweren Lasern im linken und rechten Torso, einer schweren KSR-Lafette im linken Torso und einer zweirohrigen Blitz-KSR-Lafette im rechten Torso. Darüber hinaus verfügt er über eine Beagle-Sonde und Myomerakzelerator-Signalcodierung.

SCHWARM-LANGSTRECKENRAKETEN: Schwarm-LSR sind Raketen mit zielsuchenden Mehrfachsprengköpfen, die sowohl das anvisierte Primärziel als auch in dessen Nähe befindliche Einheiten angreifen.

SEKTION: Eine ComGuard- oder BlakeGuard-Einheit aus sechs Truppen, die von der Kampfstärke her etwa einem Bataillon entspricht.

SPRUNGSCHIFFE: Interstellare Reisen erfolgen mittels so genannter Sprungschiffe, deren Antrieb im 22. Jahrhundert entwickelt wurde. Der Name dieser Schiffe rührt von ihrer Fähigkeit her, ohne Zeitverlust in ein weit entferntes Sonnensystem zu ›springen‹. Es handelt sich um ziemlich unbewegliche Raumfahrzeuge aus einer langen, schlanken Antriebsspindel und einem enormen Solarsegel, das an einen gigantischen Sonnenschirm erinnert. Das gewaltige Segel besteht aus einem Spezialmaterial, das gewaltige Mengen elektromagnetischer Energie aus dem Sonnenwind des jeweiligen Zentralgestirns zieht und langsam an den Antriebskern abgibt, der daraus ein Kraftfeld aufbaut, durch das ein Riss im Raum-Zeit-Gefüge entsteht. Nach einem Sprung kann das Schiff erst weiterreisen, wenn es durch Aufnahme von Sonnenenergie seinen Antrieb wieder aufgeladen hat.

Sprungschiffe reisen mithilfe ihres Kearny-Fuchida-Antriebs in Nullzeit über riesige interstellare Entfernungen. Das K-F-Triebwerk baut ein Raum-Zeit-Feld um das Sprungschiff auf und öffnet ein Loch in den Hyperraum. Einen Sekundenbruchteil später materialisiert das Schiff am Zielsprungpunkt, der bis zu 30 Lichtjahre weit entfernt fliegen kann.

Sprungschiffe landen niemals auf einem Planeten und reisen nur sehr selten in die inneren Bereiche eines Systems. Interplanetarische Flüge werden von Landungsschiffen ausgeführt, Raumschiffen, die bis zum Erreichen des Zielpunktes an das Sprungschiff gekoppelt bleiben.

STECHINSEKT: Ein Kampfhubschrauber von 30 Tonnen Masse und einer Höchstgeschwindigkeit von 97 km/h, bewaffnet mit einem unter dem Rumpf montierten Gaussgeschütz.

STERNENBUND: Im Jahre 2571 wurde der Sternenbund gegründet, um die wichtigsten nach dem Aufbruch ins All von Menschen besiedelten Systeme zu vereinen. Der Sternenbund existierte annähernd 200 Jahre, bis 2751 ein Bürgerkrieg ausbrach. Als das Regierungsgremium des Sternenbunds, der Hohe Rat, sich in einem Machtkampf auflöste, bedeutete dies das Ende des Bundes. Jeder der Hausfürsten rief sich zum neuen Ersten Lord des Sternenbunds aus und innerhalb weniger Monate befand sich die gesamte Innere Sphäre im Kriegszustand. Dieser Konflikt hielt drei Jahrhunderte, bis zum Überfall durch die Clans, an. Die Jahrhunderte nahtlos ineinander übergehender Kriege werden in toto als die ›Nachfolgekriege‹ bezeichnet. Erst die Gefahr durch die Clan-Invasion führte 3058 bei der ersten Whitting-Konferenz auf Tharkad zur Neugründung des Sternenbunds und zu der auf vier Jahre befristeten Wahl des capellanischen Kanzlers Sun-Tzu Liao zum neuen Ersten Lord. Sein Nachfolger in diesem Amt wurde 3062 auf der zweiten Whitting-Konferenz der draconische Koordinator Theodore Kurita.

TAIFUN: Ein fusionsgetriebener Stadtkampf-Radpanzer von 70 Tonnen Masse und einer Höchstgeschwindigkeit von 54 km/h. Er ist bestückt mit einer überschweren Autokanone, zwei mittelschweren Impulslasern, einer schweren KSR-Lafette und zwei doppelrohrigen Blitz-KSR-Lafetten im Geschützturm, zwei weiteren Blitz-KSR-Lafetten im Bug und einem leichten Impulslaser im Heck sowie einer Beagle-Sonde.

ULTRA-AUTOKANONE: Mit einem kurzen, glatten Lauf, einem modifizierten Kammermechanismus, einer Schnellladevorrichtung und spezieller Munition ist die ursprünglich von den Clans entwickelte und erst seit kurzem auch in der Freien Inneren Sphäre eingeführte Ultra-Autokanone eine weit vielseitigere Waffe als die üblichere normale AK. Die Clans besitzen Ultra-Autokanonen in allen Standardgrößen, die sämtlich in Gewicht und Hitzeentwicklung den Standardmodellen entsprechen, aber ein verbessertes Leistungsprofil besitzen, das zu reduzierter Minimal- und erhöhter Maximalreichweite führt und das Feuern mit normaler oder doppelter Feuergeschwindigkeit gestattet. Die Ultra-AK-Modelle der Nachfolgerstaaten sind weit effizienter als eine Standard-AK, bei weitem aber nicht so technisch fortgeschritten wie die Clan-Waffen.

VOLLSTRECKER: Ein mittelschwerer humanoider BattleMech von 50 Tonnen Masse und einer Höchstgeschwindigkeit von 86 km/h sowie einer Sprungreichweite von 150 Metern. Er ist bestückt mit einem schweren Extremreichweiten-Laser im linken und einer schweren LB/X-Autokanone im rechten Arm sowie einem leichten Laser im linken Torso.

WÄCHTER-ECM-STÖRSENDER: Der Wächter-ECM-Störsender ist eine Breitband-Stör- und ECM-(Electronic Countermeasure) Phalanx, die darauf ausgerichtet ist, die Wirkung gegnerischer Langstreckenortungs- und -überwachungsapparaturen zu reduzieren.

WEGWERFLAFETTEN: Gelegentlich sind Fahrzeuge und BattleMechs mit Wegwerfversionen einer Standardraketenlafette ausgerüstet. Solche Lafetten benötigen keinen Munitionsvorrat, da sie bereits fertig geladen montiert werden und keinen Nachlademechanismus besitzen. Sie entsprechen in allen sonstigen Leistungsmerkmalen normalen Systemen der betreffenden Version und Munition.

XL-(EXTRALEICHT-)REAKTOR: Fortschritte in der Abschirmungstechnologie für Fusionsreaktoren haben es möglich gemacht, Standardreaktoren nachträglich mit neuen, leichteren Abschirmungen zu versehen, die das Reaktorgewicht erheblich verringern. Allerdings fallen diese extraleichten Reaktoren weit sperriger aus als die kompakter gebauten Standardmodelle und sind dadurch bei einem Bruch der Torsopanzerung anfälliger für Beschädigungen. Die Clan-Versionen der XL-Reaktoren sind jedoch deutlich kleiner als die bisher in der Freien Inneren Sphäre entwickelten Maschinen.

ZUG: Ein Zug ist eine militärische Organisationseinheit der Inneren Sphäre, die üblicherweise aus etwa achtundzwanzig Mann besteht. Ein Zug kann in zwei Abteilungen aufgeteilt werden.

Deutsch-Englische Namensliste

Da im neuesten Spiel der auf dem BattleTech-Universum aufbauenden MechWarrior-Computerspielreihe sowie in den neueren im Verlag Fantasy Productions zum BattleTech-Universum erscheinenden Spielen und Spielhilfen in Abkehr von der früheren Praxis durchgängig die englischen Typennamen erscheinen, folgt als Verständnishilfe eine Liste der entsprechenden deutschen und englischen Typenbezeichnungen aller uns derzeit bekannten Maschinen.

BattleMechs der Freien Inneren Sphäre

ADL-2M Adler	EGL-2M Eagle
AKU-1X Akuma	AKU-1X Akuma
ALB-3U Albatros	ALB-3U Albatross
ALI-1A Alliance	ALI-1A Alliance
AMB-3M Amboss	ANV-3M Anvil
SA-AS Ansturm	SA-OS Onslaught
ABS-3L Anubis	ABS-3L Anubis
APL-1M Apollo	APL-1M Apollo
AS7-D/-K Atlas	AS7-D/-K Atlas
ATN-21/-23 Attentäter	ASN-21/-23 Assassin
AV1-O Avatar	AV1-O Avatar
BLT-5N/-7M Ballista	TBT-9E/-7M Trebuchet
BNDR-01A Bandersnatch	BNDR-01A Bandersnatch
BNC-3E/-5S Banshee	BNC-3E/-5S Banshee
BGS-1T Barghest	BGS-1T Barghest
BEO-12 Beowulf	BEO-12 Beowulf
BRZ-A3 Berserker	BRZ-A3 Berserker
BSN-3K Bishamon	BSN-3K Bishamon
BKW-7R Black Watch	BKW-7R Black Watch
BTZ-3F Blitzschlag	BTZ-3F Blitzkrieg
BBD-010 Bombarde	BMB-010 Bombard
BMB-12T Bombast	BMD-12D Bombardier

BRS-3Z Brandschatzer	PLG-3Z Pillager
BD9-R/-S/-O Brandstifter	FS9-H/-S/-O Firestarter
BSW-X1 Bushwacker	BSW-X1 Bushwacker
CES-3R Caesar	CES-3R Caesar
CTF-1X/-3D Cataphract	CTF-1X/-3D Cataphract
CN9-A/-D Centurion	CN9-A/-D Centurion
CR-V2 Cerberus	MR-V2 Cerberus
CTS-6Y Cestus	CTS-6Y Cestus
CGR-SB Challenger	CGR-SB Challenger
CLN-7V Chamäleon	CLN-7V Chameleon
CHP-1N Champion	CHP-1N Champion
CDA-2A/-3M Cicada	CDA-2A/-3M Cicada
CLNT-2-3T/-3U Clint	CLNT-2-3T/-3U Clint
CL-P3 Colossus	CL-P3 Colossus
CRK 5003-1/-2 Crockett (auch: Katana)	CRK 5003-1/-2 Katana (Crockett)
DAD-3C Daedalus	DAD-3C Daedalus
DAI-01 Daikyu	DAI-01 Daikyu
DMO-1K Daimyo	DMO-1K Daimyo
DW-6M/-7D Derwisch	DV-6M/-7D Dervish
DST-2 Destruktor	DVS-2 Devastator
DON-1L Donner	THR-1L Thunder
DNR-1A Donnerfalke	SCR-1A Screaming Hawk
DNR-5S/-7MD Donnerkeil	TDR-5S/-7MD Thunderbolt
DOR-N Dorn	THE-N Thorn
DGR-3F Drachenfeuer	DGR-3F Dragon Fire
DRC-1N Dracon	DRG-1N Dragon
D9-G9 Duan Gung	D9-G9 Duan Gung
DKF-2L/-5M Dunkelfalke	SHD-2H/-5M Shadow Hawk
END-6Q Enfield	END-6Q Enfield
Epimetheus	Epimetheus
EXC-B1 Excalibur	EXC-B1 Excalibur
EXT-4D Exterminator	EXT-4D Exterminator
FNR-5 Fafnir	FNR-5 Fafnir
FLK-4E/-4P Falke	FLC-4N/-4P Falcon
FKN-8R Falkner	FLC-8R Falconer
FLB-3L/-5M Fallbeil	GLT-3N/-5M Guillotine
FNG-5W Fang	TLN-5W Talon
FNG-1 Fangeisen	WFT-1 Wolf Trap

FBL-7D Feuerball	ALM-7D Fireball
FBZ-P2 Feuerblitz	FLS-P2 Flashfire
FFK-1/-3M Feuerfalke	PXH-1/-3M Phoenix Hawk
FUR-FK2 Feuerfalken-FLUM	PHX-HK2 Phoenix Hawk LAM
P1-FS Feuersturm	P1-WF Wildfire
FRT-8L Feuerteufel	FLS-8K Flashman
FLO-4/-17 Floh	FLE-4/-17 Flea
FBT-3R Freibeuter	BCN-3R Buccaneer
GAL-1GLS Gallowglas	GAL-1GLS Gallowglas
GRM-01A Garm	GRM-01A Garm
GFT-9K Giftzahn	SDR-9K Venom
GFZ-2G/-3E Giftzwerg	IMP-2E/-3E Imp
GLD-3R Gladiator	GLD-3R Gladiator
GOL-1H/-3M Goliath	GOL-1H/-3M Goliath
GHR-5H/-5J Grashüpfer	GHR-5H/-5J Grasshopper
GRF-1N/-3M Greif	GRF-1N/-3M Griffin
GRM-S-TR29 Grimmer Schnitter	GRM-R-PR29 Grim Reaper
DRC-5K Großdracon	DRG-5K Grand Dragon
GRS-S-01-KRZR-T Großkreuzritter	GRN-D-01-CRSD-R Grand Crusader
T-IT-N10M Großtitan	T-IT-N10M Grand Titan
HBFK-9K Habichtsfalke	FNHK-9K Falcon Hawk
HMR-3M Hammer	HMR-3M Hammer
HTM-27T Hatamoto-Chi	HTM-27T Hatamoto-Chi
HA1-O Hauptmann	HA1-O Hauptmann
HS-1 Heckenschütze	HM-1 Hitman
HEL-3D Helios	HEL-3D Helios
HRK-LS-9000 Herkules	HRC-LS-9000 Hercules
HER-1S Hermes	HER-1S Hermes
HER-2S/-5S Hermes II	HER-2S/-5S Hermes II
HSC-1K/-3M Heuschreck	LCT-1V/-3M Locust
HGN-732 Highlander	HGN-732 Highlander
HOL-N3 Holländer	BZK-F3 Hollander
HOP-4C/-4D Hoplit	HOP-4C/-4D Hoplite
HRN-3S/-5M Hornisse	STG-3R/-5M Stinger
HRN-F5 Hornissen-FLUM	STG-A5 Stinger LAM
HML-151/-171 Hummel	HNT-151/-171 Hornet

HUR-O4L Hurone	HUR-WO-R4L Huron Warrior
HSR 200-D Husar	HSR 200-D Hussar
MPR-6A Imperator	EMP-6A Emperor
INI-02 Initiat	INI-02 Initiate
JM6-S/-DD JägerMech	JM6-S/-DD JagerMech
JM6-D3 JägerMech III	JM6-D3 JagerMech III
JR7-D/-K Jenner	JR7-D/-K Jenner
JN-G8A Jinggau	JN-G8A Jinggau
SA-JG Juggernaut	SA-JG Juggernaut
KBO-7A Kabuto	KBO-7A Kabuto
KM-K305 Kampffalke	BH-K305 Battle Hawk
KP-HD-02FC Kampfhund	WR-DG-02FC War Dog
KMS-3Z/-5M Kampfschütze	RFL-3N/-5M Rifleman
KMT-1N/-3M Kampftitan	BLR-1G/-3M BattleMaster
KNB-1OOT Kanonenboot	GUN-1ERD Gunslinger
KPLT-C1 Katapult	CLPT-C1 Catapult
KLE-1B Keule	CDG-1B Cudgel
KTO-19/-20 Kintaro	KTO-19/-20 Kintaro
KOM-2D/-5S Kommando	COM-2D/-5S Commando
KMO-2 Komodo	KIM-2 Komodo
KBE-02 Königskobra	CBR-02 Cobra
KGK-000 Königskrabbe	KGC-000 King Crab
K-SK1 Kosak	C-SK1 Cossak
KT-P2 Koto	KT-P2 Koto
KRB-27 Krabbe	CRB-27 Crab
KRZ-3R/-5M Kreuzritter	CRD-3R/-5M Crusader
KGB-1N Kriegsbeil	AXM-1N Axman
KHM-6R/-7M Kriegshammer	WHM-6R/-7M Warhammer
KPR-KP-002 Kupferkopf	CPR-HD-002 Copperhead
LNC 25-01 Lancelot	LNC 25-01 Lancelot
LR1-O Läufer	SR1-O Strider
LTB-4D Lichtbringer	PTR-4D Penetrator
LND-5M Lindwurm	WVE-5N Wyvern
LGB-8C/-OW Longbow	LGB-8C/-OW Longbow
LUC-5S Luchs	LYN-5X Lynx
MSK-6S Mackie	MSK-6S Mackie
MTR-5K Mahlstrom	MTR-5K Maelstrom
SA-MN Mantis	SA-MN Mantis
MAR-3D/-5D Marodeur	MAD-3R/-5D Marauder

MAR-4A/-5A Marodeur II	MAD-4A/-5A Marauder II
MHL-X1 Marshal	MHL-X1 Marshal
MER-2S Merkur	Mercury (Hermes-II-Variante)
MRS-97/-99 Merkurius	MCY-97/-99 Mercury
MLN-1A Merlin	MLN-1A Merlin
MR-P1 Morpheus	MR-P1 Morpheus
MUN-66 Mungo	MON-66 Mongoose
NTF-2Q Nachtfalke	NTK-2Q Night Hawk
NTS-4S Nachtschatten	NGS-4S Nightsky
NSR-9J Nachtstern	NSR-9J Nightstar
NG-C3A Naginata	NG-C3A Naginata
SLT-1R Nainokami (gelegentlich: Schlagetot)	MAL-1R Mauler
NXS-1A Nexus	NXS-1A Nexus
NDA-1K No-Dachi	NDA-1K No-Dachi
KW1-NP2 No-Pasaran	KW1-LH2 Lineholder
OBK-M10 O-Bakemono	OBK-M10 O-Bakemono
MS1-O Men Shen	MS1-O Men Shen
ON1-K/-M Orion	ON1-K/-M Orion
OSR-2C/-2D Ostroc	OSR-2C/-2D Ostroc
OTT-7J/-7K Ostscout	OTT-7J/-7K Ostscout
OTL-4D/-5M Ostsol	OTL-4D/-5M Ostsol
OW-1 Owens	OW-1 Owens
PLD-4N/-5M Paladin	QKD-4G/-5M Quickdraw
PNT-9R/-10K Panther	PNT-9R/-10K Panther
P1 Perseus	P1 Perseus
PFL-3S Pfeil	DRT-3S Dart
PRS-3F/-5M Pirscher	STK-3F/-5M Stalker
PF1 Polarfuchs	AF1 Arctic Fox
PST-04 Posten	SNT-04 Sentry
Prometheus	Prometheus
QSM-4D/-5M Quasimodo	HBK-4G/-5M Hunchback
RAB-1X/-3L Rabe	RVN-1X/-3L Raven
RJN 101-A Raijin	RJN 101-A Raijin
RAK-1A Rakshasa	MDG-1A Rakshasa
RBV1-O Raubvogel	RTX1-O Raptor
RTS-M2 Rittersmann	PAL-2A Paladin
RD-1R Roadrunner	RD-1R Roadrunner
SA-RN Ronin	SA-RN Ronin

SLM-5S Salamander	PPR-5S Salamander
SQS-TH-001 Sasquatch	SQS-TH-001 Sasquatch
SH-KL-1532 Schakal	JA-KL-1532 Jackal
SRC-3C Schirokko	SRC-3C Sirocco
SLG-11E Schläger	THG-11E Thug
SCL-1E Schlange	SNK-1V Snake
SLC-1D Schleicher	STH-1D Stealth
SHT-2Z/-4M Schütze	ARC-2R/-4M Archer
SW6-RTR Schwarzer Ritter	BL6-KNT Black Knight
SFKU-O Schwarzfalke-Ku	BHKU-O Black Hawk-Ku
SHG-2E/-2F Shogun	SHG-2E/-2F Shogun
ST-8A Shootist	ST-8A Shootist
SJA-7D Shugenja	SJA-7D Shugenja
SGR-2A Sieger	VQR-2A Vanquisher
SKB-9A Skarabäus	SCB-9A Scarabus
SKP-1N/-10 Skorpion	SCP-1N/-10 Scorpion
SP1-O Spalter	SD1-O Sunder
SPT-N1 Spartaner	SPT-N1 Spartan
SPR-10R/-10P Speerschleuder	JVN-10N/-10P Javelin
SPR-5F Spector	SPR-5F Spector
SPN-5V/-7M Spinne	SDR-5V/-7M Spider
SP1 Spuk	TR1 Wraith
ST-K60/-K63 Stadtkoloss	UM-R60/-R63 UrbanMech
STP-6W/-7D Steppenwolf	WVR-6R/-7D Wolverine
STY-3C Sternenkiller	STY-3C Starslayer
STL-4A Stilett	STO-4A Stiletto
STX-7T Streitaxt	BTX-7K Battleax
STR-1R1/-3K Streitross	CGR-1A1/-3K Charger
STR-3M Sturm	TMP-3M Tempest
STF-7X Sturmfalke	DK-7X Thunder Hawk
STW-2C Sturmwind	STC-2C Striker
TSH-7S Tai-Sho	TSH-7S Tai-Sho
TRN-1L Tarantel	ZPH-1A Tarantula
TLR1-0 Templer	TLR1-0 Templar
TSN-1C Tessen	TSN-1C Tessen
TL-1 Teufel	TZ-1 Devil
TSG-9H Ti Ts'ang	TSG-9H Ti Ts'ang
TDS-8T/-9M Todesbote	AWS-8Q/-9M Awesome
TMH-3F/-5S Tomahawk	HCT-3F/-5S Hatchetman

TG-1/-2/TG2-O Totschläger	BJ-1/-2/BJ2-O Blackjack
TYM-1A Toyama	TYM-1A Toyama
TRP-1 Trooper	TRP-1 Trooper
TS-P1 Tsunami	TS-P1 Tsunami
VLK-QA/-QD Valkyrie	VLK-QA/-QD Valkyrie
VRN-1R/-2A Vernichter	ANH-1A/-2A Annihilator
VTD-1R/-3L Verteidiger	VND-1R/-3L Vindicator
VTR 9B/-9K Victor	VTR 9B/-9K Victor
VOL-4R/-5D Vollstrecker	ENF-4R/-5D Enforcer
VOL-6M Vollstrecker III	ENF-6M Enforcer III
VL 2-T/VL-5M Vulkan	VL 2-T/VT-5M Vulcan
WCH-4M Wachmann	WTC-4M Watchman
WCT-3R/-3M Wächter	STN-3L/-3M Sentinel
WTS-1B Weitschuss	LNG-1B Longshot
WRW-LF-004 Werwolf	WRW-LF-004 Werewolf
WSP-1A/-3M Wespe	WSP-1A/-3M Wasp
WSP-105 Wespen-FLUM	WSP-105 Wasp LAM
WTH-1/-2 Whitworth	WTH-1/-2 Whitworth
WKG-2F Wikinger	VKG-2F Viking
WLF-1/-2 Wolfshund	WLF-1/-2 Wolfhound
YMN-6Y Yeoman	YMN-6Y Yeoman
Y-H9G Yu Huang	Y-H9G Yu Huang
ZCK-4A/-4B Zecke	FFL-4A/-4B Firefly
ZEU-6S/-9S Zeus	ZEU-6S/-9S Zeus
ZP 10-C/11-A Zyklop	CP 10-Z/11-A Cyclops

Clan-Mechs

Zur leichteren Auffindung sind Mechs mit einem separaten FIS-Codenamen sowohl unter ihrer Clanbezeichnung als auch unter diesem Codenamen aufgeführt, wobei der jeweils andere Name in einfachen (Clan) bzw. eckigen [FIS] Klammern folgt.

Armbrust	Crossbow
Blutaspis	Blood Asp
Bluthund (Geier)	Mad Dog (Vulture)
Blutmilan	Blood Kite
Brandfalke	Fire Falcon
Canis	Canis

Corvis	Corvis
Daishi [Höhlenwolf]	Daishi [Dire Wolf]
Donnerross	Thunder Stallion
Drescher	Thresher
Dunstadler (Habicht)	Mist Hawk (Goshawk)
Eismarder (Fenris)	Ice Ferret (Fenris)
Eissturm	Icestorm
Eisteufel	Hellion
Eisvogel	Kingfisher
Feldeggsfalke	Black Lanner
Felsrhino (Koloss)	Stone Rhino (Behemoth)
Fenris [Eismarder]	Fenris [Ice Ferret]
Feuerskorpion	Fire Scorpion
Feuervogel (Sprinter)	Fire Moth (Dasher)
Frostfalke [Uhu]	Peregrine [Owl]
Füchsin [Incubus]	Vixen [Incubus]
Galahad [Glasspinne]	Galahad [Glass Spider]
Galeere [Gargoyle]	Man O'War [Gargoyle]
Gargoyle (Galeere)	Gargoyle (Man O'War)
Geierfalk	Night Gyr
Geier [Bluthund]	Vulture [Mad Dog]
Gladiator [Henker]	Gladiator [Executioner]
Glasspinne (Galahad)	Glass Spider (Galahad)
Gletscherfuchs	Snow Fox
Grauluchs (Koshi)	Mist Lynx (Koshi)
Grendel	Grendel
Grizzly	Grizzly
Ha Otoko	Ha Otoko
Habicht [Dunstadler]	Goshawk [Mist Hawk]
Hankyu	Hankyu
Henker (Gladiator)	Executioner (Gladiator)
Heuler (Pavian)	Howler (Baboon)
Höhlenwolf (Daishi)	Dire Wolf (Daishi)
Höllenbote (Loki)	Hellbringer (Loki)
Höllenfeuer	Hellfire
Höllenhund [Magicker]	Hellhound [Conjurer]
Incubus (Füchsin)	Incubus (Vixen)
Jagdspinne	Stalking Spider
Kampfdämon	Cauldron-Born

Kampfkobra	Battle Cobra
Katamaran [Waldwolf]	Mad Cat [Timber Wolf]
Kobra (Schwarzpython)	Viper (Black Python)
Kodiak	Kodiak
Koloss [Felsrhino]	Behemoth [Stone Rhino]
Koshi [Grauluchs]	Koshi [Mist Lynx]
Krake [Ruin]	Kraken [Bane]
Kriegsfalke (Masakari)	Warhawk (Masakari)
Libelle (Viper)	Dragonfly (Viper)
Loki [Höllenbote]	Loki [Hellbringer]
Magicker (Höllenhund)	Conjurer (Hellhound)
Mandrill	Mandrill
Masakari [Kriegsfalke]	Masakari [Warhawk]
Matador	Matador
Naga	Naga
Natter (Puma)	Adder (Puma)
Nemesis (Thor)	Summoner (Thor)
Nobori-Nin	Nobori-Nin
Nova (Schwarzfalke)	Nova (Blackhawk)
Novakatze	Nova Cat
Pavian [Heuler]	Baboon [Howler]
Phantom	Phantom
Piranha	Piranha
Polarwolf	Arctic Wolf
Puma [Natter]	Puma [Adder]
Raubkojote	Savage Coyote
Raubtier	Predator
Rotfuchs (Uller)	Kit Fox (Uller)
Rudeljäger	Pack Hunter
Ruin (Krake)	Bane (Kraken)
Ryoken [Sturmkrähe]	Ryoken [Stormcrow]
Schattenkatze	Shadow Cat
Schwarzfalke [Nova]	Blackhawk [Nova]
Schwarzpython [Kobra]	Black Python [Viper]
Schwergewicht	Linebacker
Silberlöwe	Cougar
Springteufel	Pouncer
Sprinter [Feuervogel]	Dasher [Fire Moth]
Sturmkrähe (Ryoken)	Stormcrow (Ryoken)

Sturzfalke	Stooping Hawk
Supernova	Supernova
Teufelsdrache	Great Wyrm
Thor [Nemesis]	Thor [Summoner]
Turkina	Turkina
Uhu (Frostfalke)	Owl (Peregrine)
Uller [Rotfuchs]	Uller [Kit Fox]
Ursus	Ursus
Viper [Libelle]	Viper [Dragonfly]
Waldwolf (Katamaran)	Timber Wolf (Mad Cat)

Clan ProtoMechs

Gorgo	Gorgon
Harpyie	Harpy
Hydra	Hydra
Minotaurus	Minotaur
Rok	Roc
Satyr	Satyr
Sirene	Siren
Zentaur	Centaur

Luft/Raumjäger

AHB-443 Ahab	AHB-443 Ahab
AD-11	Adler Eagle
Avar	Avar
Bashkir	Bashkir
Batu	Batu
CHP-W5 Chippewa	CHP-W5 Chippewa
DRZ-4K Dreizack	TRN-3T Trident
DR-7 Drossel	TR-7 Thrush
DRV-G4 Donnervogel	Thunderbird
Dschengis	Jengiz
ESN-BS1 Eisenbeiß	IRN-SD1 Ironsides
FRC-63 Francesca	THK-63 Tomahawk
F-10 Gepard	F-10 Cheetah

GTHA-500 Gotha	GTHA-500 Gotha
HMR-HI Hammerhai	HMR-HD Hammerhead
HL-C6 Hellcat	Hellcat
HCT-213B Hellcat II	HCT-213B Hellcat II
Jagatai	Jagatai
KL-15 Killer	SL-15 Slayer
Kirghiz	Kirghiz
KSR-V12 Korsar	CSR-V12 Corsair
LGT-G4 Lightning	Lightning
LZF-R15 Luzifer	LCF-R15 Lucifer
MSG-606 Mauersegler	SWF-606 Swift
MT-13 Missetäter	TR-13 Transgressor
OP-9 Optio	Centurion
RPR-100 Rapier	RPR-100 Rapier
SB-30 Sabre	Sabre
Sabutai	Sabutai
F-500 Schnitter	F-100 Riever
Scytha	Scytha
SYD-21 Seydlitz	SYD-21 Seydlitz
SL-17 Shilone	SL-17 Shilone
SL-21 Sholagar	SL-21 Sholagar
SPD-502 Spad	SPD-502 Spad
SPR-B5 Sperber	SPR-H5 Sparrowhawk
F-90 Stingray	F-90 Stingray
STR-133E Streuner	RGU-133E Rogue
STU-K5 Stuka	STU-K5 Stuka
Sulla	Sulla
TR-10 Transit	TR-10 Transit
Turk	Turk
V12M Wüstenfalke	Sand Hawk
Vandal	Vandal
Visigoth	Visigoth
ZRO-114 Zero	ZRO-114 Zero

Landungsschiffsklassen

Achilles	Achilles
Breitschwert	Broadsword

Claymore	Claymore
Excalibur	Excalibur
Festung	Fortress
Freibeuter	Buccaneer
Gazelle	Gazelle
Hamilcar	Hamilcar
Hannibal	Hannibal
Herkules	Hercules
Kondor	Condor
Konföderation	Confederate
Kuan Ti	Kuan Ti
Leopard	Leopard
Leopard JT (Jägertender)	Leopard CV (Carrier Vessel)
Leviathan	Behemoth
Löwe	Lion
Lung Wang	Lung Wang
Mammut	Mammoth
Maultier	Mule
Miraborg	Miraborg
Modell 97 ›Oktopus‹	Model 97 ›Octopus‹
Monarch	Monarch
Nagumo	Nagumo
Noruff	Noruff
Okinawa	Okinawa
Overlord	Overlord
Overlord-C	Overlord-C
Rächer	Avenger
Rose	Rose
Sassanid	Sassanid
Störenfried	Intruder
Sucher	Seeker
Titan	Titan
Träger	Carrier
Triumph	Triumph
Union	Union
Union-C	Union-C
Vergeltung	Vengeance
Zorn	Fury

Sprungschiffsklassen

Aar	Eagle
Ægis	Aegis
Agamemnon	Agamemnon
Befreier	Liberator
BEM	Bug-Eye
Cameron	Cameron
Chimeisho	Chimeisho
Comitatus	Comitatus
Eroberer	Conqueror
Dante	Dante
Essex	Essex
Fox	Fox
Feng Huang	Feng Huang
Fredasa	Fredasa
Gigantic	Leviathan
Händler	Merchant
Impavido	Impavido
Inazuma	Inazuma
Invasor	Invader
Jäger	Hunter
Kirishima	Kirishima
Kongress	Congress
Kyushu	Kyushu
Lola	Lola
Magellan	Magellan
McKenna	McKenna
Monolith	Monolith
Nightlord	Nightlord
Odyssee	Odyssey
Potemkin	Potemkin
Schwarzer Löwe	Black Lion
Scout	Scout
Sowjetski Sojus	Sovetskii Soyuz
Starlord	Star Lord
Suffren	Suffren
Tatsumaki	Tatsumaki
Texas	Texas

Thera	Thera
Tramp	Tramp
Vincent	Vincent
Wirbelwind	Whirlwind
Wolga	Volga
York	York
Zechetinu	Zechetinu

Gefechtsfahrzeuge der Freien Inneren Sphäre

Alacorn (Schwerer Panzer)	Alacorn
Bandit (Schwerer Schwebepanzer)	Bandit
Beagle (Leichter Scoutschweber)	Beagle
Behemoth (Schwerer Panzer)	Behemoth
Belladonna (Gefechtsscouthelikopter)	Nightshade
Beschützer (Abfangjäger)	Guardian
Blizzard (Schwebetransporter)	Blizzard
Brutus (Sturmpanzer)	Brutus
Bulldog (Panzer)	Bulldog
Bumerang (Spähflugzeug)	Boomerang
Burke (Schwerer Panzer)	Burke
Cavalry (Kampfhubschrauber)	Cavalry
Challenger X (Kampfpanzer)	Challenger X
Chaparral (Artillerieraketenpanzer)	Chaparral
Chevalier (Leichter Panzer)	Chevalier
Cyrano (Kampfhubschrauber)	Cyrano
Dachs (Truppentransporter)	Badger
Dämon (Panzer)	Demon
Drillson (Schwerer Schwebepanzer)	Drillson
Flash (Schwebepanzer)	Lightning
Frettchen (Leichter Flugscout)	Ferret
Fulcrum (Schwerer Schwebepanzer)	Fulcrum
Fury (Schwerer Panzer)	Fury
Gabriel (Leichter Scoutschweber)	Gabriel
Galleon (Leichter Panzer)	Galleon
Gladius (Panzer)	Gladius
Goblin (Schwerer Schützenpanzer)	Goblin
Habichtsmotte (Kampfhubschrauber)	Hawk Moth

Harasser (Fahrbare Raketenlafette)	Harasser
Hetzer (Sturmgeschütz)	Hetzer
Hi-Scout (Drohnenträger)	Hi-Scout
Horndämon (Panzer)	Horned Demon
Hunter (Raketenpanzer)	Hunter
J. Edgar (Leichter Schwebepanzer)	J. Edgar
Kampfrichter (Schwebepanzer)	Regulator
Kanga (Schwerer Sprungpanzer)	Kanga
Karnow (Transporthubschrauber)	Karnov
Klopfer (Artillerie)	Thumper
Kondor (Schwerer Schwebepanzer)	Condor
Kröte (Panzerspähwagen)	Skulker
Landhecht (Sturmgeschütz)	Pike
Leguan (Spähflugzeug)	Chameleon
Long Tom (Mobile Artillerie)	Long Tom
Mantikor (Schwerer Panzer)	Manticore
Mantis (Leichter Kampfhubschrauber)	Mantis
Maultier (Truppentransporter)	Maultier
Maxim (Schwerer Truppentransporter)	Maxim
MechKiller (Kampfflugzeug)	MechBuster
Melchior (Schwerer Schützenpanzer)	Magi
Monitor (Patrouillenboot)	Monitor
Myrmidon (Panzer)	Myrmidon
Neptun (U-Boot)	Neptune
Ontos (Schwerer Panzer)	Ontos
Packratte (Langstreckenspähwagen)	Packrat
Padilla (Schwerer Artilleriepanzer)	Padilla
Partisan (Schwerer Flakpanzer)	Partisan
Patton (Panzer)	Patton
Pegasus (Scoutschwebepanzer)	Pegasus
Pilum (Schwerer Panzer)	Pilum
Pinto (Kampfhubschrauber)	Pinto
Plainsman (Schwebepanzer)	Plainsman
Planetlifter (Transportflugzeug)	Planetlifter
Po (Schwerer Panzer)	Po
Puma (Schwerer Panzer)	Puma
Rhino (Schwerer Panzer)	Rhino
Ripper (Truppentransporthubschrauber)	Ripper
Rommel (Panzer)	Rommel

Rotunda (Scoutwagen)	Rotunda
Saladin (Gefechtsschwebepanzer)	Saladin
Saracen (Schwebepanzer)	Saracen
Savannah Master (Luftkissenboot, auch: Savannenkönig)	Savannah Master
Scimitar (Schwebepanzer)	Scimitar
Sea Skimmer (Tragflügelboot)	Sea Skimmer
Schiltron (Artilleriepanzer)	Schiltron
Schreck (PPK-Sturmgeschütz)	Schrek
Schukow (Schwerer Panzer)	Zhukov
Scorpio (Leichter Panzer)	Scorpion
Sniper (Artillerie)	Sniper
Sprint (Scouthubschrauber)	Sprint
Stechinsekt (Kampfhubschrauber)	Yellowjacket
Striker (Leichter Panzer)	Striker
SturmFeuer (Schwerer Panzer)	SturmFeur
Taru (Fahrbare Artillerielafette)	Marksman
Tausendfuß (Scoutwagen)	Centipede
Thor (Fahrbare Artillerielafette)	Thor
Tokugawa (Schwerer Panzer)	Tokugawa
Turmfalke (Transporthubschrauber)	Kestrel
Taifun (Straßenkampfpanzer)	Typhoon
Vedette (Panzer)	Vedette
Von Luckner (Schwerer Panzer)	Von Luckner
Wanderfalke (Kampfhubschrauber)	Peregrine
Warrior (Kampfhubschrauber)	Warrior
Wieselflink (Scoutwagen)	Swift Wind
Zephyr (Schwerer Schwebepanzer)	Zephyr
Zerstörer (Schwerer Panzer)	Demolisher

Gefechtsfahrzeuge der Clans

Anhur (Transportflugzeug)	Anhur
Ares (Panzer)	Ares
Asshur (Artilleriescout)	Asshur
Athena (Scharfschützenpaner)	Athena
Donar (Kampfhubschrauber)	Donar
Epona (Jagdpanzer)	Epona

Hachiman (Artilleriepanzer)	Hachiman
Huitzlopochtli (Sturmpanzer)	Huitzilopochtli
Indra (Truppentransporter)	Indra
Ishtar (Schwerer Artilleriepanzer)	Ishtar
Ku (Radsturmpanzer)	Ku
Mars (Sturmpanzer)	Mars
Mithras (Leichter Panzer)	Mithras
Odin (Scoutpanzer)	Odin
Oro (Schwerer Panzer)	Oro
Shamash (Erkundungsfahrzeug)	Shamash
Swantowit (Schützenpanzer)	Svantovit
Zorya (Leichter Panzer)	Zorya

Gepanzerte Infanterie (Elementare/Kröten)

Achiläus	Achileus
Chevalier	Cavalier
Dayhawk Gray	Death Standard
Fa Shih	Fa Shih
Fenris	Fenrir
Faultier	Sloth
Gnom	Gnome
Grenzgänger/ ... II	Infiltrator /... Mk. II
Kage	Kage
Kanazuchi	Kanazuchi
Läuterer	Purifier
Longinus	Longinus
Nighthawk Gray	Death Light Scout
Raiden	Raiden
Salamander	Salamander
Sylphe	Sylph
Undine	Undine

Bushwacker

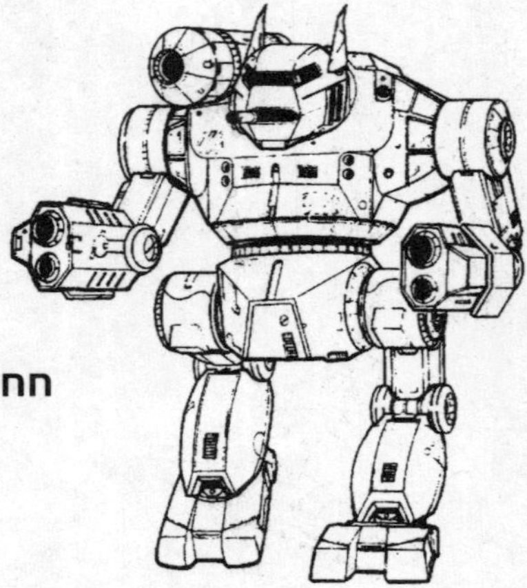

Hauptmann

Destruktor

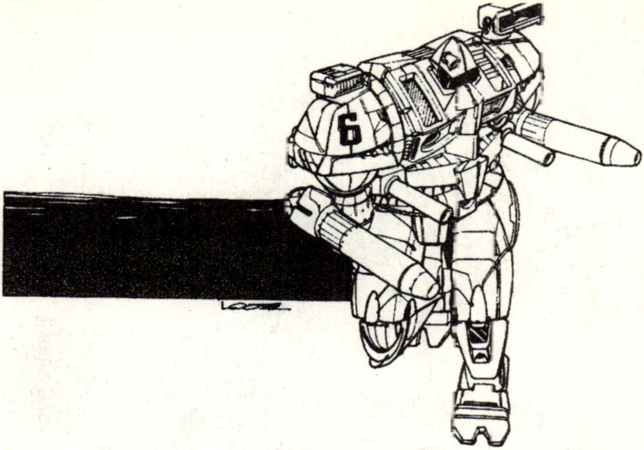

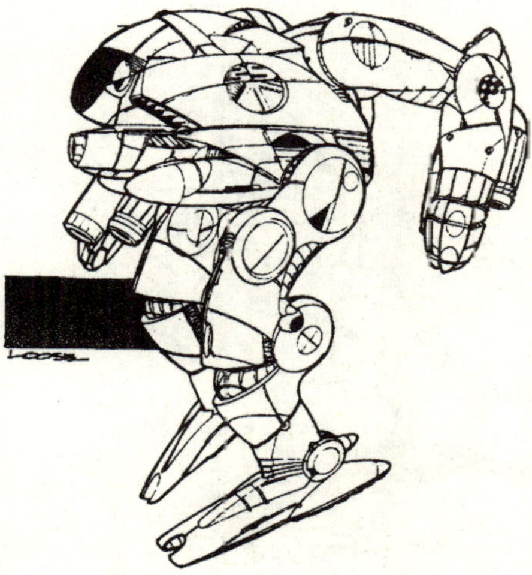

Cestus

Cerberus

Falkner

Kampfpanzer *Challenger X*

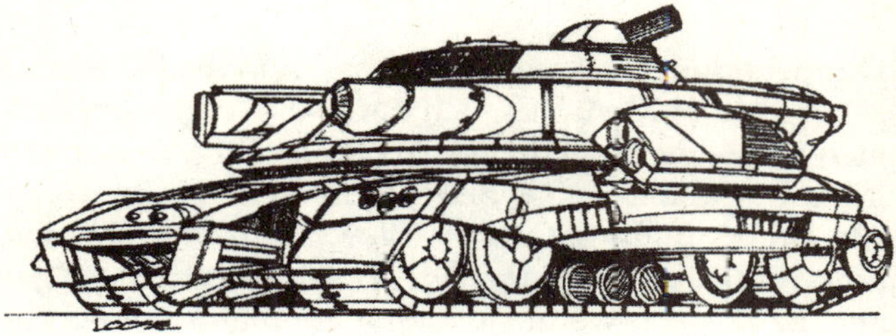

Kreuzer der *Avalon*-Klasse

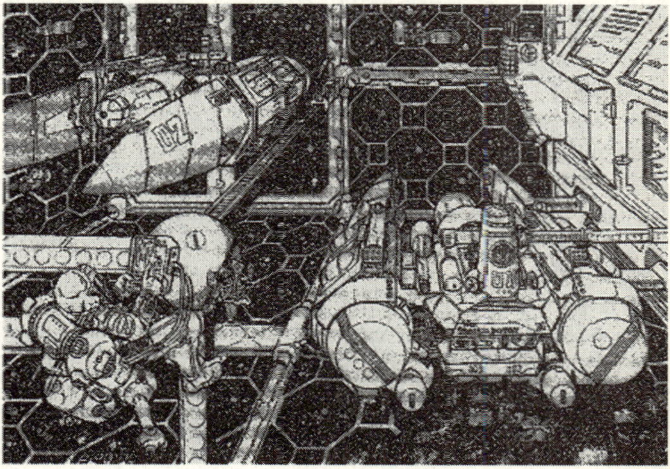

DANKSAGUNG

Es braucht nur Druck und Zeit. Das – und die Hilfe einiger besonderer Menschen. Ich hoffe, die folgenden Personen wissen, wie wichtig sie für dieses Projekt waren.

Mike Stackpole für das Brainstorming und seine konstante Unterstützung. Dean Wesley Smith und Kristine Kathryn Rush, die ich schon viel zu lange nicht mehr gesehen habe, auch wenn sie meine Laufbahn immer begleiten.

Jim LeMonds, dem ich sehr dankbar für den wichtigen ersten Anstoß bin. Mein Agent, Don Maass, der mir die restlichen Anstöße gegeben und Wegmarkierungen gesetzt hat.

Bryan Nystul und Randall Bills, die Hüter des BattleTechnischen. Donna Ippolito, Annalise Raziq und Wyn Hilty, die alle drei ihren Teil dazu beigetragen haben, dass dieses Buch zur Druckreife gelangte. Jordan Weisman, Mort Weisman, Ross Babcock, die FASA-Dreieinigkeit.

Meine Eltern, LaRon und Dawn Coleman, die mir in jüngster Zeit vor allem geholfen haben, den nicht mit diesem Buch verbundenen Stress zu verringern.

Russell Loveday, Keith Mick, Allen und Amy Mattily, Vince Foley, Matt Dillahunty, Tim Tousely, Raymond Sainz und Tim Huffen, die schichtweise in der ›Spielgrupe, die nicht sterben wollte‹ gedient haben. Die Battleforce-IRC-Gemeinde, die mir keine Ruhe ließ. Group W, die auf GenCon Ablenkung bietet. Doug Vernon, für den dasselbe gilt, plus einem langen Morgen am nächsten Tag.

Laurie und Robin Olson, die geholfen haben, auf die Kinder aufzupassen.

Meine Frau, Heather Joy, die den mehrfachen Termindruck gut ausgehalten hat. Meine beiden Söhne, Talon LaRon und Conner Rhys-Monroe, und meine wunderbare Tochter, Alexia Joy, die auf viel Zeit mit ihrem Vater verzichtet haben, die ich jetzt gedenke mit Zinsen zurückzuerstatten.

Und wie immer die Katzen – Chaos, Rumor und Ranger –, die es sich auf meinem Sessel viel zu gemütlich machen, wenn ich mal nicht da bin.

Loren Coleman